Schottland
... one way

Freya vom Eramoere

Schottland
... one way

Von Pferden, Pfauen und der ganz großen Liebe

Freya vom Eramoere

Bibliografische Information der Deutschen Nationalbibliothek:
Die Deutsche Nationalbibliothek verzeichnet diese Publikation in der Deutschen Nationalbibliografie; detaillierte, bibliografische Daten sind im Internet über: http://dnb.d-nb.de abrufbar.

© 2007 / 2008 Freya vom Eramoere
Herstellung und Verlag: Books on Demand GmbH, Norderstedt
ISBN: 9783833498800

Manchmal kommt uns die Liebe abhanden und wir sind traurig.
Doch dann finden wir eine Liebe,
die so viel größer und stärker ist und fragen uns,
wie lange sie wohl bei uns weilen wird,
ehe sie sich wieder in die Lüfte erhebt und davonschwebt,
um irgendein anderes Herz zu bezirzen.

Am schlimmsten sind die Starts, Landungen sind auch nicht nett, aber Starts sind definitiv schlimmer!

Mit rebellierendem Magen saß ich im Flugzeug nach Edinburgh und in einem leichten Anflug von Todesangst zog mein bisheriges Leben an mir vorüber: vor knapp einem Monat war ich fünfundzwanzig Jahre alt geworden und eigentlich war mein Leben, bis auf die wenig bedeutende Tatsache, dass ich seit vier Tagen geschieden war, in recht „normalen Bahnen" verlaufen.

Ich verfügte über einen netten Job als Sekretärin, züchtigte meinen Körper regelmäßig mit Sport, nahm keine Drogen und war an meiner gescheiterten Ehe meines Erachtens absolut unschuldig. Jedenfalls war ich immer der Meinung gewesen, dass mein (jetzt Ex-) Mann und ich uns total gut verstehen, bis ich ihn ganz überraschend kopulierenderweise mit einer anderen Frau auf unserer Waschmaschine vorfand.

Die Scheidung war an und für sich auch recht sauber verlaufen, abgesehen davon, dass sieben Mann nötig waren um mich ruhig zu stellen. Und ich während der Verhandlung auf meinem Stuhl angebunden war. Sicherheitsvorkehrung, damit ich nicht über den Tisch springen, ihm die Augen auskratzen, die Hoden anschneiden, braten und schlussendlich diesem Waschmaschinenflittchen zum Fraß vorwerfen konnte.

Viel hatte ich ja auch nicht von ihm haben wollen, die meisten Möbel gehörten sowieso ihm, ich war seiner Zeit bei ihm eingezogen, und so hatte ich, außer meinen persönlichen Besitztümern, lediglich ein paar Dinge mitgenommen an denen ich sehr gehangen habe und die Fotoalben. Letztere waren mir extrem wichtig gewesen, denn ich hatte sie in der Nacht zu Imbolc, zum keltischen Kerzenfest am zweiten Februar, auf einem riesigen Haufen verbrannt und war wie eine Irre um Feuer herumgetanzt.

Daraufhin hatte ich zwar die Nacht in einer Arrestzelle auf der Polizei verbringen müssen, wohlgemerkt mit nichts anderem bekleidet als einem weißen Bettlaken und wäre meine Mutter nicht am nächsten Morgen gekommen und hätte den Beamten etwas von Drogen, die mir auf einer Feier ins Glas gemischt worden waren, erzählt, hätte man mich wahrscheinlich in die Klapse gesteckt, aber seither traure ich nicht mehr und bin von den Fesseln der vergangenen Liebe befreit.

Alleine und endlich frei bin ich nun also meinem augenblicklichem Domizil, dem ehemaligen Kinderzimmer im Hause Becker, entflohen, um meine lang ersehnte Schottlandreise anzutreten. Meine Mutter war zwar der Meinung, dass ich mein Geld lieber sparen und für wichtigere Dinge, zum Beispiel Möbel, ausgeben sollte - quasi ein Wink mit dem Zaunpfahl, dass ich mir nach drei Monaten doch endlich mal eine eigene Wohnung suchen sollte, schließlich wollte ich ja nur übergangsweise bei meinen Eltern unterkommen. Und außerdem wäre ich doch sowieso immer eher der Typ „Sonnenurlaub" gewesen. Mit letzterem hatte sie zwar grundsätzlich Recht, seitdem ich jedoch im vergangenen Jahr eine im Schottland des 18. Jahrhunderts spielende Romanserie buchstäblich verschlungen hatte, war ich fasziniert von diesem Land.

Die raue und wildromantische Landschaft, die Seen, die Berge und natürlich die herzzerreißende Liebesgeschichte der Romane haben mich zum Einen veranlasst, mich ein wenig mit der schottischen Geschichte auseinanderzusetzen und zum Anderen, zum Beltane-Fest, bei uns auch bekannt als Walpurgisnacht oder Tanz in den Mai, nach Schottland zu reisen. Die Suche nach einer Wohnung musste somit noch etwas warten.

Ich sinnierte gerade darüber nach, ob es vielleicht auch mich, ebenso wie es der weiblichen Hauptfigur in den Romanen passiert war, in die Vergangenheit und in die Arme eines wilden Hochlandschotten verschlagen würde, als das Flugzeug einen Satz machte und mir klar wurde, dass ich mich geirrt hatte: Landungen waren definitiv schlimmer! Um Gottes Willen, hatte der Pilot seinen Flugschein im Lotto gewonnen?

Mit knapper Not dem Tod entronnen, stieg ich aus dem Flugzeug, betrat die Abfertigungshalle in Edinburgh und schnupperte zum ersten Mal in meinem Leben schottische Luft. Als ich das Flughafengebäude verließ, fühlte es sich so an, als würde mich Etwas willkommen heißen, der Himmel riss auf und es schien, als richtete die Sonne ihre Strahlen direkt auf mich. „Welcome to Scotland!", dachte ich bei mir und lächelte fröhlich in mich hinein, als ich in den Airlink-Bus einstieg, der mich zur Waverley Bridge in die Innenstadt bringen sollte.

Ich genoss die knapp halbstündige Fahrt durch die Vororte und fand den Busbahnhof St. Andrews Square, wo ich in den nächsten Bus Richtung Highlands einsteigen wollte, beinahe auf Anhieb. Gott-sei-dank blieb mir zwischen den Bussen noch etwas Zeit um die nähere Umgebung zu erkunden, eine Kleinigkeit zu essen, mich zu erleichtern und mich mit Proviant für die knapp viereinhalbstündige Fahrt nach Inverness einzudecken.

Auf den Straßen rund um den St. Andrews Square war ein ganzen Chor gurrender Tauben zu hören, allerdings musste ich alsbald feststellen, dass es sich bei den Tauben um Menschen handelte. Schottische Menschen, die in einem Englisch, dass einem Sing-Sang glich, dermaßen das R rollten, dass es mich zuerst vor Gänsehaut schüttelte, dann aber so sehr beruhigte und entspannte, dass ich beinahe einschlief und meinen Bus verpasste.

Ein bisschen mulmig war mir bezüglich der beinahe fünfstündigen Busfahrt in die Highlands jedoch schon - andererseits: Ich hatte heute schon sowohl den heftigsten Start, als auch die heftigste Landung aller Zeiten erlebt, was sollte mich noch erschüttern?! Endlich startete der Bus und während wir quer durch Edinburgh fuhren, drückte ich meine Nase am Fenster platt, saugte jeden Eindruck förmlich in mich auf und war sehr gespannt auf die letzten Tage meiner Reise, die ich wieder hier verbringen würde.

Als wir gerade aus der Stadt heraus waren, standen wir vor einer riesigen Brücke auch schon im Stau. Sie mochten zwar auf der falschen Seite fahren, doch Staus schienen wohl auch hier keine Seltenheit zu sein. Schließlich ging es weiter, wir fuhren über Perth und so langsam ließen wir die Zivilisation hinter uns. Je weiter nördlich wir fuhren, desto rauer und wilder wurde die Landschaft und mein Herz schien vor lauter Freude schier platzen zu wollen. Ich hatte zwar noch nie zuvor schottischen Boden betreten, doch es fühlte sich merkwürdigerweise so an, als würde ich nach einer langen Reise endlich nach Hause kommen.

Irgendwann übermannte mich jedoch die Erschöpfung und das monotone Gebrumme des Busmotors tat sein Übriges, um mich kurzzeitig eindummeln zu lassen. Als ich erwachte, hatten wir bereits Kingussie erreicht, durchquerten den Cairngorms National Park und dann war es nur noch ein Katzensprung bis zu meinem Ziel Inverness, der „Hauptstadt" der schottischen Highlands.

Endlich dort angekommen, streckte ich erst einmal ausgiebig meine müden Glieder und machte mich zu Fuß auf, die knapp zwei Kilometer zum Eildon Guest House in der Old Edinburgh Road zurückzulegen. Vorsichtshalber hatte ich mir eine kleine Straßenkarte mit der Wegbeschreibung aus dem Internet ausgedruckt, doch ich brauchte sie gar nicht, sondern lief einfach los und befand mich interessanterweise direkt auf dem richtigen Weg.

Im Bed and Breakfast angekommen, wurde ich von Mrs. Stevenson herzlichst mit Tee und Gebäck empfangen. Die Unterhaltung verlief anfangs jedoch etwas schleppend, noch war ich ein wenig unsicher mit meinem Englisch, vor allem brachte mich dieser schottische Sing-Sang total aus dem Konzept. Später, als wir dann gemeinsam mit anderen Gästen bei einem Glas Whisky angekommen waren, verlor ich jedoch meine Hemmungen und versuchte, in diesen gurrenden Ton einzustimmen.

Nach einem sehr schmackhaften Abendessen, serviert von Mrs. Stevensons Mutter, verließ ich die Gruppe um mich schlafen zu legen. Die Reise war doch recht anstrengend gewesen, es gab jede Menge Eindrücke zu verarbeiten und außerdem musste ich am nächsten Morgen früh raus, ich hatte mich via Internet schon von zu Hause aus für eine geführte Tour rund um Inverness angemeldet.

Am Morgen des Beltane-Festes erwachte ich ausgeruht, topfit und voller Tatendrang. Nach einem vorzüglichen „Full-Scottish-Breakfast" mit Speck, Würstchen und natürlich einem dicken Klecks Rührei, begab ich mich auf den Weg zum Treffpunkt für meine Tour.

Am Tourist-Board, am Fuße des Castles, erwartete uns schon Iain, ein rothaariger, sommersprossiger Bilderbuchschotte in den mittleren Dreißigern und unser Führer für die heutige Tour. Endlich vollzählig brachen wir zu unserer ersten Station, dem „Culloden Battle Field", auf.

Als ich am Schlachtfeld aus dem Bus stieg, überzog sich sogleich mein ganzer Köper mit Gänsehaut und ich hatte das Bedürfnis tief durchzuatmen. Hier war es also, wo am 16. April 1746 die letzte schottische Schlacht gefochten wurde. Dieser Acker war es, der mit dem Blut so vieler tapferer und mutiger Hochlandschotten getränkt war und das Schicksal Schottlands auf so brutale Art und Weise besiegelt hat.

Auch die anderen Gäste waren still und eine drückende Stimmung lag über der Gruppe, als wir den angelegten Wegen in Richtung des Memorial Cairns, des Gedenksteines, folgten.

Plötzlich trat hinter dem Stein ein einsamer Dudelsackspieler in Hochlandtracht hervor und spielte eine fürchterlich traurige Melodie. Das war einfach zu viel, während ich auf dem Weg an den vielen Clan-Gedenksteinen vorbei, mühsam meine Tränen unterdrückt hatte, kam nun alles heraus, ich schmiss mich dem verdutzen Fremdenführer Iain an den Bart und begann hemmungslos zu schluchzen.

Meine Gedanken weilten in diesem Moment bei all den armen Männern, die hier ihr Leben gelassen hatten und bei ihren Frauen, denen nicht die Möglichkeit zur Trauer gegeben war. Und irgendwie musste ich auch an das Ende des zweiten Teils meiner heißgeliebten Romanserie denken, wo die männliche Hauptfigur seine geliebte und schwangere Zeitreisende, kurz vor Beginn eben dieser Schlacht, durch einen Steinkreis wieder zurück in ihre Zeit schicken musste...

Ein Bariton mit schottischem Dialekt riss mich aus meinen Gedanken. „Aber, aber, Mädchen, dass hier heimatverbundenen Hochlandschotten die Tränen kommen, das bin ich ja gewohnt, aber dass ausgerechnet eine deutsche Urlauberin hier anfängt zu heulen...", sprachs, holte sein Taschentuch hervor und schnäuzte mir die Nase.

Ich fühlte mich in diesem Augenblick etwa so wie eine Achtjährige sich fühlen mochte, wenn Oma mit dem Taschentuch kommt. Wenigstens hatte er es vorher nicht mit Spucke befeuchtet! Zufrieden betrachtete der Fremdenführer Iain sein Werk, flößte mir noch schnell einen Schluck Whisky aus seinem Flachmann ein und verfrachtete mich auf eine Bank nahe des Gedenksteines. Nachdem er meinen Oberschenkel noch ein letztes Mal väterlich tätschelte, wandte er sich wieder den anderen Touristen zu und wies ihnen den Weg zum Visitor Center, wo in den nächsten Minuten ein Film über die Schlacht gezeigt werden sollte.

Zwischenzeitlich hatte ich mich etwas beruhigt und erwarte ihn mit einem, so dachte ich, strahlenden Lächeln, welches jedoch eher einem dämlichen Grinsen glich, zurück. „Na, geht's wieder? Ah... Sie, äh - lächeln ja schon wieder! Sind sie bereit sich den Film ebenfalls anzusehen, ich glaube er wird auch auf Deutsch angeboten!"

Das ließ ich mir natürlich nicht nehmen und so schlenderten wir gemeinsam den anderen hinterher.

Die Ausführungen in Film waren interessant und berührten mich abermals sehr, doch ich verkniff mir weitere Tränen und litt still und leise vor mich hin.

Als wir später weiter durch die Moorlandschaft wanderten, saugte ich die Atmosphäre in mich auf, spürte die Kraft dieses Landes und fühlte mich alsbald besser. Wir wanderten über Feldwege, zwischen Wiesen hindurch, passierten eine kleine Brücke mit der Aufschrift „Weak Bridge" - Schwache Brücke - und folgten schlussendlich einer kleinen Straße tiefer in die Wildnis. Ein ganzes Stück weiter richteten sich mir plötzlich die Nackenhaare auf, ich griff Iain an den Arm und er nickte. „Is' recht Mädel, wir sind gleich da"!

Dieses Phänomen, dass es Menschen gibt, die sich begegnen und innerhalb von Minuten blind zu verstehen scheinen, beeindruckte mich immer wieder. Im Volksmund nennt man es wohl Seelenverwandtschaft und es schien, als hätten die anderen Gäste Iain und meine Seelenverwandtschaft ebenfalls bemerkt und so beschwerte sich auch keiner darüber, dass ich unserem Führer nicht mehr von der Seite wich.

Und dann sah ich sie plötzlich, die Clava Cairns, drei alte Ganggräber mit Steinkreisen drumherum und etwas abseits einen weiteren kleinen Steinkreis.

Im Steinkreis des letzten Grabes befand sich sogar ein gespaltener Stein. Gerade diese Tatsache ließ mein Herz um einige Takte schneller schlagen, denn durch eben solch einen gespaltenen Stein, hatte die Zeitreisende in meinen Büchern ihre Reise ins 18. Jahrhundert angetreten.

Iain, der meinen etwas merkwürdigen Gesichtsausdruck bemerkte und einen weiteren Wein-Anfall befürchtete, setzte mir sogleich seinen Flachmann an den Mund. Brav trank ich, bis ich mich wieder beruhigt hatte.

Es war in der Tat ein komisches Gefühl hier zu sein und als ich den großen, gespaltenen Stein berührte, war mir, als würde sämtliche Energie der Erde durch mich hindurchfließen. Ich bemerkte, wie Iain mich abermals mit großen Augen anstarrte, und so ließ ich den Stein schnell wieder los und wanderte noch ein wenig umher, um die Schwingungen dieses Ortes in mich aufzunehmen und zu genießen.

Später, auf der Bootstour über das Loch Ness fragte ich unseren Guide, ob es bezüglich des Beltane-Festes irgendwelche Feierlichkeiten gäbe.

Er antwortete zunächst mit einem: „Mpfm", welches von der Schriftstellerin meiner Roman-Serie als „schottisches Geräusch" bezeichnet wurde und mir einen leichten Schmunzler entlockte. Dann kratzte er sich jedoch am Bart und antwortete mit einem leicht gälischen Akzent: „Bealtuinn? Ja, auf der Wiese hinter den Cairns wird heute Abend ein großes Feuer entzündet. Als wir vorhin gingen, begannen sie grade mit den Vorbereitungen! Interessierst du dich dafür?"

Ich erzählte ihm von den Romanen, den Hauptfiguren des Clans Fraser und von meinem Interesse an der schottischen Geschichte und den keltischen Jahreszeitenfesten. Daraufhin kratzte er sich abermals am Bart und meinte nachdenklich: „So, so, für die Familie Fraser interessierst du dich? Darf ich mich vorstellen? Iain Matthew Fraser, Neffe des Lord of Beauly Firth - Donald Fraser. Kannst du eigentlich reiten?"

Verdutzt wie ich war stand ich auf, vollführte einen Knicks, oder jedenfalls das, was ich dafür hielt und stellte auch mich vor: „Emma Becker und es ist zwar schon ein paar Jahre her und ich weiß auch nicht warum es dich interessiert, aber ja, ich kann reiten. Und was bringt einen Menschen adeligen Geschlechts wie dich dazu Touristen durch die Gegend zu führen?'"

Mit leicht erröteten Ohren erklärte Iain mir, dass er heute nur einen krank gewordenen Fremdenführer vertreten würde, hauptberuflich sei er jedoch stellvertretender Stallmeister des Fraser-Gestüts in Beauly.

Während ich seinen Ausführungen lauschte, schien es, als würde mein Gegenüber vor lauter Stolz tatsächlich Stückchen um Stückchen wachsen. Mir schlackerten allerdings ebenfalls die Ohren, seit frühester Kindheit war ich ein Pferdenarr, hatte meine komplette Jugend auf Pferde- beziehungsweise Ponyrücken verbracht und jetzt saß ich hier mit dem stellvertretenden Stallmeister eines Gestüts, einem Schotten und einem Fraser noch obendrein, auf einem Boot inmitten des Loch Ness.

Einer plötzlichen Eingabe folgend sprach ich es aus: „Ähem, Iain, ihr züchtet doch wohl keine Shetlandponies, oder?" Mit knapper Not entging ich seinem Angriff mit dem Programmheft. „Freche Göre, Shetland Ponies! Nein, wir züchten Clydesdale-Horses"

Da ich den Namen dieser Rasse noch nie gehört hatte, sah ich ihn verdutzt an. Er bemerkte es und erklärte mir, dass diese Rasse nahe artverwandt sei mit den Shire Horses, jenen mächtigen Kaltblutpferden, die im 18. Jahrhundert in Großbritannien eigentlich für die Ritter gezüchtet, später aber hauptsächlich als Arbeitspferde für die Landwirtschaft, aber auch als Zugtiere eingesetzt wurden. Die Clydesdale-Horses seien jedoch temperamentvoller und im Großen und Ganzen kleiner und zierlicher als die Shire Horses. Ich war begeistert und quetschte ihn aus, wie groß der Stall sei, wie viele Tiere sie hätten, wofür die Tiere hauptsächlich genutzt würden und so weiter und so fort. Iain beantwortete meine Fragen mit großem Eifer und es war ihm anzumerken, wie stolz er auf die Pferdezucht seines Onkels war.

Er hatte gesagt, dass er stellvertretender Stallmeister sei, wer wohl der Hauptstallmeister war? Womöglich der Lord selber? Ich nahm mir vor, Iain dieses zu einem späteren Zeitpunkt zu fragen, die anderen Gäste bedachten uns bereits mit bösen Blicken. Seelenverwandtschaft hin oder her, sie waren schließlich hier, um etwas über Land und Leute erfahren.

Am Urquhart Castle, am Ufer des Loch Ness, wo wir nach einer sehr interessanten Führung noch knapp eine Stunde Zeit hatten, um uns auf eigene Faust umzusehen, konnten Iain und ich unser Gespräch endlich fortführen. Er erklärte mir, dass die Pferde hauptsächlich zur Zucht bestimmt seien, aber natürlich auch auf Festen, so genannten Celidh's und bei Highland-Game-Veranstaltungen vorgeführt würden, selbstverständlich waren alle Fraser'schen Pferde auch reitbar.

Und so kamen wir zu meinem Einsatz, Iain wollte wissen ob ich reiten könne, weil es in den Highlands an Beltane Brauch war, dass jemand mit einem Clydesdale-Horse über die Feuer springt. Da der Oberstallmeister augenblicklich nicht zugegen sei und Iain heute einfach keine Lust habe, sollte eben ich diese Aufgabe übernehmen.

Ich prustete los, kannte ich aus Deutschland doch nur die Osterfeuer und die waren haushoch! Ein Schlachtross könnte vielleicht hindurchrennen, aber bitte nicht mit mir drauf! Mein Haar war zwar noch nicht wieder richtig lang, aber seit Dezember - ich hatte sie mir in einem Anflug von Wahnsinn ratzekahl abgeschnitten - war es doch recht ordentlich gewachsen und ich hatte keine Lust, es gleich wieder abfackeln zu sehen!

Iain zuckte mit den Schultern. „Kein Problem, Mädel du wirst sowieso eine Perücke tragen und hindurch musst du auch nicht reiten! Es gibt ein großes Feuer, welches du umreiten musst, aber einige kleine und da springst du einfach rüber. Ich denke, dir werden Kilt und Kniestrümpfe ganz gut stehen."

„Kilt? Kniestrümpfe? Das ist nicht dein ernst oder?", fragte ich und tickte mit dem Zeigefinger gegen meinen Kopf. Er grinste und antworte: „Aye, es war mir noch nie ernster!"

Und so kam es, dass ich abends um sechs bei den Stevensons abgeholt wurde, um als wilder (männlicher!) Highlander verkleidet mit einem Kaltblut unter dem Hintern über heidnische Feuer zu springen.

Leise fluchend stolperte ich, bekniestrumpft und angetan im „fèileadh mor", dem langen Kilt, im klassischen Feiertagstartan der Frasers, hinter Iain her in Richtung der Stallungen. Selbiger schwang fröhlich pfeifend mein Schwert durch die Luft und war sich der Tatsache, dass ich ihn hinterrücks mit wütenden Blicken durchbohrte, überhaupt nicht bewusst.

Die Perücke hatte ich zwar genommen, ich hatte mich jedoch geweigert, den Bart anzukleben und meine Unterwäsche hatte ich auch anbehalten. Den „Sgian dhu" hingegen, den im Strumpf getragenen Dolch, sowie das Schwert, wollte ich gerne haben. Ein Blick in den Spiegel bestätigte mir, dass ich in der Tat so aussah, wie man sich einen wilden Hochlandschotten vorstellte und ich hatte die Befürchtung, dass das Pferd Panik bekommen und die Flucht ergreifen würde, wenn es mich in diesem Aufzug erblickte.

Iain hatte mir beim Ankleiden geholfen und während ich nun fluchenderweise hinter ihm herlief, linste ich vorsichtig unter den Zotteln meiner Perücke hervor und sah mich auf dem Gut um. Das Anwesen der Frasers schien gigantisch zu sein. Vom märchenhaften Haupthaus mit diversen Türmen und Erkern, über das sogenannte Gästehaus bis hin zum Gesindehaus, welches von außen traditionell und alt aussah, von innen aber komplett modern und vom Feinsten ausgestattet war und als Unterkunft für die Bediensteten diente. Im Westen des Geländes lagen schließlich die großzügigen Stallungen. „Meine Güte Iain, es ist wunderschön hier!", sagte ich atemlos. Er grinste und wuchs vor lauter Stolz nochmals um einige Zentimeter.

Im Stall angekommen, atmete ich erste einmal tief ein - es war herrlich mal wieder Pferdestallluft zu schnuppern!

Und dann sah ich ihn, einen gewaltigen Hengst, pechschwarz, selten für diese Rasse, wie mich Iain wissen ließ, mit langer, wallender Mähne und einem Fesselbehang der beinahe ebenso lang war. Meine Befürchtung, dass das Pferd bei meinem Anblick die Flucht ergreifen würde, zerschlug sich sogleich, denn das Tier war mindestens ebenso prachtvoll geschmückt wie ich. „Das ist ja unglaublich!", rief ich aus und stürmte dem Pferd entgegen. Ehe sich jemand versah, hatte ich mich bereits an den Hals des Tieres geworfen und meine Hände in seiner Mähne vergraben.

Wie sich herausstellte war sein Name Hannibal, was mich im ersten Moment dazu veranlasste, einen Schritt von ihm zurückzuweichen. Nachdem Iain mir jedoch versichert hatte, dass das Pferd für gewöhnlich keine Menschen verspeiste, war ich beruhigt und stieg auf.

Schon nach ein paar Runden auf dem Sandplatz und ein paar Sprüngen über aufgebaute Hindernisse waren wir uns vertraut und es fühlte sich an, als hätte ich nie etwas anderes getan, als mitten in den schottischen Highlands auf diesem Pferd meine Runden zu drehen.

Kurze Zeit später fuhren Iain und zwei Stallburschen jedoch mit einem Handwagen voller Zeige und größerer Äste vor und begannen, mitten auf dem Reitplatz ein Feuer zu entzünden. Ich beobachtet die drei argwöhnisch, übte noch ein wenig „einhändig reiten und dabei das Schwert schwingen" und ließ mir von meiner aufsteigenden

Panik nichts anmerken.

Als das Feuer lichterloh brannte, wurde ich aufgefordert zu springen.

Nachdem ich mein Herz irgendwo in meinem Strumpf wieder gefunden hatte, es wäre mir buchstäblich in die Hose gerutscht, hätte ich eine getragen, wendete ich Hannibal, galoppierte an und steuerte direkt auf das Feuer zu. Zwar spürte ich, wie sich das Pferd innerlich wehrte, doch drückte ich ihm meine Schenkel nur fester in die Flanken und redete leise auf ihn ein, dann drückte er ab und wir schwangen in einem eleganten Bogen über das Feuer.

Iain und die mittlerweile nicht unbeträchtliche Zahl der Zaungäste klatschten Beifall und ich versuchte es noch einmal, diesmal mit schwingendem Schwert. Hannibal wurde lockerer und beim dritten Mal sprangen wir in perfekter Harmonie. Ich lobte ihn, ließ ihm die Zügel und ritt Iain im Schritt entgegen. Er strahlte mich an. „Wie ich sehe, seid ihr bereit, dann wollen wir mal."

Nachdem ich noch ein paar weitere Runden im Schritt geritten war, rieben wir Hannibals Fell mit einem weichen Handtuch ab, hüllten ihn mitsamt Kostüm in eine dünne Decke und führten ihn in den Anhänger.

Wir waren schon im Landrover und auf halber Strecke Richtung Inverness, als ich immer noch protestierte und etwas von Stilbruch schimpfte. Iain quittierte meine Einwände jedoch mit einem Lächeln und murmelte irgendetwas wie: „Per Pferd wärst du mit Sicherheit erst zum Beltane Feuer im nächsten Jahr bei den Cairns gewesen, also sei ruhig", und so schwieg ich den Rest des Weges.

Angekommen machten sich die Stallburschen daran, Hannibal auszuladen und Iain legte letzte Hand an mein Outfit.

Angesichts der vielen Menschen, die sich auf dem Feld tummelten, verlangte ich erst einmal nach einem weiteren Schluck Whisky ‑ wie gut, dass Iain seinen Flachmann im Fraser-House noch aufgefüllt hatte. Nach einem kräftigen Schluck fühlte ich mich besser und schwang mich aufs Pferd. Mein Erscheinen wurde mit diversen „Ahhhs" und „Ohhs" und lautem Beifall begrüßt. Ich ritt vor, verneigte mich und dann legten Hannibal und ich mit unserer Show los.

Bei meinem Feuereifer und der Aufregung hatte ich den Herren mittleren Alters, angetan in beinahe demselben Outfit wie ich, überhaupt nicht bemerkt. Jener bahnte sich soeben den Weg durch die Menge und blieb nach Luft schnappend vor Iain stehen. „Neffe, schön dich zu sehen!"

Iain ließ sich von seinem Onkel auf die Schulter klopfen, klopfte zurück und antwortete: „Hallo Onkel Donald, geht's gut?"

„Sicherdoch mein Junge, Moment mal! Wie kommst du hier so schnell her, ich hab dich doch eben noch auf Hannibal über die Feuer springen sehen!"

Als ich die beiden das nächste Mal passierte, drehte er seinen Onkel zu mir um und sagte nur: „Ich hatte heute keine Lust zu reiten, ich hab jemanden anders gelassen!"

Ich hätte es in diesem Moment eigentlich knallen hören müssen, da ich jedoch bereits an ihnen vorbei war und jenseits des großen Feuers meine Runden drehte, bekam ich nicht mit, wie der alte Donald Fraser ‑ Lord of Beauly Firth ‑ rot anlief und seinen Neffen öffentlich für verrückt erklärte. Iain könne doch den teuersten Zuchthengst des Gestüts nicht in irgendwelche fremden Hände geben, noch dazu an so einen schmächtigen Jüngling, der noch nicht mal Bartwuchs habe!

„Aber Onkel, das ist kein…"

In diesem Moment hatte ich meinen Ritt beendet und kam vor den beiden zum stehen. Ich bemerkte, dass der Mann neben Iain vom Outfit her mein Zwillingsbruder hätte sein können, schlussfolgerte daraus, dass dies der Lord of Beauly Firth sein musste, saß ab und vollführte nochmals meinen Superknicks - hätte ich mich nicht an Hannibals Mähne festhalten können, wäre ich dabei auch noch fast umgekippt. Ich tat jedoch so, als wäre nichts gewesen, streckte dem Lord meine Hand entgegen und stellte mich vor: „Mylord, Emma Becker mein Name, schön Sie kennen zu lernen!" Über dem Kopf des Mannes hatte sich mittlerweile eine ganze Horde von Fragezeichen gebildet.

„Iain, könntest du mir bitte Mal erklären, warum du einen deutschen Jungen, ohne Bart und mit einem Mädchennamen noch dazu, unser Pferd reiten lässt und ihm vorher nicht mal erklärst, dass es sich ausschließlich für Damen schickt, einen Knicks zu machen?"

Ein großer Teil der Fragezeichenhorde wanderte nun zu meinem Kopf herüber und Iain brach in schallendes Gelächter aus.

„Entschuldige meinen Onkel Emma, er ist manchmal ein wenig, nun wie soll ich sagen? Durcheinander? Also Onkel Donald, diese bezaubernde junge Dame, zur Feier das Tages als einer von uns verkleidet, habe ich heute auf einer Touristenführung kennen gelernt und da sie mich nach Beltane fragte und obendrein noch behauptete sie könne reiten, habe ich sie einfach mitgebracht!"

Ich hörte ein „Klick" - der Lord hatte endlich begriffen.

Er blickte mich schief an und begann zu grinsen. „Tja Mädel, reiten können Sie wirklich! Hannibal lässt, außer einem von ihm persönlich auserlesenen Personenkreis, niemanden näher als zwei Meter an sich heran, geschweige denn reiten. Fragen Sie den Hufschmied!" Ich fasste dies als Kompliment auf und bedankte mich artig, dann verabschiedeten wir uns jedoch fürs erste und ich machte mich, zusammen mit den beiden Pferdepflegern Alasdair und Aidan MacKenzie, daran Hannibal abzureiben, einzudecken und wieder auf den Hänger zu verfrachten.

Die MacKenzie-Brüder waren etwas jünger als ich, Zwillinge - eineiig wohlgemerkt - und mit ihren blonden Wuschelköpfen und beinahe immer dreckigen Gesichtern, schauten sie so verwegen drein, dass man beinahe meinen könnte, sie wären direkt dem 18. Jahrhundert entsprungen und müssten absolut zahnlos sein. Allerdings war das Gegenteil der Fall, denn sobald einer der beiden den Mund aufmachte, war Sonnenbrille angesagt, sie hatten die weißesten und perfektesten Zähne die ich je in meinem Leben gesehen hatte!

Nachdem Iain mir vergewissert hatte, dass Hannibal bei den beiden in besten Händen sei und die Brüder zum Fest zurückkommen würden, sobald sie ihre Arbeit erledigt hätten, gingen wir in Richtung des Hauptfeuers um mit den anderen zu feiern.

Es wurden allerlei Köstlichkeiten wie Spanferkel, gebratene Würste, über dem Feuer geröstetes Brot und natürlich Bier und Whisky en masse angeboten. Nach einer kleinen Stärkung sah ich mich um und beobachtete, wie sich eine ganze Gruppe junger Mädchen in weißen Gewändern für einen Tanz vorbereitete. Sie tanzten Reigen und allerlei andere Figuren rund um das große Feuer und Iain erklärte mir, dass diese Tänze keltischen Ursprungs seien und uralt wären.

Ich war verzaubert und fühlte mich in diesem Moment unendlich hässlich. Während die jungen Mädchen wie Elfen um das Feuer tänzelten und von allen Männern bestaunt wurden, stand ich da, verkleidet als historischer Schotte, männlich obendrein, und wurde keines Blickes gewürdigt.

Im Nachhinein erwies sich dieses jedoch als absoluter Vorteil: während die Männer zu fortgeschrittener Stunde immer bezechter, und den Damen gegenüber zudringlicher, wurden, hatte ich meine Ruhe und konnte mich ungestört mit Iain und dem Lord, der mittlerweile ebenfalls wieder zu uns gestoßen war, unterhalten.

Als Iain jedoch einige Zeit später von einem Toilettenbesuch zurückkam und sich schier ausschüttelte vor Lachen, blickten der Lord und ich ihn fragend an. Unter Tränen und immer neuen Lachern erklärte er uns, dass er auf dem Rückweg von einer ganzen Horde junger Mädchen im Alter zwischen vierzehn und achtzehn Jahren bedrängt wurde, die wissen wollten ob „der junge Fremde, der heute über die Feuer gesprungen ist, noch zu haben sei und auf was für einen Typ Frau er stehen würde".

Ich schnaubte und befand, dass es für mich an der Zeit war zu gehen, allerdings hatte ich meine Rechnung ohne Donald Fraser gemacht, der partout noch ein Bier mit mir trinken wollte. Als ich ihm erklärte, dass es nun schon fast Mitternacht sei und ich morgen früh um sechs Uhr den Bus in Richtung Fort William nehmen wollte - ich hatte eine zweitägige Tour über Fort William hinab nach Mallaig und von dort auf die Isle of Skye, geplant - winkte er ab. „Lassen Sie gut sein Mädchen, ich kenne einen guten Fremdenführer, der Sie sicher liebend gern mit dem Auto durch unsere schöne Gegend kutschieren würde!"

Iain nickte zwar, ich protestierte jedoch heftig, zum einen bezüglich des bereits reservierten Zimmers und überhaupt, als stellvertretender Gestütsleiter hatte Iain Fraser doch sicher wichtigeres zu tun, als deutsche Touristinnen durch die schottischen Highlands zu fahren?

Die beiden Männer versorgten mich mit neuem Bier und redeten so lange auf mich ein, bis ich schließlich einwilligte. Das Problem mit dem bereits gebuchten Zimmer in Mallaig wurde mittels eines kurzen Anrufes bei dem Hotelbesitzer gelöst und so verabredeten wir, dass Iain mich am nächsten morgen um acht Uhr abholen und wir meine komplette Tour, inklusive der Skyeüberfahrt, gemeinsam abfahren würden. Abends waren wir dann zum Dinner beim Lord eingeladen.

Als ich später, leicht angeduselt, in meinem Bett in Miss Stevensons Bed & Breakfast lag, musste ich lächeln. Was für ein ereignisreicher Tag! Ich hatte unglaublich nette Menschen kennen gelernt, allen voran natürlich Iain, aber auch die anderen Männer, die mit uns am Feuer gesessen hatten, waren sehr nett und keinesfalls verbohrt oder verschlossen gewesen. Und dann war da ja noch der Lord, der mich mit seinen listigen Augen immer so wissend anlächelte. Er vermittelte permanent den Eindruck, als würde er etwas im Schilde führen. Augenscheinlich trug sein berühmter Vorfahre, der Lord of Lovat, nicht umsonst den Beinamen „alter Fuchs" - Listigkeit schien der Familie Fraser wohl im Blut zu liegen.

Leicht verkatert schälte ich mich am nächsten Morgen aus dem Bett, der Himmel war strahlend blau, die Sonne schien und nach einem leckeren Frühstück und - dank des starkem Tees - wieder klaren Kopf, war ich bereit für unsere Tour.

Punkt acht Uhr fuhr Iain mit einem Volvo-Geländewagen vor und hupte. Ich trat aus der Tür, umrundete den Wagen und setzte mich beinahe auf seinen Schoß, als ich auf der Fahrerseite einsteigen wollte - dieser blöde Linksverkehr raubte mir noch den letzten Nerv! Ich überspielte die ganze Sache, in dem ich mit den Worten: „Alle Achtung, schicker Schlitten!", meine Tasche auf den Rücksitz warf, wieder ums Auto herum stakste und meine Position als Beifahrer einnahm. Iain ließ mich gewähren, lächelte jedoch leicht in sich hinein und schon ging es los.

Die Strecke am Loch Ness entlang bis hin zum Urquhart Castle kannte ich bereits von unserer gestrigen Tour, was danach kam war alles neu und wahnsinnig interessant. Das Loch Ness erstreckte sich noch lange Zeit neben uns und so früh am Morgen lag an manchen Stellen noch Nebel auf dem Wasser, was ihm einen sehr mystischen und beinahe verwunschenen Eindruck verlieh. Es war wirklich nicht schwer nachzuvollziehen, dass sich um diesen See so viele Geschichten und Geheimnisse rankten.

Während der Fahrt erklärte Iain mal hier, mal dort etwas über bestimmte Orte und Stellen und ich war einfach glücklich. Dazu kam noch das Wetter, laut Iain war dies die schönste erste Maiwoche seit „tausenden von Jahren" und er schien wirklich Recht zu haben. An und für sich sagt man ja dem schottischen Wetter eine ziemliche (Übel-)Launigkeit nach, doch hatte es seit meiner Ankunft nicht ein einziges mal geregnet - im Gegenteil, die Sonne schien, als hätte sie jemand dafür bezahlt.

Gegen neun Uhr erreichten wir Fort William und setzten uns in ein kleines, uriges Café um uns mit Tee und selbstgebackenen Kalorienbomben zu stärken. Als wir hinterher durch den Ort spazierten, um die Ruine, beziehungsweise die spärlichen Überreste, des Forts zu betrachten, sagte ich traurig zu Iain: „Es ist so schön hier und übermorgen Abend muss ich schon wieder Richtung Edinburgh aufbrechen, dort habe ich dann den Freitag um auf Erkundungstour zu gehen und am Samstag, also in gerade mal vier Tagen geht's schon wieder zurück nach Deutschland. Ist das nicht furchtbar?" Ich war wirklich ziemlich traurig und so erzählte ich ihm auf der Weiterfahrt Richtung Glenfinnan alles, von meiner Scheidung über meinen nervigen Job, meinem momentanen Domizil im alten Kinderzimmer, bis hin zu der Tatsache, dass ich keine Lust hatte, mein Leben in dieser Form lange weiterzuführen.

Iain erwies sich als großartiger Zuhörer und nachdem wir den Wagen in der Nähe des Visitor Centers geparkt hatten und uns zu Fuß zum Glenfinnan Monument aufmachten, war mir das Herz wieder leichter.

Es war atemberaubend, vor uns erstreckte sich ein See, das Loch Shiel, welches zu beiden Seiten von Bergen umgeben war. Hinter uns befand sich das „Glenfinnan Viadukt", die Brücke, die in einem der Harry Potter Filme eine Rolle gespielt hatte. Genau hier, am Nordende des Loch Shiel war im Jahre 1745 Bonnie Prince Charlie mit einer handvoll Mannen gelandet, um den Thron Schottlands einzufordern. Hier hatte er verweilt und beinahe schon befürchtet, dass ihn keiner unterstützen wurde, bis plötzlich die Männer des MacDonald Clans gekommen waren. Hier hatte der Aufstand begonnen und in gewisser Weise auch geendet.

Als der junge Prinz nach der Niederlage von Culloden flüchten musste, war er unweit von hier wieder auf ein Schiff gegangen um den Fängen der Engländer zu entfliehen.

Das Denkmal war seiner Zeit von einem Nachfahren des Mac Donald Clanoberhauptes, der den Prinzen damals so tatkräftig unterstützt hatte, aus so genannten Cairns errichtet worden. Jenen Steinen, die von einem jeden schottischen Kämpfer zu Beginn einer Schlacht auf einen Haufen gelegt und nach der Schlacht wieder an sich genommen wurden. Leider war nach Culloden kaum ein Schotte in der Lage gewesen, seinen Stein wieder aufzunehmen.

Dennoch war es ein wunderschöner Ort und wir verweilten eine ganze Zeit auf einer der Bänke und genossen die friedliche Stille, es war noch früh im Jahr und somit kaum andere Touristen unterwegs. Plötzlich durchschritt ein Hirsch das Gelände, wie selbstverständlich lief er, auf der Suche nach Futter, keine zehn Meter an uns vorbei und ich war völlig sprachlos.

Über die „Road to the Islands", auf der mir wegen dieser unglaublich schönen Natur und der unbeschreiblichen Wildheit dieses Fleckens Erde tatsächlich die Tränen kamen, erreichten wir Mallaig, wo wir uns an einem kleinen Imbissstand mit Fish & Chips versorgten. Ich hatte mich zwar geweigert den Fisch zu nehmen, doch die Dame in dem Stand, sturköpfig wie die Schotten nun einmal waren, hatte sich geweigert ihn wegzulassen. Kauend erklärte ich Iain, dass ich für gewöhnlich bei Fischgeruch immer würgen müsse. Es war nicht so, dass ich es nicht tausendfach probiert hätte, ich hatte Lachs gemacht, Forelle, alles - erträglich für mich waren einzig und allein diese Dinger in den Alu-Schalen und gelegentlich mal eine Stückchen geräucherter Makrele oder auch Aal. Krustentiere hingegen, wie Scampi oder auch Languste, aß ich leidenschaftlich gerne. Schließlich war ich in Ostfriesland aufgewachsen, wurde somit quasi mit Granat (Mini-Shrimps aus der Nordsee) großgezogen!

Iain schüttelte über meine Ausführungen lediglich den Kopf und befreite meine Tüte in einem unbeobachteten Moment von dem ungeliebten Stückchen Fisch.

Die halbstündige Überfahrt Richtung Skye konnten wir an Deck verbringen, es war früher Nachmittag und die Sonne stand hoch am Himmel und wärmte unsere Gesichter. Auf der Insel angekommen, machten wir uns zunächst auf in Richtung Portree, wo uns schottisches Dorfleben „live und ungeschnitten" geboten wurde.

Wirklich unglaublich, denn Portree gilt als größter Ort der Insel und wird sogar als „Inselhauptstadt" bezeichnet. Allerdings ist dieser Ort so klein und possierlich, dass man ihn zu Fuß innerhalb einer knappen halben Stunde umrunden kann. Dennoch, ich genoss die Friedfertigkeit und die Trägheit, die hier vorherrschte, bis wir uns aufmachten, den westlichen Inselteil zu erkunden und uns anschließend zurück in Richtung des Festlandes begaben, wo wir natürlich dem Eilean Donan Castle in Dornie, der wohl meist fotografierten Burg Schottlands, noch einen Besuch abstatteten.

Wir waren den ganzen Tag unterwegs gewesen und ich war mir sicher, dass Iain, geschlaucht von der ganzen Fahrerei, froh war, als wir gegen sieben Uhr abends endlich das Anwesen der Frasers in Beauly erreichten. Er hatte eine Stunde vor unserer Ankunft angerufen und uns angemeldet, so stand das Abendessen bereits auf dem Tisch und der Lord erwartete uns freudestrahlend.

„Guten Abend Neffe, guten Abend Mrs. Becker! Ich hoffe, Sie hatten einen angenehmen Tag? Nun lassen Sie doch diesen albernen Knicks weg, wir sind doch nicht mehr im 18. Jahrhundert! Kommen Sie, kommen Sie! Und Iain du auch, das Dinner kann direkt serviert werden! Welchen Wein bevorzugen Sie, meine Liebe?"

Ich antwortete, dass ich am liebsten trockenen Rotwein trinken würde und während wir Platz nahmen, trugen sogleich Dorothy, die Haushälterin - und ich war mir sicher, die heimliche Chefin des Hauses - und ihre Helferinnen das Abendessen auf.

Es war himmlisch, es gab eine Fleischplatte „quer durch die Fraser-Ländereien", also Rehrücken, Wildschwein, Ente und sogar Kaninchen. Für letztere beiden war ich nicht ganz so zu haben, dafür langte ich jedoch bei Reh und Schwein richtig zu und ließ es mir auch nicht nehmen, sämtliche Beilagen zu kosten. Rotkohl, Kartoffeln, ganze Möhren am Bund gedünstet - es gab wirklich alles, was das Herz begehrt und so lobte ich, wann immer mein Mund für einen kurzen Augenblick leer war, wieder und wieder die Kochkünste von Mrs. Miller. Zum Nachtisch gab es noch eine Creme mit Pfefferminzgeschmack und viel Sahne obendrauf. Ich hatte das Gefühl, als müsste ich jeden Moment platzen.

Der Lord tupfte sich mit einer Serviette den Mund ab, sah mich mit seinem bekannt listigen Blick an und fragte: „Kind, hätten Sie nicht Lust noch mal Ihren neuen Freund Hannibal zu besuchen, ich müsste kurz etwas mit Iain besprechen. Seien Sie doch in einer halben Stunde im Salon, dort wird der Kaffee serviert!"

Ich hatte zwar keine Ahnung wo sich der Salon befand, doch die Aussicht auf einen Besuch bei Hannibal war zu verlockend, um zu protestieren und so bedankte ich mich fürs Essen und verließ fluchtartig den Raum.

Als ich aus dem Haupteingang trat und die gepflegten Kieswege, neben denen noch gepflegterer Rasen wuchs, entlang über das Anwesen in Richtung Stallungen spazierte, wurde ich plötzlich von Heimweh ergriffen. Nicht etwa Heimweh nach Deutschland, sondern Heimweh nach hier, nach Schottland! Ich mochte gar nicht daran denken, dass ich diese wunderbaren Menschen und dieses herrliche Land schon so bald wieder verlassen musste, um mich wieder in die Tristesse meines Alltags einzufinden.

Vor dem Stall saßen, jeweils links und rechts vom Eingang, die MacKenzie Brüder, die Stallungen wie zwei Gargoyle bewachend. Als sie mich sahen, sprangen sie jedoch auf und liefen mir winkend entgegen. Aus Angst mir die Augen zu verblitzen, hoffte ich hoffte inständig, dass sie nicht zu lächeln beginnen würden.

Nach einer freundlichen Begrüßung mit Handschlag und Rückenklopfen und ohne weitere Zwischenfälle meine Augen betreffend, wurde ich in den Stall gelassen, wo außer den malmenden Pferdemäulern und einem gelegentlichen Schnauben nichts zu hören war.

Ich genoss einen Moment lang die Stille, ging dann jedoch weiter, trat an Hannibals Box und sprach ihn leise an. Ein dunkles Wiehern kam zurück und so schlüpfte ich durch die Tür. Auf dem Weg aus dem Haus hatte ich es mir nicht nehmen lassen, einen Abstecher in Mrs. Millers („Nennen Sie mich doch Dotty, Kind!") Refugium zu machen und um einen Apfel zu bitten, diesen nahm Hannibal nun behutsam von meiner Hand und kaute schmatzend und sabbernd vor sich hin.

Während ich ihm Kosenamen in die Mähne murmelte, hatte ich gar nicht bemerkt, wie viel Zeit schon vergangen war, bis plötzlich Aidan in den Stall kam und mir mitteilte, dass ich schon auf der Vermisstenliste stünde und im Salon erwartet würde.

Nach einer kurzen Erklärung, dass selbiger sich, wenn man durch den Haupteingang ginge, ganz geradeaus und am Ende des Ganges links befinde, machte ich mich auf den Weg.

Iain und der Lord hatten den Kaffee übersprungen und waren bereits zum Whisky übergegangen. Als ich eintrat, zog der alte Fraser gerade an einer dicken Zigarre. Mit eben dieser Zigarre im Mund begann er zu sprechen und fragte mich: „Sagen Sie Emma, was haben Sie denn morgen vor, wo Sie doch Ihre Tour schon an einem Tag abgefahren haben?"

Ich hatte mich dieses, während ich Hannibals Mähne gekrault hatte, ebenfalls gefragt und erklärte, dass ich mir noch nicht ganz sicher war, eventuell aber auf die Isle of Lewis fahren würde, um den dortigen Steinkreis, die „Standing Stones of Callenish" zu besuchen. Die Zigarre wanderte in den anderen Mundwinkel und grinsend fragte er, ob es nicht vielleicht ebenfalls in Frage käme, die Fraser-Ländereien und das nähere Umfeld zu Pferde zu besichtigen - Iain habe zwar einen wichtigen Termin wahrzunehmen und wäre nicht zugegen, dafür würde aber er sich anbieten und den Part des Reiseführers übernehmen.

Ich zog eine Augenbraue hoch und versuchte mein Erstaunen, und meine heimliche Freude, so gut es ging zu überspielen, indem ich mich bemühte, seinen ironischen Tonfall nachzuäffen. „Nun, es wäre in der Tat eine Überlegung wert, gerade unter dem Gesichtspunkt in so netter Begleitung auszureiten!"

Lachend klopfte der Alte mir auf die Schulter und so war es beschlossene Sache.

Nach einem letzten gemeinsamen Glas, ließ ich mich von Pete Miller, dem Mann der Haushälterin Dotty, nach Hause fahren, wo ich, nach einer gottverdammt heißen Dusche, todmüde ins Bett fiel. Mein letzter Gedanke galt meiner nichtvorhandenen Reitkleidung für den morgigen Tag - nur ein sehr kurzer Gedanke, denn einen Augenblick später war ich bereits eingeschlafen.

Am nächsten Morgen holte mich Pete wie verabredet ab. Er richtete mir schöne Grüße von Iain aus und wir fuhren auf direktem Wege zum Fraser-House, wo mich Dotty schon in der Tür stehend erwartete. „Wie schön, dass Sie da sind Kind, kommen Sie schnell herein, Sie müssen sich noch umziehen, ich habe schon alles bereitgelegt!"

Ich wusste zwar nicht wirklich wovon sie sprach, folgte ihr dennoch ins Obergeschoss, wo wir einen großzügigen Raum, eingerichtet mit wunderschönen, antiken Möbeln und einem Himmelbett mit dunkelgrünem Baldachin, betraten. Angesichts des dort vorhandenen Prunks war ich sprachlos und schaute mich staunend um.

Plötzlich bekam ich jedoch eine Gänsehaut und mir war, als würde irgendeine Präsenz oder Aura in diesem Raum vorhanden sein, die sich soeben eingehend mit meiner Person zu beschäftigen schien. Dotty sah, wie ich mich schüttelte und erklärte mir, dass dies, bis zu ihrem Tod, das Schlafgemach vom Lord und seiner Lady gewesen sei. Seitdem Lady Anne vor fünfzehn Jahren bei einem tragischen Autounfall ums Leben gekommen war, hatte der Lord sich jedoch geweigert, diesen Raum zu betreten und sei in ein Schlafzimmer in einen anderen Teil des Hauses umgezogen.

Da Lady Anne und ich jedoch annähernd die gleiche Größe und Statur hätten, und der Lord sich sicher war, dass ich keinerlei Reitklamotten bei mir haben würde, hatte er zu ihr gesagt: „Dotty geben Sie ihr was von Annes Sachen, sie liegen zwar schon eine ganze Weile im Schrank, aber sie werden ihr sicher passen und Anne würde es gefallen, wenn so eine bezaubernde junge Dame ihre Kleider trägt!"

Die Stiefel waren zwar etwas weit, aber die dunkelgrüne Hose, mit weichem Ganzlederbesatz, und die dazugehörige, karierte Jacke saßen wie angegossen. Mein Haar war mittlerweile schon wieder so lang, dass ich es -zwar mit tausenden kleiner Klammern, aber dennoch- am Kopf feststecken konnte und ich fand, ich sah ziemlich „Lady-like" aus.

Als ich aus der Tür trat, erwartete mich der Lord bereits zu Pferde, er saß auf einer großen braunen Stute mit schwarzen Behängen, an der Hand hatte er einen hübschen rot-grauen, für diese Rasse wirklich zierlichen, jungen Hengst mit Namen „Ruadh", was übersetzt „rostrot" bedeutete.

„Hinreißend, Sie sehen hinreißend aus! Annes Sachen stehen Ihnen ganz hervorragend und ich bin sicher, dass sie in diesem Moment auf uns herabschaut uns sich freut!" Dem Gefühl nach, welches mich in ihrem Zimmer beschlichen hatte, war ich mir dessen ebenfalls sicher, doch behielt ich dies lieber für mich, bedankte mich stattdessen für das Kompliment sowie die freundliche Leihgabe und saß auf.

Während wir die Stallungen umrundeten und weiter westlich aufs freie Feld hinausritten, erklärte mir der Lord, dass Iain und Hannibal heute auf einer Schau für Landesbeschäler seien („Sonst hätten Sie ihn natürlich reiten dürfen") und wenn alles gut ging, würde er wieder einmal als einer der besten Hengste des Landes gekört werden, was dem Fraser-Gestüt ordentlich Gewinne einfahren würde.

Hingegen dem, wie es in Deutschland zumeist üblich ist, wurden auf diesem Gestüt die Stuten nicht künstlich befruchtet, sondern der Hengst durfte in den meisten

Fällen „wirklich ran". Laut dem Lord sei zwar immer ein gewisser Vorrat an eingefrorenen Spermien vorhanden, allerdings hatte sich gezeigt, dass sowohl Hengst, als auch Stute, besser mit der natürlichen Art und Weise klarkämen und die Zahl der Befruchtungen hier deutlich höher lag.

Neben Hannibal, dem Star des Gestüts, gab es noch diverse Zuchtstuten, von denen drei besonders wertvoll waren, eine davon, Mayflower, würde er gerade reiten. Der junge Ruadh, der mich in diesem Augenblick durch die Landschaft trug, war ein Sohn Hannibals und frisch eingeritten. Wie mir Donald erklärte, würden Hengstfohlen, die nicht hundertprozentig perfekt waren verkauft, sobald sie von der Mutter abgesetzt wurden. Verschmitzt lächelnd fügte er jedoch hinzu, dass er auf unerklärliche Weise von Anfang an, an diesem „Rostroten" gehangen habe und ihn somit einfach nicht hatte weggeben können.

Schließlich erklärte er mir noch, dass diverse Fohlen, teilweise Hannibals, teilweise die anderer Hengste, vom letzten Jahr mit ihren Müttern auf der Weide liefen und darauf warteten, begutachtet, prämiert und anschließend verkauft oder aber behalten zu werden. Ich war begeistert und hielt mit meinen Lobeshymnen nicht hinter dem Berg, was den alten Fraser sichtlich erfreute.

Wie bereits erwähnt, verfügten die Frasers über einen schier unendlichen Landbesitz. Unweit des Hauptgeländes befand sich ein Loch, ein kleiner See, in welchem auch gebadet werden konnte, wenn die Sonne denn einmal lange genug schien um das Wasser zu erwärmen. Während wir den kleinen See umrundeten, erklärte mir Donald lachend, dass Hannibal Wasser abgöttisch liebte und es schon mehr als einmal vorgekommen war, dass er während eines Ausrittes einfach durchgegangen war und sein Reiter sich kurze Zeit später im eiskalten schottischen Wasser wieder gefunden hatte.

Unser Ritt führte uns weiter in ein kleines Waldgebiet, wo sich Reh, Wildschwein und allerlei anderes Getier tummelte. Inmitten der Ländereien waren immer wieder kleine Farmhäuser zu sehen. Auch wenn es auf den ersten Blick so schien, als lägen sie jenseits vom Schuss, war jedes Haus erschlossen und über eine kleine Straße zu erreichen. Hier lebten die Pächter - Bauern, die Schafe oder auch die zottigen Highlandrinder züchteten, einige von ihnen betrieben ebenfalls Ackerbau.

Die meiste Zeit zockelten wir im Schritttempo gemächlich vor uns hin, gelegentlich legten wir auch einige Strecken im leichten Trab zurück und es war einfach herrlich, diese wunderbare Landschaft auf dem Rücken eines Pferdes zu erkunden.

Auf dem Rückweg, die Stallungen waren bereits in Sicht, lag eine weite Ebene ohne Straßen, Zäune oder sonstiger Hindernisse vor uns. Ich ritt voran und plötzlich sah ich Mayflower wie einen geölten Blitz an mir vorbeischießen und vernahm etwas wie: „Wenn Sie reiten können, dann holen Sie mich doch ein!"

Das ließ ich mir nicht zweimal sagen, denn eigentlich hatte ich auf diesen Moment schon den ganzen Tag gewartet und so gab ich Ruadh die Zügel hin, drückte ihm meine Schenkel in die Seiten und trieb ihn an.

Mit fliegender Mähne und fliegenden Haaren, meine Spangen hatten sich mittlerweile alle gelöst, rasten wir über das offene Land. Irgendwann fühlte es sich so an, als würden Ruadhs Hufe den Boden nicht mehr berühren und wenige Augenblicke später zogen wir am Lord vorbei.

„Horrido!", rief ich aus, galoppierte noch ein Stückchen weiter, schließlich musste ich meinen Triumph auskosten, stoppte dann aber, wendete mein Pferd und ritt dem Lord, der kapitulierenderweise ebenfalls abgebremst hatte, in ruhigem Tempo entgegen. Er wedelte mir mit einem weißen Taschentuch zu.

„Ich gebe auf! Sie haben ja gewonnen! Doch müssen Sie zugeben, dass wir beiden Betagten - Mayflower dazu noch mehrfache Mutter - gegen so junges Blut keine Chance hatten!" Statt zu antworten, lächelte ich ihn an und wir legten den Rest des Weges im Schritt zurück, so dass sich Pferd und Reiter wieder beruhigen konnten.

Eigentlich war geplant, gleich nach unserer Ankunft eine Kleinigkeit zu essen, da ich mich jedoch weigerte, mein Pferd von den MacKenzies versorgen zu lassen - nicht, dass ich an ihrer Fähigkeit gezweifelt hätte, ich wollte es nur gern selber tun - und da es sich der Lord dann ebenfalls nicht nehmen ließ, Mayflower selbst zu versorgen, musste sich Dotty mit dem servieren der Speisen noch ein wenig gedulden.

Der Tisch war zwar nicht so festlich gedeckt wie am Abend zuvor, dennoch war das Essen wieder sehr lecker, es gab Hühnchen in einer Sahnesauce, Reis und Gemüse, dazu eine große Schüssel Salat und etwas Weißwein.

Soviel Gastfreundschaft hatte ich noch nie erlebt, erst wurde der Stallmeister als mein Fremdenführer verpflichtet und dann verpflichtete seine Lordschaft sich selber dazu. Ich durfte in der Reitkleidung der verstorbenen Hausherrin die wunderbarsten Pferde reiten und schlussendlich ließ Donald Fraser mich bereits das zweite Mal an seiner Tafel speisen. Beim Gedanken an den morgigen Abschied überkam mich plötzlich eine tiefe Trauer.

Ich schob ich den Gedanken daher schnell beiseite, seufzte und dankte dem Lord von Herzen für alles. Er winkte jedoch ab und sagte: „Kommen Sie, heben Sie Ihr Glas, Slàinte mah! Auf Ihr Wohl und nennen Sie mich doch bitte Donald! Ich darf doch Emma sagen, oder?" Per Du mit einem Lord, wer sagt da schon nein! Ich willigte sofort ein und wir stießen an.

Der Lord stellte sein Glas ab, legte mir freundschaftlich seine Hand auf den Arm und blickte er mir in die Augen. Dann setzte er abermals zum Sprechen an. „Ich möchte dir etwas vorschlagen. Nimm' es ihm nicht übel, aber Iain hat mir von deiner momentanen Situation erzählt, frisch geschieden, keinen vernünftigen Wohnsitz, und so weiter. Du hast unseren Stall gesehen und neben meinem Sohn Alexander, der den Laden normalerweise schmeißt, zurzeit aber verreist ist und Iain als seinem Vertreter, haben wir nur die MacKenzie-Brüder..."

Er erklärte mir, dass zwar Pete gelegentlich mithelfe, dieser aber an einer solch extremen Version von Pferdephobie litt, dass er zu nichts anderem als Zaumzeug und Sättel putzen sowie Stall ausmisten - und jenes auch nur dann, wenn der Bewohner des Stalls vorher entfernt worden war - zu gebrauchen wäre. Die MacKenzie Brüder wären zwar sehr fleißig, doch würden sie nicht gerne reiten, ihr Talent läge eher im Fahren. Schließlich erklärte er mir, dass Alexander und Iain auch außerhalb des Stalles sehr beschäftigt seien und junge Pferde nun einmal viel Zeit und Geduld brauchten. Er sei daher auf der Suche nach jemanden, der sich mutig auf jedes Pferd setzen, nebenbei aber auch Aufgaben wie Stall ausmisten, Fegen, Sattelzeug pflegen und so weiter nicht scheuen würde. Ich blickte ihn mit hochgezogener Augenbraue an, als er sein Glas abermals hob, genüsslich ein Schlückchen trank, das Glas anschließend wieder abstellte und mir weiterhin erklärte, dass dieser jemand natürlich auch sehr fleißig sein müsste und hundertprozentig hinter der Arbeit stehen sollte. Bedächtig aus dem Fenster schauend, schloss er seine Ausführungen mit folgendem Satz ab: „Kurzum Emma, ich finde, dass du wie gemacht für diese Aufgabe bist!"

Das war der zweite Hammer an diesem Tag und ich war für einen Moment sprachlos. War das etwa gerade ein Jobangebot? Nachdem ich meine heruntergefallene Kinnlade wieder eingesammelt hatte, fuhr er fort: „Du wirst, ebenso wie die MacKenzies, ein Zimmer - selbstverständlich mit integriertem Badezimmer - im Gesindehaus erhalten. Um Verpflegung brauchst du dich auch nicht zu kümmern. Wie du ja schon mitbekommen hast, werden wir drei Mal täglich von Dotty verwöhnt. Zusätzlich zahle ich dir jeden Monat fünfhundert Pfund aus."

Ich nutze die Pause, die Donald einlegte, als er uns Wein nachschenkte und ein Schlücken trank, um nachzudenken. Fünfhundert britische Pfund entsprechen etwa siebenhundertfünfzig Euro - hätte mir jemand dies für einen Job als Sekretärin bei einer Vierzig-Stundenwoche geboten, ich hätte ihn ausgelacht. Diesen Job hätte ich allerdings auch angenommen, wenn ich neben Kost und Logis zehn Pfund Taschengeld pro Woche bekommen hätte!

Schon seit meiner Kindheit liebte ich Pferde über alles und auch wenn ich einen kaufmännischen Beruf gewählt hatte, so war die Arbeit mit Pferden immer mein Traum gewesen. Und außerdem: Wo sollte ich groß Geld ausgeben? Arbeits- und Wohnort wären eins und meine Mahlzeiten würde ich morgens, mittags und abends vorgesetzt bekommen. Zudem war ich Single und wenn ich nicht jetzt die Chance nutzte um mein Leben zu ändern, wann dann? Die Worte: „Sicher, die Arbeit ist nicht immer leicht und jedes Wochenende frei ist auch nicht drin, aber das kann man ja von Fall zu Fall abstimmen und..." rissen mich aus meinen Gedanken, doch ich hatte meinen Entschluss bereits gefasst, ließ Donald gar nicht mehr ausreden, sondern sprang ihm statt einer Antwort einfach um den Hals. Dieser hatte scheinbar mit solch einer emotionalen Reaktion nicht gerechnet, klopfte mir etwas umständlich den Rücken und lächelte mich dann an. „Nun, das werte ich dann mal als „Ja"! Willkommen im Team!"

Ich war so glücklich und wäre am liebsten gleich hier geblieben um meine neue Arbeitsstelle anzutreten, schließlich war soeben mein Jugend-Traum in Erfüllung gegangen! Dann kam mir jedoch meine Mutter in den Sinn, der diese Neuigkeit ganz sicher nicht in den Kram passen würde - sie hatte schon gegen diesen Urlaub Einwände gehabt: „Kind, ganz alleine ins Ausland! Stell dir vor, irgendwas passiert und du kommst nie wieder!" Auch wenn sie es anders gemeint hatte, in gewisser Weise sollte sie ja Recht behalten.

Mein Weggang im Büro würde kaum Probleme bereiten, es war augenblicklich nicht viel zu tun und bis Ersatz da war, würde meine Kollegin eine gewisse Zeit auch alleine klarkommen. Die ganzen behördlichen Dinge mussten allerdings noch geklärt werden, dieses würde auf schottischer Seite jedoch Donald veranlassen und so legten wir fest, dass ich Inverness wie geplant am nächsten Morgen verlassen würde, jedoch nicht mit dem Bus, sondern mit Iain. Jener hatte am Donnerstag geschäftlich in Perth zu tun und würde mir bei dieser Gelegenheit die südlichere Hälfte Schottlands zeigen. Die Nacht würden wir bei Bekannten in Stirling verbringen - Donald übernahm es abermals, das für mich bereits gebuchte Bed & Breakfast abzusagen und dafür für die folgende Nacht ein zweites Zimmer zu buchen. Am Freitag würde Iain mich durch Edinburgh führen, seiner Zeit hatte er dort Tiermedizin studiert und kannte sich in Edinburgh aus wie in seiner Westentasche. Neben der Aufgabe des stellvertretenden Stallmeisters fungierte Iain also für die Fraser'schen und auch die Tiere der umliegenden Farmen als Tierarzt.

Samstag würde ich wieder Richtung Deutschland fliegen, meinen Kram erledigen, mich von meiner Familie verabschieden und eine Woche später würden Donald und Iain mich dann, wohlgemerkt mit dem eigenen Flugzeug, abholen. Allein der Gedanke daran bereitete mir schon jetzt weiche Knie!

Später, als auch Iain zurück war und wir unseren „Pakt" mit einem Gläschen Whisky besiegelten, fragte ich Donald, ob sein Sohn denn schon von den Neuigkeiten wüsste, schließlich war er der Stallmeister des Gestüts. Der Lord winkte jedoch ab und verdrehte die Augen. „Der Junge hat zurzeit sowieso nur Flausen im Kopf, der wird sich über Verstärkung freuen!"

Ich fragte mich, was das wohl zu bedeuten habe und gleichzeitig auch, was Alexander William Donald Fraser wohl für ein Mensch sein mochte. Ich wusste lediglich, dass er etwas älter sein musste als ich und natürlich, dass er der Gestütsleiter war - ohne ihm etwas Böses unterstellen zu wollen, zweifelsohne ein Job, in welchen er hineingeboren war. Leider hatte ich es versäumt auf der Ahnengalerie einen Blick auf ihn zu werfen. Nun, ich würde ihn früh genug kennen lernen.

Alsbald war es an der Zeit zu gehen, ich bedankte mich und verabschiedete mich wehmütig von Donald Fraser - meinem zukünftigen Arbeitgeber.

Während Iain seinen Termin in Perth wahrnahm, wanderte ich bei strömendem Regen ein wenig durch die Stadt, ließ die Eindrücke auf mich wirken und dachte über die Ereignisse der letzten beiden Tage nach.

Bisher, beziehungsweise gerade während der Zeit nach der Trennung, hatte ich das Gefühl gehabt, dass alle Menschen ständig Glück hatten, mir dieses jedoch nie zu Teil wurde - scheinbar hatte ich mich geirrt, denn schlussendlich hatte sich das Schicksal doch noch etwas positives für mich einfallen lassen.

Donald war sich bewusst, dass ich keine gelernte Bereiterin war und auch das Zureiten junger Pferde nur begleitet, nie jedoch komplett selber ausgeführt hatte, aber es schien ihm egal zu sein. „Ich sehe doch wie du mit den Tieren umgehst, das macht die fehlende Ausbildung wett und außerdem werden dich mein Sohn und Iain tatkräftig unterstützen!", hatte er gesagt.

Nachdem letzterer seinen Termin beendet hatte und wir gemeinsam durch die Gartenanlagen des Stirling Castle wanderten, fragte ich ihn über den Menschen Alexander Fraser aus. Er zuckte die Schultern und sagte: „Weißt du, er ist manchmal anderen Menschen gegenüber etwas ungehalten, erschrick' dich also nicht, wenn du ihn kennen lernst und er zufällig schlechte Laune hat. Aber für Tiere, da hat er echt ein Händchen, selbst der wildeste Hengst verwandelt sich in ein Lamm sobald Alex in der Nähe ist."

Ich war so neugierig auf diesen Mann und wollte unbedingt mehr erfahren. Um nicht allzu aufdringlich zu wirken, fragte ich nicht weiter sondern sagte lediglich:

„Tja, dann kann als Pferd also froh sein, wenn man mit ihm zusammen ist, als Frau scheinbar nicht?!" Iain schnaubte verächtlich. „Das Wesen, was augenblicklich an seiner Seite weilt, kann schon von sich aus nicht froh sein, aber lassen wir das. Wenn ich noch mehr über unser dünnblütiges London-Model reden muss, krieg ich nur schlechte Laune!"

Meine Neugierde war zwar noch nicht gestillt, aufgrund des Tonfalls und seiner Wortwahl, traute ich mich jedoch nicht, Iain weiter nach Alexander Fraser, oder seiner Freundin auszufragen. Auf meine Frage, ob er selber denn verheiratet sei oder Familie hätte, erklärte mir Iain, dass er in der Tat einmal verheiratet gewesen sei, mittlerweile jedoch schon lange allein war. Seine Frau hatte kein Verständnis für seine Arbeit gehabt und es hatte sie gestört, dass er mehr Zeit im Pferdestall verbrachte, als bei ihr und so hatte sie ihn eines Tages einfach verlassen.

„Aye und ich habe auch keine Lust wieder zu heiraten, viel zu kompliziert!", schloss er seine Ausführungen ab. Da auch ich in dieser Hinsicht gebrandmarkt war, stimmte ich zu und er fügte grinsend und augenzwinkernd hinzu, dass seine Abneigung gegen Heirat nicht bedeuten würde, dass er abstinent lebe, mal hier und dort eine Liebschaft war schließlich sehr angenehm und abwechselungsreich. Ich verdrehte die Augen und gab ihm einen Schubs mit der Hüfte.

Lachend betraten wir das Castle und ich war abermals beeindruckt. Wie hatten die Menschen es zur damaligen Zeit nur geschafft, solche prachtvollen Bauten in die Landschaft zu setzen? Und erst das Interieur! Sie mussten zweifelsohne unwahrscheinlich reich und wohlhabend gewesen sein.

Später schlenderten wir noch ein wenig durch die lebhafte Studentenstadt, tranken in einem kleinen Kaffeehaus Tee mit dem leckersten Gebäck der Welt - „Shortbread", und machten uns schlussendlich zum Gut der MacGregors, ein paar Meilen westlich der Stadt, auf.

Im Hause von Manfred und Annabell MacGregor wurde Iain freundschaftlich begrüßt und ich wurde, nachdem man mich allen vorgestellt und ich unzählige Hände geschüttelt hatte, ebenfalls in die Gemeinschaft aufgenommen und wir aßen gemeinsam zu Abend. Das Begrüßungsprozedere an sich, hatte jedoch ganz schön Zeit in Anspruch genommen, denn die MacGregors besaßen acht Kinder im Alter zwischen drei und vierzehn Jahren, alle mit dem gleichen Gesicht, pechschwarzen Haaren und dunklen Knopfaugen ausgestattet.

Während Annabell später, zusammen mit der Haushälterin, sämtliche dieser knopfäugigen Wesen ins Bett verfrachtete, führte uns Manfred durch die Stallungen. Sindbad, der Zuchthengst der MacGregors, war am Vormittag etwas unglücklich aus der Box getreten und hatte sich scheinbar etwas gezerrt, Iain sollte sich nun die Verletzung ansehen.

Während die beiden das Pferd verarzteten, lief ich alleine durch den Stall, tätschelte mal hier einen Hals und strich mal dort über eine Pferdenase und bei dem Gedanken daran, dass ich künftig jeden Tag mit Pferdenasen und -hälsen verbringen durfte, kamen mir vor Freude die Tränen und ich schniefte leise vor mich hin. In diesem Moment trat Annabell MacGregor neben mich, legte mir sanft ihre Hand auf die Schulter und flüsterte mir leise beruhigende Worte zu, als achtfache Mutter schien sie genau zu wissen, welche Knöpfe sie drücken musste, um jemanden zu beruhigen.

Gemeinsam schlenderte wir wieder zurück und ließen uns im Salon nieder. Im Hause herrschte ohne die lärmenden Kinder eine angenehme Ruhe und wir verbrachten einen netten Abend zu viert.

Während Annabell und ich uns gegen Mitternacht in unsere Betten verabschiedeten, blieben Manfred und Iain noch ein wenig sitzen, um über die Pferdezucht zu sprechen, wie sie vorgaben. Im Herausgehen gab mir Annabell jedoch einen Stoß mit dem Ellenbogen, zeigte mit dem Daumen hinter sich auf die Männer und zischte mir zwischen ihren Zähnen hindurch zu: „Von wegen Pferdezucht! Jetzt holt er gleich den Whisky vor und sie besaufen sich!"

Grinsend betrat ich mein Schlafgemach und bemerkte im nächsten Augenblick, wie müde ich eigentlich war. Ich schlief wie ein Stein in der blütenweißen Bettwäsche, die zart nach Rosen duftete und erwachte am nächsten Morgen gut gelaunt und voller Vorfreude auf ein schottisches Frühstück.

Nach einer herzlichen Umarmung von Annabell MacGregor und einem kräftigen Handschlag von Manfred, die Kinder konnten wir diesmal Gott-sei-Dank umgehen, da sie schon alle in der Schule oder im Kingerdarten waren, brachen wir auf nach Edinburgh, wo wir zunächst unsere Sachen im B & B der Familie Crook, etwas außerhalb des Stadtkerns, abluden und uns dann per Bus zu einer Stadtrundfahrt aufmachten. Iain hätte mir zwar alles ebenso gut vom Auto aus zeigen und erklären können, doch hatten er und Manfred MacGregor gestern Abend dem Whisky tatsächlich etwas sehr zu gesprochen und er verschlief die zweistündige Rundfahrt selig an meiner Schulter.

Am Castle angekommen, war er jedoch wieder topfit und führte mich hindurch. Iain schien jeden Stein, jeden Gang und jede noch so kleine Nische zu kennen. Da er während seines Studiums selbst als Fremdenführer auf der Burg gejobbt hatte, war dies nicht weiter verwunderlich.

Dennoch fragte ich mich, warum jemand aus einem augenscheinlich so gut betuchten Hause, während des Studiums arbeiten musste. Neugierig wie ich war, hakte ich natürlich nach: „Konnte dir dein Onkel das Studium nicht finanzieren, oder warum hat du hier gejobbt?" Iain verdrehte die Augen. „Onkel Donald hätte meinem ganzen Jahrgang das Studium finanzieren können, aber du weißt ja wie das ist. Schön auf eigenen Beinen stehen, bloß nicht bequem werden! Total bescheuert!", fügte er vogelzeigend hinzu. Ich hatte mir so etwas bereits gedacht und kommentierte daher die ganze Sache nicht weiter.

Als wir gegen Mittag mit der Burg durch waren, taten mir von vielen Laufen schon die Füße weh. Iain kannte jedoch kein Erbarmen und nachdem wir einen kleinen Imbiss in einem Pub in der Old Town zu uns genommen hatten, führte er mich, abermals zu Fuß, weiter durch den alten Teil der Stadt, wo wir uns einer geführten Tour durch die Katakomben, inklusive Gespenstern anschlossen. Nach der Führung statten wir dem Edinburgh Dungeon noch einen Besuch ab, mir wurde angesichts der dort gezeigten Folterinstrumente ganz anders. Barbarisch!

Es war schon später Nachmittag, beziehungsweise früher Abend, als wir unser Bed & Breakfast wieder erreichten und nach einem halbstündigen Nickerchen und einer Dusche machten wir uns auf zum Abendessen.

Wir genossen ein hervorragendes Drei-Gänge-Menü, der Lord hatte uns einen Platz in einem der exquisitesten Lokale Edinburghs reserviert, tingelten anschließend durch diverse Pubs und Karaoke-Bars und landeten schlussendlich in einem angesagten Club in der New Town, wo wir das Tanzbein schwangen.

Am nächsten Morgen ging es uns dann natürlich entsprechend bescheiden. Ich weigerte mich zunächst zu frühstücken, ließ mir von Iain schließlich doch Würstchen und Rührei in den Mund schaufeln und nach dem Frühstück hieß es dann auch schon Abschied nehmen. Auf dem Weg zum Flughafen wurde ich ganz still.

Iain begleitete mich noch in die Abflughalle, wo wir uns verabschiedeten und während er mir mit beiden Händen fest in die Wangen kniff, meinte er ganz locker: „Nächste Woche um diese Zeit holen wir dich doch schon ab! Du hast soviel zu erledigen, die Zeit wird im Fluge vergehen, wirst schon sehen!"

Ich hoffte es und während ich mir die schmerzenden Wangen massierte, bat ich ihn, Donald und auch meinem vierbeinigen Freund Hannibal schöne Grüße auszurichten und zu sagen, dass ich mich sehr auf unser Wiedersehen freuen würde.

Nachdem ich eingecheckt hatte und mich ein letztes Mal von Iain umarmen ließ, machte er sich auf den Heimweg und ich mich auf die Suche nach Gate zwei.

In anderthalb Stunden würde mein Flieger starten und zu Hause würde ich jeder Menge Leute, jede Menge zu erklären haben.

- Abschied -

In Bremen gelandet rief ich, während ich auf meine Koffer wartete, zunächst meine Eltern an.

In einem Kauderwelsch aus Deutsch und Englisch, ich hatte mich noch nicht so recht wieder an meine Muttersprache gewöhnt, teilte ich ihnen mit, dass ich gegen achtzehn Uhr mit dem Zug ankommen würde und fragte gleich, ob sie nicht Lust hätten, bei dem Griechen am Bahnhof einen Tisch zu bestellen. Ich würde sie zum Essen einladen und bat sie, meinen Bruder ebenfalls anzurufen - wenn sie Zeit und Lust hätten, wären auch er und seine Freundin eingeladen.

Noch während der Vorspeise erzählte ich meiner Familie in den schillerndsten Farben von der Landschaft und den so freundlichen Menschen in Schottland.

Von meinen neuen Freunden erzählte ich jedoch erst beim anschließenden Kaffee: „Und das ist auch der Grund, warum ich euch heute eingeladen habe ...“

Ich erntete fragende Blicke und so erzählte ich von dem Gestüt und dem Jobangebot des Lords, mit den Worten: „...und ich habe den Job angenomen“, schloss ich meine Ausführungen ab

Zunächst betretendes Schweigen, dann begann meine Mutter jedoch zu schniefen. „Das kann doch nicht dein Ernst sein, Emma! Meine Güte, das mit der Wohnung war doch nicht so gemeint, du weißt doch, dass du bei uns immer willkommen bist!“

Innerlich verdrehte ich die Augen, das würde ein harter Kampf werden, ich versuchte es zunächst auf die freundliche Tour.

„Weiß ich doch, Mama! Aber sieh' mal, was hält mich denn noch hier? Mein Mann ist weg, meine Arbeit, und vor allem die ewige Busfahrerei“ - unser Auto war Opfer das Scheidungskrieges geworden und nach langem hin und her hatte mein Mann dann doch das Sorgerecht für unser Cabrio erhalten - „macht mich wahnsinnig! Und du weißt doch, wie sehr ich Pferde liebe!“

Statt zu antworten, schnaubte sie nur und ich erklärte weiter, dass Schottland ja wohl nicht Indonesien sei und selbst wenn ich nicht ständig nach Hause käme, wäre es für meine Eltern - beide Rentner - ja wohl auch kein Problem, auch mal mich in Schottland zu besuchen. Gerade unter dem Gesichtspunkt des heutigen Angebotes an Billig-Flügen.

Im Gegensatz zu meiner Mutter, war mein Bruder sofort begeistert und mein Vater heimlich auch, doch Mama ließ sich nicht beruhigen. „Hättest du mir das vor dem Essen gesagt, ich hätte keinen Bissen herunterbekommen!“, jammerte sie.

Das wusste ich, deshalb hatte ich auch bis nach dem Essen gewartet, allerdings würde ich mir den Rest des Abends ihr Wegklagen bezüglich Magenschmerzen und Übelkeit anhören müssen. Ich kannte sie, in solchen Momenten war mit ihr einfach nicht zu reden, daher bat ich meinen Vater, mein Gepäck mit nach Hause zu nehmen, denn ich hatte beschlossen noch meine liebste und älteste Freundin Julietta besuchen.

Vor knapp einem Monat hatten wir noch gemeinsam unseren fünfundzwanzigsten Geburtstag gefeiert und waren zu diesem Zweck nach Hamburg gefahren. Da sie, genau wie ich, nicht in festen Händen war, hatten wir die Nacht zum Tage gemacht, im wahrsten Sinne des Wortes auf den Tischen getanzt und uns auf dem Kiez wahnsinnig amüsiert.

Wie ich mir bereits gedacht hatte, war Julietta von meiner Arbeitsstelle sofort begeistert, wir teilten nicht nur sämtliche Kindheits- und Jugenderinnerungen sondern auch unser Faible zu den Schottland-Romanen.

„Unglaublich! Du fährst, inspiriert von einen Buch, nach Schottland, lernst dann auch noch Mitglieder der Familie Fraser kennen, kommst wieder und erzählst mir, dass du ab nächste Woche dort wohnen und arbeiten wirst! Du warst schon immer verrückt, aber das ist der Oberhammer!", lachte Julietta und nahm mich in die Arme. „Oh-Gott Emma, ich werde dich furchtbar vermissen, aber auf eines kannst du Gift nehmen, irgendwann komme ich dich besuchen. Wer weiß, vielleicht fällt dann ja auch noch so ein wilder Hochlandschotte für mich ab!"

Ich lud sie noch auf ein Glas Wein in unsere Stammkneipe ein und als sie mich später nach Hause brachte, schliefen meine Eltern bereits tief und fest. Das ist wohl auch besser so, dachte ich, kuschelte mich in meine Decke und war Minuten später ebenfalls eingeschlafen.

Am nächsten Morgen hatte sich meine Mutter wieder etwas beruhigt.

Sie war zwar immer noch nicht ganz einverstanden mit meinen Auswanderungsplänen, aber „da sie mich ja nun schon seit gut fünfundzwanzig Jahren kenne, würde sie wissen, dass ich mich nicht aufhalten könne. Was ich mir einmal in den Dickschädel gesetzt hätte, würde ich sowieso und ohne Rücksicht auf Verluste, beziehungsweise die Gefühle meiner armen Mutter durchziehen". Jenes hatte sie mir noch unter die Nase reiben müssen, damit war der Familienfrieden jedoch wieder hergestellt.

Ich nutzte den Sonntag, um mich zunächst von meiner Oma zu verabschieden. Die Arme hatte zwar geheult wie ein Schlosshund, sich aber sehr für mich gefreut. Bei der Gelegenheit klapperte ich dann den Rest der Familie, wohlgemerkt mit dem Fahrrad, auch noch ab und stellte dabei fest, dass sich das ostfriesische Dorfleben, jedenfalls im Bezug auf die Erreichbarkeit einzelner Familienmitglieder, immer wieder als äußerst praktisch erweist.

Nachdem ich mich Sonntag bereits telefonisch bei meinem Chef angemeldet hatte, lieh ich mir am Montag den Wagen meiner Eltern und fuhr gleich nach dem Frühstück zu meiner Arbeitsstelle, wo ich ihn von meinem Vorhaben unterrichtete und eigentlich einen Wutausbruch erwartete. Er sagte jedoch nur: „Adler müssen fliegen! Sie haben mit Ihrer Scheidung wohl genug mitgemacht und ich kann sehr wohl verstehen, dass sie die Stadt lieber gestern als heute verlassen wollen!"

Nachdem ich diese unerwartete Reaktion verdaut hatte, setzten wir einen Aufhebungsvertrag auf, unterschrieben ihn und ich verließ sein Büro als freier Mensch. Meine Kollegin war von meinem Abgang allerdings nicht so begeistert, schließlich bedeutete selbiger für sie mehr Arbeit. Sie tat mir zwar leid, doch Rücksicht konnte und wollte ich keine nehmen und so packte ich meine persönlichen Sachen zusammen, verabschiedete mich auch von den anderen Kollegen und verließ meinen Arbeitsplatz als Sekretärin zum letzten Mal und für immer.

Am Wochenende hatte ich mich bereits über das Internet erkundigt und herausgefunden, dass ich als EU-Bürger einfach mit meinem gültigen Ausweis nach Schottland einreisen und arbeiten konnte. Bezüglich Sozialversicherung, Rente und so weiter, musste ich mich jedoch noch schlau machen und so fuhr ich beim Arbeitsamt vorbei um die notwenigen Informationen zu erhalten. Auch hier ging alles erstaunlich unbürokratisch und schnell von statten, daher rief ich spontan Donald vom Handy aus an und bat ihn, mich schon am Mittwoch, also übermorgen, zu holen.

Wo ich schon unterwegs war, verabschiedete mich noch von den anderen Freunden und Bekannten sowie meinem Karate-Club und versprach, mich alsbald zu melden. Schottland ist schließlich nicht Australien und dank Email und Internet wäre selbst das kein Problem gewesen.

Meine Mutter hingegen war gar nicht begeistert von meiner vorgezogenen Abreise und strafte mich den gesamten Abend über mit Missachtung, während ich, fröhlich vor mich hin pfeifend, mein Hab und Gut in Kartons verfrachtete.

Gott-sei-dank hatte ich bei meinem Auszug aus der Wohnung meines Ex-Mannes, schon jede Menge aussortiert und so war bereits nach kurzer Zeit alles sauber und ordentlich in Kisten verstaut und stand für die Abreise bereit.

Ich wollte nicht im Krach mit meiner Mutter auseinander zu gehen und so lud ich sie am nächsten Morgen ins Auto und fuhr mit ihr - getreu dem Motto: „Wenn eine Frau traurig ist, gehe mit ihr shoppen, hilft immer!" - über die Grenze ins niederländische Groningen

So war es auch, und als wir abends zu Hause bei einem Glas Wein zusammen saßen und über die bevorstehende Abreise sprachen, wurde ich doch etwas traurig - ja, verdammt ich würde meine Familie vermissen - und wie!

Die Frasers würden gegen Mittag landen und so beluden wir am späten Mittwochvormittag das Auto meines Vaters sowie das meines Bruders und setzten uns in Richtung des Flughafens in Bewegung.

Während der Fahrt war ich schweigsam und schaute ein letztes Mal auf die mir so vertraute Landschaft. Wie lange würde es dauern, bis ich das erste Mal zu Besuch kommen würde? Und würden wir uns sehr voneinander entfernen, dass ich wirklich wie eine Besucherin behandelt werden würde? Ich wusste es nicht, doch blieb mir auch keine Zeit mehr darüber nachzudenken, denn wir waren mittlerweile beim Flughafen angekommen und dort hatten sich alle versammelt.

Die ganze Familie, meine Freunde, sogar meine ehemaligen Kollegen stand bereit um sich von mir zu verabschieden. Ich stieg aus dem Auto und sogleich ertönten die ersten Klänge von Trude Herr's „Niemals geht man so ganz":

> „Wenn man Abschied nimmt,
> geht nach Unbestimmt,
> mit dem Wind,
> wie Blätter weh'n...."

Nun stimmte auch ich in das Weinen meiner Mutter ein - sie hatte damit schon begonnen, als wir noch gar nicht ganz von der Auffahrt gefahren waren - und ließ mich von meinen Lieben nacheinander in die Arme nehmen.

Nachdem wir uns alle ein wenig beruhigt hatten und mit einem Glas Sekt auf mein neues Leben anstießen, traten plötzlich Iain und Donald aus dem Flughafengebäude.

Für einen Moment war es still, die beiden, angetan im feinsten Zwirn und im traditionellen Kilt, waren an sich schon beeindruckend, als sie allerdings zwischen sich eine Schottlandflagge, mit dem Logo der Frasers sowie dem Gruß „Welcome to Scotland!" ausbreiteten, wurden sie mit tosendem Applaus belohnt.

Ich stürmte ihnen entgegen und schmiss mich den beiden in die Arme. „Ich bin so froh, dass ihr hier seid! Kommt, ich stelle euch meinen Eltern vor." Die beiden begleiteten mich und nachdem ich sie mit meinen Eltern bekannt gemacht hatte, erklärte Donald ihnen, wohlgemerkt in perfektem Deutsch, dass sie mich behüten würden wie ihre Augäpfel. „Seien Sie sicher, dass Ihrer Tochter nichts passiert, sie ist bei uns in guten Händen!"

Total hin und weg von meinem neuen schottischen Arbeitgeber war meine Mutter zu nichts anderem in der Lage, als dämlich zu grinsen und heftig zu nicken.

Dann war es jedoch an der Zeit zu gehen, mein Bruder und mein Vater halfen Iain und Donald die Kisten ins Flugzeug zu tragen („Transportierst du Steine Mädchen?") und nach einer letzten Umarmung folgte ich den beiden aufs Rollfeld.

Sie hatten das Lied wieder angemacht und zu den Worten

> „...ich will weiter geh'n
> keine Tränen seh'n,
> so ein Abschied ist lang noch kein Tod..."

stieg ich, selber mit tränennassen Augen, in die kleine Maschine.

Während Donald vorne beim Piloten Platz nahm, machten wir es uns im hinteren Bereich bequem.

Ich wusste zwar nicht warum, aber irgendwie war ich davon ausgegangen, dass Donald die Maschine selber fliegen würde. Iain erklärte mir jedoch hinter vorgehaltener Hand, dass dem Alten in Flugzeugen immer schlecht werden würde und er es mit Müh und Not geschafft hatte, den Hinflug hinter sich zu bringen, ohne sich zwischen die Beine des Piloten zu übergeben. Da für den Rückflug ebenfalls keine Turbulenzen angekündigt waren, und wir in strahlendem Sonnenschein vom Flughafen abhoben, war Iain jedoch ganz zuversichtlich, dass Donald auch den Rückflug überleben würde.

Ich blickte aus dem Fenster, nahm für mich Abschied von meiner alten Heimat und war gespannt auf das, was mir mein neues Leben in Schottland bringen würde. Es war nicht so, dass ich mich nicht darauf freute, doch verbrachte ich die erste Hälfte des Fluges damit hemmungslos zu heulen und mich von Iain (und seinem Flachmann) trösten zu lassen.

Leicht angeschiggert und vom vielen Weinen erschöpft, verschlief ich dann den Rest der Zeit und als wir in Inverness landeten, war ich ausgeruht, wieder nüchtern und wurde mindestens ebenso pompös wie ich in Deutschland verabschiedet wurde, auf dem Fraser-Gestüt empfangen.

Bereits die Auffahrt war mit Lampions geschmückt und „by the way" teilte Donald mir mit, dass zu meinen Ehren heute eine Party gefeiert werden würde. Als wir vor dem Haupthaus vorfuhren, standen meine neuen Kollegen für mich Spalier.

„Das ist ja eine Begrüßung! Vielen Dank!", sagte ich, als ich ausstieg und mich umständlich vor der versammelten Frasergarde verbeugte. Nachdem wir auf meine Ankunft und mein Wohl angestoßen hatten, wurden meine Kisten auf mein Zimmer verfrachtet, wo ich mich ein wenig einrichten und frisch machen konnte, ehe gegen zwanzig Uhr die Party starten sollte.

Ich durchschritt den Raum, den ich künftig „mein Reich" nennen sollte und hielt am Fenster inne. Der Blick war atemberaubend! An den Stallungen vorbei konnte ich über das weite Feld hinaus bis zu dem kleinen See schauen. Seufzend schloss ich die Augen und horchte in mich hinein. All meine Sinne waren auf dieses Land und dieses neue Leben ausgerichtet - ja ich war angekommen!

Ich genoss den kurzen Augenblick der Stille, packte dann jedoch einige Sachen aus, machte mich frisch und begab mich anschließend zum Haupthaus, wo ich bereits sehnsüchtig erwartet wurde.

Nach einem vorzüglichen Essen wurde ich herumgereicht wie ein Wanderpokal, wurde sämtlichen Freunden, Bekannten und Pächtern der Frasers vorgestellt, wechselte mit jedem ein paar Worte und trank und trank und trank...

Später am Abend fragte ich Donald, ob denn sein Sohn auch zugegen sei, ihm war ich leider noch nicht vorgestellt worden und ich war doch so gespannt auf den Master of Beauly Firth.

Donald runzelte die Stirn und antwortete: „Mpfm, der ist mit diesem Geschöpf auf großer Reise, erst eine Kreuzfahrt über den Atlantik nach New York und von dort aus quer durch die USA. Als wenn das nicht genug wäre musste sie ja auch noch eine weitere Kreuzfahrt durch die Karibik buchen. Zwei Wochen sind sie nun schon unterwegs Und es kommen sicher noch mindestens zwei hinzu!"

Sein Gesicht hatte einen ähnlichen Ausdruck angenommen, wie Iains eine Woche zuvor - scheinbar war die Freundin von Alexander Fraser nicht sonderlich beliebt.

Iain hatte mittlerweile das Ruder bezüglich der Musik übernommen und es ging richtig rund, irgendjemand musste ihm dann wohl eine Karaoke CD in die Hand gedrückt haben und während er noch versuchte die Animation, beziehungsweise den Text mittels Beamer an die Wand zu werfen, lief nebenbei bereits „Thank you for the music" von Abba. Ich drehte auf, schnappte mir das Mikro und legte los.

Nach diversen Karaoke-Einlagen, inklusive eines weltklasse Auftritts von Donald als Frank Sinatra mit „I did it my way", ging Iain dazu über, schottische Trinkmusik zu spielen. Wir packten uns an den Armen, bildeten einen Kreis und schmissen zu wilder Dudelsackmusik unsere Beine um uns.

Nach der dritten Tanzrunde plumpste ich jedoch nach Luft jappend auf die Couch und leerte mein Glas Bier mit einem Zug fast bis zur Hälfte. Als Iain sich kurze Zeit später neben mich fallen ließ, reichte ich ihm mein halbleeres Glas und er stürzte den Rest dankbar hinunter.

Es war mittlerweile schon sehr spät geworden und ich fragte mich, wie all die besoffenen Schotten, inklusive mir, den morgigen Arbeitstag überstehen sollten. Schließlich war es mitten in der Woche!

Fürchterlich betrunken wankte ich irgendwann hinüber ins Gesindehaus, streifte noch irgendwie die Schuhe ab und schlief schon, während ich noch mit voller Montur ins Bett plumpste.

Ich träumte, auf einem Schiff zu liegen, vielleicht flog ich auch, es war jedenfalls wackelig und irgendwie hing mein Rücken durch...

Vorsichtig öffnete ich ein Auge und stellte fest, dass ich draußen war, an Händen und Füßen festgehalten und in Richtung des großen Brunnens getragen wurde - was für ein lustiger Traum! Ich schmunzelte und schloss mein eines Auge wieder. Aber merkwürdig, normalerweise spürt man im Traum doch nicht den Wind auf seiner Haut oder riecht gar frisches Gras?

Während mir bewusst wurde, dass ich doch nicht träumte, flog ich bereits im hohen Bogen in den Brunnen.

Ich würde sagen vier Grad Celsius - wärmer konnte das Wasser nicht gewesen sein. Im ersten Moment raubte mir die Kälte den Atem und ich war wie gelähmt. Unter Wasser entspannte ich mich jedoch und ließ mich gleiten. Sie sollten nur abwarten, mich ins kalte Wasser zu schmeißen, ha!

Als ich spürte, wie zwei Arme nach mir griffen, zog ich mit aller Kraft und schon waren wir zu zweit im Brunnen. Fast gleichzeitig tauchten Iain und ich prustend unter dem Gejohle der Anderen wieder auf.

Er sah mich kopfschüttelnd an und meinte nur: „Tja Mädel, eins muss man dir lassen, Biss hast du ja! Und nun ab mit dir unter die Dusche, sollst dir ja schließlich nicht gleich an deinem ersten Arbeitstag den Tod holen!"

So war ich also in die Stallgemeinschaft der Frasers aufgenommen und bei dieser Gelegenheit gleich über das schottische Anti-Kater-Rezept aufgeklärt worden.

Nach der heißesten Dusche meines Lebens und mit langustenfarbener Haut, ein Wunder, dass sie nicht wie die einer Tomate aufgeplatzt war, trat ich zurück in den Stall um endlich mit meiner Arbeit zu beginnen.

Zunächst wurde ich jedoch nochmals durch den Stall geführt und mir wurden die einzelnen Pferde vorgestellt. Hannibal, Mayflower und Ruadh kannte ich ja bereits. Mayflower sollte nach einem Jahr Pause dieses Jahr ebenfalls wieder gedeckt werden, wobei man sich noch nicht geeinigt hatte, ob von Hannibal oder von dem Hengst der MacGregors.

Auf der Koppel tummelte sich eine ganze Horde knapp einjähriger und zweijähriger Jungtiere. Die Jährlinge sollten Anfang Juni, also in einem Monat, von ihren Müttern abgesetzt werden.

Der Einfachheit halber tauschte das Fraser-Gestüt seine Jährlinge jedes Jahr zu Beginn des Sommers mit denen der MacGregors. Ende September, Anfang Oktober kamen sie dann entwöhnt zurück und es konnte entschieden werden, was weiter mit den Tieren geschehen sollte. Bei den Fohlen, die bei Fohlenschauen bereits prämiert oder ausgezeichnet worden waren, war ein späterer Einsatz in der Zucht denkbar, die nicht prämierten wurden als Reit- und Freizeitpferde verkauft.

Wir folgten der Stallgasse und kurze Zeit später stellte mir Iain mein „erstes Opfer" vor. „Und dies ist Tinkerbell, sie wird nächsten Monat drei und ist eine Tochter von Mayflower.", erklärte er, während er mit einer ausladenden Armbewegung auf eine Box wies. Ich öffnete die Tür und stand vor einer hübschen, kräftigen Stute, dunkelbraun, fast schwarz mit vier weißen Fesseln und einer sternenförmigen Blesse zwischen den Augen. „Hallo meine Kleine!", sagte ich, steckte ihr vorsichtig eine Hand entgegen und ließ mich beschnuppern.

Bevor ich mit der Arbeit mit Tinkerbell beginnen sollte, machten wir uns jedoch daran, die Ställe auszumisten. Während die Jährlinge bereits Tag und Nacht draußen verbrachten, sich jedoch bei allzu schlechtem Wetter in einem Offenstall, wo sie auch jeden Abend mit Heu versorgt wurden, unterstellen konnten, stand ein Großteil der Pferde noch im Stall und wurde nur gelegentlich für ein paar Stunden auf die Weide gelassen.

Das hatte mehrere Gründe, zum Einen waren sie natürlich schneller zu erreichen, wenn mit ihnen gearbeitet werden sollte, außerdem bekamen sie im Stall auch nicht so einen dicken Winterpelz und schlussendlich war es einfach sicherer die wertvollen Tiere hinter Schloss und Riegel zu haben, Schottland war schließlich bekannt für seine Viehdiebstähle! Wenn der Viehdiebstahl auch nicht mehr so aktiv betrieben wurde wie zu früheren Zeiten, so kam es doch dann und wann noch vor, dass ein Pferd, oder gar eine ganze Herde Schafe oder Rinder von den Fraser'schen Weiden verschwanden und kurze Zeit später auf einem Hof der Campbells, MacDonalds oder sogar MacKenzies wieder gefunden wurden, eine Revange war hier natürlich unabdingbar. Iain erklärte mir, dass es sich hierbei grundsätzlich um Spaß handele und auch nie die besten Tiere geklaut würden, bei Viehdiebstählen mit den Campbells sei dies jedoch anders... Er wollte sich diesbezüglich jedoch nicht weiter äußern und so arbeiteten wir eine Zeit schweigend weiter.

Nach dem Mittagessen machte ich mich daran, Tinkerbell aus ihrer Box zu holen und zu striegeln. Iain hatte in der Stadt zu tun und mir aufgetragen schon mal alleine zu beginnen. Ich rieb mit dem Striegel in kreisenden Bewegungen über ihren ganzen Körper, was ihr zu gefallen schien, denn sie machte den Hals lang und streckte und reckte sich. Für mich hatte es den angenehmen Nebeneffekt, dass sämtlicher Staub und Verkrustungen aus ihrem Fell gelöst wurden.

Hinterher bürstete ich alles mit der Kardätsche ab und bearbeitete ihre Beine, samt Fesselbehang, mit der Wurzelbürste. Nachdem ich die Mähne und den Schweif von der Hand verlesen hatte, machte ich mich daran ihre Hufe auszukratzen, was sich allerdings als ernsthaftes Problem herausstellte. Tinkerbell war nämlich kitzelig und jedes Mal, wenn ich mit der Hand versuchte, an ihrem Bein hinunter zu gleiten um den Huf hochzuheben, zuckte sie weg. Ich versuchte mein Glück am Hinterbein, doch auch hier zuckte sie. Bei den Beinen der anderen Seite erwartete mich das gleiche Resultat.

Ich musste meine Taktik ändern und so griff ich einfach nach ihrem Bein und während sie es hochzog, packte ich ihren Huf und hielt ihn in der Position. So war es mir dann doch möglich ihre Hufe auszukratzen, zwar nicht gemäß Lehrbuch, ich war mir jedoch sicher, dass es sich mit der Zeit geben würde.

Hinterher gab ich ihr zur Belohnung eine Wurzel und tätschelte ihren Hals. Ich überlegte kurz, ob ich sie bereits auftrensen sollte, entschied mich jedoch dagegen und führte sie am Halfter in die, an die Ställe angrenzende Reithalle um sie zu longieren. Wie es irgendwie in jedem Stall üblich war, stand auch hier in einer Ecke ein ganzes Sammelsurium von Peitschen herum. Ich nahm mir eine, ließ die junge Stute dran schnuppern, stellte mich in Position und ließ die Leine zunächst so lang, dass sie knapp um mich herum kam, mit der Peitsche zeigte ich auf ihre Hinterhand und so gab ich ihr Stück für Stück mehr Raum. Nach ein paar Runden im Schritt ließ ich sie dann antraben. Sie hatte herrlich raumgreifende Gänge und schmiss ihre Beine nur so um sich. Mit der flatternden Mähne und dem wehenden Schweif machte sie richtig etwas her. Nach ein paar Runden im Galopp ließ ich sie zur Ruhe kommen, wechselte die Seite und wiederholte die Prozedur andersherum ebenfalls.

Nach einer halben Stunde Arbeit und ein paar Runden Schritt zum runterkommen, ließ ich sie los, damit sie sich im Sand wälzen konnte. Sie genoss es sichtlich und trabte mir, nachdem sie sich ausgiebig den Sand aus dem Fell geschüttelte hatte, schnaubend entgegen. Ich lobte sie, steckte ihr noch ein Leckerli entgegen und stellte sie, nachdem ich ihr den restlichen Sand aus dem Fell gebürstet hatte, zurück in die Box.

Später sah ich dann Alasdair und Aidan zu, wie sie mit einer stämmigen Stute das Bäume-hinter-sich-herziehen übten und sie später noch ein wenig vor die Kutsche spannten. Als Iain zurückkam, mussten noch diverse Pferde bewegt werden, geputzt hatte ich sie in weiser Voraussicht bereits alle, und so machten wir uns an die Arbeit. Bei den letzten beiden Kandidaten, es waren Hannibal und Ruadh, verbanden wir das Angenehme mit dem Nützlichen und machten einen Ausritt.

- Alex -

Nachdem ich die erste Woche mit ausmisten, striegeln, reiten, füttern und dem Training mit Tinkerbell verbracht hatte und jeden Abend, aufgrund der ungewohnten körperlichen Arbeit, todmüde ins Bett gefallen war, war ich in der zweiten Woche schon wieder dazu übergegangen jeden zweiten bis dritten Tag vor der Arbeit zehn Kilometer zu joggen und anschließend einige Kraft- sowie Karateübungen durchzuführen. Iain und die Jungs erklärten mich zwar für verrückt, aber ich wollte nicht einrosten und da ich noch nicht in Erfahrung gebracht hatte, ob es hier irgendwo einen Karate-Dojo gab, musste es erst einmal so genügen.

Wir schrieben Donnerstag, den 24. Mai, mein Bruder's Geburtstag und gleich heute Morgen hatte ich ihn angerufen. Da ich Donald von seinem Faible für Whisky erzählt hatte, hatte er eine Flasche aus der Privatbrennerei einer befreundeten Familie besorgt, welche ich ihm bereits letzte Woche in die Post gegeben hatte. Heute war sie angekommen und er hatte sich total gefreut. Mit den Worten: „Aber nicht alles auf einmal trinken!", hatte ich mich verabschiedet, war in meine Joggingschuhe geschlüpft und losgelaufen.

Es goss in strömen und nach meinem Lauf führte ich, pitschenass wie ich war, in der leeren Reithalle meine Übungen durch. Ich war grade dabei eine Kata, eine Bewegungsabfolge, in der man gegen drei oder mehr imaginäre Gegner kämpft, zu laufen, als ich einen wirklichen Angriff auf mich zukommen spürte.

Eigentlich war ich davon ausgegangen, dass sowohl Iain als auch die MacKenzie Brüder endlich aufgegeben hatten mich zu ärgern. Nachdem ich sie mit blauen Augen, beziehungsweise Iain mit einer blutigen Nase, auf den Boden gezwungen hatte, war ich wirklich davon überzeugt gewesen, künftig in Ruhe meinen Übungen nachgehen zu können, doch scheinbar hatte ich mich getäuscht. Ich machte weiter und ließ mir nichts anmerken.

Als der Angriff kam, ging ich in den Kokotsu-Dachi, der so genannten Rückwärtstellung im Karate und blockte mit einem Shuto-Uke, einer Abwehr mit offener Hand, und einem ohrenbetäubendem Kampfschrei die ankommende Faust.

Ehe sich mein Angreifer versah, ging ich einen Schritt vor und nutzte die eben verwendete Technik nochmals, diesmal jedoch als Angriff gegen die linke Halsseite meines Opfers. Mit der Rechten hielt ich noch immer seinen linken Arm fest und mit meinem linken Arm und meinem linken Fuß brachte ich ihn schließlich zu Fall, schwang mich rittlings auf ihn drauf und täuschte einen Faustschlag zur Nase vor.

In diesem Moment stellte ich fest, dass es sich bei dem Menschen unter mir weder um Iain, noch um einen der MacKenzies handelte.

Ich schluckte heftig, d och ich war wie gelähmt und konnte meinen Blick nicht von ihm wenden. Der Mann unter mir war nicht schön, jedenfalls nicht im klassischen Sinne, er hatte einen olivfarbenen Teint und dort wo eigentlich Haare sein sollten, war bis auf ein paar durchscheinender Stoppeln nichts zu sehen.

Die kräftige Stirn schmückten zwei paar zarte blonde Augenbrauen und aus dem markante Gesicht mit erstaunlich schön geschwungener Nase und wohlgeformten, vollen Lippen schauten mir zwei große braune, fast schwarze Augen entgegen.

Die maskuline Ausstrahlung und Kraft dieses Mannes war so präsent, dass ich, selbst wenn ich schnell genug reagiert hätte, keine Chance gehabt hätte, als er meine Arme packte, den Spieß umdrehte und ich mich Sekunden später unter ihm liegend vorfand. Meiner Meinung zwar nicht die gebräuchlichste Art und Weise, seinen neuen Chef kennen zu lernen, dennoch eine sehr interessante.

Als ich plötzlich spürte, wie jemand auf uns zukam, war ich endlich in der Lage meinen Blick von ihm zu wenden, blickte nach links und sah einen Pfau.

Er musste mir wohl einen Schlag auf den Schädel verpasst haben, denn ich schien zu phantasieren und beobachtete, wie der Pfau näher kam und sogar zu sprechen begann: „Verdammt noch mal, Alex! Musst du dich denn immer mit den Stallburschen raufen? Wir sind grade zwei Stunden zurück und du wälzt dich schon wieder im Sand, sieh nur wie du aussiehst, die Sachen sind nagelneu!"

Normalerweise kam ich mit der englischen Sprache sehr gut zurecht, außerdem war ich mir sicher, dass ich mir bereits ein wenig den schottischen Dialekt angeeignet hatte. Wenn ich mich jedoch aufregte oder gar fluchte, tat ich dieses merkwürdigerweise grundsätzlich auf Deutsch.

Als mir ein: „Wer oder was zum Teufel ist denn das?!", entfleuchte, beantwortete der Mann auf mir dies in perfekter deutscher Aussprache mit einem: „Das frage ich mich gelegentlich auch!"

Ich blickte ihn verwundert an, doch er schüttelte den Kopf, legte seinen Zeigefinger auf die Lippen und erhob sich von mir. Des schweren Gewichtes entledigt, schüttelte ich mich, ignorierte die mir entgegengestreckte Hand geflissentlich und stand ebenfalls auf.

Mir den Sand vom Hinterteil klopfend, baute ich mich schließlich, nass und sandig wie ich war, vor Alexander William Donald Fraser auf.

„Hi, tut mir leid wenn ich Sie erschreckt habe, ich dachte ich würde wieder von einem meiner netten Kollegen" - ich warf Iain, der die Lippen zusammenpresste und seine Hände mit aller Kraft gegeneinander drückte um nicht loszuprusten, einen scharfen Blick zu - „bedrängt werden. Vielleicht hat Ihnen Ihr Vater schon von mir erzählt, ich bin Emma Becker, die neue Pferdepflegerin aus Deutschland." - wobei ich das „in" mit einem wütenden Blick zum Pfau besonders betonte - „und mir steht der Sinn nach einem warmen Bad."

Diese letzten Worte waren scheinbar zu viel Show für jemanden wie Iain, dem bereits dicke Tränen die Wangen herunter kullerten, er drehte auf dem Absatz um und sprintete in Richtung der Ställe davon, wo er dann endlich seinem Lachanfall freien Lauf ließ. Der Master of Beauly Firth hingegen grinste mich an und antwortete: „Da brauch' es schon etwas mehr um mich zu erschrecken!" Er streckte mir die Hand entgegen und diesmal nahm ich sie.

„Ich bin Alex, nett dich kennen zu lernen! Das ist meine F- ich meine, das da drüben ist Fiona. Fiona, komm her und mach' dich mit Emma bekannt!"

Sie blickte mich und mein sandiges Outfit mit unverhohlener Abneigung an, blitzschnell wischte ich mir über die dreckige Hose und griff mit meiner sandigen Hand ihre perfekt manikürte Rechte. Hätte ich sie eine Sekunde länger gehalten, hätte sie sich wahrscheinlich direkt vor meine Füße übergeben, so jedoch nickte sie nur kurz und sah mich dann mit vor Wut blitzenden Augen an.

Alex schaute von einer zur anderen, griff nach Fionas Arm, zog sie in Richtung Haupthaus davon und faselte etwas von Tee trinken. Über die Schulter warf er mir noch ein: „Wir sehen uns später!", zu.

Als sie sich entfernten, hörte ich Fiona noch zetern, er solle seine Angestellten doch nicht immer gleich mit Vornamen anreden und wenn er das schon müsse, so sollte er doch wenigstens sie, Fiona, ordnungsgemäß vorstellen.

Ich sah dem ungleichen Paar hinterher, als es davon stiefelte. Der junge Lord, kräftig und muskulös, war knapp einen Meter neunzig groß und schien der coolste Mensch der Welt zu sein, neben ihm sah Fiona Smith, ihres Zeichens Model aus London, mit ihren knapp fünfundfünfzig Kilo bei einer Größe von fast einem Meter achtzig aus, wie ein Gerippe. Sie hatte ihre langen braunen Haare zu einem hoch angesetzten Pferdeschwanz gebunden und mit schillernden türkisfarbenen Federn geschmückt. Zu ihrer hautengen Jeans trug sie kniehohe, leuchtend türkisfarbene Stiefel mit mindestens fünfzehn Zentimeter Absatz. Zweifelsohne der letzte Schrei in London, doch hier auf dem Lande wirkte ihr Aufzug beinahe schon grotesk. Endlich verstand ich Iains Bemerkung bezüglich Alex' merkwürdigem Frauengeschmack.

Aus dem Bad wurde leider nichts, denn die Pflicht rief und eine schnelle Dusche musste genügen. So viel Zeit, dass ich meine dreckigen Klamotten noch in die Waschmaschine im Keller unter den Gemeinschaftsräumen des Gesindehauses packte, musste jedoch sein.

Als ich wieder in den Stall trat, erzählte Iain den MacKenzie Brüdern gerade von meiner ersten Begegnung mit meinem neuen Chef. Er lachte sich beinahe tot, als er in leuchtenden Farben schilderte, wie ich Alex gepackt und ihm eins gegen den Hals verpasst hatte, ihn anschließend zu Fall gebracht und mich zu guter Letzt auch noch auf ihn drauf geworfen hatte.

Er war so vertieft in seine Ausführungen, dass er mein Kommen nicht bemerkte und als ich ihm auf die Schulter tippte, erschrocken hochfuhr. Ich funkelte ihn an, doch er war nicht zu bremsen. „Und dann sagte sie: Hallo, ich bin Emma Becker und ich brauche ein Bad!"

Jetzt waren auch Aidan und Alasdair nicht mehr zu bremsen und als Iain dann auch noch Fionas Gesichtsausdruck nachäffte als sie meine sandige Hand schüttelte, musste auch ich lachen. Der Frieden war wieder hergestellt und alle machten sich zurück an die Arbeit.

Ich hatte Tink mittlerweile schon gut an die Trense gewöhnt, den Sattel hatte ich ihr auch schon einige Male umgelegt und sie mit lockerem Gurt eine Weile in der Stallgasse allein stehen lassen oder auch mal ein Stückchen auf und ab geführt. Heute wollte ich sie jedoch erstmals gesattelt longieren.

Ich putzte sie wie gewohnt, ließ sie noch einmal am Sattel schnüffeln und trenste sie, nachdem ich ihr den Sattel locker umgeschnallt hatte, schließlich auf. Brav folgte sie mir in die Reithalle. Ich gab ihr etwas Freiraum und ließ sie im Schritt losmarschieren, das kannte sie bereits und machte es auch ganz gut. Gelegentlich drehte sie sich zwar um und schaute auf ihren Rücken, als würde sie fragen wollen: „Ist das normal? Muss das da sein?"

Nachdem ich ihr etwas Zeit zum eingewöhnen gelassen hatte, ließ ich sie antraben.

Sofort versteifte sie sich und drückte den Rücken hoch. Ich hatte das schon oft bei jungen Pferden beobachtet, wenn sie das erste Mal gesattelt in einer schnelleren Gangart liefen, daher schmunzelte ich, sprach ihr beruhigend zu und ließ sie einfach weiter laufen. Als sie zunehmend lockerer wurde, ließ ich sie noch ein Weilchen galoppieren, ehe ich einen Handwechsel machte.

Mittlerweile standen Iain und Alex an der Bande und schauten mir zu. Sobald ich fertig war, wollten sie mit Callum in der Halle arbeiten. Auch er war knapp dreijährig und sollte zugeritten werden, doch war er nicht so leicht zu händeln wie meine Tinkerbell.

Nach getaner Arbeit sattelte sie schließlich ab und während ich sie sich im Sand wälzen ließ, trat ich zu den beiden an die Bande. Iain fragte mich: „Was meinst du Emma, wollen wir nächste Woche mal versuchen, dass du dich drauflegst?"

Die Stutenleistungsprüfung war für Anfang Juli angesetzt und wir hatten bereits Ende Mai, es wurde langsam Zeit. Wir verabredeten, dass Alex mich ab der nächsten Einheit bei meinem Training mit Tink begleiten sollte, so konnte sie sich an ihn gewöhnen und ließe sich besser von ihm halten und führen wenn ich oben drauf saß.

Als sie mit Callum die Halle betraten befand ich mich Gott-sei-dank bereits in sicherer Entfernung. Iain arbeitete schon längere Zeit mit ihm und eigentlich war er Sattel und Trense gewöhnt, heute schien er jedoch unwahrscheinlich schlechte Laune zu haben, denn er stieg und bockte wie ein Verrückter. Von meinem Platz hinter der Bande beobachtete ich, wie Alex die Longe ein holte und ihn zu sich kommen ließ - ich befürchtete, dass er ihn schlagen oder ihm eins mit der Peitsche verpassen würde und wollte mich gerade abwenden, als ich sah, wie er ihm über den massigen Schädel streichelte und beruhigend auf ihn einredete.

Nach dieser Behandlung verhielt sich Callum wie das freundlichste Pferd der Welt, fast so, als könne er keiner Fliege etwas zu leide tun. Ich war beeindruckt, doch die Pflicht rief und ich wollte mich grade wieder in Richtung Stall aufmachen als ich hörte wie Alex meinen Namen rief: „Emma, komm mal bitte her, wir wollen sehen, wie er sich mit einem Gewicht im Sattel verhält!"

Er war der Boss, somit holte ich mir eine Reitkappe und stapfte mit leichtem Magengrimmen in die Halle. Ich hoffte, Callum hatte seine schlechte Laune von vorhin nicht wiederentdeckt und würde mich am Leben lassen.

Da das Pferd mehr an Iain als an Alex gewöhnt war, hielt ersterer Callum fest, während Alex mir Hilfestellung gab, damit ich mich bäuchlings auf den Sattel legen konnte. Bei jungen Pferden wurde der Sattelgurt zum angewöhnen nie ganz so fest gezogen, daher waren die Steigbügel in diesem Falle nutzlos und so stellte ich mich vor Alex, legte meine Hände auf den Sattel und überließ ihm mein Bein, damit er mich hochheben konnte.

Auf seine Frage wie viel zum Teufel ich wiegen würde, antwortete ich mit einem Fauchen, zu mehr war ich nicht in der Lage, denn ich hing bereits über Callums Rücken, wie ein Sack Kartoffeln und Iain setzte sich langsam in Bewegung.

Ich merkte, wie sich das Pferd der ungewohnten Last auf dem Rücken wegen versteifte, doch war er ganz ruhig und trottete brav hinter seinem Betreuer her. Nach zwei Runden beließen wir es jedoch dabei und ich rutsche mit hochrotem Kopf herunter.

Lange hielt ich mich jedoch nicht auf den Beinen.

Da ich knapp fünf Minuten kopfüber gehangen hatte, war mir nach diesem schnellen Positionswechsel schwarz vor Augen geworden und ich fiel einfach um. Hätte Alex nicht blitzschnell reagiert und mich gehalten, wäre ich das zweite Mal an diesem Tag im Sand gelandet. Mit einem: „Mpfm!", schüttelte ich seine Arme ab, fragte ob ich hier noch gebraucht würde und entfernte mich dann schnellstmöglich.

Als wenn die Geschichte am Vormittag nicht schon peinlich genug gewesen wäre, musste ich ihm dann auch noch direkt in die Arme plumpsen? Der Mann würde meine Person künftig nur noch mit „Sand" und „fallen" assoziieren.

Aus Angst, ich könnte meinem Juniorchef wieder vor die Füße fallen, oder ihn gar mit Suppe oder ähnlichem bekleckern, war ich sogar einen Moment lang versucht, das Abendessen ausfallen zu lassen, schlussendlich siegte aber doch der Hunger.

Da Donald der Meinung war, dass das gemeinsame Essen den Zusammenhalt festige und er außerdem „tischmäßig keine Zweiklassengesellschaft" wollte, aßen wir für gewöhnlich alle zusammen. Nur bei offiziellen Terminen und Besuchen aßen wir Angestellten im Aufenthaltsraum des „Gesindehauses", allerdings legte Donald dann großen Wert darauf, dass wir ebenso exquisit bekocht wurden, wie er und seine Gäste.

Auch heute aßen wir gemeinsam und um meinem Chef ein wenig zu imponieren und dem blöden Pfau zu zeigen, dass ich definitiv kein Stallbursche war, warf ich mich richtig in Schale.

Mein Haar war mittlerweile etwas über Kinnlänge hinausgewachsen und während ich es zur Arbeit immer straff zusammen band, hatte ich es jetzt mit Schaum und Diffusor-Aufsatz lockig geföhnt, so dass es mein Gesicht umrahmte. Outfitmäßig hatte ich mich für einen Jeans-Overall entschieden, er zeigte meine muskulöse Figur und ließ meinen Po richtig knackig erscheinen. Etwas Make-up rundete das Ganze ab. Unter anerkennenden Pfiffen von Iain und den MacKenzies und einem vernichtenden Blick vom Pfau ließ ich mich nieder.

Während des Essens schnatterte der Pfau ununterbrochen von den Erlebnissen der Reise, wie unglaublich New York gewesen sei und wie entspannend die Kreuzfahrt durch die Karibik. Sie sei ja so traurig, dass der Urlaub schon so schnell vorüber gegangen sei. Donald bedachte sie mit einem strengen Blick und den Worten: „Ich denke fünf Wochen Urlaub sind genug, Alexander hat schließlich auch seine Pflichten!" Ehe er seine Triade fortsetzen konnte, legte Alex ihm jedoch beschwichtigend die Hand auf die Schulter.

Beim Kaffee bekamen wir dann die Urlaubsbilder zu sehen, sie zeigten allesamt eine heftigst aufgetakelte und strahlende Fiona im Vorder- sowie einen genervt und gelangweilt dreinschauenden Alex im Hintergrund.

Trotz der Anwesenheit des Pfaus fühlte ich mich an diesem Abend recht hübsch, was sich leider schlagartig änderte, als Iain die Fotos von Beltane auf seinem Laptop zeigte. Der Pfau schaute mich pikiert an, während Alex sich vor Lachen bog und mich den Rest des Abends nur noch als „Herman the German" bezeichnete.

Leider, leider war der Pfau fürchterlich erschöpft von der Reise und zog sich bald mit den Worten: „Ihr wisst ja wie das ist meine Lieben, dieser furchtbare Jetlag und ich habe nächste Woche wieder Aufnahmen!", zurück. Iain und ich sahen uns an und verdrehten die Augen.

Alex hingegen dachte, sehr zum Missfallen das Pfaus, gar nicht daran zu Bett zu gehen, er rief ein paar Freunde an, bestellte für uns alle ein Taxi und so zogen wir los ins „Old Inn" nach Inverness.

Vorsichtshalber fragte ich Iain bereits auf dem Hinweg, ob geplant sei mich, sollte ich bezecht sein, morgen früh wieder in den Brunnen zu werfen. Er verneinte dies und so trank auch ich Bier.

Wir hatten jenen Spaß, den man nur haben kann, wenn man mit einer ganzen Horde Männer unterwegs ist und der dann damit endete, dass Alex und ich, volltrunken wie wir waren, das Duett „Stumblin' in" von Suzi Quatro und Chris Norman zum Besten gaben:

Our love is alive and so we begin
foolishly laying our hearts on the table stumblin' in
our love is a flame burning within
now and then firelight will catch us stumblin' in

Grausam wäre geprahlt gewesen! Wir waren beide keine Gesangstalente, doch in unserem augenblicklichen Zustand war uns sämtliches Gefühl für Rhythmus und Melodie abhanden gekommen. In Nachhinein konnten wir froh sein, dass von diesem Desaster keine Aufnahme gemacht wurde...

Am nächsten Morgen stand ich neben Hannibal und kratzte ihm die Hufe aus. Ganz Hengst, hatte er es sich zur Gewohnheit gemacht, mir jedes Mal, wenn ich ihm den Rücken zudrehte und mich bückte, um einen seiner Vorderhufe zu heben, ganz vorsichtig und nur mit den vorderen Zähnen, in den Hintern zu kneifen.

Ich wäre sogar soweit gegangen zu behaupten, dass er mich hinterher abwechselnd frech angrinste oder aber mir schelmisch zuzwinkerte.

So auch diesmal, ich drehte mich um und schimpfte ihn aus: „Du bist viel zu frech! Stell dir mal vor das sieht mal jemand! Man würde behaupten wir hätten eine Affäre!" Er quittierte dies jedoch lediglich mit einem Schnauben.

Meine Ansprache fortsetzend, wand ich mich dem sicheren Hinterhuf zu. Beim nächsten Vorderhuf war ich dann gewappnet und Hannibal biss kräftig in die Wurzelbürste, welche ich ihm in weiser Voraussicht unter die Nase gehalten hatte. „Ha! Das hast du nun davon!", rief ich aus und fuchtelte ihm mit der Bürste vor der Nase rum. „Ich hoffe du hast jetzt ein paar Zähne locker! Frechdachs!"

Ich drehte mich um und sah wie Alex, die Coolness in Person, gemütlich an der Nebenbox lehnte, einen Apfel aß und mich mit hochgezogener Augenbraue beobachtete.

„Wie lange stehst du da schon Alex?", fragte ich ihn argwöhnisch.

„Lange genug!", antwortete er, kam näher, tätschelte den Hals des Pferdes und fügte grinsend hinzu: „Aye, ich kann den alten Schwerenöter verstehen, ich hätte auch zugebissen!"

Dann drehte er sich einfach um und ging „Stumblin' in" pfeifend davon.

„Was hast du gesagt? Hey! Antworte gefälligst!", rief ich hinter ihm her, doch er winkte mir nur lässig zu und ging weiter in Richtung Sattelkammer. Ich sah ihm kopfschüttelnd hinterher. Was für ein unglaublicher Mann! Nicht, dass er mein Typ gewesen wäre, doch er hatte irgendetwas an sich, ich konnte gar nicht genau sagen, was es war. Eines stand jedoch fest: Ich mochte meinen neuen Chef, keine Frage!

Scheinbar beruhte jenes auf Gegenseitigkeit, denn Alex und ich hatten uns im Laufe der Tage, und besonders während des Trainings mit Tink, und Iains Hengst Callum, sehr schnell aufeinander eingestellt und es schien tatsächlich so, als würde ihm unsere Zusammenarbeit ebenso gut gefallen, wie mir.

Eines schönen Morgens kam jedoch der Pfau in den Stall, ich war gerade damit beschäftigt, Hannibal zu satteln, es war herrlichstes Wetter und Alex und ich wollten dieses für einen gemeinsamen Ausritt nutzen. Er hatte die junge Stute der MacGregors bereits fertig gemacht und war nur schnell ins Haus gegangen, um noch einen dringenden Anruf zu erledigen.

Ich versuchte zwar, Fiona geflissentlich zu ignorieren, doch sie stellte sich vor mich und erklärte, sie habe gehört, dass Alex und ich gleich ausreiten würden und wolle ihn statt meiner begleiten.

Auf der Suche nach einem geeigneten Pferd für sie blickte ich mich um, musste ihr jedoch leider, leider mitteilen, dass kein Pferd da sei, welches sie reiten könne. Die junge Stute war definitiv noch zu nervös, Ruadh war mit Iain unterwegs und Mayflower - nach langem hin und her nun doch - bei den MacGregors zum decken. Die anderen Pferde waren entweder trächtig, nicht zugeritten oder augenblicklich einfach nicht verfügbar.

„Dann reite ich den!", erklärte sie, zeigte auf Hannibal und setzte sich sogleich in Bewegung. Bevor schlimmeres passieren konnte, warf ich mich todesmutig zwischen die beiden, denn Hannibal hatte bereits zu schnauben und stampfen begonnen und der Pfau hörte nicht auf zu quieken. Donald schien Recht zu haben, Hannibal ließ nur einen bestimmten Personenkreis an sich heran und Pfauen gehörten definitiv nicht dazu.

Als Alex um die Ecke wetzte und fragte, was zum Teufel hier los sei, antworteten wir wie aus einem Munde: „Die da lässt mich nicht reiten!", beziehungsweise: „Die da will reiten!".

Verwirrt schüttelte er den Kopf, nahm den Pfau beiseite und erklärte ihm dass es viel und viel zu gefährlich für sie sei solch ein wildes Pferd zu reiten. „Aber die reitet den doch auch!", schniefte sie und zeigte auf mich.

Ich gab mich ahnungslos, starrte in die andere Richtung und entfernte imaginäre Staubkrümel von Hannibals Fell. Mit halbem Ohr hörte ich noch die Worte: „Aber Hase, bei Emma ist das anders, das ist nun einmal ihr Job!"

Alsbald wurde mir dieses Geplänkel zu viel, und bevor ich mich vor lauter Schmalz übergeben musste, trenste ich Hannibal auf und stürmte mit einem: „Ich reit' schon mal los!", an den beiden vorbei.

Ehe irgendjemand etwas sagen konnte, war ich schon aufgesessen und preschte in Richtung Feldmark davon. Als die beiden außer Sicht waren, bremste ich ab und ließ Hannibal gemächlich im Schritt vor sich hinzockeln.

Kurze Zeit später war Alex bei mir, sah mir in die Augen, ein wenig zu tief, wie mir schien, denn plötzlich wurden meine Knie ganz weich - in diesem Augenblick war ich mehr als froh, sicher im Sattel zu sitzen und nicht irgendwo zu stehen. Was war das nur für ein Blick? Hatte er mich vorher auch schon mal so angesehen?

Die Worte: „Das ist halt Fiona, mach dir nichts draus!", rissen mich aus meinen Gedanken und ich antwortete: „Keine Sorge Alex, zum einen habe ich ein dickes Fell und zum anderen geb' ich keinen Deut darauf, was der Pfau... oh Mist, ich meine Fiona, denkt oder sagt!"

„Pfau? Du nennst sie Pfau???" Er blickte mich fragend an.

Mit puterrotem Gesicht gestand ich ihm, dass mittlerweile das gesamte Personal dies tat und erwartete eigentlich meine Kündigung, oder zumindest eine Abmahnung, schließlich war er mein Chef und sie scheinbar seine zukünftige Frau.

Alex tat weder das eine, noch das andere, sondern brach in schallendes Gelächter aus und erklärte mir, dass ihm jetzt einiges klarer sei. Er hätte seit seiner Rückkehr ständig das Personal über irgendwelche Pfauen sprechen hören und war schon drauf und dran gewesen zu fragen, ob es wilde Pfauen wären oder wem sie gehören würden. Die Antwort wäre garantiert lustig ausgefallen.

Glücklicherweise war er mir also nicht böse. Aber es stimmte, seitdem wir uns das erste Mal begegnet waren, war klar dass der Pfau mich nicht mochte. Wären wir Arbeitskolleginnen gewesen, hätte man es wohl Mobbing genannt, da dies jedoch nicht der Fall war, fiel es wohl eher unter die Kategorie „Stutenbissigkeit". Ich konnte damit leben.

Nach unserem Ausritt half mir Alex mit Tink, sie war ein sehr vorsichtiges Tier, fast schon scheu, doch Alex Nähe schien sie zu beruhigen und so versuchten wir heute das erste mal, mich auf den Sattel zu hieven.

Als Alex vorschlug, er könne das Pferd mit der einen Hand festhalten und mir mit der anderen hochhelfen, wehrte ich dieses jedoch entschieden ab. Mit den Worten: „Viel zu gefährlich, was ist, wenn sie losrennt?", stampfte ich in den Stall, holte einen leeren Futtereimer und stellte mich drauf, ich hatte schließlich keine Lust auf weitere, lästerliche Kommentare bezüglich meines Gewichtes.

Es ging alles gut und wir beließen es nach ein paar Runden im Schritt dabei. Ich klopfte ihren Hals, lobte sie und sattelten sie ab, damit sie sich im Sand wälzen konnte. Mein Absteigen war im übrigen ein sehr vorsichtiges, außerdem war ich einen Moment lang vornübergebeugt stehen geblieben, ehe ich mich aufgerichtet hatte, schließlich wollte ich Alex nicht schon wieder in die Arme fallen!

Eine Woche später ritt ich Tinkerbell bereits in allen Gangarten an der Longe und teilweise auch schon ohne. Wir machten gute Fortschritte und es sollte kein Problem sein, sie bis zur Stutenleistungsprüfung fit zu bekommen.

Callum bereitete Iain allerdings etwas mehr Probleme. Nachdem ich bereits ein paar Mal auf ihm gelehnt hatte und im Schritt geführt worden war, sollte Iain sich heute zunächst auflehnen, um ihn an das neue Gewicht zu gewöhnen und später dann komplett aufsitzen.

Hätte ich es nicht besser gewusst, hätte ich schwören können, das Pferd hätte „Mpfm" gemacht! Callum schien von der Last überhaupt nicht begeistert zu sein und als Iain den Versuch startete aufzusitzen, segelte er Sekunden später im hohen Bogen wieder herunter. Da ich bereits ahnte, was jetzt kommen würde, duckte ich mich und versuchte mich hinter der Bande davonzuschleichen.

Ich konnte förmlich spüren, wie Alex die Augen verdrehte, als er in meine Richtung rief: „Emma, ich hab gesehen dass du da bist, komm sofort hier her!"

So war ich also enttarnt und mir blieb nichts anderes übrig, als mir wieder einmal eine Reitkappe zu schnappen und meinem sicheren Tod entgegen zu strumpeln. Als ich näher trat, schien es als würde Callum zu grinsen beginnen und mir mit seinem massigen Schädel zunicken.

Schon seit jeher mit einer blühenden Phantasie ausgestattet, stellte ich mir im nächsten Moment vor, wie das Pferd, eine Henkersmaske tragend, am Seil einer Guillotine stand und sich freute, das Todesurteil endlich vollstrecken zu können. Ich versuchte diese Vorstellung aus meinem Kopf zu verbannen und ließ mir von Iain aufhelfen.

Und dann passierte... gar nichts. Das liebste Pferd der Welt.

Wir gingen sogar soweit, dass Alex sich nach ein paar geführten Runden im Schritt in die Mitte stellte und das Pferd an der langen Leine gehen ließ.

Die beiden Männer beratschlagten sich kurz und schon hatte ich eine neue Aufgabe. Ich hatte zwar noch immer gehörigen Respekt vor dem massigen Junghengst und außerdem war ich ein wenig traurig, dass ich mit Callum bereits den zweiten „Rohling" zu versorgen hatte, denn so war ausreiten leider unmöglich, aber das Leben ist nun mal kein Ponyhof und so nahm ich also den jungen Hengst ebenfalls unter meine Fittiche.

Während Alex sich mit Hannibal und der jungen Bessy der MacGregors beschäftigte, ritt Iain die beiden anderen Stuten der Frasers, Mona Lisa und Belladonna. Sie waren beide fünfjährig und wenn die Fohlen vom letzten Jahr abgesetzt waren, sollten sie bei der nächsten Rosse wieder gedeckt werden. Mona Lisa von Hannibal und für Belladonna, selber Tochter von Hannibal sollte noch ein Hengst ausgesucht werden.

Ruadh wurde von den MacKenzies weiter im Fahren ausgebildet, doch gelegentlich ließen sie das Training zu meinen Gunsten ausfallen und ich konnte nachmittags doch ein wenig ausreiten. Mayflower residierte augenblicklich noch bei den MacGregors, sie war bisher noch nicht trächtig geworden. Im Stall stand ebenfalls noch die hochträchtige Mary Lou, sie erwartete ein Fohlen von, wie sollte es auch anders sein, Hannibal und würde voraussichtlich Mitte Juni niederkommen.

Doch auch so gab es genügend zu tun, die Ställe mussten täglich gereinigt werden, die Halle sowie der Reitplatz draußen wollten in Schuss gehalten werden und der Stall sowie die Außenanlagen mussten täglich gefegt werden. Weidezäune waren zu kontrollieren, Sattelzeug zu putzen und auch die Pferde wollten täglich geputzt und mit Futter und Wasser versorgt werden.

Das morgendliche Füttern war Aufgabe der MacKenzies. Eigentlich sollten sie sich wöchentlich damit abwechseln, was bei den beiden allerdings unmöglich war, denn es gab sie nur im Doppelpack und so krebsten beide schon immer weit vor dem Frühstück im Stall herum. Mittags und abends fütterten wir dann gemeinsam.

Die Jährlinge bekamen morgens und abends ebenfalls eine Ration Heu sowie etwas Kraftfutter in ihren Offenstall geliefert, alles in allem ein gut funktionierender kleiner Pferdebetrieb - ich hatte wirklich meinen Traumjob gefunden.

- Ginger -

Während Iain und ich uns in der Halle mit Callum beschäftigten, nutze Alex das herrliche Wetter, um mit Bessy auf dem Außenreitplatz zu arbeiten.

Nachdem Callum seine tägliche Lektion erhalten hatte, zäumte ich Tinkerbell auf und ging ebenfalls mit ihr nach draußen. Aufgrund des schönen Wetters und der Tatsache, dass ich bisher nur in der Reithalle mit ihr gearbeitet hatte, war das junge Pferd entsprechend übermütig.

Gott-sei-Dank war der Reitplatz jedoch groß genug, und so verdrückte ich mich in eine Ecke und ließ Tinkerbell sich an der Longe austoben, ohne dabei Alex zu stören. Als dieser seine Trainingseinheit beendet hatte, brachte er Bessy in den Stall, kam jedoch alsbald zurück um mir beim aufsteigen zu helfen.

In seiner gewohnt coolen Pose stellte er sich an den Zaun und fragte: „Na Ginger, heute mal nach draußen?"

Da sich außer mir und Tinkerbell niemand in der näheren Umgebung aufhielt, war davon auszugehen, dass er uns meinte und so antwortete ich: „Es ist so ein schöner Tag heute und laut Iain wird die Prüfung ebenfalls draußen stattfinden, also warum nicht jetzt schon üben! Seit wann nennst du Tinkerbell denn Ginger?" Wäre sie heller gewesen, hätte ich den Vergleich mit Ingwer noch verstanden, aber sie war fast schwarz!

„Sie doch nicht - dich!", antwortete Alex daraufhin grinsend.

Ich fühlte mich in keinster Weise mit der Ingwerwurzel verbunden und konnte noch weniger Ähnlichkeit mit jener feststellen, also grunzte ich zurück: „Hättest du mich mit einem Apfel oder Pfirsich verglichen, hätte ich dieses ja noch als Kompliment aufgefasst, aber Ingwer! Mensch Alex, wenn du findest, dass ich knotig und runzelig bin, dann sag es mir gefälligst ins Gesicht!"

Er lachte und erklärte mir, dass Ginger noch eine andere Bedeutung hätte, „to ginger someone up" bedeute nämlich ins Deutsche übersetzt „jemanden ans Arbeiten bringen."

Statt zu antworten sah ich ihn lediglich vertrottelt an und er fuhr fort: „Seitdem du hier bist, sieht der Stall aus wie geleckt, die Pferde glänzen wie poliert, du gehst sogar jeden Tag auf die Jährlingsweide und putzt die kleinen Racker, in meinen Augen ein Kampf gegen Windmühlen, aber sei's drum. Du wuselst wie verrückt durch den Stall und steckst die anderen damit an. Letztens habe ich gesehen, wie Aidan und Alasdair ohne Anweisung sämtliche Futtertröge geschrubbt haben! Du „gingerst" uns eben „up" und deshalb werde ich dich jetzt Ginger nennen!"

Auch ich konnte mich noch an den Tag erinnern, als die beiden die Tröge sauber gemacht hatten, doch hatten sie keineswegs freiwillig gehandelt. Nachdem ich sie mittags mit einem ekelhaften, klebrigen Brocken alter Futterreste aus Hannibals Trog beworfen und lauthals über „diesen Schweinestall hier" geschimpft hatte, hatten sie nicht nur die Tröge, sondern auch den kompletten Futterkarren gereinigt und mir am Abend, äußerst stolz, ihre Arbeit präsentiert. Ich befand allerdings, dass es besser war, diesen Aspekt der Geschichte nicht zu erwähnen und auch meinen neuen Namen nicht weiter zu kommentieren, sondern reichte Alex wortlos die Zügel und stieg auf.

Nach ein paar Runden an der Longe ließ er mich wie immer los. Es war herrlich an der frischen Luft zu sein und nachdem Tinkerbell sich vorher schon an der Longe ausgetobt hatte, war sie jetzt brav und aufmerksam.

Am Abend teilte uns Donald während des Essen mit, dass wir am nächsten Tag, also am Samstag, es war tatsächlich schon Mitte Juni geworden, mitsamt den Jährlingen zu dem MacGregors fahren würden, um den alljährlichen Tausch von statten gehen zu lassen. Bessy würde zwar noch hier bleiben, aber auf der Rückfahrt von Stirling sollten wir Mayflower, die endlich trächtig geworden war, wieder mit zurücknehmen. Ich hatte zwar ein wenig Bedenken wegen der hochträchtigen Mary Lou, aber Iain beruhigte mich, das Fohlen würde frühestens in zwei Wochen kommen.

Am nächsten Morgen luden wir also die kleinen Wilden in einen Transporter. Entgegen meiner Vermutung, dass dies nur unter Schwierigkeiten gelingen würde, war es, aufgrund des noch vorhanden Gottvertrauens und des ständigen Appetits der Kleinen, mit einem Futtereimer und der Aussicht auf ein paar gefüllte Heunetze bereits innerhalb weniger Minuten getan.

Iain sollte mit dem Transporter vorfahren und Alex und ich mit unserem Gepäck für die Nacht und Geschenken für die MacGregors im Volvo hinterherkommen. Donald hatte noch in Edinburgh zu tun, doch wollte er am Abend ebenfalls zu uns stoßen.

Diese zweimal im Jahr stattfindenden Treffen wurden sowohl auf Seiten der Frasers, als auch auf Seiten der MacGregors wie ein Familienfest zelebriert, entsprechend gut war also auch die Stimmung.

Während der knapp anderthalb Monate die ich nun schon hier war, hatte ich mich erfolgreich vor dem Autofahren gedrückt und so sprang ich auch heute wie selbstverständlich auf den Beifahrersitz. Auch Alex nahm wie immer auf dem Fahrersitz platz, sah mich jedoch einen Augenblick mit Verstand an und sprang mit den Worten: „Nee, heute fährst du!", wieder raus. Ich ignorierte ihn geflissentlich und blieb einfach sitzen. Doch er hatte das Fahrzeug bereits umrundet und riss die Beifahrertür auf. „Komm schon Ginger, stell dich nicht an!" Ich ignorierte ihn weiterhin und blickte stur aus der Frontscheibe.

Er beugte sich über mich und säuselte mir die Worte: „Gingerlein... komm, rutsch rüber!", ins Ohr. Als mich sein warmer Atem streifte, bekam ich eine Gänsehaut, was mich noch mehr ärgerte, als die Tatsache, mich in den Linksverkehr stürzen zu müssen. „Ich kann hier nicht fahren!", rief ich daher trotzig aus.

Auf die Frage warum ich denn bitteschön hier nicht fahren könne, antworte ich, dass ich es nicht gewohnt sei Autos zu fahren, deren Lenker sich auf der falschen Seite befinde und sowieso sei es unmöglich im Linksverkehr zu fahren, mir würde ja schon als Beifahrer immer schlecht werden. Um meine Aussage zu untermalen verschränkte ich die Arme vor der Brust, warf meinen Kopf in den Nacken und schaute in die andere Richtung.

Doch alles lamentieren nütze nichts, Alex konnte sehr überzeugend sein, wenn er wollte und ein feiner Kniff in meinen linken Oberschenkel veranlasste mich, zwar lautstark protestierend und wilde Drohungen ausstoßend, schließlich doch über Schalthebel und Handbremse zu klettern und mich auf der Fahrerseite niederzulassen. Wir hatten schon fast den Ortsausgang erreicht, als ich immer noch zeterte, dass ich mit der linken Hand nicht schalten könne und Alex fragte, ob er denn über eine gute Lebensversicherung verfüge, jener quittierte meine Einwände jedoch lediglich mit einem milden Lächeln und mir blieb nichts anderes übrig, als die Fahrt fortzusetzen.

Während ich leise in meiner Muttersprache vor mich hinfluchte, wurde Alex in seinem Sitz immer blasser und betete bei allen drei falsch durchfahrenen Kreisverkehren lautstark zu Gott. Bis auf diese Kleinigkeit, sowie unzähliger Beinaheunfälle, verlief die Fahrt jedoch ruhig und wir kamen fast entspannt in Stirling an. So dachte ich jedenfalls. Als wir ausstiegen und ich meine müden Glieder streckte, sah ich Alex die Hand vor den Mund schlagen und davonrennen. Als er wenige Minuten später mit geröteten Augen vor mir stand, meinen Führerschein verlangte und mir Verbot, jemals wieder eines der Fraser'schen Autos zu fahren, antwortete ich nur: „Komm schon Alex, so schlimm war es auch wieder nicht, wir sind immerhin heil angekommen!"

Er packte meinen Kragen und schüttelte mich: „Heil angekommen, heil angekommen? Ich habe um mein Leben gebangt, mir mehr als dreimal beinahe in die Hose gemacht und zu allem Überfluss habe ich soeben mein Frühstück wiedergekäut und du sagst nur „Haha macht ja nichts, wir sind ja heil angekommen!" Ginger, du magst zwar reiten können wie der Teufel, aber das mit dem Autofahren müssen wir noch mal üben!"

Donald, dessen Ankunft wir während unserer Diskussion nicht mitbekommen hatten, sah und hörte uns amüsiert zu. „Endlich mal wieder Leben in der Bude! Macht nur weiter so ihr beiden!"

Wir brummelten vor uns hin und gingen unserer Wege. Ich wusste gar nicht, warum sich Alex so anstellte, schließlich hatte er mich genötigt zu fahren und da war es doch auch nur gut und billig, wenn er auch die Konsequenzen dafür trug!

Iain und Manfred hatten die Pferde bereits ausgeladen und obwohl ich immer noch der Meinung war, dass Alex selber Schuld an seiner Übelkeit hatte, musste ich zugeben, dass ich es gar nicht gut haben konnte, dass er mit mir schmollte und so machte ich einen kleinen Spazierung über das MacGregor'sche Gelände um meine Wunden zu lecken.

Wir sahen uns erst zum Abendessen wieder, aber ohne groß drüber sprechen zu müssen, hatten wir das Kriegsbeil begraben und führten alsbald eine angeregte Unterhaltung. Auf meine Frage hin, warum Hannibal, wo er doch so ein gefragter Deckhengst war, so selten Damenbesuch bekäme, erklärte mir Alex ausführlich, dass unser Hengst sehr wohl regelmäßig Besuch bekommen würde, ich es bisher nur scheinbar nie mitbekommen hatte. Des weiteren war es gelegentlich auch so, dass Hannibal zu den Damen gefahren wurde und außerdem war es noch recht früh im Jahr, viele Fohlen sollten in den Sommermonaten geboren werden und daher wurde die Stuten oftmals erst ab Ende Juni beziehungsweise Anfang Juli gedeckt.

Ich wollte gerne einmal beim Decken dabei sein, und nahm Alex das Versprechen ab, mir beim nächsten Mal rechtzeitig bescheid zu geben.

Abgesehen von der lärmenden Kinderhorde verlief der Abend sehr harmonisch. Alex und ich hoben unzählige Male unsere Gläser und schworen, natürlich ganz leise, so dass es kein anderer mitbekam, niemals solche nervenden Ungetüme in die Welt zu setzen.

Ich war froh, dass wir uns wieder vertragen hatten, wunderte mich aber sehr, dass mir unser Streit, wenn man es denn überhaupt als solchen bezeichnen konnte, so zugesetzt hatte. Als ich einschlief, hatte ich noch das Bild eines mir zuprostenden und lächelnden Alex vor Augen und freute mich schon auf den nächsten Tag.

Meine Vorfreude erwies sich leider als ein wenig verfrüht, denn als ich erwachte, fand ich nichts Geringeres als Iains behaarte Füße in meinem Gesicht vor - wie schon bei unserem letzten Besuch, hatte er mit Manni ordentlich einen über den Durst getrunken und scheinbar den Weg in sein Zimmer nicht mehr gefunden. Vor lauter Wut biss ich ihm in den großen Zeh.

In der nächsten Szene hüpfte dann ein halbnackter, behaarter Hochlandschotte mit blutendem Zeh durchs Obergeschoss der MacGregors und schrie folgende Worte: „Hilfe! Die Kannibalen kommen! Mich haben sie beinahe schon erwischt! Rette sich war kann!"

Dieses Spektakel blieb natürlich nicht ohne Folgen, alle waren wach und es wurde alsbald gefrühstückt. Ich nahm zwar an, dass Iain sich nicht mehr erinnern konnte in meinem Bett geschlafen zu haben und selbst wenn, vor den anderen nichts gesagt hätte, der Abdruck seines Fußes in meinem Gesicht ließ sich jedoch nicht leugnen.

Als ich mich an den Tisch setzte, hätte Alex sich beinahe an seinem Haferbrei verschluckt, während Donald nichts mehr halten konnte und seinen Tee quer über den Tisch spuckte und Manni vor unterdrücktem Lachen beinahe ohnmächtig wurde. Ich tat so, als hätte ich nichts bemerkt, wünschte allen einen guten Morgen und machte mich daran, mir eine Tasse Tee einzuschenken.

Als ich hoch und damit direkt in Iains blutunterlaufene Augen, blickte, welche mich fragend ansahen, konnte auch ich mich nicht mehr halten und lachte lauthals los.

Nachdem sich alle von ihrem Lachanfall beruhigt hatten und Gott-sei-dank keine weiteren Fragen gestellt wurden, luden wir die MacGregor-Jährlinge sowie Mayflower in den Transporter.

Iain war jedoch des Fahrens noch nicht wieder mächtig und so war es an Alex, das Gefährt in heimische Gefilde zurückzusteuern. Jener hatte jedoch Angst, dass Iain sich während der Fahrt übergeben musste und so weigerte er sich, ihn mitzunehmen. Nach den von Alex erzählten Horrorgeschichten bezüglich meines Fahrstils, weigerte Iain sich jedoch, zu mir ins Auto zu steigen und so wurde Donald die Bürde auferlegt, die alte Schnapsleiche sicher nach Hause zu befördern und ich hatte den Volvo für mich alleine. Merkwürdigerweise erreichte ich ohne Zwischenfälle und vor allen anderen das Fraser-Gestüt.

Eine Woche später war es dann bei Mary Lou soweit.

Nach eingehender Untersuchung stellte Iain fest, dass das Fohlen aller Wahrscheinlichkeit nach noch am selben Tag, wahrscheinlich in der Nacht, kommen würde und bat Alex mit den Worten: „Du kennst sie schon, seitdem sie Fohlen ist und dir vertraut sie.", die Nacht bei dem Pferd zu verbringen.

Von meinem Zimmer aus beobachtete ich, wie Alex sich gegen acht Uhr abends in Richtung Stall aufmachte, selbstverständlich ohne eine warme Decke oder Proviant bei sich zu haben. Typisch Mann, dachte ich bei mir, kochte in der Küche des Haupthauses schnell eine Kanne Tee, schnappte mir Kekse sowie eine alte Decke und folgte ihm in die Stallungen.

Auf leisen Sohlen schlich ich durch den Stall, doch scheinbar hatte er mich gehört, denn plötzlich linste er aus der Stalltür hervor. Als er mich erkannte, begann er zu lächeln und fragte: „Ginger, was treibt dich denn hierher?" Stolz hielt ich ihm meine Thermoskanne mitsamt den Keksen vor die Nase und präsentierte ihm auch die mitgebrachte Decke.

Dann passierte etwas äußerst merkwürdiges, eine leichte Röte zog sich über Alex' Gesicht, bis hinauf zu den Ohren und es schien, als wäre er einen Moment lang sprachlos. Doch innerhalb weniger Sekunden hatte er seine Coolness wieder gefunden, schweigend nahm er mir die Decke ab, breitete sie in einer Ecke der Box aus und bedeutete mir, mich zu setzen. Um ehrlich zu sein, hatte ich genau das gehofft.

Mit den Worten: „Alleine Tee trinken macht keinen Spaß", drehte er die Thermoskanne auf und goss uns ein. Zufälligerweise hatte ich nämlich nicht nur einen, sondern zwei Becher mitgebracht. Wir tranken in einvernehmlichen Schweigen unseren Tee, aßen ein paar Kekse und ich beobachtete die Stute, wie sie im warmen, sauberen Stroh lag, die Vorderbeine vor ihren massigen Leib geknickt.

Sanft streichelte ich über ihren Bauch und merkte, wie Alex mich von der Seite beobachtete. Fragend suchte ich seinen Blick. „Bist du schon einmal bei einer Fohlengeburt dabei gewesen, Ginger?", fragte er, ohne den Blick von mir zu wenden. Mir wurde plötzlich warm, sehr warm, doch ich hielt seinem Blick stand und nickte. „Ja, einmal. Es ging unwahrscheinlich schnell, eben war die Stute noch herumgelaufen und wenige Minuten später schaute bereits das erste Vorderbein heraus!"

„Wollen wir hoffen, dass Mary heute auch so viel Glück hat, nicht wahr?"

Er kam auf Knien zu uns herübergerutscht und platzierte auch seine Hand auf den Leib der Stute, kurze Zeit später hatte er scheinbar gefunden, wonach er gesucht hatte und führte meine Hand an die Stelle. „Spürst du das?", fragte er.

Meine Augen begannen zu leuchten, denn ich konnte tatsächlich fühlen, wie das Herz dieses kleinen, ungeborenen Wesens überraschend kraftvoll in meiner Hand schlug. Wir setzen uns wieder in unsere Ecke und genehmigten uns eine weitere Tasse Tee.

Lange Zeit passierte nichts und irgendwann war uns der Gesprächsstoff ausgegangen und wir saßen einfach nur da, lauschten den Geräuschen im Stall und dem leisen Stöhnen der Stute, wenn wieder eine Wehe durch ihren Körper fuhr. Sie musste Höllenschmerzen haben, doch sie war ganz ruhig und ließ es still über sich ergehen. Ich bewunderte ihren Instinkt, während Menschen einfach zu viel dachten, in Panik gerieten und beim Arzt nach einem Schmerzmittel verlangten, wusste sie was zu tun war und wartete geduldig ab. Vorsichtig strich ich über ihre Kuppe und kuschelte mich dann zurück in die Decke.

Irgendwann mussten wir beide eingeschlafen sein, denn plötzlich wurde ich geschüttelt und sah einen schlaftrunkenen Alex vor mir.

„Guck!", flüsterte er und ja, tatsächlich, da kam ein winzig kleiner Vorderhuf zum Vorschein und noch einer, dicht gefolgt von einem kleinen Näschen und zwei verknitterten Ohren. Mary Lou stöhnte auf und einen Augenblick lang tat sich nichts, ich war schon drauf und dran aufzuspringen um Iain zu holen, da packte Alex mich an der Schulter, es schien weiter zu gehen.

Und plötzlich lag das kleine, schleimige Wesen im Stroh.

Als Mary aufstand, ihr Baby begrüßte und es sauberschleckte, kullerten mir vor lauter Rührung Tränen die Wangen herunter. Alex sah dies, legte seine Arme um mich und wischte sie mit sanften Fingern fort.

Als er mir anschießend in die Augen sah, waren unsere Gesichter nur wenige Zentimeter voneinander entfernt und ich erwartete beinahe einen Kuss, doch er begann zu grinsen und flüsterte: „Ginger, du schnarchst wie ein alter Bär!"

Der magische Moment war ebenso schnell verfolgen, wie er gekommen war. Ich puffte ihn in die Seite und lief, immer noch erhitzt von dem soeben Erlebten, los um Iain zur Untersuchung unseres Neuankömmlings zu holen.

Es stellte sich heraus, dass es sich bei unserem Zuwachs um ein Hengstfohlen handelte, das zwar kerngesund aber dennoch recht klein war und so tauften wir ihn auf den Namen „Gimli", eine weitere Untersuchung von Dr. Iain Fraser zeigte, dass auch Mary Lou die Geburt gut überstanden hatte.

Abgesehen von der Größe war jedoch Gott-sei-Dank keine weitere Ähnlichkeit zwischen dem Fohlen und dem frechen Zwerg aus „Herr der Ringe" festzustellen. Er war ein süßer kleiner Fratz, der im Augenblick zwar noch pechschwarz war, doch die vielen kleinen weißen Stichelhaare ließen bereits erahnen, dass er mit den Jahren immer heller und vielleicht eines Tages mal ganz weiß werden würde. Innerhalb weniger Tage hatte er sich bereits zu „Everybody's Darling" entwickelt und hielt uns ganz schön auf Trab.

Unsere Pferde waren mittlerweile gut trainiert und vorbereitet und übermorgen sollte unsere Feuerprobe in Form des Turniers in Kingussie stattfinden. Ich begleitete Alex in die Sattelkammer, um den Bestand an weißen Decken und sonstigem Turnierbedarf zu prüfen - es war zwar noch alles vorhanden, doch Alex war nicht zufrieden. Seiner Meinung nach waren die Decken zu alt oder zu vergilbt und das Band zum einflechten würde niemals für alle Pferde ausreichen, daher tauschten wir unsere Reitstiefel gegen gemütliche Jodpur-Stiefeletten und marschierten zum Volvo, um dem Reitsportladen in Inverness einen Besuch abzustatten.

Ich folgte Alex und wäre, außer Stande meinen Blick von seinem Hintern zu wenden, beinahe über einen Stein gestolpert. Mir waren seine gute Figur und seine muskulösen Beine zwar schon lange bewusst, doch musste ich gestehen, dass er heute besonders gut aussah. Leicht errötet schob ich meine Gedanken beiseite, entfernte mich mit drei großen Schritten um aus der Gefahrenzone, und brachte den Rest des Weges neben ihm herlaufend hinter mich.

Ich war meinen Eltern mal wieder dankbar und froh, über ihre Eigen- oder Unart nichts, aber auch wirklich gar nichts wegschmeißen zu können. Mit ungefähr sechzehn Jahren hatte ich das Reiten aufgegeben und mich anderen Themen zugewandt, da ich seither jedoch weder an Höhe noch an Breite zugelegt hatte, passten mir all meine Reitsachen auch heute noch und ich hatte mir weder neue „Berufsbekleidung", noch Kleidung fürs Turnier kaufen müssen.

Als wir den Reitsportladen betraten, war ich sofort gefangen von all den wunderbaren und vor allem, wunderbar teuren Dingen, die dort feilgeboten wurden. Ich hatte diese Läden schon immer geliebt und Alex schein es nicht anders zu gehen.

Nachdem wir uns ein paar schicke weiße Schabracken ausgesucht hatten, bummelten wir durch die Reitbekleidungsabteilung und da hing sie: eine dunkelrote Reithose, Cord, mit einen Ganzlederbesatz, der so weich und anschmiegsam war, dass man meinte, man fasse in Butter. Ich besaß zwar schon drei Reithosen, die zwar allesamt schon älter, aber gut in Schuss waren und eigentlich brauchte ich keine neue, doch ich kam nicht umhin, dieses dunkelrote Teil anzuprobieren. Ich suchte nach meiner Größe und eilte in die Umkleidekabine, Alex beobachtete mich währenddessen kopfschüttelnd.

Während ich seufzend in der Umkleide stand und mich von allen Seiten betrachtete, die Hose passte wie angegossen, forderte er mich auf, herauszukommen. Ich tat wie mir geheißen und auch Alex schien begeistert, er nickte anerkennend und grinste beinahe ebenso breit wie ich. Ich musste sie unbedingt haben!

Nachdem ich die Hose ausgezogen hatte, fiel mein Blick jedoch aufs Preisschild - zweihundert Pfund! Ich schluckte hart. Das war fast mein halber Monatslohn! Leider unmöglich. Niedergeschlagen trat ich aus der Umkleide und erklärte Alex, dass mir die Hose doch nicht so gut gefiel, sie würde zwischen den Beinen kneifen und außerdem hätte ich ja genug Reithosen. Mit hochgezogener Augenbraue hörte sich Alex meine Ausrede an, kommentierte sie jedoch nicht weiter, sondern schickte mich vor, ich solle im benachbarten Café schon mal etwas zu trinken bestellen, er wolle nur noch schnell bezahlen und würde gleich folgen.

Er war der Boss und wenn der Boss meinte, wir müssten während der Arbeitszeit Kaffee trinken gehen, warum also nicht. Vielleicht würde mir das ja über die Trauer der nicht gekauften Reithose hinweghelfen, dachte ich und bestellte eine heiße Schokolade mit extra viel Sahne für mich und einen Becher Tee für Alex.

Selbiger betrat wenige Augenblicke später ebenfalls das Lokal, schaute sich suchend um, entdeckte mich und setzte sich breit grinsend zu mir an den Tisch. Er weigerte sich jedoch, mir den Grund seiner Freude zu verraten, wechselte geschickt das Thema und verwickelte mich in eine Unterhaltung bezüglich des Turniers.

Nachdem wir unsere Becher geleert hatten, verließen wir das Lokal und stiefelten zurück zum Auto. Ich wollte mich gerade auf den Beifahrersitz schmeißen, als ich das Paket bemerkte. In der Erwartung, dass der Inhalt dieses Paket für Madame Fiona gedacht war, zeigte ich pikiert darauf und meinte zu Alex: „Da liegt was auf meinem Platz!"

„Ich weiß!", antwortete er schulterzuckend.

„Soll ich es auf den Rücksitz legen, oder ist es zerbrechlich?", fragte ich, mittlerweile schon leicht angenervt. Alex sah mich unverwandt an und begann abermals zu grinsen. „Wie wäre es, wenn du es einfach öffnest?"

Ich zog eine Augenbraue hoch und wollte das Paket gerade zu mir heranziehen, als es plötzlich wie aus Eimern zu regnen begann.

Alex, der bereits auf dem Fahrersitz Platz genommen hatte, hob schnell das Paket an, ermöglichte mir so das Einsteigen und ließ es anschließend auf meinen Schoß plumpsen. Es fühlte sich ziemlich leicht und weich an.

„Los Ginger, mach schon!"

Ich hatte zwar eine gewisse Ahnung, was eventuell drin sein könnte, aber das konnte doch nicht möglich sein! Warum sollte er das tun, dachte ich, riss energisch das Papier auseinander und hielt tatsächlich die dunkelrote Reithose in meinen Händen.

„Unglaublich!", rief ich und fiel ihm spontan um den Hals. „Alex! Du bist ja verrückt! Danke, danke!" Aus lauter Freude wollte ihm einfach nur einen Kuss auf die Wange geben.

Als meine Lippen jedoch seine Haut berührten, schien es so, als hätte die Welt einem Augenblick lang ihren Atem angehalten und ihren Blick auf uns gerichtet. Seine Wange war warm, fast schon heiß und auch mir wurde plötzlich ganz heiß. Dann sahen wir einander an und unsere Gesichter nährten sich einander langsam, ganz langsam... Plötzlich klopfte es an die Scheibe und wir stoben auseinander.

Es konnten nur wenige Sekunden gewesen sein, doch es fühlte sich an, als wären Stunden vergangen. Erst jetzt wurde mir bewusst, dass es aufgehörte hatte zu regnen und ich die ganze Zeit über nicht geatmet hatte.

Verwirrt blickten wir uns um und an Alex Fenster stand, immer noch wild klopfend, der Besitzer des Reitsportladens, er hatte seinen Kreditkartenbeleg im Laden liegen lassen. Alex bedankte sich etwas hölzern bei dem Mann, fand jedoch alsbald seine Fassung wieder und startet mit den Worten: „Sieh' es als Art „Arbeitsklamottensponsoring" an!", den Volvo.

Es sollte mir einfach nicht vergönnt sein, beim Decken zuzusehen.

Pünktlich am Morgen unseres großen Tages war es bei Mona Lisa so weit und sie musste von Hannibal gedeckt werden. Ich konnte also nicht mal bei der Begattung eines unserer eigenen Pferde dabei sein!

Wir hatten Tags zuvor bereits die Pferde gewaschen, poliert und eingeflochten, über „den Vorfall" schwiegen Alex und ich uns jedoch geflissentlich aus. Was sollten wir darüber auch groß reden? Eigentlich war ja auch gar nichts passiert.

An diesem Morgen trafen wir uns also alle pünktlich um halb sieben im Stall, um noch mal letzte Hand an die Pferde zu legen und eventuell gelöste Zöpfe wieder herzurichten.

Zum Turnier reisten wir mit großem Gepäck, zum einen würde ich meine Tinkerbell der Welt vorstellen, sie sollte gleich vormittags die Stutenleistungsprüfung absolvieren, zu welcher sich Alex und Bessy ebenfalls angemeldet hatten. Später würde ich dann eine Hengstleistungsprüfung mit Callum reiten, er akzeptierte leider immer noch niemanden anderes als meine Person auf seinem Rücken. Merkwürdigerweise verhielt er sich in meiner Gegenwart jedoch grundsätzlich lammfromm und so wollten wir es, obwohl er noch nicht so lange unter dem Sattel war, probieren. Es ging hier und ebenfalls bei den Prüfungen der Stuten, ja hauptsächlich um das Material der Pferde, Grundgangarten, Schwung, und so weiter. Die Reitbarkeit und der Gehorsam spielten zwar ebenfalls eine Rolle, doch lag das Hauptaugenmerk beim Tier selbst.

Am frühen Nachmittag würden Ruadh und die MacKenzies ihr Debüt im Fahren geben. Und so starteten wir gegen acht Uhr mit vier Pferden, einer Kutsche und vier, mehr oder weniger, menschlichen Wesen zum Turnierplatz in Kingussie. Natürlich nicht, ohne vorher noch ein gemeinsames Frühstück von Dotty genossen zu haben, fürsorglich wie sie war, hatte sie uns ebenfalls ein dickes Lunchpaket eingepackt.

Eigentlich hätte Iain ebenfalls mitkommen sollen. Auch wenn er selber nicht gestartet wäre, auf einem Turnier konnte es nie genügend helfende Hände geben. Da wir jedoch leider unsere Rechnung ohne Mona Lisa, die ja unbedingt heute, nicht morgen, gestern oder gar übermorgen, nach Sex verlangte, gemacht hatten, mussten auf ihn verzichten. Auch Donald wäre gerne zum Turnierplatz gekommen, aber da Iain sich während des Deckens nicht um zwei Pferde gleichzeitig kümmern konnte, wir anderen alle unterwegs waren und Pete sich aufgrund seiner Pferdeangst schlichtweg weigerte, musste er ebenfalls zu Hause bleiben und seinem Neffen zur Hand gehen.

Auf dem Turnierplatz wurden wir sogleich von der typischen Stimmung empfangen, ebenso wie deutsche Reiter schienen sich auch schottische Reiter in Stresssituationen in Furien zu verwandeln, von daher war das ganze Drum und Dran immer recht lustig zu beobachten. Ich begleitete Alex zu Meldestelle, wo wir unseren Start bestätigten und unsere Startnummern im Empfang nahmen, anschließend blieb uns noch ein wenig Zeit, um uns umzuschauen. Mein Chef wurde mal hier, mal dort begrüßt, man kannte sich eben. Auch ich wurde diversen Züchtern und Reitern vorgestellt und mehr als einmal wurde Alex gefragt, ob ich seine Freundin aus London sei.

Bei jedem Vergleich mit dem Pfau schnaubte ich sogleich laut auf und Alex beeilte sich, mit meiner Vorstellung fortzufahren und meine Person wieder ins rechte Licht zu rücken.

Wie ich es aus Deutschland gewöhnt war, trugen auch hier die meisten Reiter ganz klassisch weiße Reithose und weißes Hemd, kombiniert mit einem schwarzen Jackett. Abweichungen wie rote Jacketts für die Herren (traditionell auf Springturnieren), oder auch dunkelblau und grün als Jackett, in Kombination mit maisfarbenen Reithose und Bluse erfreuten sich jedoch auch hier immer größerer Beliebtheit und so waren zwischen den ganzen „Pinguinen" immer mal wieder bunte Flecken zu entdecken. Alex, die MacKenzies und ich hielten es allerdings eher traditionell und ich fand, dass wir und auch unsere Pferde wirklich etwas hermachten. Neben den Tieren selbst, hatten wir gestern ebenfalls das komplette Zaumzeug gewienert und dank Alex, war jeder Sattel mit einer neuen, blütenweißen Schabracke ausgestattet worden. Die Stutenleistungsprüfung würde als erstes stattfinden, dank der Startreihenfolge würden Alex und ich recht bald hintereinander kommen. Aus Fairnessgründen wird nicht immer mit dem Buchstaben A gestartet, sondern die Startreihenfolge beliebig festgelegt. In unserem Falle wurde mit S begonnen, dann kam bald T wie Tinkerbell und wenig später schon B wie Bessy.

Als es an der Zeit war, begannen wir unsere Stuten auf dem Abreiteplatz warm zu reiten, sowohl Bessy als auch Tink waren mit den vielen neuen Eindrücken und der Masse an fremden Pferden, die sich dort tummelten, etwas überfordert. Doch sie schlugen sich wacker und bleiben ruhig.

Endlich durfte ich einreiten, trabte eine Runde um das Viereck und wartete auf die anderen drei Reiter, die mit mir antreten würden. Gemeinsam ritten auf der Mittellinie den Richtern entgegen, um zu grüßen.

Nach erster Begutachtung des Knochenbaus, der Muskeln und der allgemeinen Form, wurden wir aufgefordert anzutraben. Ich setzte mich an den Kopf der kleinen Kavalkade und drehte meine Runden. Wir führten ein paar Hufschlagfiguren vor, um die Dehnung und Geschmeidigkeit der Pferde zu zeigen und sollten kurze Zeit später angaloppieren. Auch dies klappte hervorragend, bis plötzlich ein kleiner Jack Russell Terrier wie verrückt durchs Viereck fegte und wild bellend zwischen den Pferdehufen herumsprang. Drei der vier jungen Stuten drehten völlig durch.

Mein Pferd war nicht dabei.

Wir hatten zwar selbst keine Hunde auf dem Hof und somit konnte Tinkerbell diese Tiere eigentlich gar nicht gewohnt sein, doch machte ihr das kleine, kläffende Etwas überhaupt nichts aus. Während die anderen Pferde immer noch wie wild im Kreis herumrannten, beugte sie lediglich den Kopf herunter und versuchte an dem Hund zu schnüffeln.

Als selbiger endlich wieder eingefangen war, beruhigten sich auch die anderen Pferde und wir bekamen unsere Wertungen - neben einem Kompliment für das besterzogenste Pferd erhielt Tinkerbell eine glatte neun. In einer Wertung von eins - miserabel bis zehn - perfekt war das ja wohl spitzenmäßig. Alex hatte meinen Ritt auf Bessy sitzend vom Rande des Vierecks beobachtet, formte mit seinem Zeige- und Mittelfinger das Victory-Zeichen und warf er mir noch schnell sein Handy zu. „Ruf bitte meinen Vater an und erzähl' ihm alles!"

Jener holte mich vor lauter Freude beinahe durchs Telefon und versprach für ein ordnungsgemäßes Abendessen mit viel Wein zu sorgen. Das wäre also schon mal geklärt, dachte ich und ritt Tink noch ein wenig im Schritt, sattelte sie ab, deckte sie ein und stellte sie zu Callum und Ruadh in den Hänger, welche sich sichtlich über die nette Damengesellschaft zu freuen schienen.

Ich eilte zurück zum Dressurviereck, um noch einen Blick auf Alex und Bessy zu erhaschen, doch sie waren bereits fertig und kamen mir auf Höhe des Abreiteplatzes entgegen. Bei den beiden war es ähnlich gut gelaufen, Bessy erhielt die Gesamtwertnote 8,5 und ich war mir sicher, dass die MacGregors sehr zufrieden sein würden.

Bis zur Hengstleistungsprüfung blieb uns jedoch noch Zeit und so machten wir uns über das Lunchpaket von Dotty her und genossen gemeinsam unser zweites Frühstück. Die MacKenzies waren total aufgedreht und konnten es bis zu ihrem Start kaum noch abwarten, Alex weigert sich daher, ihnen Kaffee einzuschenken und bot ihnen stattdessen, halb im Scherz, ein Glas Orangensaft an. Jenes nahmen sie murrend hin und Alex und ich wagten nicht, uns anzusehen, aus Angst losprusten zu müssen.

Dann war es soweit und wir luden Callum aus. Trotz meiner Anwesenheit war er sichtlich nervös und schaute laut wiehernd in alle Richtungen um das Geschehen in sich aufzunehmen. Auch er war bisher in dieser Form nicht „von zu Hause weg" gewesen und die vielen anderen Pferde auf dem Abreiteplatz taten ihr übriges.

Es blieb uns also nichts anderes übrig, als ihn zunächst abzulongieren und etwas müde zu machen. Vor Aufregung und Anstrengung schwitzte er bereits stark als ich endlich aufstieg und so ließ ich ihn zur Beruhigung und Erholung erst mal ein wenig im Schritt gehen. Kurze Zeit später war er dann wieder der Callum den ich kannte, ich drehte auf beiden Händen noch ein paar Runden und schon waren wir bereit zum Einmarsch.

Während der Vorstellung blieb er ebenfalls gelassen und ließ sich locker von mir reiten. Wir hatten seinen Fesselbehang extra auftoupiert, um seine ohnehin schon mächtige Erscheinung noch stärker wirken zu lassen und so bekam auch Callum eine gute Wertung. Einer der Richter fügte noch augenzwinkernd hinzu, dass sich ein Pferd mit solchen Ausmaßen prima vor dem Wagen einer großen und weltbekannten Brauerei machen würde. Wir konnten also bisher zufrieden sein mit unseren Youngstern.

Nach der Mittagspause konnten die MacKenzies endlich ihr Geschick mit Pferd und Wagen unter Beweis stellen. Alex und ich wurden als Lord und Lady hübsch auf dem hinteren Sitz des Wagens drappiert, während Alasdair als Kutscher fungierte und Aidan hinten auf dem Trittbrett über alles wachte. Ruadh durchlief den Parcours als hätte er in seinem ganzen Leben nie etwas anderes gemacht und somit belegte unser Wagen in der Gesamtwertung den ersten Platz.

Wir hatten also jeder eine Schleife gewonnen und traten gutgelaunt den Heimweg an, wo wir von einem freudestrahlenden Donald und einem nicht weniger grinsenden Iain erwartet wurden. Ich war noch gar nicht ganz aus dem Wagen gestiegen, da hatte Donald mich schon gepackt und wirbelte mich im Kreis herum.

Nachdem sämtliche Pferde versorgt und sämtliche Sachen wieder an ihren Platz zurückgewandert waren, war es bereits an der Zeit für das Abendessen. Dotty hatte sich alle Mühe gegeben und stolz gaben wir unsere Turniererlebnisse zum Besten.

Iain war zwar etwas traurig, dass er nicht dabei gewesen war, erzählte uns aber später, dass es mit Hannibal und Mona Lisa dank Donalds Hilfe ebenfalls gut „geklappt" hätte und er hoffte, dass er bei der nächsten Untersuchung bereits die Trächtigkeit nachweisen konnte.

Mittlerweile war das Jahr schon zur Hälfte um, wir schrieben Mitte Juli und der schottische Sommer brachte Sonne, Sonne, Sonne. Für schottische Verhältnisse war es wirklich sehr warm und während ich mich freute, stöhnten meine Kollegen bereits über „die unerträgliche Hitze".

Wir hatten das Training daher auf die frühen Morgen- und die späten Abendstunden gelegt und verbrachten unsere Nachmittage, wann immer es der Zeitplan von Iain und Alex erlaubte, gemeinsam an dem kleinen See inmitten der Fraser-Ländereien. Meist brachen wir kurz nach dem Mittag auf. Um den doch recht weiten Weg nicht laufen zu müssen, hatten wir gemeinschaftlich beschlossen, dass die Weide direkt am See wohl zurzeit die beste für die Stuten wäre. Freundlicherweise erklärten wir uns ebenso gemeinschaftlich bereit, die Pferde dort Tag ein, Tag aus hinzubringen. Ich schnappte mir meine Tink, Alex seine Bessy, Iain Belladonna und die beiden MacKenzies Mona Lisa und wir ritten ohne Sattel und barfuss los. Mary Lou fungierte als Packpferd für Proviant, Decken und Handtücher und Gimli sprang wild bockend um unsere kleine Kavalkade herum. Gelegentlich nahmen wir auch die Hengste mit, wobei Alex und ich uns dann Hannibal teilten, die MacKenzies gemeinsam auf Ruadh ritten und Iain und unser Gepäck sich auf Callum's, ja er ließ sich mittlerweile wirklich von Iain reiten, breitem Rücken niederließen.

Wir alle genossen die Zeit am See sehr und auch wenn, oder gerade weil, zwischen Alex und mir keine weitere „merkwürdige Situationen" mehr stattfanden, schweißte sie uns zusammen und wir waren ein richtig eingeschworenes Team geworden. Einzig und allein die regelmäßigen Besuche Fionas, ich hatte mir mittlerweile einen neuen „Kosenamen" für sie überlegt, jener war allerdings so böse, dass ich nicht mal Iain davon erzählte, ich nannte sie in Gedanken nämlich „das Vieh ona", waren mir mehr denn je ein Dorn im Auge.

Ich hatte schon fast nicht mehr dran geglaubt, aber am zwanzigsten Juli meldete sich endlich ein Züchter mit seiner Stute an, selbige befand sich in der Hochrosse und müsse dringend gedeckt werden. Jippieh!

Hannibal schien über diesen Damenbesuch mindestens ebenso erfreut zu sein wie ich und während er seine Runden auf dem abgezäunten Platz drehte, furchtbar angab und Iain unter Mithilfe der MacKenzies alles vorbereite, standen Alex, ich und der Pferdebesitzer neben dem Ständer und beobachteten die ganze Sache.

Wie bereits erwähnt, zogen es die Frasers vor, den Deckakt an sich weitestgehend natürlich verlaufen zu lassen. Stute und Hengst wurden zunächst in zwei Ausläufen, getrennt durch einen sehr stabilen Zaun, frei laufen gelassen, so konnten sie sich zunächst ein wenig kennen lernen, beschnuppern und wie Hannibal gerade bilderbuchmäßig präsentierte: hocherhobenen Schweifes durch die Gegend stolzieren. Dann wurde die Stute in einen Ständer geführt, welcher sich sowohl hinten als auch auf der Vorderseite öffnen ließ. War die Stute positioniert, wurde an zwei Schienen rechts und links des Ständers - über dem Hinterteil der Stute - ein Balken soweit heruntergelassen, dass er eben über der Kuppe fixiert werden konnte. Dieser Balken diente dazu, dass der Rücken der Stute, wenn der Hengst hochsprang um sie zu begatten, nicht mit dem kompletten Gewicht belastet wurde. Hinter der Stute, etwa in Höhe der Sprunggelenke, wurde ein weiterer Balken vorgeschoben, welcher den Hengst vor eventuellen Tritten schützen sollte.

Der Akt an sich war roh und sehr kurz und als Hannibal sich von der Stute zurückzog, stupste Alex mich an, grinste schelmisch und flüsterte mir so leise, dass es der Pferdebesitzer nicht hören konnte, zu: „Na Ginger, pass mal auf, dass du heute Nacht keine wilden Träume bekommst!"

Ich bückte mich und tat so, als würde ich meine soeben heruntergeworfenen Taschentücher wieder aufzuheben und rammte ihm, als ich mich wieder aufrichtete, blitzschnell meinen rechten Ellenbogen in den Bauch. Alex eilte fluchend und sich den Bauch haltend davon und der Pferdebesitzer schaute mich fragend an. Schulterzuckend erklärte ich ihm, dass der Master schon den ganzen Tag über Bauchweh und Blähungen klagen würde. Beschämt wandte er sich daraufhin ab und ich grinste in mich hinein. Ich hatte nach meiner Ausbildung zur Industriekauffrau drei Jahre in der Metallbaufirma meines Onkels gearbeitet, ich kannte den rauen Ton und war diesbezüglich sogar schlimmeres gewöhnt.

Ein klein wenig Recht musste ich Alex jedoch geben, es war zwar nicht Hannibal, von dem ich träumte, aber ein Mann an sich wäre sicher nicht schlecht gewesen.

Das letzte Mal hatte ich während unseres Zuges durch Hamburg Sex gehabt. Wir hatten uns nach durchzechter Nacht frühmorgens in einem etwas zwielichtigen Etablissement wieder gefunden und nun ja... es war ziemlich heiß hergegangen.

Ich fasste einen Entschluss und so machte ich mich nach dem Abendessen fertig und stapfte in Minirock und mit Highheels die kieselige Auffahrt entlang zur Hauptstraße, um den letzten Bus nach Inverness zu nehmen. Zurück würde ich dann mit dem Taxi fahren, mit etwas Glück, würde ich jedoch die Nacht in den Armen eines Mannes verbringen und erst am nächsten Morgen zurückkommen.

Ich mied das „Old Inn", hier würde ich sicher Bekannte treffen oder gar Iain oder Alex persönlich. Schließlich entschied ich mich für die Harley Bar, stellte mich an die Theke und hätte beinahe schon ein Bier bestellt, als ich mich meiner Mission besann und mich für Rotwein entschied, für den Zweck einen Typen aufzureißen wohl etwas besser geeignet.

Kurze Zeit später betrat auch schon der erste Kandidat die Szenerie. Als er mich nach ein paar Sätzen jedoch fragte, ob ich nicht die Pferdepflegerin der Frasers sei, suchten mein Rotweinglas und ich schleunigst das Weite. Wenig später führte ich jedoch bereits eine angeregte Unterhaltung mit zwei deutschen Touristen, Michael und Arne aus Hamburg. Beide waren recht süß, Anfang dreißig, mit dem Motorrad durch Schottland unterwegs und einem Flirt definitiv nicht abgeneigt.

Der Abend verlief sehr entspannt und nach einigen weiteren Gläsern Rotwein, berührte man sich dann immer öfter wie zufällig. Als Michael gerade seine Hand auf meinem Oberschenkel platziert hatte, sah ich plötzlich Alex hinter ihm stehen.

Auch wenn ich mir für diesen Abend andere Dinge vorgenommen hatte, freute ich mich zunächst ihn zu sehen und strahlte ihn an, er jedoch hatte die Augen zu zwei

Schlitzen verengte und zischte: „Belästigen diese Männer dich?"

Ich wollte gerade anfangen zu lachen, als Alex die beiden bereits umrundet hatte und sich vor ihnen aufbaute. „Ich glaube, die junge Dame wünscht Ihre Anwesenheit nicht!"

Ich versuchte ihn zu beruhigen und zu erklären, dass das Gegenteil der Fall sei, doch ich war plötzlich Luft und ehe ich mich versah, hatte Alex bereits Michael beim Kragen gepackt und funkelte ihn wütend an. Dass meine deutschen Freunde schlagartig die Flucht ergriffen, konnte ich nur zu gut verstehen, Alex stand wie ein Racheengel vor ihnen und machte einen wirklich furchteinflößenden Eindruck.

Ich hingegen war stinksauer und fauchte ihn an: „Verdammt noch mal Alex, wie konntest du das tun? Du gönnst mir auch nichts! Das erste Mal seit einem Vierteljahr bin ich alleine aus und will mich amüsieren und dann kommst du und machst alles kaputt!" Alex, dessen Wut sich nun, da seine anderen Opfer nicht mehr zugegen waren, gegen mich richtete, schnaubte: „Ach, amüsieren nennt man das also? Welchen von beiden hättest denn gerne gehabt?" Ich stampfte auf. „Ich wär' auch mit beiden mitgegangen, wenn du nur zwei Minuten später gekommen wärst!" Seine Pupillen waren mittlerweile gigantisch geworden und glitzerten mir schwarz entgegen, als er mir zuzischte: „Ich dulde nicht, dass mein Personal sich auf der Straße herumtreibt und sich wie eine rollige Katze verhält!"

Das war zuviel, ich verpasste ihm eine schallende Backpfeife. „Eine rollige Katze nennst du mich? Was glaubst du eigentlich wer du bist, du verwöhnter schottischer Junior-Lord? Weißt du denn nicht, dass auch rollige Katzen Krallen haben?" Er richtete sich vor mir auf und spie mir förmlich ins Gesicht: „Zügele deinen Zunge, ich bin immer noch dein Chef!"

Mittlerweile hörte uns die gesamte Kneipe zu, aber das war mir egal, auch ich machte mich groß und piekste ihm mit dem Zeigefinger gegen die Brust. „Du ist zwar mein Chef, aber das gibt dir noch lange nicht das Recht dich in mein Privatleben einzumischen! Weißt du was Alex, das werde ich dir nie verzeihen!"

Dann drehte ich mich um und ging.

Alex stürmte hinter mir her. „Ginger warte, ich fahr' dich nach Hause!"

„Den Teufel wirst du tun! Ich würde mir eher den linken Arm abschneiden als zu dir ins Auto zu steigen!", warf ich ihm entgegen. Ich winkte mir ein Taxi heran und ließ ihn einfach stehen. Ich war wirklich sauer. Er hatte ja den Pfau um seine Bedürfnisse zu stillen! Gut, sie weilte, zur Freude aller, seit über drei Wochen in London aber dennoch, was waren schon drei Wochen gegenüber einem viertel Jahr?

Am nächsten Morgen erwachte ich mit Kopfschmerzen und auch die Wut in meinem Bauch war noch nicht verpufft. Jene minderte sich erst recht nicht, als Alex das Esszimmer betrat und mit ihm das „Vieh ona", wo auch immer es über Nacht plötzlich hergekommen sein mochte. Die beiden wünschten einen „Guten Morgen" und nahmen Platz. Alex mir gegenüber zu Donalds Rechten und der Pfau zu Donalds Linken. Über den Tisch hinweg warf ich ihm einen vernichtenden Blick zu. Wenig später sprach er mich jedoch an: „Würdest du mir bitte das Salz reichen, Ginger?"

Ich nickte, schnappte mir den Salzstreuer, schraubte den Verschluss in aller Seelenruhe auf und verteilte den kompletten Inhalt großzügig auf Alex Teller. Während der ganzen Prozedur grinste ich ihn boshaft an.

Anschließend betrachtete ich mein Werk zufrieden und schraubte den Salzstreuer mit der gleichen Ruhe, wie ich ihn aufgeschraubt hatte, wieder zu. Unter verdutzten Blicken von Iain, Donald und dem Pfau stellte ich ihn gerade wieder an seinen Platz zurück, als Alex auch schon aufsprang und mit der Faust auf den Tisch schlug. „Verdammt noch mal, Ginger! Das ist doch Kinderkram!", blaffte er mich an.

Jetzt sprang auch ich auf und schlug meinerseits mit der Faust auf den Tisch. „Nein Alex, das was du gestern fabriziert hast, das war Kinderkram, und zwar Kinderkram hoch drei!"

Donald, Iain und der Pfau blickten von Alex zu mir und zurück und sahen sich fragend an, bis Donald zu lachen begann, in die Hände klatschte und sagte „Ja, ja, was sich neckt, das ..." Jetzt war es an Donald vernichtende Blicke zu ernten, sowohl von Alex und mir als auch vom Pfau.

Zeitgleich schmissen Alex und ich unsere Servietten hin, sagten wie aus einem Munde: „Frühstückt noch schön, mir ist der Appetit vergangen", und verließen den Raum, ich Richtung Haustür, er in Richtung seiner Räumlichkeiten, den Pfau aufgeregt hinter sich her flatternd.

Später im Stall murrte und fluchte ich so lange vor mich hin, bis es Iain zu bunt wurde, er mir eine Rolle Flatterband und einen Regenponcho in die Hand drückte, passend zu meiner Laune schüttete es wie aus Eimern, und mich losschickte um kaputte Stellen am Zaun der Jährlingsweide zu markieren. Ich wollte gerade Ruadh aus seiner Box holen, als Iain dazwischen kam und mir die Boxtür vor der Nase zu schob. „Hast du schon mal rausgeguckt? Es gießt in strömen, soll er sich den Tod holen? Nein, du wirst zu Fuß gehen!"

Prima, jetzt war Iain auch noch böse auf mich und das alles nur wegen diesem blöden Alexander Fraser! Wütend holte ich meinen MP3-Player von oben und machte mich auf die Socken, bloß nichts anmerken lassen!

Etwa eine halbe Stunde nachdem ich mich vom Acker gemacht hatte, war Alex in den Stall gekommen und hatte Iain nach meinem Verbleib gefragt.

Iain, neugierig wie er war, hatte sich jedoch geweigert Alex meinen momentanen Aufenthaltsort mitzuteilen, ehe er ihm nicht den Grund unseres Streits erzählt hatte. Und so hatte Alex ihm erklärt, er habe mich gestern ganz zufällig im Harley sitzen sehen, wo ich von zwei Typen bedrängt wurde und war mir, Held wie er nun mal war, zu Hilfe geeilt. Iain hatte daraufhin die Stirn gerunzelt und seinen Vetter breit angegrinst. „Alex, ich glaube Emma passt ganz gut auf sich selber auf, also, wie war es wirklich?" Etwas zögerlich rückte Alex dann damit raus, dass er mich in den Inverness-Bus hatte steigen sehen und direkt ins Auto gehüpft war um mich zu suchen. Weil er mich im Old Inn jedoch nicht vorgefunden hatte, hatte er anschließend jedes Pub und jede Bar abgegrast, bis er mich, in Begleitung eben dieser zwei Typen, durchs Fenster im Harleys sitzen sah. „Und dann?", fragte Iain herausfordernd.

Dann habe er den Abend gesprengt, die Typen vergrault und mich so sehr verärgert, dass ich ihm erst eine geknallt und ihn dann zu allem Überfluss auch noch wie einen Trottel habe stehen lassen. Als wenn das alles nicht schon genug gewesen wäre, hatte, als Alex dann fluchend im Auto saß, zu allem Überfluss auch noch Fiona angerufen und mitgeteilt sie wäre soeben in Inverness gelandet und wollte abgeholt werden.

„Sag mal Alex, gibt es eigentlich einen speziellen Grund dafür, das du Emma hinterhergefahren bist?", hatte Iain darauf hin wissen wollen.

Als Alex seinem Blick auswich und mit einem: „Nö, nur so...!", antwortete, drehte Iain ihn zu sich und fragte ihn mit hochgezogener Augenbraue: „Alex, hast du schon jemals was in deinem Leben nur so getan?"

„Ja! Hä? Was meinst du?", war als Antwort zurückgekommen und Iain hatte die Arme in die Hüften gestemmt und erklärt, dass er der Meinung war, Alex wäre nur eifersüchtig gewesen und mir deswegen hinterhergefahren.

„Ich? Eifersüchtig wegen Ging? Das glaubst du doch wohl selber nicht! Aber ich befürchte, ich werde mich wohl bei ihr entschuldigen müssen, so einen Dickkopf wie die hat, wird sie sicher nicht auf mich zukommen"

„Das glaub ich allerdings auch nicht, bevor Emma Becker nachgibt, friert eher die Hölle zu!"

„Toll Iain, du schaffst es immer wieder einen aufzumuntern! Mann, was soll ich nur zu ihr sagen? Und was soll ich Fiona sagen? Die nervt auch schon wieder!"

Iain, praktisch wie immer, unterbreitete ihm dann folgende Geschichte: „Ganz einfache Sache Vetterchen: Zu Emma sagst du, du wärst auf dem Weg zum Flughafen durch Inverness gekommen, hättest sie gesehen und gedacht, sie stecke in Schwierigkeiten. Und Fiona? Der erzählst du einfach das Gleiche. Die begreift doch sowieso nichts!"

Alex warf seinem Vetter zunächst einen bösen Blick zu, bedankte sich dann jedoch, innerlich musste er ihm leider beipflichten, Emma besaß nun einmal eine sehr starke Persönlichkeit, ganz im Gegenteil zu Fiona.

Durch die Kapuze des Regenponchos war mein Sichtfeld eingeschränkt, außerdem hatte ich meine Musik ohrenbetäubend laut, daher hatte ich weder gehört, noch gesehen, wie er mit Hannibal auf mich zu galoppierte.

Als er plötzlich hinter mir stand und mir auf die Schulter tippte, fuhr ich schreiend hoch, drehte mich um, erkannte seine Person und drehte mich sogleich wieder weg. Er stellte sich vor mich. „Ginger, komm schon, sieh' mich an du sturer Esel!" Ich reagierte gar nicht darauf und blickte in die andere Richtung, doch irgendwann wurde es ihm zu bunt und er packte mich am Arm. „Verdammt noch mal Ginger! Es tut mir wirklich leid, ich wollte dir nicht die Tour vermasseln! Komm schon! Ich besorg dir auch einen Neuen, wusstest du nicht, dass ich mit Männern deale?"

Herausfordernd zwinkerte er mich an.

Ich wollte nicht lachen, ich durfte nicht lachen, Teufel auch! Dann machte ich den Fehler und sah in seine blitzenden Augen - prompt prustete ich los. Warum musste er auch immer nur so verdammt cool sein!

„Siehst du, geht doch!", meinte er, legte freundschaftlich den Arm und mich und fuhr fort: „Außerdem meine ich, sind wir beide quitt. Ich hab zwar dein Date gesprengt, aber dafür hast du mich gestern gleich zweimal angegriffen und wirklich böse beleidigt!" Ich quittierte diese Aussage lediglich mit einem „Mpfm!" und sah an ihm vorbei. Er begutachtete seine Fingernägel und fragte dann ganz beiläufig, ob ich nicht mal wieder Lust habe, einem richtigen Karatetraining beizuwohnen.

„Wie kommst du denn jetzt darauf?", fragte ich ihn verdutzt. „Bei uns im Boxclub finden neuerdings Karatekurse statt, zufällig zeitgleich mit meinem Kick-Boxtraining - hast du nicht Lust heut Abend mitzukommen?"

Was für eine Frage, und ob ich Lust hatte! Ich sprang ihm um den Hals, hielt mich dieses mal jedoch mit dem Küssen zurück und sagte: „Wenn wir auch eben noch nicht quitt waren, jetzt sind wir es auf jeden Fall!" Mit einem: „Prima, dann lang' mal lieber beim Abendessen nicht so zu, um acht geht's los!", schwang er sich auf Hannibal und stürmte davon. Knapp eine Minute später war er wieder da.

„Ach übrigens, ich soll dir von Iain sagen, dass die Zäune bereits letzte Woche von Pete abgelaufen wurden, es ist nichts kaputt"!

Der Schlingel! Der sollte mir mal in die Finger geraten! Ich ließ mich von Alex hochziehen und nahm vor ihm auf Hannibal Platz.

Zurück im Stall warf ich Iain, der gerade mit Callum aus der Reithalle kam, erst einmal einen nassen Schwamm ins Gesicht. „Das ist dafür, dass du mich den ganzen Vormittag umsonst hast durch den Regen marschieren lassen!" Er lachte, warf zurück und wir hatten uns wieder vertragen.

Ich freute mich so sehr aufs Karatetraining, zwar führte ich nach wie vor meine Übungen durch, doch war es immer etwas anderes, ob man alleine trainierte oder ein Sensei Anweisungen gab.

Beim Abendessen flachsten Alex und ich, sehr zur Verwunderung von Donald und dem Pfau miteinander rum: „Wäre es wohl möglich, dass du mir jetzt das Salz reichst, herzallerliebste Ginger?"

„Aber selbstverständlich, mein allerliebster Lieblings-Junior-Chef!"

Donald kommentierte unser Verhalten mit einem „Vogelzeig" und einem: „Jetzt haben sie komplett den Verstand verloren!", während Fiona pikiert aus dem Fenster schaute.

Auf meine Frage hin, warum denn in seinem Club plötzlich Karate angeboten würde, erklärte Alex mir, dass Matthew MacLeod, ein alter Schulkollege von ihm, von seiner Reise durch die Weltgeschichte, wo er Karate sowohl gelernt als auch gelehrt hatte, zurückgekehrt sei und da der Boxclub von Angus MacGillian, neben Gerätepark und Ring, ebenfalls über zwei große Trainingsräume verfügte, war Matthew dort mit eingestiegen und wollte nun, mitten in Schottland, asiatische Kampfkünste unterrichten. „Eins muss ich dir allerdings noch sagen Ginger, im Boxclub gibt es zwar eine Umkleidekabine für Frauen, allerdings ist seit ungefähr fünfhundert Jahren die Dusche dort kaputt, wir sind halt keinen Damenbesuch gewöhnt!" Und mit einem Augenzwinkern fügte er hinzu: „Es bleibt dir selbst überlassen, entweder teilst du dir mit zwanzig nackten und schwitzenden Männern eine Dusche, oder aber du wartest und duschst später hier!"

Auf mein Kommentar, dass ich wohl mit zwanzig nackten Männern zusammen duschen würde, jedoch nur unter der Voraussetzung, dass mir einer den Rücken schrubbt, ein anderer die Haare einseift und ich später komplett mit Bodylotion eingecremt werde, erntete ich einen vernichtenden Blick vom „Vieh ona", das dann der Meinung war, auch mal etwas sagen zu müssen. „Alex, du kannst das Mädchen doch nicht mit in die Herrendusche nehmen! Sie verhält sich zwar wie ein Junge, doch fehlt ihr, so denke ich jedenfalls, das entscheidende Merkmal zwischen den Beinen!"

Alex wollte gerade zu einer Antwort ansetzen, da grinste ich Fiona bereits an. „Du kannst ja gerne mal mit auf mein Zimmer kommen und gucken was ich so zwischen den Beinen hab! Alternativ kann ich dir auch ein Foto anbieten!"

Fiona atmete hörbar aus und sowohl Iain als auch Donald, die MacKenzies und Alex konnten sich ein Schmunzeln nicht verkneifen.

Bevor ich auf mein Zimmer ging rief Alex mir noch hinterher: „Zieh dir nachher ein Tuch über die Ohren und bring eine Sonnenbrille mit!" Ich wusste zwar nicht warum, doch wenn er es verlangte, würde ich es tun.

Oben angekommen, setzte ich mich erst einmal vor meinen PC, um meine tägliche Unterhaltung mit meiner Mama zu führen. Dank der herrlichen Erfindung des Internets - und der Engelsgeduld, die mein Bruder bei der Einweisung meiner Eltern an den Tag gelegt hatte - konnten wir nicht nur jeden Tag umsonst miteinander sprechen, sondern uns dabei auch sehen. Gelegentlich war bei unseren Sitzungen auch meine Oma anwesend, die zunächst zwar erstaunt, dann aber umso begeisterter war.

Ich freute mich wirklich, nach fast dreimonatiger Pause endlich mal wieder meine Karatetasche packen zu können, neben meinen Laufklamotten hatte ich meine Karateanzüge und Faustschützer ebenfalls aus Deutschland mitgenommen und nun lagen erstere blütenweiß und nach Weichspüler duftend vor mir.

Dann war es an der Zeit runterzugehen, ich war noch gar nicht ganz unten, da hörte ich bereits das Röhren eines fetten Motors, ich hastete die letzten Stufen herunter und als ich aus der Tür sprang, fuhr Alex ,mit einer gigantischen Sonnenbrille auf der Nase, in einem schwarzen Porsche 911 Cabrio Typ 993 vor.

„Wahnsinn!", rief ich, schmiss meine Tasche auf den Boden, umkreiste das Auto und strich über die Motorhaube. „Gib noch mal Gas! Rrrrrrrrrr, ja das klingt schön! Warum zum Teufel wusste ich nicht eher, dass du so ein Auto hast!"

Ich warf meine Tasche auf den Rücksitz, wollte gerade einsteigen als mir etwas einfiel, ich blickte zu Alex rüber und noch bevor ich meinen Mund geöffnet hatte, blaffte er mir ein: „Nein! Kommt überhaupt nicht in Frage!", entgegen.

Na gut, würde ich eben den Beifahrer spielen, in diesem Auto ebenfalls nicht das schlechteste Los. Alex legte den Gang ein und wir brausten davon.

Der Boxclub war, entgegen meinen Vorstellungen, weder klein noch schäbig. Der Gerätepark war, soweit ich es beurteilen konnte, recht modern und kreisförmig um den Ring aufgebaut. Weiterhin gab es diverse an der Decke befestigte Sandsäcke, Punching-Balls und auf der linken Seite befanden sich eine Sitzecke, ein Tresen und dahinter ein großer, mit Spiegeln versehener Raum. Im Flur zu den Umkleidekabinen führte eine Treppe nach oben, wo sich ein weiterer Raum mit Spiegeln, jedoch kleiner als der untere, befand. Oben befand sich noch ein Saunabereich, wie Alex mir erklärte.

Matthew war wohl nicht alleine von seiner Weltreise zurückgekehrt, nachdem wir uns bekannt gemacht hatten, ging die Tür auf und eine winzig kleine, schwarzhaarige Person betrat den Raum, Matthew stellte uns einander vor: „Das ist Heather, meine Freundin, hat soeben die Prüfung zum ersten Braungurt bestanden!" Heather kam auf uns zu und reichte mir die Hand: „Hi! Du bist sicher Emma! Alex hat uns schon von dir erzählt. Schön dass du gekommen bist, hatte schon die Befürchtung allein unter Wölfen kämpfen zu müssen!" Sie war mir auf Anhieb sympathisch und es war ja wohl klar, wer meine künftige Trainingspartnerin sein würde! Von der Graduierung passte es auch ganz gut, ich war Trägerin des zweiten Blaugurtes, also nur eine Stufe unter ihr.

Das Training bei Matthew war sehr hart, aber genial! Am nächsten Tag würde ich auf jeden Fall Muskelkater haben, aber das war es wirklich wert! Ich zog mich um und trotz meines Protestes klappte Alex das Verdeck des Cabrios zu. „Du bist klitschenass geschwitzt, willst du dir den Tod holen?" Endlich düsten wir nach Hause, einer wohlverdienten Dusche entgegen.

Am nächsten Morgen stand Donald zusammen mit Manni MacGregor und einem hageren kleinen Mann, einem potentiellen Käufer für Bessy, auf unserem Hof.

Alex war mit dem Pfau unterwegs und so bat Donald mich, das Pferd vorzureiten. Ich willigte ein, jedoch nicht ohne vorher bei Alex auf dem Handy angerufen zu haben, er würde es zwar nie zugeben, aber ich wusste wie sehr im die Kleine ans Herz gewachsen war.

Der Schwachkopf hatte sein Handy jedoch nicht eingeschaltet und so blieb mir nichts anderes übrig, als ihm auf die Mailbox zu sprechen.

Der Mann war sehr angetan von der jungen Stute und so wurde sie eine Woche später schon abgeholt. Alex ließ sich den ganzen Tag nicht blicken und ich nahm an, er hätte sich irgendwo hin verkrochen um seine Wunden zu lecken. Tags zuvor hatte ich zufällig mitbekommen, wie er sich Kosenamen flüsternd von ihr verabschiedet hatte. Da er ja sonst immer den harten Kerl spielte, war ich an ihrer Box vorbeigelaufen und hatte so getan, als hätte ich nichts bemerkt.

Wie Iain mir mitteilte, sollte Callum ebenfalls nicht behalten werden. Er hatte bei der Prüfung zwar recht gut abgeschnitten, aber wir hatten schließlich schon einen Top-Hengst im Stall und laut Iain mochte Donald sowieso keine Schecken leiden.

Mitte August verließ also auch Callum uns. Der Stall begann sich langsam aber sicher, zu leeren und ich bekam Angst, dass auch meine kleine Tinkerbell verkauft werden würde. Als Donald mich dann am Donnerstag, den achtzehnten August zu sich ins Büro rief, dachte ich schon, es wäre soweit und lief mit hängenden Schultern über den Hof Richtung Haupthaus.

„Emma, schön dass du gekommen bist, setz dich doch!", bat er mich herein. Ich wusste nicht, ob ich es schön finden sollte, dass meine Maus verkauft werden sollte, dennoch grüßte ich zurück und setzte mich.

Er verschränkte seine Hände voreinander auf dem Tisch und begann mit seiner Ansprache: „Du bist ja nun schon eine ganze Weile bei uns und hast den ganzen Sommer ohne einen Tag Freizeit durchgearbeitet, da habe ich mir gedacht, dass dir ein wenig Urlaub sicher mal ganz gut tun würde."

Ehe ich Einwände erheben konnte, hob er die Hand und redete weiter: „Lass mich bitte ausreden. Im Stall ist zur Zeit nicht viel los, das schaffen die Jungs alleine und wegen Tinkerbell brauchst du dir auch keine Sorgen zu machen, Alex und ich haben gerade gestern beschlossen, dass sie bei uns bleiben und nächstes, spätestens übernächstes Jahr von Hannibal gedeckt werden soll."

Glücklich darüber, dass ich meinen Zögling behalten durfte, freute ich mich um so mehr auf den bevorstehenden Urlaub. In dem viertel Jahr wo ich hier war, hatte ich nicht viel von meinem Geld ausgegeben, außerdem verfügte ich noch über einige Rücklagen, daher hing ich mich sogleich ans Handy um meiner Freundin Julietta einen spontanen Trip nach Mallorca vorzuschlagen. Diese hatte eigentlich vorgehabt, mich hier in Schottland zu besuchen, aber nachdem ich ihr abwechselnd die Worte: „Latin-Lover, Sonne, Meer und Sangria" zugeflüstert hatte, war sie mehr als begeistert von meiner Idee. Nach Schottland könne sie ja schließlich immer noch nächstes Jahr im Frühling kommen.

Eine Pauschalreise zu buchen war in unserem, speziell in meinem Falle kaum möglich und so verabredeten wir uns für den Abend vor unseren PCs um gemeinsam im Internet auf die Suche nach einem günstigen Flug und einer ebenso günstigen Unterkunft zu gehen. Ich würde direkt von Schottland nach Mallorca fliegen und mich dort mit Julietta treffen. Somit mussten für den Hinflug bereits zwei verschiedene Flüge an einem Tag, möglichst zeitnah und selbstverständlich so günstig wie möglich herausgefunden werden. Der Rückweg sollte uns zunächst beide nach Deutschland führen - wenn ich schon Urlaub hatte, wollte ich schließlich ebenfalls meine Lieben zu Hause besuchen!

Unser Vorhaben nahm fast den ganzen Abend in Anspruch, aber schlussendlich wurden wir doch noch fündig. Nächsten Mittwoch würde es schon losgehen. Mein Flug, ein wirkliches Schnäppchen, ging ab Glasgow - Juliettas ab Bremen.

Unsere Maschinen würden eine Stunde zeitversetzt ankommen und wenn Julietta das Flughafengebäude verließ, würde ich sie bereits mit dem Mietwagen erwarten und die Party konnte starten. Wir hatten ein günstiges aber dennoch recht exklusives Hotel in Palma herausgesucht, wo wir zentral aber trotzdem weit ab vom Ballermann und unseren permanent betrunkenen Landsleuten, unseren zehntägigen Urlaub verbringen würden. Den Rückflug nach Bremen würden wir gemeinsam antreten und nach ein paar Tagen mit meinen Lieben würde ich am Freitag, den neunten September wieder nach Schottland zurückkehren, diesmal allerdings in Edinburgh ankommen.

Am nächsten Morgen erzählte ich während des Frühstücks von meinen Reiseplänen und alle schienen sich für mich zu freuen. Mit vollem Mund und mit dem Daumen auf mich zeigend, meinte Alex über den Rand seines Bagels hinweg zu Iain: „Wenn sie auf Mallorca den uns bekannten Bikini, beziehungsweise das winzige Etwas, was sie als solches bezeichnet, trägt, sollten wir einen Aufruf machen." Er hielt sich die Nase zu und tat so als spräche er in ein Megaphon. „Alle Frauen an Strandabschnitt siebzehn bitte die Männer anketten, die Männer anketten bitte, Emma Becker ist im Anmarsch!" Fiona schürzte die Lippen und zeigte auf mich: „Die da besitzt einen Bikini? Wie soll das denn bitteschön aussehen?" Und während Iain, Alex und die MacKenzies im Chor: „Rattenscharf!" antworteten, tötete sie mich förmlich mit ihren Blicken. Von Fiona halb erwürgt und mit ziemlich roten Ohren, leitete ich das Gespräch schnell in andere Bahnen und teilte mit, dass ich nach den zehn Tagen Mallorca noch einen Abstecher nach Deutschland machen und dann am neunten September wieder zurück sein würde. Donald nickte mir anerkennend zu und so war es beschlossene Sache.

Als ich etwas später im Stall stand und das Fell von Tinkerbell mit der Kardätsche bearbeitete, trat Alex plötzlich nahe, sehr nahe hinter mich. Sein Atem kitzelte in meinem Nacken, als er mich fragte, ob ich Glasgow eigentlich schon gesehen hätte. Ich trat einen Schritt zur Seite um mich aus der Reichweite seines heißen Atems zu entfernen und verneinte kopfschüttelnd seine Frage. Während meines Urlaubes im Mai - meine Güte, das war ja schon beinahe Ewigkeiten her - hatte ich lediglich die Highlands besucht und mich am vorletzten Tag von Iain durch Edinburgh führen lassen.

„Wie wäre es, wenn wir Dienstag zusammen hinfahren? Ich habe dort sowieso noch etwas zu erledigen und warum nicht das Angenehme mit dem Nützlichen verbinden?", schlug er vor. Ich war begeistert und stimmte sofort zu. „Komm Fiona auch mit?", fragte ich und versuchte so beiläufig wie möglich zu klingen. Er sah mich mit hochgezogener Augenbraue an. „Du glaubst doch nicht, dass ich mich freiwillig mit dir und Fiona in ein Auto setzte, eine dreistündige Fahrt auf engstem Raum auf mich nehme, um dann mit euch beiden gemeinsam eine Stadtführung zu machen! Sag mal Ginger, für wie durchgeknallt hältst du mich eigentlich?"
Darauf antwortete ich lieber nicht.

Am Abend informierte ich meine Eltern über den bevorstehenden Besuch und verbrachte den Rest der Woche mit meinen Arbeiten im Stall und nicht zuletzt mit Kofferpacken.

Nachdem ich mich am Dienstagmorgen von allen, inklusive den Pferden verabschiedet hatte, hievte ich meinen Koffer in den Porsche und Alex und ich brausten Richtung Glasgow davon. Fiona begleitete uns tatsächlich nicht, sie war bereits am Sonntag wieder zurück nach London geflogen, die Landluft würde angeblich ihrem Teint schaden. Wer es glaubt! Unfreiwillig war ich nämlich Zeuge der fürchterlichen Szene, die sie Alex bezüglich des Bikini-Kommentars gemacht hatte, geworden und der frostigen Stimmung am Samstag nach zu urteilen, hatte Alex sie wohl einfach nach Hause geschickt. Sollte mir nur recht sein, ich konnte sie sowieso nicht leiden!

Glasgow erwies sich als äußerst interessant und war so ganz anders als Edinburgh. Eine moderne und pulsierende Großstadt eben. Alex kannte sich gut aus, dann während Iain in Edinburgh Tiermedizin studiert hatte, hatte er hier irgendetwas mit Wirtschaft und Informatik studiert. In meinen Augen verlorene Zeit, die Frasers schienen, vor allem durch den enormen Landbesitz, so reich zu sein, dass wohl noch nicht mal Alex' Enkelkinder einer Arbeit im klassischen Sinne würden nachgehen müssen. Auch die Pferdezucht war meiner Ansicht nach eher Hobby als Pflicht, aber das störte mich nicht im Geringsten, ich fühlte mich sehr wohl bei der Familie.

Während Alex sich für einige Stunden rar machte und seinen Geschäften nachging, bummelte ich ein wenig durch die Straßen Glasgows und hing meinen Gedanken nach - ich freute mich auf Mallorca, und wie! Und natürlich freute ich mich auch auf meine Familie, dennoch begann ich bereits jetzt Schottland und mein Leben hier zu vermissen.

Als Alex und ich uns später bei einem Burger gegenübersaßen, erzählte ich ihm davon. „Ich weiß nicht, wie ich es dir erklären soll, ich bin ja eigentlich noch gar nicht so lange hier, aber irgendwie fühle ich mich hier so wohl, wie noch nie und noch nirgendwo sonst in meinem Leben!" Er verstand mich und erklärte, dass es ihm ganz ähnlich ginge. Er habe zwar seinen Amerika-Trip sehr genossen, sich jedoch permanent nach Schottland gesehnt. Für Fiona sei jenes allerdings absolut unverständlich gewesen. Musste er diesen blöden Pfau jetzt erwähnen? Ich hatte es doch gerade erst geschafft, sie erfolgreich aus meinen Gedanken zu verbannen!

Wir führten eine ziemlich angeregte Unterhaltung, bis Alex plötzlich anfing herumzudrucksen. Mit hochgezogener Augenbraue blickte ich ihn an. „Gibt es etwas, was du mir sagen möchtest Alex?" Feierlich eröffnete er mir, dass er leider, leider vergessen hatte, ein Zimmer zu reservieren und wir uns daher nun ein Doppelzimmer teilen mussten.

Ich fand jenes nicht sonderlich schlimm, wirklich stören tat mich einzig und allein die Tatsache, dass Alex aus unserer Rangelei um das Badezimmer als Sieger hervorgegangen war und selbiges nun bereits seit schier einer Ewigkeit belegte. Irgendwann kapitulierte ich, machte es mir auf dem Bett bequem und musste wohl eingedummelt sein. Von der Duftwolke, die Alex hinter sich herzog, als er wieder ins Schlafzimmer trat, erwachte ich jedoch wieder.

So frisch geduscht sah er wirklich gut aus, ich stand auf, schritt ihm entgegen und hätte mich, schlaftrunken wie ich war, beinahe versehen und mich an ihn geschmiegt. Ich wurde mir meines Versehens jedoch noch früh genug bewusst, kriegte so gerade noch die Kurve und blockierte nun meinerseits das Bad. Mächtig aufgebrezelt stürzten wir uns dann ins Glasgower Nachtleben.

Unser Anblick schien ganz schön etwas herzumachen, denn egal vor welchem Club wir standen, jedes Mal wurden wir an allen anderen vorbei gewunken. Ich fühlte mich wie ein VIP, wir schlürften Vodka und Sekt auf Eis und tanzten die ganze Nacht durch. Am Ende war ich so fertig, dass ich es mich nicht im Mindesten interessierte, ob ich schnarchen würde oder nicht, und mich einfach neben Alex ins Bett fallen ließ.

Die Frasers, Betten und ich, das hatte ja noch nie zusammen gepasst und so erwachten wir am nächsten morgen beide nackt, eng umschlungen und fürchterlich beschämt. Mit einem: „Na, wenigstens hast du mir nicht deine Füße ins Gesicht gesteckt wie Iain!", versuchte ich die Situation etwas aufzulockern und wir bereiteten uns auf die Abreise vor.

Da in den meisten Hotels jedoch mittags um zwölf kein Frühstück mehr angeboten wird, machten wir uns auf die Socken und setzten uns in eine Kaffeebar um Croissants und Tee zu uns zu nehmen. Und bald war es schon an der Zeit zum Flughafen zu fahren.

Alex hatte darauf bestanden, mich zu begleiten und bis zur Zollkontrolle bei mir zu bleiben. Auf dem Glasgower-Flughafen herrschte reger Betrieb und Alex warf jedem männlichen Wesen im Hawaii-Hemd, der ein potentieller Mallorca-Urlauber zu sein schien und es wagte mich anzusehen, böse Blicke zu. Spontan nahm ich seine Hand, drückte sie, blickte ihm in die Augen und schüttelte leicht den Kopf.

Schließlich checkte ich ein, gab mein Gepäck auf und eine knappe Dreiviertelstunde vor dem Abflug mussten wir uns voneinander verabschieden. Irgendwie wurde ich plötzlich traurig und begann zu singen: „I'm leaving on a jet plane, don't know when I'll be back again, oh babe I hate to go..."

Alex lachte, sagte: „Mach's gut, Ging", und drückte mich freundschaftlich. Mit einem strengen Blick in die Runde fügte er hinzu: „Lass dich nicht dumm anquatschen und wenn es irgendwelche Probleme gibt, ruf an! Ich bin in fünf Minuten bei dir!"

„Klar, Alex und ich bin der Kaiser von China! Ich melde mich auf jeden Fall bei euch und 'ne Karte schick ich auch! Komm, lass dich noch mal umarmen. Gott, wie werde ich euch vermissen, aber denk dran: "Turn around and I'll be on my way..."!" Freundschaftlich legte ich abermals meine Arme um ihn und da war es wieder, unsere Blicke trafen sich und als er mich an sich zog, breitete sich in meinem Inneren wieder die mir wohlbekannte Hitze aus. Es war lange her, seit es das letzte Mal passiert war und ich hatte schon gehofft wir wären geheilt, jetzt drohten meine Knie jedoch nachzugeben.

Ich wand mich aus seiner Umarmung, um mich nur Sekunden später wieder an ihn zu drücken und ihm die Worte: „Ich werd' dich vermissen!", ins Ohr zu flüstern. Dann schüttelte ich seine Arme endgültig ab, drehte ich mich um und ging. Nach einem letzten Winken durchlief ich den Metalldetektor und er war aus meinem Blickfeld verschwunden.

Meine Güte! Mein Blut war ganz schön in Wallung gekommen und mein Herzschlag hatte sich erst jetzt, Minuten später, wieder erholt. Dennoch schüttelte ich das soeben Erlebte entschieden von mir, kramte mein Handy hervor, telefonierte mit meiner Mutter, schaltete es anschließend aus und machte mich bereit zum boarden.

Meine unverholene Abneigung gegen Flugzeuge war immer noch vorhanden und so war ich froh, als ich knapp dreieinhalb Stunden später wieder festen Boden unter den Füßen hatte. Endlich da!

Der Flughafen „Son san Juan" in Palma ist gigantisch groß und jeden Tag werden tausende Menschen und hunderte Maschinen abgefertigt, dennoch ging es erstaunlich schnell bis ich meinen Koffer hatte und Richtung Ausgang stürmte. In der Halle checkte ich die Mietwagenpreise und entschied mich für einen Suzuki Jimny, einen kompakten, offenen Geländewagen. Ich ließ mir die Schlüssel aushändigen und trat in die Sonne. Gott war das heiß!

Wie ich der Anzeigetafel entnahm, war Julietta ebenfalls gelandet und ich ging bald wieder hinein, um sie am Gate abzuholen. Es liefen so viele Menschen durch die Schleuse, doch endlich entdeckte ich sie, da ich meinen Koffer an der Mietwagenzentrale hatte stehen lassen, stürmte ich ihr entgegen. „Meine Süße! Es ist so schön dich zu sehen!" In meinem Übereifer warf ich sie fast um und sie antwortete in ihrer gewohnt trockenen Art: „Hallo erst mal und danke der Nachfrage: Mein Flug war die Hölle, ich habe es nur knapp überlebt und wärst du jetzt bitte so freundlich deinen Fuß von meinem zu nehmen?" Dann mussten wir beide lachen, drückten uns noch mal ganz fest und liefen gemeinsam zum Ausgang und Auto. Ich hatte den Weg zum Hotel aus dem Internet herausgesucht und mich damit beschäftigt, daher sollte ich fahren.

Als ich jedoch wie selbstverständlich rechts einstieg, lauthals fluchte, irgendjemand hätte sowohl Lenkrad als auch die Pedale gestohlen und zwei Sekunden später dann ein: „Ach so!", hinterher warf, lachte Julietta so sehr, dass ihr die Tränen kamen und sie sich am Auto festhalten musste. Wie schön, endlich normale Autos! Ich schickte noch schnell eine SMS an Alex und dann starteten wir los.

Das Hotel war noch schöner als wir gedacht hatten - zwar hatten wir nicht vor, uns hier viel aufzuhalten, dennoch das Auge wohnt ja bekanntlich mit.

Nachdem wir unser Zimmer bezogen, unsere Koffer entpackt, geduscht und uns umgezogen hatten, war es bereits Abend geworden und wir machten und auf, um eine Kleinigkeit zu Essen - im Hotel hatten wir nur Frühstück gebucht.

Wir landeten in einer netten Tapas-Bar und nachdem ich mein Weinglas zuerst misstrauisch beäugt hatte, ich war mir nämlich nicht sicher, ob mein Magen schon wieder Alkohol vertrug, schlürfte ich wenige Minuten später, als wäre nie etwas gewesen. Eigentlich hatten wir uns vorgenommen, früh zu Bett zu gehen, woraus natürlich nichts wurde. Nach dem Essen hatten wir uns in eine Bar direkt am Wasser gesetzt und da es so wahnsinnig viel zu erzählen gab, quatschen wir bis spät in die Nacht hinein und tranken nebenbei soviel Wein, dass ich am nächsten Morgen mit einem Kopf wie ein Rathaus - in jedem Saal 'ne Sitzung - erwachte und den Alkohol im Allgemeinen sowie den spanischen Rotwein im Besonderen verfluchte. Nach einer kalten Dusche und einem ausgiebigen Frühstück machten wir uns endlich strandfertig.

Ich zeigte Julietta auf meinem Handy Fotos, die ich an einem unserer faulen Tage am See mit Alex, Iain und Co. gemacht hatte. Als ich ihr erzählte, wie Alex und ich die Nacht vor meiner Abreise verbracht hatten, nämlich nackt und in einem Bett, schüttelte sie nur den Kopf. „Das kannst du deiner Großmutter erzählen! Du teilst dir mit diesem Adonis ein Bett, dazu noch nackt und erzählst mir dann, dass nichts gelaufen ist?" Ich zuckte mit den Schultern. Es war ja tatsächlich nichts gelaufen. Sie war zwar meine beste Freundin, aber diese merkwürdigen „Zwischenfälle", die gelegentlich zwischen Alex und mir stattfanden, behielt ich doch lieber für mich.

Alles in allem verlebten wir eine schöne Zeit, zwischendurch unternahmen wir ein paar Touren mit dem Jimny, unter anderem an die Ostküste, nach Cala Rajada, wo ich seiner Zeit mit meinem Mann schon einige Urlaube verbracht hatte. Juliettas Frage, ob ich ihn vermissen würde, wusste ich nicht so recht zu beantworten. Ich war das letzte viertel Jahr so sehr mit Schottland, meiner Arbeit und meinen neuen Freunden beschäftigt gewesen, dass ich keine Zeit gehabt hatte darüber nachzudenken. Somit schien er mir auch nicht sonderlich zu fehlen.

Die meiste Zeit verbrachten wir jedoch am Strand und abends zogen wir um die Häuser. Als es nach zehn Tagen Richtung Deutschland ging, freute ich mich schon riesig auf meine Familie. Ich klapperte nacheinander Oma, Tanten und Onkels ab, besuchte einen Großteil meiner Freunde und statte ebenfalls meinem alten Karate-Club einen Besuch ab. Zum Abschluss gaben meine Eltern eine große Grillparty.

Als ich jedoch am neunten September mit dem Zug Richtung Bremen fuhr, konnte ich es kaum erwarten, meine schottischen Freunde wieder zu sehen.

Nach zehn Tagen heißer Mittelmeersonne hatte ich das Wetter in Deutschland bereits als ziemlich kühl empfunden, als ich jedoch in Edinburgh das Flughafengebäude verließ und mich auf den Weg zum Bussteig machte, schlotterte ich vor Kälte, außerdem goss es in strömen. Um nicht mehr Regen abzubekommen als unbedingt notwendig, eilte ich gesenkten Hauptes am Flughafengebäude entlang, bis ich plötzlich eine mir wohlbekannte Stimme vernahm. „Benötigen Sie einen Chauffeur, junge Dame?" Donald war gekommen um mich abzuholen - wie nett.

Dass der alte Fuchs nichts ohne Grund tat, hätte ich mir eigentlich denken müssen und so teilte er mir während der Fahrt nach Beauly den Anlass für seinen Chauffeur-Dienst mit. Es war nämlich so, dass sich die MacGregors mitsamt der Jährlinge für den nächsten Tag angemeldet hatten und ebenso wie es im Hause der MacGregors üblich war, wurde zu diesem Anlass auch im Hause Fraser ein Riesen-Event mit großen Festmahl veranstaltet. Dummerweise war jedoch Dotty krank geworden. Eigentlich wurde Dotty niemals krank und wenn doch, arbeitete sie trotzdem. Dieses Mal jedoch war es unmöglich, sie war bettlägerig und es war einfach nichts zu machen.

Donald erklärte mir, dass die beiden Mädchen zwar recht fix seien, doch waren sie für die Organisation eines solchen Abends einfach noch nicht selbstständig genug. Mit den Worten: „Kannst du uns nicht irgendwie helfen, Emma?", schloss er seine Ausführungen ab. Er würde mir auch die Mädchen und Pete zur Verfügung stellen und was oder wen sonst immer ich noch bräuchte.

„Kein Problem Donald, ich lass mir was einfallen!", antwortete ich, und wusste bereits ganz genau, was ich machen wollte. Mein Ex-Mann und ich hatten seiner Zeit, aus Vorfreude auf eine geplante Griechenlandreise, für unsere Freunde einen griechischen Abend veranstaltet, der eingeschlagen hatte, wie eine Bombe. Die Rezepte waren unwahrscheinlich lecker gewesen und ich hatte sie glücklicherweise noch allesamt im Kopf.

Zwar hatte ich bezüglich des morgigen Essens noch einiges zu erledigen, doch führte mich mein erster Weg in den Stall. Vorsichtig linste ich um die Ecke und sah Alex und Iain auf der Stallgasse stehen, sie waren ins Gespräch vertieft und als ich lauthals brüllend vor sie sprang erntete ich zunächst missverständliche Blicke. Es dauerte einem Augenblick bis man mich erkannte, schließlich war ich über zwei Wochen weg gewesen, doch dann rief Iain aus:„Emma ist wieder da!"

Alex kniff mir freundschaftlich in die Wange und meinte statt einer Begrüßung: „Ja, der Urlaub scheint dir gut getan zu haben, wie geht's deinem Bikini-Höschen?"

Das war so typisch für ihn, doch um ehrlich zu sein hatten ich seine Neckereien bereits zu vermisst und so ließ ich mich mit einem: „Habe ich meistbietend versteigert!", von beiden umarmen.

Ich begrüßte noch schnell die MacKenzies und anschließend die Pferde, entschuldigte mich dann jedoch, schließlich sollte mich meine Arbeit die nächsten beiden Tage in die Küche und nicht in den Pferdestall führen.

Zunächst klärte ich mit Donald ab, mit wie vielen Personen ich zu rechnen hatte, da war zum einen die Familie MacGregor, die mit zwei Erwachsenen und acht Kindern anreiste, dann Iain und ich, die MacKenzies, Alex und der Pfau, obwohl jener sich zumeist mit einem Salatblatt begnügte - wohlgemerkt ohne Dressing - die beiden Mädchen, Pete und natürlich Donald. Dotty würden wir ihre Portion aufs Zimmer bringen, ich kam also auf dreizehn Erwachsene und acht Kinder und beschloss die Kinder auszuklammern und für sie an einem Extratisch Pommes, Chicken Pics und Hamburger zum Selbermachen anzurichten. Für die Erwachsenen rechnete ich, da wir uns in Schottland befanden und ich den guten Appetit meiner Kollegen sowie den Manni MacGregors bereits kannte, eine Menge für fünfzehn Personen aus.

Und so ging ich in die Küche, prüfte die Bestände und schrieb eine ellenlange Einkaufsliste. Ich bat Pete mich zu fahren, zum einen musste ich mich an den Linksverkehr erst wieder gewöhnen, zum anderen hatte ich keine Lust die ganzen Einkäufe alleine zu tragen. Zur Verstärkung begleitete uns ebenfalls Marsali, die Tochter von Pete und Dorothy. Sie war zarte neunzehn Jahre alt, klein, etwas rundlich, mit dunkelblondem Haar und war ihrer Mutter wie aus dem Gesicht geschnitten. Augenblicklich absolvierte sie in unserm Hause ihre Ausbildung zur Hauswirtschafterin.

Ich war mir sicher, dass sie, wenn ihre Mutter irgendwann nicht mehr in der Lage dazu sein würde, die Fraser'sche Küche übernehmen würde, schließlich hatte sie das „Dotty-Gen" in sich. Unsere Dorothy war nämlich nicht nur heimlicher Herrscher und gute Seele des Hauses in einem, sie war zudem auch Hauswirtschaftsmeisterin und somit befugt, junge Mädchen zu Hauswirtschafterinnen auszubilden.

Die Familie Fraser bildete zumeist zwei Mädchen parallel aus, neben Marsali, die sich bereits im dritten Lehrjahr befand, war seit letztem Jahr auch die siebzehnjährige Nancy bei uns. Mit ihren langen Storchenbeinen, dürren Ärmchen und pechschwarzem Pagenschnitt wollte sie so gar nicht in das optische Bild einer Haushälterin passen, doch war sie sehr fix, gewissenhaft und lernte schnell.

Anders als Deutschland, verfügte Großbritannien nach wie vor über viele traditionsbewusste Adelsfamilien und Haushälterinnen wurden immer händeringend gesucht. Wer seine Ausbildung im Hause einer guten Familie wie der Frasers absolviert hatte, hatte gute Chancen seinen Weg in diesem Metier zu machen. Für Donald stellten sie natürlich außerdem günstige und genügsame Arbeitskräfte dar.

Wir drei klapperten nacheinander Discounter, Supermärkte und Feinkostläden ab und kamen zwei Stunden später vollbepackt wieder zu Hause an.

Getreu dem Motto: „Was du heute kannst besorgen, verschiebe nicht auf morgen", machten wir uns direkt an die Vorbereitungen für das bevorstehende Dinner. Ich wies die Mädchen an, Auberginen in Scheiben zu schneiden, zeigte ihnen wie diese und der Schafskäse zu panieren waren, marinierte die Souflaki-Spieße und das Giros, formte kleine, mit Schafskäse gefüllte Hackbällchen und briet diese, sowie die Auberginen und den Käse an. Damit schlossen wir unsere Vorbereitungen für den heutigen Tag ab, der Salat und die Nachspeise würden sich besser morgen machen lassen.

Während ich einen letzten prüfenden Blick über die bereits vorbereiteten Speisen und die weiteren Zutaten warf, sah ich Alex an der Küchentür vorbeihuschen. Er musste mich aus den Augenwinkeln ebenfalls gesehen haben und kam zurück, stellte sich lässig in den Türrahmen und fragte mich mit hochgezogener Augenbraue, ob ich es nicht mehr bis zum Abendessen abwarten könne und warum ich eigentlich so ein

Vielfraß wäre. Als ich ihn, ebenfalls mit hochgezogener Augenbraue und zusätzlich mit vor der Brust verschränkten Armen darüber in Kenntnis setzte, dass ich weder ungeduldig noch verfressen sei, sondern in der Küche gearbeitet hatte um das morgige Essen vorzubereiten, brach er in schallendes Gelächter aus. „Wenn du so kochst, wie du Auto fährst, werden wir morgen alle nicht satt, ich sollte schon mal beim Cateringservice anrufen!"

Ich zog ihm mit dem Holzlöffel eins über die Finger und jagte ihn mit den Worten: „Das werden wir ja noch sehen!", hinaus.

Am nächsten Morgen stand ich sehr früh auf und mit Nancys und Marsalis Hilfe, hatte ich am späten Vormittag bereits alles vorbereitet und im Kühlhaus deponiert. Nach einem kalten Mittagessen, schließlich würde es heute Abend genug zu Essen geben, machte ich mich daran den Raum herzurichten, zu dekorieren und den Tisch zu decken. Als auch dies erledigt war, schmiss ich mich endlich in meine Reitklamotten und stürmte in den Stall. „Wen kann ich reiten, wen kann ich reiten?", rief ich bereits, als ich noch beinahe hundert Meter entfernt war.

Leider erhielt ich keine Antwort und so machte ich mich auf in Richtung Reithalle, wo ich Iain, Aidan und Alasdair kichernd hinter der Bande hockend vorfand. Ich schlich mich zu ihnen und als sie mich durch den Schlitz im Holz spähen ließen, sah ich endlich den Grund für ihr Gelächter: Alex stand in der Mitte der Reithalle und erteilte Fiona -in schickem royalblau gekleidet - Reitunterricht auf Mayflower. Ich hätte es niemals für möglich gehalten, dass sich ein einzelner Mensch so dumm anstellen kann. Anstatt an sich selber zu arbeiten, fluchte sie und schimpfte mit Alex und dem Pferd. „Das klappt ja alles überhaupt nicht, Alex was erzählst du mir denn für einen Quatsch! Dieser blöde Gaul!"

Ich hatte schnell genug von dieser Show und nachdem ich Iain mittels Zeichensprache entlockt hatte, dass Tinkerbell heute noch nicht bewegt worden war, lief ich zurück in den Stall. Wenige Minuten später folgte er mir, sattelte Ruadh und wir ritten gemeinsam los.

Als wir nach einem gestreckten Galopp über die Feldmark im Schritt weiterritten, atmete ich tief ein, blickte Iain an und sagte: „Gott Iain, du kannst dir gar nicht vorstellen, wie froh ich bin, wieder hier zu sein! Ich hab das alles so vermisst!" Er grinste mich an: „Da scheinst du nicht die Einzige zu sein! Alex war unausstehlich!"

Hört, hört, dachte ich, antwortete jedoch: „Wieso, hatte er Stress mit seinem Pfau?" Achselzucken, dann: „Könnte es auch gewesen sein, aber lass mal gut sein. Ich kann dich aber wohl verstehen, ich mag Schottland auch nicht verlassen, verstehe gar nicht, wie meine Eltern auswandern konnten!"

Iains Vater war der jüngere Bruder vom Lord und hatte ihn lange Zeit als Verwalter unterstützt. Nachdem Iain die Schule abgeschlossen und sein Studium in Edinburgh begonnen hatte, waren sie jedoch nach Amerika ausgewandert. Iain vermisste seine Eltern zwar, doch würde er niemals auf die Idee kommen ihnen zu folgen.

Als wir von unserem Ritt zurückkehrten, stand der Transporter der MacGregors bereits in der Einfahrt und Alex, Manni und die MacKenzies, begleitet von einer Horde schreiender Kinder, hatten soeben damit begonnen die Jährling abzuladen. Iain und ich begrüßten die Gäste und versorgten anschließend unsere Pferde. Nach einem kurzen Smalltalk verabschiedete ich mich jedoch wieder aus dem Stall, ging auf mein Zimmer um zu duschen und eilte anschließend in die Küche um die letzten Vorbereitungen zu treffen.

Ich hatte das Esszimmer in eine griechische Taverne verwandelt und damit keiner die Überraschung verderben konnte, hatte ich es nach Beendigung meiner Vorbereitungen verschlossen. Gegen kurz vor sieben jedoch, brachte ich die Mädchen und mich in Position, wir hatten uns weiße Laken umgebunden und Efeu in die Haare geflochten und als die ersten Takte der griechischen Folklore-Musik erklangen, ließ Pete unsere Gäste eintreten und wir begrüßten sie barfuss und Syrtaki-tanzend.

Unter schallendem Gelächter und Applaus schickte ich die Mädchen die restlichen Speisen servieren und ging mit einem Tablett eisgekühltem Ouzo herum.

Der Abend war ein voller Erfolg, das Essen ausgezeichnet und meine schottischen Freunde hatten sowohl Gefallen am griechischen Wein, als auch am Ouzo gefunden und so tanzten wir später alle gemeinsam Syrtaki.

Lediglich der Pfau gab sich bockig und meinte mit einem herablassenden Blick in meine Richtung: „Die scheint ja wohl auch alles zu können!", was Alex mit einem Ouzo-geschwängerten Grinsen und den Worten: „Ja, schön nicht?", beantwortete und sie vor Wut beinahe platzte.

Am nächsten Tag klagte der Pfau über die Nachwirkungen ihrer gestrigen Reitstunde in Form eines kräftigen Muskelkaters. Die anderen klagten zwar auch über einen Kater, doch hatte jener nichts mit Reiten, sondern eher mit einem hochprozentigen Schnaps namens Ouzo zu tun. Unrasiert und ziemlich zerknittert trat Alex am nächsten Vormittag in den Stall. „Sag mal Ginger, liegt es im Rahmen des Möglichen, dass du uns gestern Gift eingeflößt hast?"

„Wie kommst du denn darauf?", bellte ich ihm lauthals ins Ohr. Klagend wandte er sich von mir ab. „Nicht so laut, das halte ich nicht aus! Außerdem ist das viel zu hell draußen!" Ich lachte ihn aus, stupste ihn in die Seite und meinte nur: „Ja, Ja, erst saufen wie ein Krieger und am nächsten Tag heulen wie eine Kegelrobbe! Weichei!"

Das war offensichtlich zu viel des Guten und scheinbar wundergeheilt, packte er mich und warf mich im hohen Bogen auf einen Haufen frischen Strohs.

„Weichei? Du nennst mich ein Weichei? Ich zeig dir mal, was ein Weichei ist!", sprachs und begann mich mächtig durchzukitzeln. Furchtbar kitzelig wie ich nun einmal war, prustete ich los und machte mir beinahe in die Hose.

Meine verzweifelten Bemühungen, ihn von mir zu schubsen oder sonst wie aufzuhalten, endeten damit, dass wir wie zwei Irrwische durchs Stroh tollten und uns schier ausschüttelten vor Lachen.

Wir hätten wohl ewig so weitergemacht, wäre nicht plötzlich Fiona laut schreiend angestürmt gekommen. Sie zerrte Alex von mir herunter und zeterte los: „Ich habe es ja schon immer gewusst, dass etwas zwischen euch läuft! Und immer hast du gesagt: „Da ist nichts Fiona, da ist nichts!" Ha! Aber jetzt habe ich euch erwischt!"

Alex sah mich kurz an, hob eine Augenbraue und meinte in seiner bekannt lässigen Art nur: „Äh Fi, wie du siehst haben sowohl Ginger als auch ich Hosen an und T'Shirts und auch Pullover."

Fiona blickte ihn verwirrt an, ich steckte mir die Faust in den Mund und Alex fuhr mit seiner Ansprache fort: „Ferner möchte ich dich darauf aufmerksam machen, dass ich dermaßen verkatert bin, dass ich kaum in der Lage bin aufrecht zu stehen, geschweige denn dazu, dieses Wildpferd hier zu zähmen." Es war zuviel, ich bekam keine Luft mehr und musste die Faust wieder aus meinem Mund entfernen. Leider entfuhr dabei ein kurzer Lacher, was wiederum Alex dazu bewegte, sich zu mir umzudrehen. Unsere Blicke sich trafen sich und es war vorbei, wir prusteten beide lauthals los und lachten, bis uns die Tränen kamen.

Mit tränenverschleiertem Blick sah ich Fiona wütend die Stallgasse entlang Richtung Haus stapfen. „Die kriegt sich schon wieder ein!", meinte Alex, stand jedoch auf und folgte ihr. Auf halben Weg drehte er sich noch mal zu mir um: „Übrigens, dein griechischer Abend war wirklich spitzenmäßig! Dotty sollte künftig öfter krank werden. Das nächste Mal solltest du uns allerdings nicht mit irgendwelchen fremdländischen Alkoholika vergiften!" Satt einer Antwort warf ich ihm einen Striegel hinterher.

Doch ich war froh, dass es ihm gefallen hatte. Solle der Pfau sich doch aufregen, von mir aus konnte Fiona auch ganz verschwinden, vermissen würde sie hier sicher keiner, von Alex einmal abgesehen. Ich fand ja sowieso, dass er viel zu schade für sie war und passen taten die beiden überhaupt und ganz und gar nicht zusammen. Alex brauchte eine Frau, der er vertrauen konnte, die seine Interessen teilte und mit seiner Heimat und seiner Aufgabe hier verwachsen war, eine die auch mal anpacken konnte und nicht so ein dürres Modepüppchen.

Dass ich soeben in Gedanken meine eigene Person beschrieben hatte, sollte mir erst viel später bewusst werden.

Der Herbst zog ins Land und es war für diese Jahreszeit und diesen Teil der Erde ungewöhnlich warm, so dass wir die Jährlinge noch immer Tag und Nacht draußen hielten. Die erwachsenen Pferde ließen wir allerdings nur noch stundenweise auf die Weide, die meiste Zeit verbrachten sie schon im Stall.

Eines schönen Samstags tobten die MacKenzies „Football's coming home"-singend durch die Gegend. Auf meine Frage was denn los sei, antworteten sie, dass am Abend die Fußballsaison mit dem Heimspiel der Inverness Caledonian Thistle FC gegen Aberdeen wieder starten würde. Ich liebte es Fußball im Stadion zu gucken und so fragte ich, ob ich nicht mitkommen könne. Durch mein Karatetraining hatte ich zwar einige neue Leute kennen gelernt und Heather und ich waren so etwas wie Freundinnen geworden, doch hatte ich, außer mit meinen Kollegen hier, ansonsten kaum engere Kontakte geknüpft.

In weiser Voraussicht hatten sie seiner Zeit tatsächlich eine Karte mehr besorgt und so trafen wir uns kurz nach dem Mittagessen vor dem Haupthaus, um gemeinsam den Bus nach Inverness zu nehmen. Alle waren komplett mit Trikots, Schals und Mützen ausgestattet, ich besaß dererlei leider nicht und so klaute ich Iain das Käppi und Alasdair den Schal, während wir auf Alex warteten. Der Pfau hatte ihn zu Tür gebracht und sie waren gerade dabei sich voneinander zu verabschieden als sie mich erblickte. Ihre Augen verengten sich zu zwei Schlitzen und sie fragte: „Ach, die kommt mit und ich muss zu Hause bleiben?!"

Während Alex ihr erklärte, dass dies quasi als Betriebsausflug zu werten sei und ich ja nun einmal zum Personal gehöre, verdrehten Iain und ich mal wieder die Augen. Zwar grimmig und ganz und gar nicht begeistert, ließ sie ihn dennoch mit uns losziehen. An der Bushaltestelle trafen wir auf die Anderen und fuhren dann gemeinsam zum „Tulloch Caledonian Stadium".

Mein Exmann war ebenfalls Fußballer gewesen, daher war mir sowohl die Abseitsregel als auch das „korrekte Verhalten im Stadion" bekannt. Wir hatten Stehplätze in der Fankurve reserviert und die Stimmung war gigantisch, wozu der Sieg von Inverness nicht ganz unwesentlich beitrug. Nach dem Spiel zog man singenderweise vom Stadion in Richtung Kneipenmeile um dort weiterzufeiern. Wir tingelten von Pub zu Pub und hatten gemeinsam mit den anderen Fans mächtig Spaß. Später wurden wir, augrund eines unglücklichen Zufalls, noch in eine zünftige Kneipenschlägerei mit Mitgliedern des Clans Campbell verwickelt, aus welcher wir zwar unverletzt und als Sieger herausgingen, jedoch vor der sich nähernden Polizei flüchten mussten, der Wirt hatte sie wohl aus Angst um sein Inventar gerufen.

Wieder in Frascher'schen Gefilden angekommen, hatte Alex nicht die geringste Lust schlafen zu gehen und so schlichen wir am Haupthaus vorbei zum Gesindehaus, wo wir es uns im Aufenthaltsraum bequem machten. Ich schnappte zwei Bier aus dem Gemeinschaftskühlschrank, wir setzen uns an den Tresen und waren gerade in die Art Gespräch vertieft, welche man nur mit mindestens anderthalb Promille Alkohol im Blut zu führen in der Lage war, als nach und nach die anderen eintrudelten. Aus taktischen Gründen hatten wir uns während unserer Flucht in mehrere Gruppen aufgeteilt.

Zu meiner Freunde waren auch Heather und Matthew mit von der Partie und wir feierten bis in die frühen Morgenstunden. Ich hatte keine Ahnung wann und wie ich ins Bett gekommen war, sondern stellte am nächsten Morgen lediglich fest, dass Heather neben mir lag und Matthew in eine Wolldecke eingemummelt auf meinem kleinen Sofa kauerte - ein Bild für die Götter. Selbstverständlich blieben sie zum Frühstück, schließlich war Sonntag und als wir Donald von unseren Erlebnissen berichteten, lachte er Tränen, klopfte sich auf die Schenkel und erzählte von „seinen Streifzügen durch die Gemeinde", als er noch jung gewesen und er und seine Kumpels ebenfalls des Öfteren mit dem Campbells aneinander geraten war.

Das Jahr schritt unaufhaltsam fort, die Nächte wurden länger und vor allem kälter und nach und nach stallten wir auch die Jährlinge und die Zweijährigen auf, und verlegten einen Großteil unserer Arbeit nach drinnen. Heute waren Alex und ich jedoch noch einmal zu einem gemeinsamen Ausritt aufgebrochen und als wir zurückkamen, sahen wir plötzlich einen Wohnwagengespann mit deutschem Kennzeichen die Auffahrt herauffahren. „Oh, mein Gott! Es ist Stephan! Mein Bruder Stephan!", rief ich, drückte Tink meine Fersen in die Seite und galoppierte los. Alex blieb verdutzt stehen.

Noch gar nicht ganz angekommen, sprang ich schon vom Pferd herunter und meinem Bruder in die Arme. „Mein Brüderchen, was in aller Welt verschlägt dich denn hierher?" Er lächelte und befreite sich aus meiner Umklammerung. „Ich muss doch sehen, was meine Lil' Sis so treibt im fernen Schottland!"

Alex, mittlerweile ebenfalls angekommen, blickte von ihm zu mir und begann lauthals zu lachen. Ich sah ihn strafend an und schüttelte mit dem Kopf, woraufhin er sein Lachen kurz unterdrückte. Als mein Bruder ihn dann ansah, begann er abermals loszuprusten. Ich zeigte mit dem Daumen auf Alex. „Darf ich vorstellen, das ist Alexander William Donald Fraser, mein Chef!" Hinter vorgehaltener Hand fügte ich etwas leiser hinzu: „Er hat leider einen kleinen Dachschaden, ist aber ansonsten ganz nett!"

„Das hab ich gehört!", blaffte Alex und klatsche mir, immer noch grinsend, mit seiner Reitgerte auf den Hintern. „Aua! Ich korrigiere, er hat sogar einen sehr großen Dachschaden!", erklärte ich meinem Bruder und sah dann zu meinem Chef herüber: „Alex, bist du in der Lage zuzuhören? Das ist mein Bruder Stephan und das da drüben seine Freundin Tabee!"

Alex, der mittlerweile wieder so heftig lachte, dass er beinahe vom Pferd fiel, prustete ein schottisches „Mpfm" aus, wischte sich die Tränen aus den Augen und stieg ab. „Das hättest du nun wirklich nicht extra erwähnen müssen Ging, ihr" - er begann wieder zu lachen - „gleicht euch wie ein Ei dem anderen, vor allem die Nase!"

Jetzt war es an mir, ihm einen leichten Schlag mit der Gerte zu verpassen. Zurück in die Wirklichkeit geholt, streckte er meinem Bruder und seiner Freundin die Hand entgegen. „Tut mir leid, normalerweise passiert mir so etwas nicht! Sagt einfach Alex! Freut mich, euch kennen zu lernen!"

Nach ein wenig Smalltalk beschrieb er ihnen den Weg zum Parkplatz. Während sie ihr Gespann parkten, brachten wir unsere Pferde zurück in den Stall. Mittels Handy wurde Dotty über den überraschenden Besuch informiert und kurze Zeit später saßen wir alle, inklusive Donald, bei Tee und Gebäck im Salon.

Jenem war zwar ebenfalls ein „Donnerwetter" bezüglich unserer Ähnlichkeit entwischt, jedoch hatte er sich um Längen besser im Griff als sein Sohn.

Mein Bruder und seine Freundin hatten Urlaub und spontan entschieden nach Schottland zu kommen. Von Amsterdam hatten sie die Fähre nach Newcastle genommen und waren nun schon seit einer Woche unterwegs, hatten Edinburgh und Glasgow, sowie den Trossacs-Nationalpark besucht und waren dann über die Road to the Isles nach Mallaig gefahren um nach Skye rüberzusetzen. Nach einer kompletten Umrundung der Insel hatten sie sich dann auf den Weg nach Beauly gemacht, um nach dem Befinden von Stephans kleiner Schwester zu schauen.

Selbstverständlich blieben sie über Nacht und trotz heftiger Proteste mussten sie ihren Wohnwagen verlassen und wurden in einem der Gästezimmer im Haupthaus einquartiert. Die beiden schienen sich bei uns wohl zu fühlen und Alex und mein Bruder verstanden sich auf Anhieb. Die Frasers waren allesamt „Multilingual" und mein Bruder und seine Freundin sprachen ebenfalls ein wenig Englisch und so verständigten wir uns in einem deutsch-englischen Kauderwelsch, was an sich wunderbar funktionierte.

Aus der einen Nacht wurden dann fünf, zwischendurch hatten wir gemeinsam, mit Alex als Führer - der Pfau verweilte irgendwo in anderen Gefilden und somit hatte er „Ausgang"- die Insel Lewis und den dortigen Steinkreis „Standing Stones of Callenish", sowie die nördliche Küste Schottlands besucht. Außerdem waren Donald, Alex und mein Bruder, allesamt passionierte Jäger, auf einen Streifzug durch die Fraser'sche Flora und Fauna gegangen.

Tabee und ich hatten währenddessen Inverness für eine ausgedehnte Shoppingtour besucht. Ganz beiläufig fragte sie mich, quasi von Umkleidekabine zu Umkleidekabine, ob ich etwas mit Alex hätte. Mit großen Augen verneinte ich jenes und musste dabei wohl so verdutzt geklungen haben, dass sie schnell anfügte: „Ihr geht so vertraut miteinander um, als würdet ihr euch schon ewig kennen!"

Taten wir das? fragte ich mich anschließend. Sicher, ich mochte Alex sehr und es schien auch auf Gegenseitig zu beruhen, aber ob da mehr war? Ich bezweifelte es, doch plötzlich fielen mir unsere „speziellen Situationen" wieder ein. Das letzte Mal war es vor meinem Urlaub passiert. Mit keinem Menschen hatte ich so etwas je zuvor erlebt und allein der Gedanke daran verursachte mir Gänsehaut, ich schob ihn daher schnell beiseite und widmete mich wieder meiner Schwägerin.

Als der Wohnwagen dann nach einer Woche, mit jeder Menge schottischem Whisky und tausend Küssen für meine Eltern an Bord, die Auffahrt entlang Richtung Heimat ratterte, war ich tatsächlich ein wenig traurig.

Meine Arbeit im Stall ließ mich mein Heimweh jedoch schnell wieder vergessen.

Eines schönen morgens, der November hatte bereits Einzug in Schottland gehalten, baten Alex und Iain mich sie zu begleiten, weigerten sich jedoch, mir mitzuteilen, wohin es gehen sollte und so wartete ich vor dem Gesindehaus, bis die beiden mit dem Volvo-Geländewagen vorfuhren.

Innerlich hatte ich mich auf eine längere Fahrt eingestellt, doch nachdem wir einen kleinen Feldweg inmitten der Fraser-Ländereien entlanggefahren waren, kamen wir vor einer kleinen Halle zum stehen.

„Was ist hier?", fragte ich beim aussteigen. „Das, liebe Emma, ist unsere Produktionshalle!", antwortete Iain mit stolzgeschwellter Brust. Auf meine Frage, was denn hier produziert würde, ich tippte ja auf Whiskey oder ähnliche Schweinereien, antwortete Alex schelmisch: „V-i-a-g-r-a!" Ich verstand nur Bahnhof, folgte den beiden jedoch ins innere der Halle. Es roch reichlich merkwürdig, so dass ich eine Whiskey-Produktion schnell ausschließen konnte.

Sie führten mich in ein kleines Labor und ich blieb im Türrahmen stehen. „Männer, würdet ihr mir bitte sagen, was hier Sache ist?!"

„Es stimmt, was Alex gesagt hat Emma. Wir haben hier wirklich so etwas wie Viagra entwickelt, allerdings nicht für Menschen, sondern für Pferde!" Verständnislos blickte ich von einem zum anderen.

Alex übernahm das Ruder und erklärte mir, dass er und Iain gemeinsam ein Produkt, genauer gesagt ein Ergänzungsfuttermittel entwickelt hätten, dass für sowohl qualitativ, als auch quantitativ hochwertigeres Sperma bei Deckhengsten sorgen würde. Zurzeit würden sie es an Hannibal, an dem Hengst Sindbad der MacGregors sowie an zwei weiteren Deckhengsten aus der Region testen und die Ergebnisse waren mehr als zufriedenstellend. Ein letzter Abschlusstest sollte zwar noch gemacht werden, doch es war bereits jetzt eine deutlich verbesserte Spermaqualität der Hengste nachzuweisen. Ich war beeindruckt.

Wie er mir weiter erklärte, stand das Produkt kurz vor der Markteinführung. Während Iain hauptsächlich mit der Entwicklung sowie dem Produktionsprozess betraut war, würde Alex die Vermarktung übernehmen.

„Und, hast du dir schone eine Marketingstrategie einfallen lassen?", fragte ich an Alex gewandt, denn in meinem Kopf hatte es bereits zu rotieren begonnen. Als er mit einem Schulterzucken antwortete, malte ich ihm dann meine Vision für eine Werbeanzeige in einem Fachmagazin für Pferde aus: ein galoppierender oder steigender Hannibal mit wallender Mähne als Relief oder ähnlich, im Hintergrund und im Vordergrund ein sich innig küssendes menschliches Paar in romantischer Umgebung, vielleicht in einem Schlosszimmer, und der Slogan: „Get the power!".

Einen Namen hatte das Produkt wohl auch noch nicht, mir schien „Stallion-Craft" bestens geeignet. Außerdem durften in der Anzeige eine kurze Beschreibung des Produktes sowie der Verweis auf eine Website, wo es mehr Informationen geben würde nicht fehlen. Ich redete und redete, bemerkte gar nicht, wie Alex und Iain über meinen Kopf hinweg Blicke tauschten und unterbrach meinen Wortschwall erst, als Alex mir freundschaftlich die Hände auf die Schulter legte und mich mit den Worten: „Behalt' deine Ideen noch ein wenig im Kopf und heut Abend kommst du dann zu mir und wir reden weiter!", aus der Halle bugsierte.

Wieder zurück machten Iain und ich uns daran, Alex abzuschütteln, jener hatte nämlich am siebzehnten November Geburtstag und wurde dreißig. Lustigerweise gab es in Schottland ebenfalls dieses Brauchtum, dass unverheiratete Männer an ihrem dreißigsten Geburtstag die Rathaustreppen - oder ähnliche markante Punkte eines Dorfes - fegen mussten, und zwar so lange, bis sie von einer Jungfrau freigeküsst wurden.

Ich konnte mich noch daran erinnern, dass mein Bruder seiner Zeit mit Trecker und Anhänger, auf welchem ein provisorischer Thron befestigt worden war, abgeholt und zum Rathaus gefahren wurde. Dort hatten seine Kumpel schon mächtig viele Kronkorken und andere Schweinereien aufgefahren und jene hatte er unter viel Applaus und Getöse beseitigen müssen. Iain und ich hatten also noch jede Menge zu planen.

Zwar wusste Alex, dass es eine Party geben würde, er hatte uns gebeten, verschieden Leute einzuladen, doch wusste er nicht, dass Iain dafür gesorgt hatte, dass diverse alte Studienkollegen, weggezogene Freunde und so weiter kommen würden.

Im Klartext: Es würde eine mächtige Sause geben! Das komplette Erdgeschoss des Gesindehauses sollte zum Partyraum umfunktioniert werden, im Aufenthaltsraum war sowieso eine Theke vorhanden, dazu sollten noch eine weitere Theke sowie diverse Stehtische und Bierzeltgarnituren kommen. Für die Musik würde Matthew vom Karate sorgen, er hatte sich bei seiner Weltreise nicht nur für Karate interessiert, sondern ebenfalls Musik sämtlicher Stilrichtungen zusammengetragen.

Ich hatte mich geweigert, irgendetwas an den Planungen beizutragen, sollte Fiona ebenfalls involviert werden und so hielt Iain sie schön aus allem heraus und wir hatten unsere Ruhe. Selbstverständlich berichteten wir Donald über jede geplante Schandtat und er konnte den Geburtstag seines Sohnes kaum mehr abwarten.

Iain fand die Idee mit dem Traktor und dem improvisierten Thron dermaßen gut, dass er unbedingt etwas Ähnliches auf die Beine stellen wollte, Alex würde uns umbringen! Trotz meiner Zweifel an Alex Begeisterung ließ Iain sich von dieser Idee nicht mehr abbringen. Ich musste also wohl oder übel zustimmen und wir riefen Mikey, einen alten Freund von beiden, an, der mittlerweile den Hof seines Vaters übernommen hatte und baten ihn Trecker samt Anhänger zu stellen.

Der Hof lag ein paar Meilen vom Fraser House entfernt und da Alex sich dort absolut selten bis nie blicken ließ, beschlossen wir, unsere Schmückaktion ebenfalls dort durchzuführen. Mikey und der Trecker sollten Alex dann an seinem Geburtstag gegen achtzehn Uhr abholen.

Damit musste ich mich dann wohl abfinden, von der Idee statt Kronkorken Pferdeäpfel auf den Rathaustreppen zu verteilen, konnte ich Iain jedoch noch abbringen, als Patt einigten wir uns allerdings darauf, zusätzlich noch frisches Stroh zu verwenden. Zufrieden gingen wir unserer Wege und nach dem Abendessen begleitete ich Alex dann das erstmals in seinen Teil des Hauses.

Ich kannte zwar die öffentlichen Zimmer und war bei meinem zweiten Besuch im Fraser House zusammen mit Dotty schon im ersten Obergeschoss, wo sich unter anderem das ehemalige Zimmer von Anne befand, gewesen und auch Iain hatte ich schon des Öfteren besucht, doch hatte ich jemals weder Donalds, noch Alex private Gemächer betreten.

Wir folgten dem Hauptflur auf die Westseite des Gebäudes, traten durch eine Verbindungstür und standen plötzlich in einem offenen und großzügigen, loftartigen Raum, der über eine Treppe bis hinauf ins Obergeschoss reichte.

Während der öffentliche Teil des Hauses klassisch und mit antiken Möbeln ausgestattet war, hatte Alex seine Räume äußerst modern gestaltet. An der Wand vor mir befand sich ein Plasmafernseher, davor eine großzügige Sitzecke aus weißem Leder,

der Boden war mit dunklem Holz belegt, vor dem Kamin lag jedoch ein großer, flauschiger Teppich. Die komplette Westseite bestand aus einer großen Fensterfront und ich ging davon aus, dass man bei Tageslicht eine atemberaubende Aussicht haben würde. Rechts hinter der Garnitur stand am Fenster eine gut bestückte Bar mit Hockern aus Wenge-Holz und weißen Lederbezügen. An der Wand des Fernsehers befanden sich Kommoden und Schränke, auf der linken Seite ein großer, rechteckiger Esstisch mit acht Stühlen. Die Küche mit Tresen war in einem separaten Raum untergebracht. Unter der Treppe befand sich Alex' Rumpelkammer und neben dem Eingang ein Gäste-WC.

Ich war beeindruckt und sagte das auch: „Wahnsinn! Ist das dein Geschmack, oder hatte hier jemand anderes Einfluss?"

Stolz grinste er mich an. „Aye, meine Mum hat immer gesagt: „Wenn du ein Mädchen beeindrucken willst, dann beweise guten Geschmack!" Und daran versuche ich mich zu halten!"

„Tja, das ist dir in der Tat gelungen! Dein Stil gefällt mir sehr gut!", antwortete ich und folgte ihm die Treppe hinauf, wo sich sein Arbeitsplatz befand. Hier dominierte ein großer Schreibtisch mit Glasplatte, des Weiteren gab es die üblichen Büroutensilien sowie eine große Bücher- und Ordnerwand.

Ich wollte es nicht tun, doch ich war einfach zu neugierig um es mir entgehen zu lassen und so fragte ich, ob ich die anderen Zimmer nicht auch noch sehen dürfte.

„Klaro, aber guck' dich nicht um, da ich nicht davon ausgegangen bin, dass du mit mir ins Schlafzimmer willst, habe ich da nicht aufgeräumt!", antwortete er mit hochgezogener Augenbraue.

Lachend gab ich ihm einen leichten Tritt in den Allerwertesten und folgte ihm. Sein Schlafzimmer war gewaltig groß und ebenfalls in weiß und wenge-farbenem Holz gehalten. Das Badezimmer mit Dusche, Eckbadewanne mit Whirlpool, WC, Bidet und jeder Menge weiterem Schnickschnack war, sowohl von außen, als auch direkt vom Schlafzimmer und vom Ankleidezimmer aus zu erreichen. Folgte man dem Gang an Alex' Arbeitsplatz vorbei, gelangte man zu noch zwei Zimmern sowie einem weiteren, kleineren Badezimmer.

Wundern tat mich lediglich, dass nirgendwo irgendetwas Persönliches von Fiona zu sehen war, jene Frage verkniff ich mir jedoch und pflanzte mich vor Alex' PC.

„Magst was trinken?", fragte dieser und während er mir ein Glas Mineralwasser und einen dreifachen, er habe schließlich keine Lust ständig die Treppen hoch- und runterzurennen, Baileys auf Eis holte, skizzierte ich meinen Entwurf für die Werbeanzeige bereits auf ein Blatt Papier. Das Problem hierbei bestand allerdings darin, dass ich zwar sehr kreativ war, meine Ideen jedoch nicht zu Papier bringen konnte.

Als Kind hatte ich ständig Bilder für meine Oma gemalt, diese hatte dann jedes Mal geweint und das leider nicht, weil sie von der Schönheit meiner Werke gerührt war! Alex verstand meine Skizze jedoch und machte sich sogleich daran, hieraus etwas Vernünftiges zu zeichnen. Ich beobachtete ihn über mein Baileys-Glas hinweg, er machte ein furchtbar konzentriertes Gesicht und seine Zunge wanderte von Mundwinkel zu Mundwinkel - ich war einfach nicht in der Lage den Blick von ihm zu wenden.

Zehn Minuten später präsentierte er mir seinen Entwurf und ich war begeistert, genau wie ich es mir vorgestellt hatte. Wir überlegten, ob wir Hannibal malen sollten, oder ob ein bearbeitetes Foto besser wirken würde, als Alex plötzlich einfiel, dass er irgendwo noch ein Foto von Hannibal in genau der Pose, wie wir sie brauchten, besaß und er hinunter in den Salon flitze. Zwei Stufen auf einmal nehmend kam er die Treppen wieder hochgelaufen und knallte ein riesiges, dunkelgrünes Album vor mir auf den Tisch.

„Was hast du da?", fragte ich ihn. Alex strich sanft über den Ledereinband und lächelte: „Kindheitserinnerungen, Ginger! Hab ich grad zufällig gefunden, willst gucken?" Und ob ich das wollte! Die ersten Seiten zeigten einen jungen Donald und eine ziemlich runde, aber dennoch wunderschöne Anne.

„Gott, war deine Mutter schön Alex!"

„Aye, das war sie!"

„Hast du dich gut mit ihr verstanden?"

Die Frage stellte ich ganz spontan, ich hatte weder darüber nachgedacht, ob ich ihm damit eventuell zu Nahe treten könnte oder sich so eine Frage einfach nicht schickte, doch scheinbar war es in Ordnung, denn er antwortete: „Mum war ein Engel! Wenn immer sie einen Raum betrat, sofort waren alle Augen auf sie gerichtet, sie strahlte so viel Kraft aus! Sicher, sie hat mir oft genug eine gelangt, ehrlicherweise muss ich aber zugeben, dass ich es meistens auch verdient hatte, aber ansonsten waren wir ein Herz und eine Seele. Ich wünschte, ich hätte mehr Zeit mit ihr verbringen dürfen!"

Er war fünfzehn Jahre alt gewesen, als seine Mutter bei einem tragischen Autounfall ums Leben gekommen war. Es war ein nebeliger Abend im November gewesen, wenige Tage nach Alex' Geburtstag, als ihr auf dem Heimweg ein Wagen mit erhöhter Geschwindigkeit entgegenkam, der Fahrer, betrunken und ohne gültige Fahrerlaubnis, hatte die Kontrolle über sein Fahrzeug verloren und war frontal mit ihr zusammengeprallt. Sie war sofort tot gewesen, der betrunkene Fahrer des anderen Wagens hingegen, war mit ein paar Prellungen davongekommen.

Für Alex und seinen Vater war eine Welt zusammengebrochen. Alex, gerade fünfzehn Jahre alt, pubertierend und mit sowieso viel zu viel Kraft ausgestattet hatte sich immer mehr zum Negativen entwickelt, er prügelte sich beinahe jeden Tag mit seinen Klassenkameraden und legte sowohl seinen Lehrern als auch seiner Familie gegenüber eine massive Aggressivität an den Tag. Donald hatte ihn dann kurzerhand im Boxclub angemeldet, wenn er sich schon ständig prügeln musste, dann bitte mit System. Damals hatte noch der Vater von Angus MacGillian den Boxclub geleitet und bereits nach wenigen Wochen Training war Alex spürbar weniger aggressiv und auch die Prügeleien in der Schule ließen nach.

Wir blätterten weiter, die nächsten Bilder zeigten Anne im Krankenhaus, einen schrumpeligen und winzigen Alex im Arm. Es folgten Bilder von Alex als er das erste Mal saß und lief, von seinem ersten Tag im Kindergarten und in der Schule.

Er war ein süßer Junge gewesen, seine braunen Knopfaugen strahlten in die Kamera und sein Haar war blond und schimmerte wie Weizen, was mich dazu veranlasste, ihn nach seiner jetzigen Haarfarbe zu fragen. Er grinste mich an. „Im Moment? Mhh, so hautfarben?"

Ich gab ihm mit der flachen Hand einen Klaps auf den Hinterkopf. „Das sehe ich! Ich mein unter dieser Badekappe!" Jetzt war es an Alex, mir einen Klaps zu verpassen.

„Weißt du Ging, ich hab meine Haare so lange nicht mehr gesehen, um ehrlich zu sein, weiß ich es gar nicht mehr." Schulterzuckend und breit grinsend fügte er hinzu: „Aber du hast mich ja schon mal nackt gesehen, orientier dich doch einfach an meinen Sackhaaren!"

Ich kommentierte diese Aussage nicht, sondern streckte ihm lediglich die Zunge raus. Viel Zeit zum gucken hatte ich ja nicht gehabt, als wir nach der durchzechten Nacht in Glasgow nebeneinander aufgewacht waren, doch das ordentlich rasierte Büschel dort unten hatte ich einen kurzen Moment lang erblicken können, so hatte ich immerhin einen Anhaltspunkt. Ebenso wie seine Wimpern und Augenbrauen besaßen sie einem zarten honigblonden Farbton mit einer Prise Zimt darin.

Ich schob die Gedanken an Alex Intimbereich beiseite und widmete mich wieder den Bildern. Auf allen Aufnahmen vor neunzehnhundertzweiundneunzig war eine glückliche und zufriedene Familie Fraser zu sehen, nach dem Unfall fehlte zum einen Anne auf den Bildern, zum anderen die vorher da gewesene Familienidylle. Als ich jedoch ein Bild von Alex auf einem Abtanzball entdeckte, in Anzug und mit einem Mädchen, das ihm knapp über die Hüfte reichte, er war damals schon recht groß gewesen, konnte ich mir jedoch ein Lachen nicht verkneifen.

Bevor noch mehr Peinlichkeiten zu Tage gefördert werden konnten, besann sich Alex jedoch wieder unserer Aufgabe, klappte das Album entschlossen zu und zauberte das Foto von Hannibal aus seiner Brusttasche. Es war wirklich wunderschön und während Alex es einscannte, machte ich den Vorschlag, das Produkt ausschließlich selber und nicht über den Handel zu vertreiben. Gerade in der heutigen Zeit war ein Internetshop genau das Richtige, zusätzlich könnte man ja noch für einige Stunden am Tag eine Telefonhotline anbieten. Ich war mir zwar ziemlich sicher, dass mittlerweile selbst der letzte Bauer im hinterletzten Winkel von Schottland über Internet verfügte, aber man wusste ja schließlich nie.

Mit einem leichten Glimmer vom Baileys und jeder Menge Ideen im Kopf verabschiedete ich mich wenig später von Alex.

Ich wolle gerade durch die Tür treten, als er mich plötzlich an sich zog.

Sofort begann ich wieder zu glühen, wollte es nicht und wollte es doch, gab schließlich nach und kam ihm immer näher. Ich streckte meine Hand nach seinem Gesicht aus und berührte ihn sanft an der Wange, er kam mir entgegen, wollte diese Berührung auch. Fast nicht mehr in der Lage auf meinen Beinen zu stehen reckte ich ihm mein Gesicht entgegen, wollte ihn küssen, wollte seine Lippen spüren, es waren nur noch Millimeter...

Plötzlich klopfte es an der Tür, in Panik sprang ich von ihm fort und stieß prompt mit Iain zusammen. „Hola! Wohin des Weges?", entfuhr es ihm, selber erschrocken über diese plötzliche Begegnung. Um Fassung ringend atmete ich hastig ein und aus, warf Alex einen letzen Blick zu und eilte mit den Worten: „Ich muss noch ein dringendes Telefonat führen!", hinaus.

Natürlich telefonierte ich nicht, vielmehr wandelte ich wie ferngesteuert über das Fraser'sche Anwesen, um meinen Kopf von dem eben erlebten zu befreien. Es war also wieder passiert und diesmal heftiger als je zuvor. Wäre Iain nicht hereingekommen, wir hätten uns geküsst, mit Sicherheit! Und was wäre dann gewesen? Wollte ich das überhaupt?

Mein Verstand sagte zwar laut nein, schrie es förmlich, doch wäre mein Herz in der Lage gewesen, mit dem Kopf zu nicken, so hätte es dieses wahrscheinlich in diesem Moment aufs eifrigste getan.

„Alexander Fraser, du raubst mir noch mal den Verstand!", rief ich laut in die Landschaft und beschloss über „die Sache" nicht weiter nachzudenken und schon gar nicht darüber zu reden.

Der darauf folgende Tag war ein Donnerstag, ich hatte Alex kurz beim Frühstück gesehen, doch dann war er weggefahren, laut Donald hätte er geschäftlich in Stirling zu tun. Auf der einen Seite war ich froh, dass ich ihn nicht den ganzen Tag um mich hatte, auf der anderen fehlte er mir wie verrückt.

Umso erfreuter war ich, als plötzlich mein Handy klingelte und Alex' Nummer auf dem Display erschien. Freundlich und so, als wäre nie etwas geschehen, teilte er mir mit, dass er bis zum frühen Abend zu tun habe, nicht am Abendessen teilnehmen würde und zum Sport aller Voraussicht nach auch später kommen würde. Wenn er es also nicht pünktlich schaffe, sollte ich den alten Mini Cooper nehmen und schon mal vor fahren.

Es war ungewohnt, dass jemand beim Abendessen fehlte. Mittags kam es schon mal öfter vor, dass der ein oder andere unterwegs war, doch das gemeinsame Dinner schien im Hause Fraser etwas heiliges zu sein. Ich brachte es dennoch unbeschadet hinter mich, packte anschließend meine Sportklamotten zusammen und machte mich auf den Weg nach Inverness.

Als Alex ankam, waren sowohl seine, als auch meine Trainingseinheit schon so gut wie zu Ende, es hatte wenig Zweck noch mit einzusteigen, doch er zog sich um, machte sich warm und trainierte am Sandsack.

Während er als Teenager nur dem klassischen Boxsport gefrönt hatte, hatte er vor etwa acht Jahren auch mit dem Kickboxen angefangen, meiner Meinung nach dem perfekten Sport für ihn.

Wir beendeten unser Training und ich beobachte Alex, während ich an der Theke saß und einen Iso-Drink zu mir nahm. Mein Training war zwar anstrengend gewesen, aber eigentlich war ich noch fit, außerdem hatte zum einen Lust mal ein wenig Kickboxing zu schnuppern und zum anderen wollte ich ganz einfach Zeit mit Alex verbringen, also leerte ich mein Glas und trat zu ihm.

„Sag mal Alex, ist das nicht furchtbar langweilig an so einem ollen Sandsack zu trainieren?", fragte ich herausfordernd. Er war ziemlich konzentriert und schwitzte schon leicht. Als ich ihn ansprach, schenkte er mir jedoch ein strahlendes Lächeln. „Aye, ich hätte auch lieber mit den anderen trainiert, aber manche Dinge dulden nun mal keinen Aufschub." Dann widmete er sich wieder seinem Freund dem Sandsack, aber ich ließ ihm keine Ruhe, sondern tippte ihn erneut an.

„Was nun noch?", fragte er, bereits leicht genervt, doch ich ließ mich nicht beirren, hielt den Sandsack fest, sah im in die Augen und machte ihm folgenden Vorschlag: „Was hältst du davon, wenn wir gemeinsam in den Ring gehen und ich dir die Schlagpolster halte? Du musst mir nur sagen wie, ich mach alles was du willst! Unter einer Bedingung!" Schwupp, war seine Augenbraue in die Höhe geschnellt.

„Alles was ich will, so, so! Und wo ist der Haken?"

„Ganz einfach, als Gegenleistung musst du mir eine kleine Einführung in die Welt des Kickboxens geben!"

„Na, wenn's weiter nichts ist! Dann komm, lass uns anfangen!"

Ich kletterte durch die Seile, Alex holte die geeigneten Pratzen aus der Halle, drückte mir eine in die Hand, erklärte mir, wie ich sie zu halten hatte und dann legte er los. Es war unglaublich ihn zu beobachten, er bewegte sich geschmeidig wie eine große Katze, immer wieder pirschte er sich an mich heran, taktierte kurz das Schlagpolster und zog sich dann blitzschnell zurück. Ich hatte richtig Lust, das Schlagpolster wegzuschmeißen und gegen ihn zu kämpfen, in der Gewissheit, dass dies meinen sicheren Tod bedeuten würde, tat ich jedoch nichts dergleichen und folgte seinen Anweisungen, bis er sich abreagiert hatte.

Als es soweit war, war Alex total durchgeschwitzt und strömte einen unheimlich männlichen Duft aus, der mich so sehr betörte, dass ich beinahe befürchtete, für seine Kickboxeinweisung nicht mehr aufnahmefähig zu sein. Die Grundbewegungen waren jedoch ähnlich wie beim Karate und so hatte ich recht schnell meinen Rhythmus gefunden. Alex hatte eine Engelsgeduld und wir bemerkten gar nicht wie die Zeit verging, bis plötzlich Angus, sich laut räuspernd, an den Ring trat. „Ich möchte eure traute Zweisamkeit ja nicht stören, aber wir haben bereits seit einer halben Stunde geschlossen, ich habe meine Abrechnung fertig und würde jetzt gerne nach Hause gehen!"

Verdutzt blickten Alex und ich uns an und schauten uns um, tatsächlich es war keiner mehr hier. Ein weiterer Blick Richtung Uhr verriet uns, dass es bereits halb elf am Abend war. Angus wusste mit unserem Schweigen nichts anzufangen, legte seinen Schlüssel auf den Tresen und verließ mit den Worten: „Alex, du weißt ja wie die Alarmanlage funktioniert. Von mir aus macht ruhig die halbe Nacht weiter, aber vergesst bloß nicht abzuschließen!", den Boxclub.

Ehe wir antworten konnten, war er bereits verschwunden. Erst jetzt bemerkten wir, wie verschwitzt wir waren, unmöglich mit der Dusche bis zu Hause zu warten, ich würde mit den Tod holen, wenn ich so nach draußen gehen würde. Alex musterte mich von oben bis unten, kam scheinbar zu dem gleichen Schluss und wie aus einem Munde fragten wir: „Duschen?" „Gute Idee!", und so schnappten wir uns Handtücher vom Stapel, ich durchwühlte den kleinen Korb mit den Pröbchen solange nach einem Duschgel mit Damenduft, bis ich fündig wurde, holte meine Sachen aus der Damenumkleide und machte mich auf in die Herrenkabine. Auf dem Weg dorthin sah ich ihn noch am Tresen sitzen, wo er sich gerade ein isotonisches Getränk in den Rachen kippte und zum Gruß die Hand hob.

Glücklich, endlich aus den verschwitzten Sachen raus zu sein, trank ich in der Kabine noch schnell einen Schluck Wasser und trat unter die Dusche. Ich hatte das Wasser so heiß gedreht, dass es eben noch erträglich war und genoss die warmen Perlen auf meinem Körper. Um das Wasser über meine verspannten Schultern laufen zu lassen, stellte ich mich mit dem Hintern an die Wand und beugte den Oberkörper nach vorne. Mit geschlossenen Augen räkelte ich mich so minutenlang unter der Dusche. Als ich die Augen wieder öffnete, sah ich Alex durch die Dampfwolken, die unsere heißen Duschen verursachten, mit geschlossenen Augen unter der gegenüberliegenden Dusche stehen und empfand ihn in diesem Augenblick als den schönsten Menschen der Welt.

Es war gar nicht nur sein attraktives und wirklich nicht zu verachtendes Aussehen, auf welches ich reagierte, vielmehr schien er von einer ganz besonderen Aura umgeben zu sein, die mich einfach immer wieder in ihren Bann zog, auch wenn ich es noch so sehr verdrängte oder versuchte dagegen anzukämpfen.

Im nächsten Moment öffnete er die Augen, richtete sich auf und sah mich an. Dunkelbraune Augen trafen auf grüne und es war, als würde er mir mitten in die Seele blicken. Dann kam er langsam auf mich zu, nahm vorsichtig mein Gesicht in beide Hände, mit einem Finger strich er mir sanft über meine Wange und murmelte dabei leise vor sich hin.

Es war, als wären seine Finger elektrisiert, mein ganzes Gesicht pulsierte unter seiner Berührung und ich konnte nicht anderes tun, als meinen Kopf ein wenig zu neigen und sanft die Wurzel seines Daumens zu küssen.

Abermals blickte er mir in die Augen, meines Atems und meines letzten Widerstandes beraubt, ließ ich zu, dass seine Arme um meine Taille glitten und er mich an sich zog. Und endlich, endlich durfte ich seine Lippen auf meinen spüren, erst ganz zart, vorsichtig den anderen erforschend, dann fordernder und irgendwann schienen wir ineinander zu versinken.

Ich spürte seine Erektion, als er sich gegen meine Hüfte drückte. Wie ferngesteuert war ich zu nichts anderem mehr fähig, als meine Beine um ihn zu schlingen und ihm endlich Einlass zu gewähren. Zitternd und keuchend ergoss er sich innerhalb weniger Sekunden in meinen Schoß und ließ dabei seine Augen nicht von meinem Gesicht.

Ich war wie von Sinnen, wollte mehr und streckte ihm mein Gesicht entgegen um mich erneut von ihm küssen zu lassen. Alex zog sich aus mir zurück, stellte die immer noch laufende Dusche aus und hüllte mich in ein großes Saunahandtuch.

Sanft strich er mir über die Brust, dann hob er mich hoch und trug mich in den Ruheraum der Saunazone, wo sich ein großer Liegebereich befand.

Mit den Worten: „Und jetzt bist du dran!", bettete er mich auf die weichen Kissen und begann meinen Körper zu liebkosen und mit tausenden Küssen zu bedecken. Sanft fuhr er die Linie zwischen meinen Brüsten mit der Zunge entlang, fuhr außen herum und arbeitete sich vorsichtig bis zu meinen Knospen vor, die hoch aufgerichtet und hart nur auf ihn zu warten schienen.

Ich stöhnte auf, bat ihn aufzuhören, doch er dachte gar nicht daran, sondern erforschte meinen Körper weiter mit Zunge und Lippen. Als er über meinen Venushügel glitt und sich meiner heißen, feuchten Stelle nährte, hatte ich das Gefühl, ich müsse ohnmächtig werden.

Mit letzter Kraft wand ich mich unter ihm hervor und setzte mich auf ihn, auch er war wieder bereit und langsam, ganz langsam ließ ich ihn abermals in mich hineingleiten. Als er das erste Mal zustieß, verschwamm die Welt vor meinen Augen und wie in einem Rausch gaben wir uns einander hin, bis wir beide im Höhepunkt laut aufschrieen und anschließend erschöpft zusammensanken. Zitternd schmiegten wir uns aneinander und waren innerhalb von Sekunden eingeschlafen.

Als ich erwachte, war es mitten in der Nacht, ich fühlte mich wie von einem LKW überfahren und wusste im ersten Augenblick überhaupt nicht, wo ich mich befand. Dann entdeckte ich den schlafenden Alex neben mir, sah mich um und stellte fest, dass wir uns mitten im Boxclub befanden. Mein nächster Gedanke war: „Das ist ein Traum!" Doch es war kein Traum, ich geriet in Panik und wollte nur noch fort von hier. Ich strich Alex ein letztes Mal über die breite Brust, hauchte ihm einen Kuss auf die Lippen und stahl mich davon.

An die Fahrt von Inverness nach Beauly konnte ich mich schon nicht mehr erinnern, als ich mit zitternden Händen meine Zimmertür aufschloss. Oben angekommen schmiss ich mich aufs Bett und begann hemmungslos zu heulen. Wie konnte das nur passiert sein? Und wie sollte es nun weitergehen? Ich konnte doch keine Liebesbeziehung zu Alex haben und schon gar keine Affäre! Endlich hatte ich meinen Traumjob gefunden und führte ein Leben, was mir wirklich gefiel und jetzt hatte ich durch einen kleinen Fehltritt alles kaputt gemacht.

Völlig am Ende trat ich unter die Dusche und ließ mir zum zweiten Mal an diesem Tag kochendheißes Wasser über den Rücken laufen. Selbst nachdem ich mich dreimal eingeseift hatte, haftete meinem Körper noch der Geruch nach Sex, Schweiß und Alex an. Letzterer war mir nicht unangenehm, ich hätte mich am liebsten darin gesuhlt, doch er gehörte einfach nicht zu mir. Alex war nun einmal mit Fiona zusammen und wie ich einigen vagen Andeutungen von Alex sowie Vermutungen seitens Iain entnommen hatte, planten die beiden sogar nächstes Jahr im Sommer zu heiraten. Ich hatte keinerlei Ansprüche auf Alex, doch war ich nach wie vor der Meinung, dass Fiona die furchtbarste Person auf Erden sei und einfach nicht zu ihm passte. Aber wie sollte ich Alex künftig entgegentreten? Ich hatte keine Ahnung und grübelte und grübelte, irgendwann schlief ich mit einem Kopf voller wilder Gedanken ein.

Jenes verursachte mir solche Kopfschmerzen, dass ich am nächsten Tag einfach nicht aufstehen mochte, außerdem hatte ich nach wie vor keine Ahnung, wie ich Alex entgegentreten sollte und so schob ich die Kopfschmerzen vor und informierte Iain via Haustelefon, dass es mir nicht gut ginge und ich nicht zum Frühstück erscheinen würde. „Mensch Emma! Du warst ja noch nie krank! Soll ich vielleicht einen Arzt holen?" Ich konnte seinen sorgenvollen Gesichtsausdruck förmlich durchs Telefon sehen, was mir tatsächlich ein leichtes Schmunzeln entlockte, doch ich verneinte und versprach, alsbald in den Stall zu kommen.

„Wenn es nicht geht, bleib liegen und wenn du was brauchst, ruf an! Soll eines der Mädchen dir was zu essen heraufbringen?" Ich wollte auch dies gerade verneinen, als ich bemerkte, dass ich doch ziemlich hungrig war und so antwortete ich: „Ja, das wäre schön! Mach dir keine Gedanken und mach bloß die anderen nicht wild!"

Wir verabschiedeten uns und ich krümelte mich wieder ins Bett. Nein, ich konnte Alex jetzt nicht unter die Augen treten, erst musste ich ein wenig Licht in das Chaos meines Herzens bringen.

Es klopfte und ich hatte schon gehofft, Alex würde mir das Frühstück bringen, mir vielleicht seine Liebe gestehen und all meine Sorgen hätten sich erledigt, doch es war Nancy, die mit einem Tablett in der Hand im Türrahmen stand um mich mit Nahrung zu versorgen. Demoralisiert und traurig dankte ich ihr trotzdem, nahm das Tablett entgegen und frühstückte erst einmal ausgiebig.

Irgendein weiser Mensch hat einmal gesagt, dass Essen Leib und Seele zusammen halten würde und so war es auch. Bei Spiegelei und Speck überlegte ich mir, dass es vielleicht doch klappen könnte mit Alex und mir.

Zum Einen, hatten wir uns von Anfang an total gut verstanden, zum Anderen war es gestern, als wir miteinander geschlafen hatten, so gewesen, als hätte er mir einen Teil meiner Seele geraubt, mir aber dafür auch einen Teil von sich geschenkt. Er musste es doch auch gespürt haben! Außerdem waren da ja auch noch unsere „komischen kleinen Erlebnisse", die während des letzten halben Jahres immer mal wieder passiert waren. Zwischen uns war etwas, da war ich mir sicher und während ich meinen letzten Bissen mit Tee herunterspülte, fasste ich den Entschluss, schnellstmöglich zu Alex zu gehen um mit ihm zu reden.

Frohen Mutes zog ich mich an, brachte das Tablett zu Dotty in die Küche und machte mich auf den Weg zum meinem Arbeitsplatz. Iain fielen vor lauter Überraschung beinahe die Augen aus dem Kopf. „Emma! Gehörst du nicht ins Bett?"

„Sieh mich doch an, sehe ich irgendwie krank aus?", flachste ich und streckte ihm mein Gesicht entgegen, er ließ seinen geschulten Blick in meine Pupillen gleiten und nickte fröhlich. „Tatsächlich! Siehst wirklich nicht krank aus!"

Zufrieden tätschelte ich meinen Bauch. „Und wer hat mich geheilt? Dotty!"

Freundschaftlich klopfte er mir auf die Schultern und ich stellte endlich die Frage, die mir schon die ganze Zeit auf der Zunge lag: „Sag mal Iain, hast du Alex gesehen?"

Sein Blick verfinsterte sich augenblicklich und statt zu antworten schnaubte er nur. Fragend sah ich ihn an und er begann zu reden: „Heut morgen ist er mit so 'nem Gesicht zum Frühstück gekommen, nicht mal rasiert hatte er sich, er sah aus, als hätte er die ganze Nacht nicht geschlafen! Dann hat er lautstark verkündet, dass er die nächsten Tage bei Fiona verbringen würde, die Alte hat ihm bestimmt wieder 'ne Szene gemacht und..." In diesem Augenblick zerriss lautstark mein Herz und ich fühlte mich, als wäre soeben eine Atombombe neben mir explodiert.

„Fiona?", stammelte ich dazwischen: „Aber wieso?"

Väterlich legte er seinen Arm um mich. „Tja, liebe Emma, fragen wir uns das nicht alle? Aber tröste dich, so bleibt uns mehr Zeit seine Geburtstagsparty vorzubereiten! Das wird ein Spaß!" Grinsend stupste er mir seinen Ellenbogen in die Seite. Ich schluckte hart, das konnte doch nicht sein ernst sein, meine Welt war soeben untergegangen und er redete von Geburtstagspartys! Ich versuchte mich wieder in den Griff zu bekommen. Nein, Iain traf keine Schuld, schließlich wusste er nicht, was mich bedrückte und das sollte er auch nicht erfahren, sollte niemand erfahren.

Ich setzte ebenfalls ein Grinsen auf und verabschiedete mich mit dem Vorwand, die Boxen ausmisten zu wollen. Vielleicht würde mich das ja ein wenig ablenken.

Leider war das Gegenteil der Fall, während ich mich mit der Mistforke durch die Boxen arbeitete, stritten sich in meinem Kopf Engelchen und Teufelchen. Engelchen war der Meinung, Alex wäre sicher nur weggefahren, weil auch er Zeit zum Nachdenken brauchte, Teufelchen hielt dagegen, schließlich war er zu Fiona gefahren und es war ja wohl klar, das er dort nicht nachdenken, sondern ganz andere Dinge tun würde. So ging es weiter, den ganzen Tag. Eigentlich die ganze Woche.

Ich war nicht in der Lage zu Essen, mehr als einmal fragte Dotty mich während der Mahlzeiten, ob es mir nicht schmecken würde, war sie doch eigentlich einen gesunden Appetit von mir gewöhnt. Außerdem schlief ich schlecht und verfasste, „Stumblin'in"-hörend, hunderte von SMS an Alex, die ich allesamt nicht abschickte. Sogar über Kündigung und Rückkehr nach Deutschland dachte ich nach, kam aber zu dem Schluss, dass es dort nicht besser sein würde und blieb lieber hier.

Zwar versuchte ich so gut es ging, mir nichts anmerken zu lassen, doch perfekt gelang mir dies nicht und ich war mir Iains prüfender Blicke sehr wohl bewusst. Wie gerne hätte ich mit ihm geredet, mich ihm anvertraut, aber das konnte ich nicht tun.

Am Nachmittag des fünften Tages meiner Passion entschloss ich, dass es wohl besser wäre, mir Alex aus dem Kopf zu schlagen. Er war zwar immer noch nicht zurück, doch morgen war sein Geburtstag und ich nahm mir vor, ihm entgegenzutreten, als sei nichts gewesen. Wir hatten miteinander geschlafen, ich hatte scheinbar zuviel hineininterpretiert und nun musste ich einfach damit umzugehen lernen.

Frohen Mutes ging ich also zum Abendessen, dort die erste Ernüchterung: Fiona. Ich schluckte meinen Groll jedoch herunter, grüßte sie so freundlich ich konnte und nahm Platz. Von Alex allerdings keine Spur, auch nicht, als wir mit dem Essen begannen, ich fragte mich, wo er nur sein mochte.

Iain schien die gleichen Gedankengänge zu verfolgen, kauend fragte er den Pfau: „Wo steckt denn Alex, Fiona?" Sie zuckte die Schultern: „Ich weiß es nicht genau, er hatte mich vorhin nur angerufen um mir zu sagen, dass er mich nicht vom Flughafen abholen könne, ich solle mir ein Taxi nehmen. Das er es zum Dinner auch nicht schafft, hat er allerdings nicht erwähnt!"

Verdutzt sahen Iain und ich uns an - Flughafen?

„Seid ihr denn nicht gemeinsam geflogen?", fragte jetzt Donald seine Schwiegertochter in Spe. Er hatte es nicht begriffen und Iain funkelte ihn so lange an, bis es auch bei ihm „Klick" machte und er sich beinahe an seinem Hackbraten verschluckte.

Fiona, zwar mit Beinen bis zum Himmel, jedoch nicht mit dem schärfsten Verstand ausgestattet, hatte es ebenfalls nicht begriffen und antwortete: „Wieso gemeinsam? Ich hab doch gesagt, dass er mich nicht abgeholt hat!" Iain rettete die Situation in dem er einen Scherz auf Donalds Kosten machte: „Locker bleiben Fiona, du weißt doch, wie schlecht unser Lordchen im Augenblick hört!"

Den weiteren Verlauf des Tischgespräches verfolgte ich jedoch nicht mehr, sondern hing meinen eigenen Gedanken nach. Dann war er also gar nicht zu Fiona gefahren! Aber wo war er? Und wann würde er wiederkommen und was zum Teufel hatte all dieses zu bedeuten? Fragen, Fragen, Fragen und ehe sich Engelchen und Teufelchen wieder zu Wort melden konnten, blendete ich die ganze Geschichte aus, ich hatte mir vorgenommen es zu vergessen und so sollte es auch bleiben.

Dennoch blieb ich extra nach dem Essen noch bis zum Kaffee im Haupthaus, doch Alex dachte gar nicht daran aufzutauchen und so sah ich ihn erst am Morgen seines dreißigsten Geburtstages wieder.

Leider hatte ich an diesem Morgen ein wenig verschlafen, war spät dran und somit die Letzte, die sich in die Reihe der Gratulanten einklinkte. Endlich vor Alex stehend, fing ich seinen Blick auf. „Happy Birthday!"

Auch er sah mir in die Augen, lächelte leicht und ließ sich von mir umarmen, ganz unverbindlich und in aller Freundschaft natürlich, dennoch war mir, als würde er unter meiner Berührung, ebenso wie ich selber, zu brennen beginnen.

Wütend biss ich mir auf die Zunge, hatte ich nicht vorgehabt die Sache zu vergessen? Ich musste meine Gedanken im Zaum halten, ansonsten würde ich irgendwann noch völlig verrückt werden!

Das Frühstück und den dazugehörigen Smalltalk brachte ich allerdings unbeschadet hinter mich und begab mich anschließend in den Stall. Zwar hatten wir Alex alle beim Frühstück gratuliert, hatten uns jedoch anschließend so verhalten, als wäre es ein Tag wie jeder andere und verrichteten ganz normal die anfallenden Arbeiten.

Mittlerweile waren alle Pferde aufgestallt und es gab jede Menge Boxen auszumisten. Da die Jährlinge allesamt viel versprechend zu sein schienen, war keiner verkauft worden und ich machte mich nach wie vor daran, mich ihrer täglichen Fellpflege zu widmen. Dies galt auch für die drei Zweijährigen. Zum Einen hatte dies den Vorteil, dass sie immer gut aussahen und zum Zweiten, dass sie früh an Mensch, Halfter und so weiter gewöhnt wurden. Beim späteren Einreiten oder für einen eventuellen Verkauf war dies nur von Vorteil. Reitmäßig waren Hannibal, Ruadh und Tinkerbell zu versorgen. Mayflower, Belladonna und Mona Lisa waren zwar trächtig, doch absolvierten sie ebenfalls täglich ein leichtes Trainingsprogramm. Genau wie Mary Lou, die noch immer als Milchbar für den kleinen Gimli herhalten musste, welcher beim reiten lustig durch die Halle tobte.

Nein, Alex hatte absolut keine Ahnung von unseren Plänen und als er auf Iains Klingeln hin die Tür öffnete und Mikey samt Trecker, Anhänger und Thron sah, knallte er selbige sofort wieder zu und wollte sich drinnen verkriechen.

Leider hatte er seine Rechnung ohne die MacKenzies gemacht, die bereits hinter ihm standen und ihn trotz heftigen Protests und ein paar sehr bösen Worten, inklusive Morddrohungen, nach draußen bugsierten. Es blieb ihm also keine Wahl, als seinen Thron zu besteigen und sich zum „Beauly Square" kutschieren zu lassen, wo ihn bereits vier zerfledderte Strohballen, an die tausend Kronkorken, eine Mistgabel, ein Besen mit Kehrblech sowie sämtliche Freunde und Bekannte erwarteten.

Nach „der Geschichte" hatte ich es eigentlich nicht mehr tun wollen, hatte es mir aber im Laufe des Vormittages doch noch anders überlegt und so sattelte ich Tinkerbell und ritt ihnen hinterher. Tinkerbell war zwar ein Pferd, doch definitiv noch Jungfrau - für den Zweck Alex freizuküssen also mehr als geeignet.

Selbstverständlich hatte Dotty das Ruder bezüglich des Caterings übernommen und war zusammen mit Nancy und Marsali fleißig dabei, sowohl für Alex, als auch für die umstehenden Schaulustigen, Schnäpse auszuschenken und Dosenbier zu verteilen.

Ich beobachtete die ganze Szenerie von weitem und als ich der Meinung war, Alex hatte genug gelitten, kamen Tinkerbell und ich mit lautem Indianergeschrei um die

Ecke gepre̱scht. Alex sah mich als erster, fing an zu lachen und rief in die Runde: „Meine Erretterin kommt!" Fiona schürzte pikiert die Lippen und sagte etwas wie: „Dass mit der etwas nicht stimmt, habe ich ja schon immer gewusst, dass sie allerdings noch Jungfrau ist, hätte ich nun auch wieder nicht gedacht!"

Da alle anderen die Pointe scheinbar begriffen hatten, wurde ich mit Gelächter und Beifall begrüßt. Iain schlug ihr mit der flachen Hand leicht auf den Hinterkopf und meinte ganz trocken: „Sie mit Sicherheit nicht, aber das Pferd!", was mit noch mehr Gelächter und Beifall quittiert wurde.

Die Leute bildeten eine Gasse und ließen mich zu Alex durch, selbiger verdrehte theatralisch die Augen und drückte dem verwirrten Pferd einen dicken Schmatzer auf die Nase. Dann zwinkerte er mir frech zu und ich rutschte von Tinkerbell herunter, um ihn aufsteigen zu lassen. Während er das Pferd wendete, rief er in die Runde: „Sorry Leute, aber noch mal fahr ich nicht mit eurem Höllengefährt! Ich mach mich vom Acker, ihr wisst ja wo die Party steigt!" Dann drückte der soeben Freigeküsste meiner Stute die Schenkel in die Flanken und galoppierte davon.

Ich ließ mir von Marsali eine Dose Bier in die Hand drücken und sprang mit den anderen auf den Anhänger, um mich zurück zum Anwesen kutschieren zu lassen. Dort war alles vorbereitet, die Gäste trudelten nach und nach ein und schnell war die Party in Gange.

Dotty hatte sich mal wieder mächtig ins Zeug gelegt, trotz der Jahreszeit gab es ein Spanferkel - Petes Aufgabe -, eine Bratkartoffelpfanne, Salate, Brot und jede Menge andere kleine Köstlichkeiten. Marsali und Nancy standen zusammen mit Aidan und Alasdair abwechselnd hinter der Theke und sorgten dafür, dass Gläser und Geschirr abgeräumt wurden.

Donald hatte sich ebenfalls unter das Volk gemischt, sogar Iains Eltern waren aus den Staaten rübergekommen, sie und die anderen von weiter herkommenden Verwandten sowie nahen Freunde wurden im Haupthaus untergebracht, die entfernteren Bekannten im Gesinde- oder im Gästehaus.

Es war bereits weit nach Mitternacht, meine Stimmung war nicht allzu gut, jedoch führte ich gerade eine angeregte Unterhaltung mit einem alten Studienkollegen von Alex, als dieser selbst hinzukam, seinen alten Kollegen beim Arm nahm und ihm etwas ins Ohr flüsterte. Jener sah mich daraufhin mit einem äußerst merkwürdigen Gesichtsausdruck an und suchte schleunigst das Weite. Mit einem: „Danke!" drehte ich mich schwungvoll um und ließ Alex stehen.

Was glaubte er eigentlich wer er war? Er hatte schon einmal ein Date von mir gesprengt und jetzt versuchte ich mich gerade über ihn hinweg zu trösten, da tat er es schon wieder! Ich war fürchterlich wütend und wollte schon gehen, doch Iain hielt mich auf. „Bleib' noch!", sagte er nur, drückte mir ein weiteres Getränk in die Hand und bewachte anschließend mit Argusaugen die Tür, um ein Davonstehlen meinerseits nötigenfalls rechtzeitig verhindern zu können.

Außer mir waren alle anderen gutgelaunt und die Stimmung war quasi auf dem Siedepunkt, als Alex plötzlich aufs Podium trat und verkündete, dass er zwar seinen dreißigsten Geburtstag unverheiratet hätte feiern müssen, jedoch nicht vorhabe dieses ebenfalls an seinem einunddreißigsten zu tun.

Aus den Augenwinkeln sah ich, wie sich Fiona bereits für ihren großen Auftritt wappnete und spürte wie mein Herz, trotz aller guten Vorsätze zum zweiten Mal in dieser Woche entzwei gerissen wurde. Nein, das würde ich mir nicht antun und so drehte ich mich um und machte mich auf den Weg in mein Zimmer.

Leider hatte ich Iain, den Bewacher der Tür, vergessen, welcher mich plötzlich packte und Richtung Podium trug. Ich strampelte und zeterte, er solle mich gefälligst los lassen, doch keine Chance, seine Arme hielten mich gefangen wie zwei Stahlseile. In dem Moment, wo er mich absetzte, war mir, als vernähme ich die ersten Akkorde von „Stumblin in".

Alex nahm mich entgegen, ergriff meine Hand und führte mich zur Mitte des Podiums. Verwirrt blickt ich in seine Augen und es war, als würde mir der Boden unter den Füßen weggezogen werden, es vergingen endlose Sekunden, ehe er mich an sich zog und mich küsste, bis ich kaum noch Luft bekam. Als er endlich von mir abließ, flüsterte ich ihm ein atemloses: „Alex, ich bin der falsche Mensch, Fiona steht da hinten noch!", ins Ohr. Im Hintergrund lief immer noch das Lied, soeben ertönte die Passage „Oh you are the one...." als Alex plötzlich vor mir auf die Knie ging.

Er räusperte sich, schnippte zweimal zum Test gegen das Mikro, nahm dann meine Hand und begann zu sprechen: „Ginger - Emma, ich weiß nicht, was du mit mir gemacht hast, vielleicht hast du mich verhext, vielleicht aber auch nicht. Ich weiß es wirklich nicht, aber eins weiß ich: ich will dich haben! Ich möchte, dass du das Letzte bist, was ich jeden Abend vor dem einschlafen sehe und es soll dein Anblick sein, der mich am Morgen als erstes erfreut. Du sollst nicht mehr nur einfach meine Pferdepflegerin sein, du sollst meine Partnerin, meine Weggefährtin werden, kurzum - die Frau an meiner Seite."

Er blickte mir tief in die Augen, sein Blick war beinahe flehend, als er fort fuhr: Ginger, möchtest du mich heiraten?"

Ich dachte nur: „Oh mein Gott, er hat Ginger gesagt, er hat wirklich mich gemeint!", als nächstes hörte ich noch den Knall einer zuschlagenden Tür - wahrscheinlich Fiona - und dann wurde mir schwarz vor Augen und ich fiel einfach um.

Ich erwachte vom Geräusch des sich öffnenden Klettverschlusses der Manschette eines Blutdruckmessgerätes. In Anbetracht des grellen Lichtes, das selbst durch meine Lider schien, des Stimmengewirrs und der schlechten Schwingungen um mich herum, hielt ich es jedoch für klüger, weiterhin die Ohnmächtige zu mimen.

„Alex, ich glaube du hast sie umgebracht!", das war Iain, dann: „Quatsch, sie atmet doch, guck!", zweifelsohne Alex. „Die junge Dame hat das Herz einer Löwin, lassen Sie sie ausschlafen, dann wird sie bald wieder die Alte sein!"

Die Stimme kannte ich nicht, gehörte jedoch augenscheinlich dem Menschen, der mir soeben das Blutdruckmessgerät entfernt hatte. Als nächstes hörte ich Pfennigabsätze in Mäuseschrittchen die Marmortreppe herunterkommen, Fiona. Wieder war Alex' Stimme zu hören: „Fiona, ich, also...", und dann Fiona: „Spar' dir das Alex! Ich hab dich und deine komische schottische Bauernfamilie sowieso nie gemocht, also vergiss es!", es folgte ein Schnauben und eine weitere zuschlagende Tür.

„Iain, tu' mir den Gefallen und sorge dafür, dass sie unbeschadet zum Flughafen kommt und sag ihr, ach - scheiß drauf, sag' gar nichts!", wieder Alex. Dann vernahm ich, wie Iain sich erhob und Fiona folgte.

Ich war noch nie eine gute Lügnerin gewesen, als Kind hatte ich einen Fernseher in meinem Zimmer stehen gehabt und verbotenerweise natürlich grundsätzlich die halbe Nacht geschaut. Wenn ich dann meine Eltern die Treppe heraufkommen hörte, schaffte ich es zwar immer, das Gerät noch schnell auszuschalten, lag dann jedoch, mich vor unterdrücktem Lachen schüttelnd, unter der Decke und bekam jedes Mal einen Heidenärger. Ähnlich sollte es auch dieses Mal sein.

Endlich allein, setzte Alex sich neben mich, wie ich mittlerweile herausgefunden hatte, befanden wir uns in seiner Wohnung, streichelte mein Gesicht und murmelte: „Meine arme kleine Süße." Ich kniff die Augen noch energischer zu, doch entfleuchte mir ein: „Mph!" und innerlich drohte ich vor Lachen zu platzen. Es nützte nichts, ich musste die Augen aufschlagen und sah direkt in Alex besorgtes Gesicht. „Du bist wach, Cherie!" Ich konnte nicht mehr, lachte los und sagte dann ganz trocken: „Ja, und auch schon länger!"

Strafend sah er mich an. „Wie lange?"

„Seitdem mein Blutdruck gemessen wurde!"

„Meine Güte Ginger! Hättest du nicht was sagen können, ich hab mir tierisch Sorgen gemacht!"

Mit einem „Mpfm" erhob ich mich, leider versagten mir die Beine den Dienst und ich fiel sogleich wieder zurück in das eigens für mich eingerichtete Nest auf dem Ledersofa. Alex fing mich auf und wollte mich gerade wieder zudecken, als ich mich erneut hochstrampelte, etwas von „muss pinkeln" murmelte und Richtung WC davonhumpelte.

Zur Toilette musste ich tatsächlich, doch wollte ich die ein, zwei Minuten alleine ebenfalls dazu nutzen, meine Gedanken zu sammeln, schließlich hatte ich gestern Nacht - beziehungsweise heute morgen so gegen vier- einen Heiratsantrag erhalten, noch dazu von meinem Chef.

Ich ließ mir eiskaltes Wasser über die Handgelenke laufen und spritzte mir ebenfalls eine ganze Ladung davon ins Gesicht, als es auch schon an der Tür klopfte. „Ginger, alles klar bei dir?" Statt einer Antwort öffnete ich und nickte ihm zu. „Wie spät ist es eigentlich?" Es war schon bald mittags.

Nach meinem Klappmann hatte man mich, in der Hoffnung, dass ich bald wieder zu mir kommen würde, in Alex Wohnung getragen, wo ich den Rest der Nacht verschlafen und weder die Szene, noch den anschließenden Heulkrampf von Fiona mitbekommen hatte. Als ich am nächsten Morgen immer noch nicht wieder zu mir gekommen war, hatte man Dr. Doolittle geholt - der Mann hieß tatsächlich so - um mich zu untersuchen.

Und nun saß ich hier, die Füße unter meinen Beinen verschränkt und in eine Decke gehüllt auf Alex Sofa und wusste, in Anbetracht der Dinge, die sich gestern Abend ereignet hatten, gar nicht so recht, was ich sagen sollte.

Wir begannen zeitgleich zu sprechen. „Alex, ich..." - „Ginger, ich..." und dann beide: „Erst du!", was genügte um mich abermals hysterisch losprusten zu lassen.

Alex nahm meine Hand und automatisch verschränkten wir unsere Finger ineinander, dann sah er mir fest ins Gesicht und fragte: „Ginger, was weißt du noch von heute Nacht?".

Ich sagte ihm, dass ich mich noch sehr gut daran erinnern konnte, wie er seinen

Studienkollegen verjagt und damit bei mir in Ungnade gefallen war. Während ich das sagte, sah ich ihn mit hochgezogener Augenbraue streng an.

„Das nächste, woran ich mich erinnere, ist dass du etwas von „nicht unverheiratet deinen einunddreißigsten Geburtstag feiern" gesagt hast und ich Fiona sich für ihren großen Auftritt sammeln sah."

„Korrekt soweit!", stimmte Alex mir zu, ich nickte und erklärte dann, dass ich mich ebenfalls noch entsinnen konnte, wie er meinen Namen gerufen hatte und ich, zu dem Zeitpunkt ja noch der Meinung, es würde um Fionas Hand angehalten werden, noch wütender geworden war.

„Sogar einen Vogel hast du mir gezeigt!", rief Alex aus. Das hatte ich wohl.

„Und dann kam Iain und stellte mich auf die Bühne, wo du mir zunächst den Atem raubtest und anschließend zu „Stumblin' in" vor mir auf die Knie gefallen bist."

Danach war ich dann gefallen, allerdings nicht auf die Knie, sondern auf meinen Hinterkopf.

Alex wusste um meine Neugierde und so erzählte er mir den Rest der Geschichte: Während auch er ganz weggetreten einfach nur dumm in der Gegend herumgestanden hatte, war Iain zu mir geeilt um mich aus der Schusslinie zu befreien. Jenes sollte sich im Nachhinein wohl als die cleverste Idee des Jahrhunderts heraus stellen, denn Sekunden später war Fiona zurückgekommen, war, wie von der Tarantel gestochen, auf die Bühne gestürmt und auf Alex losgegangen. Für die Gäste zwar sehr belustigend, jedoch nicht für Alex und mich und so hatte man uns schnellstmöglich entfernt. Die anderen hatten sich an dieser „kleinen Szene" nicht gestört und noch lange weitergefeiert. Eine ähnliche Fiona-Szene hatte sich am frühen Morgen noch mal in Alex' Wohnung abgespielt. Dann hatte sie jedoch wutentbrannt ihre Sachen gepackt und war verschwunden - wie ich hoffte, ein für alle mal!

Als er seine Erzählung beendet hatte, sah Alex mich an. „Du bist mir immer noch eine Antwort schuldig!" Ich hatte so etwas befürchtet, blickte aus dem Fenster und begann, die mir zurechtgelegten Worte herunterzuplappern: „Alex-auch-ich-konnte-unsere-Nacht-nicht-vergessen-und-um-ehrlich-zu-sein-hatte-ich-mir-das-schon-lange-gewünscht-aber-ich-weiß-nicht-ob-wir-einfach-so-heiraten-können-vielleicht-sollten-wir-uns-erstmal-noch-etwas-näher-ähh-kennenlernen?"

Nach diesen Worten hatte mein Kopf in etwa die Farbe einer reifen Tomate angenommen und ich starrte wild aus dem Fenster. Alex hingegen begann lauthals zu lachen, wofür er einen sehr wütenden Blick von der reifen Tomate erntete.

„Ginger ist verlegen! Eigentlich nicht das, was ich bezwecken wollte, aber auch interessant!" Das war zuviel, ich warf die Decke von mir und mich mit lautstarkem Gebrüll auf Alex, um ihn durchzukitzeln. Da ich noch etwas geschwächt war, übernahm er jedoch umgehend die Macht und ehe ich mich versah, saß er rittlings auf mir, hielt meine Arme fest und sah mir tief in die Augen. „Ginger, ich will dich mehr als alles andere auf der Welt und ich muss dich haben! Darf ich deine Antwort als „Ja" werten?" Ich versuchte weder, mich loszureißen, noch etwas Gegenteiliges zu behaupten, sondern antworte schlicht: „Bei Gott, ja!"

Es dauerte nur Sekunden, bis unsere Lippen sich berührten, wir küssten uns, als würden wir ohne den anderen nicht überleben können, als müssten wir ohne die Lippen des anderen ersticken. Ich hatte mich mittlerweile unter Alex hervorgewunden und hielt sein Gesicht mit beiden Händen umklammert.

„Komm endlich her! Wir haben schon viel zu lange aufeinander gewartet!" Und er kam...

Er riss die Decke von meinem Körper und seine Hände waren plötzlich überall, er tastete unter mein T'Shirt, was unter seinen Händen zerriss, wie altes Zeitungspapier und hakte meine BH auf. Prall warteten meine Brüste darauf, dass er sie endlich berührte, doch er betrachtete sie erst eingehend und murmelte: „Cherie, ich bin vor Sehnsucht nach dir beinahe verrückt geworden!", ehe er ganz sanft begann sie zu liebkosen. Ich stöhnte und wand mich unter ihm hervor, konnte es fast nicht mehr aushalten und riss auch ihm sein Oberteil vom Leib.

Jetzt war es an mir, das Zepter in die Hand zu nehmen, im wahrsten Sinne des Wortes, denn Alex war mehr als bereit. Doch zunächst war sein muskulöser und absolut haarfreier Oberkörper an der Reihe, ich spielte mit seinen Brustwarzen, küsste jeden einzelnen Muskel. Meine Hände wurden wie zwei Magnete von seinem Körper angezogen, als ich mich langsam, ganz langsam abwärts arbeitete.

Als ich schließlich unten ankam wand Alex sich vor Lust und nur Sekunden, nachdem sich meine Lippen um ihn geschlossen hatten, schoss es mir schon heiß in den Mund und Alex stöhnte lautstark auf als, er zuckend zum Ende kam.

Mit beiden Händen umfasste er mein Gesicht und zog mich herauf, um mich zu küssen, sanft stieß er mich von sich herunter und begann, meinen Körper mit seinen Händen zu bearbeiten. Ich erzitterte unter seinen Berührungen und als er mit seiner Zunge die Linie zwischen meinem Nabel und meiner Vulva herunter fuhr, konnte auch ich es kaum mehr aushalten. Alex hingegen war schon wieder bereit, spreizte meine Schenkel noch ein wenig mehr und drang mit seiner vollen Macht in mich ein. Ich bäumte mich auf und schrie um mein Leben, als wir Minuten später gemeinsam den Gipfel der Lust erklommen.

Atemlos und verschwitzt sank er auf mich herab und sagte nur immer wieder: „Ginger, Gott Ginger, ich habe so was noch nie erlebt..."

Mir ging es nicht anders.

Wo er schon seine eigene Geburtstagsparty frühzeitig verlassen hatte und ebenfalls nicht zum gemeinsamen Frühstück erschienen war, war es Alex Pflicht, wenigstens dem Mittagessen beiwohnen. Ich weigerte mich jedoch, zum Essen hinunter zu gehen, mochte einfach noch nicht vor die anderen treten.

Nachdem er verschwunden war, blieb ich noch einen Moment wo ich war, stand dann jedoch auf, um meine Sachen zusammen zu suchen. Ich fand lediglich meine Hose, mein Oberteil lag in Fetzen vor mir, und so schlüpfte ich einfach in eine von Alex' Jacken, schrieb ihm einen Zettel: „Mein Herz! Ich brauchte eine Dusche und ein paar Stunden für mich! Wir sehen uns beim Abendessen! Kuss G." und schlich in mein Zimmer im Gesindehaus.

Auf dem Weg dorthin sann ich über das Schicksal nach, welches nach meiner Scheidung wirklich Merkwürdiges für mich auf Lager hatte. Zunächst hatte es mich an einen Teil der Erde verschlagen, in welchen es mich ohne eine gewisse Roman-Serie nie gelockt hätte, dann lernte ich dort auch noch einen Fraser kennen, dann noch einen, der zusätzlich noch der Lord of Beauly Firth war und mit dessen Sohn ich seit gestern Nacht, beziehungsweise heute morgen verlobt war.

Ich musste es definitiv loswerden, allerdings wollte ich meinen Eltern noch nichts sagen, für sie war es schon schlimm, dass ich zum arbeiten in die Ferne gegangen war, wenn ich jetzt auch noch hier heiraten sollte...

Kurzzeitig überlegte ich Heather anzurufen, entschied mich dann aber doch dagegen, wir verstanden uns zwar ganz gut, aber so eng waren wir doch nicht miteinander. Und so bimmelte ich Julietta auf dem Handy an, zufällig war sie zu Hause und hatte Zeit, und so orderte ich sie vor den PC, um eine Video-Sitzung abzuhalten. Sie sah es gleich an dem Leuchten in meinen Augen. „Was um Himmels Willen ist passiert? Du strahlst ja wie ein Honigkuchenpferd!"

Ich wusste nicht wie ich mich ausdrücken sollte und stammelte: „Alex und ich, also wir..." Ich sah sie von ihrem Stuhl aufspringen und mit dem Finger auf mich zeigen. „Ha! Hab ich's doch gleich gewusst! Und mir erst erzählen „Wir haben zwar nackt in einem Bett geschlafen aber nichts ist gelaufen..." Ja, Ja! Du Schlitzohr, erst schleichst du dich bei den Frasers ein und dann schnappst du dir auch noch den mördermäßig gutaussehenden Junior-Lord! Und jetzt möchte ich, dass du mir ALLES erzählst!"

Das tat ich. Wir quatschten über eine Stunde miteinander und ich schloss meine Erzählungen gerade mit unserer Liäson auf seinem Sofa ab, als es plötzlich an meiner Zimmertür klopfte. „Warte mal, hier kommt grad' jemand!", sagte ich zu dem Computer vor mir, stand auf und öffnete.

Im Türrahmen lehnte niemand anderes als mein Verlobter, in der einen Hand eine eisgekühlte Flasche Champagner, in der anderen zwei Gläser. Grinsend meinte er: „Ich dachte, ich statte dir vor dem Abendessen noch einen kleinen Besuch ab!" Ich bat ihn herein und bugsierte ihn auf meinem Schreibtischstuhl. „Schön, dass du da bist, wir haben sowieso gerade über dich geredet!"

„Wir? Ich seh' keinen!" Ich drehte seinen Kopf wieder Richtung Computer, aus welchem ihm Julietta bereits fröhlich entgegenwinkte. „Das ist meine Freundin Julietta - Julietta, das ist Alex, ähh - der Alex!"

Jener Alex sah verwirrt vom Computer zu mir und zurück, brummte irgendwas von „Weiberkram" vor sich hin, stand dann jedoch auf, verbeugte sich vor meinem Computer und sagte mit einem bösen Seitenblick zu mir: „Hi! Nett dich kennen zu lernen! Ich hoffe Ginger hat dir keinen falschen Eindruck von mir vermittelt!"

Nach ein paar weiteren netten Worten verabschiedete er sich jedoch von Julietta, stand auf und begann in meinem Zimmer auf und ab zu gehen.

Julietta flüsterte: „Warum nennt er dich Ginger?" Ich warf einen Blick über meine Schulter Richtung Alex, der mittlerweile die Dinge auf meiner Anrichte betrachtete, flüsterte zurück: „Das erzähl' ich dir ein anderes Mal", und setzte dann etwas lauter fort: „Also dann Süße, danke fürs Zuhören, Grüße an die anderen und mach's gut!" Ich hauchte meinem Monitor einen Kuss zu, erhielt einen retour und loggte mich aus.

Alex hatte schien nur auf diesen Moment gewartet zu haben, trat auf mich zu und zog mich an sich. „Alte Tratschtante!", er puffte mich in die Seite. „Was hast du ihr erzählt?" Ich grinste ihn an: „Vom Boxclub bis jetzt und zwar bis ins kleinste Detail!", woraufhin er mich aufs Bett warf und neckte. Dann fiel ihm jedoch der Champagner wieder ein, er ließ von mir ab, öffnete die Flasche und schenkte ein.

Wir saßen auf dem Bett, tranken und unterhielten uns ein wenig, bis Alex mir plötzlich tief in die Augen sah. Sofort waren Sekt und alle Konversation vergessen, ich zog ihn an mich und wir versanken in einen tiefen Kuss und liebten uns zum dritten Mal an diesem Tag. Als er anschließend nackt auf meinem Bett saß, ein weiteres Glas Schampus in der Hand, betrachtete ich ihn ausgiebig. Sicher, ich hatte ihn während des Badens am See schon in Shorts gesehen und in Glasgow sogar ganz nackt, aber das war etwas anders gewesen, hätte ich ihn da so angesehen wie jetzt, hätte es als aufdringlich oder Glotzen gegolten. Die beiden anderen Male, wo ich Alex „wie Gott ihn schuf" gesehen hatte, hatte ich schlichtweg keine Zeit gehabt ihn richtig zu betrachten. Nun aber war er mein und ich konnte gucken soviel und solange ich wollte. Ich kniete mich neben ihn und fuhr mit den Fingern seine glatte Brust und seinen Bauch entlang und spielte mit den dünnen, durchsichtigen Härchen unter seinen Armen. Sein Boxtraining hatte ihn mit gut definierten Muskeln ausgestattet und seine Haut schimmerte olivfarben. Ich hätte ihn stundenlang weiter betrachten können, doch blieben meine sanften Liebkosungen und Blicke die gierig über seinen Körper wanderten nicht ohne Folgen. Ich freute mich meiner Wirkung auf ihn, während Alex mich mit leicht geröteten Ohren zu sich heranzog, mich küsste und wir uns abermals unserer Leidenschaft hingaben.

Schweratmend erhob er sich von mir. „Oh Gott, du machst mich wahnsinnig! Ich müsste mich für die nächsten hundert Jahre hier mit dir einschließen lassen um wenigstens annähernd genug zu bekommen!" Sanft küsste er meinen Bauch, der wie auf Kommando zu knurren begann, ich hatte weder gefrühstückt, noch zu Mittag gegessen.

„Lass uns lieber erstmals was Essen gehen, Alex, anschließend können wir uns immer noch hier einschließen!" Schmunzelnd erhob er sich, zog auch mich vom Bett und wir begaben uns gemeinsam unter die Dusche. „Sag' mal Alex, hast du eigentlich schon mal mit deinem Vater über uns gesprochen?" Er grinste, das hatte er in der Tat. Bevor er zum Mittagessen gegangen war, hatte er selbigem noch einen Besuch in seinem Arbeitszimmer abgestattet. Bereits auf dem Weg dorthin hatte er sich überlegt was er sagen wollte - er hatte sich an meiner Tomaten-Ansprache vom heutigen Vormittag orientiert - und noch während er die Tür geöffnet hatte, begonnen loszuplappern: „Ich-liebe-Emma-und-will-keine-andere-mehr-und-wenn-du-damit-ein-Problem-hast-oder-damit-dass-sie-keine-Schottin-ist-dann-musst-du-mich-wohl-leider-enterben-und-rausschmeißen-um-nichts-in-der-Welt-gebe-ich-sie-wieder-her!"

Der Alte hatte ihn mit seinen listigen Augen betrachtet und war in schallendes Gelächter ausgebrochen. Alex hingegen war sauer geworden.

„Verdammt, Dad, es ist mir ernst!", woraufhin Donald, immer noch schmunzelnd, geantwortet hatte: „Mir auch, mein Junge! Du kannst dir gar nicht vorstellen, wie froh ich bin, dass du dieses Geschöpf endlich los bist und dir eine anständige Frau ausgesucht hast! Gratuliere!"

Alex hatte ihn daraufhin mit einem Gesichtsausdruck, ähnlich dämlich dem eines Emus, angesehen und gefragt: „Du bist nicht böse, dass ich unsere Pferdpflegerin - mpfm, du weißt schon - und es stört dich auch nicht, dass sie Deutsche ist?", - bei Fiona habe er damals schließlich auch einen Wahnsinns-Aufstand gemacht und verlangt, Alex solle gefälligst mit einer Schottin und nicht mit so einer gottverdammten Ausländerin anbändeln.

Donald hatte sich daraufhin erhoben und erklärt: „Fiona konnte ich einfach nicht ausstehen. Um ehrlich zu sein konnte das keiner, aber sei's drum! Lass dir gesagt sein, ich hätte deine Entscheidung sogar begrüßt, wenn Emma rabenschwarz oder zitronengelb gewesen wäre!"

Hört, Hört!

Zwar hatte ich einen Bärenhunger, etwas mulmig im Bauch war mir aber dennoch.
Dass Donald mich als seine Schwiegertochter in Spe akzeptierte, wusste ich bereits,
aber was war mit den anderen? Als Pferdepflegerin Emma hatte ich mich immer
prima mit allen verstanden und ich hoffte, dass sich dies nicht ändern würde.
Wie es der Zufall wollte, saßen schon alle als wir, mit von der eben genossenen Dusche, hochroten Köpfen, das Esszimmer betraten.
Alex, cool wie immer, grüßte die anderen freundlich und nahm Platz. Ich stand noch
einen Augenblick dämlich in der Gegend rum, doch als weder Morddrohungen,
noch sonstige Beschimpfungen auf mich niederprasselten, ließ auch ich mich nieder.
Ich hatte solch einen Hunger, dass ich innerhalb von Sekunden alles, was um mich
herum geschah vergaß und massenweise Essen in mich hineinschaufelte.
Als ich Iain das dritte Mal bat, mir den Fleischteller zu reichen, meinte er ganz trocken: „Wohl 'nen anstrengenden Tag gehabt, was?", was mich dazu veranlasste, ihm
meine Gabel ins Knie zu pieken, was wiederum Alasdair und Aidan dazu veranlasste
lauthals loszulachen. Ich stellte ein „Mpfm!" in den Raum und widmete mich wieder
meinem Teller. Als mein Hunger etwas gestillt war, wagte ich es, verstohlen in die
Runde zu blicken.
Pete verzog wie immer keine Miene, Dorothy hingegen grinste bis über beide Ohren
und schaute unentwegt von Alex zu mir und zurück. Nancy, die Kühle - obwohl sie
laut Aussage von Alasdair wohl alles andere als „kalt" sein sollte - verzog ebenfalls
keine Miene, doch Marsali sah aus wie ein geprügelter Hund. Sie kannte Alex, seitdem sie Kind war und da er zehn Jahre älter war als sie, hatte er sie immer als kleines
Mädchen betrachtet und nicht weiter beachtet, ich ging davon aus, dass sie heimlich
für ihn schwärmte. Ich blickte weiter zu Donald der aussah, als hätte er soeben das
Geschäft seines Lebens abgeschlossen, er trug sein Mona-Lisa-Grinsen permanent zur
Schau. In Iains Gesicht konnte ich nicht blicken, denn er saß direkt neben mir. Außer seinen Eltern, die ebenfalls ein neutrales Gesicht machten, waren keine Gäste
mehr da, oder jedenfalls keine, die bei uns am Tisch saßen.
Als ich endlich gesättigt war, waren die anderen bereits lange fertig und so gingen wir
mit Donald, Iain und dessen Eltern in den Salon, um gemeinsam ein Glas zu Whisky
trinken. Als Alex sich kurz entschuldigte, umkreisten mich Donald und Iain plötzlich, in einem Anflug von Panik suchte ich nach einer Fluchtmöglichkeit, fand jedoch keine und blieb vorerst wo ich war. Donald nahm mich als erster in die Arme.
„Wir freuen uns, dich als neues Familienmitglied begrüßen zu dürfen!", reichte mich
an Iain weiter, der mich ebenfalls in die Arme nahm und Willkommen hieß.
Just in diesem Moment kam Alex zurück, mit einem schiefen Grinsen baute er sich
vor Iain auf. „Nimmst du wohl die Finger von meiner Perle, Vetterchen?!"
Nun war es an Iain, sich groß zu machen. „Erstmal bin ich ja wohl der Ältere von
uns beiden und außerdem habe ich sie entdeckt, rein rechtlich steht sie also mir zu!"
Donald und ich betrachteten die beiden mich hochgezogener Augenbraue, dann
legte er den Arm um mich und sagte: „Ganz ehrlich Emma, ich war froh, als du damals das Jobangebot angenommen hast, dass du ein halbes Jahr später die Verlobte

meines Sohnes wirst, hätte ich mir ja nie träumen lassen!"

Iain warf uns einen kurzen Blick zu, den ich jedoch nicht zu deuten wusste und widmete sich dann wieder Alex, mittlerweile lagen sie sich auf dem Fußboden gegenüber und waren zu Armdrücken übergegangen.

Nach ein paar weiteren Gläsern und einem netten Gespräch mit Iains Eltern, legte Alex seine Arme um mich und flüsterte mir ins Ohr: „Möchtest du heute Nacht bei mir bleiben, Cherie?" Ich hauchte ihm einen Kuss auf die Lippen und antwortet: „Oui mon amour, bien sûr!"

Während wir uns in Alex' Gemächer begaben, ging die Unterhaltung ohne uns weiter. „Tja Onkel Donald, da hast du mit deinen Prognosen ja mal wieder vollkommen recht gehabt!", sagte Iain zu Donald, der immer noch über das ganze Gesicht strahlte. „Merk' dir eins, mein Junge, was ein Fraser will, bekommt er auch!", antwortete dieser daraufhin, was Iain ein Grinsen entlockte. „Was hättest du nur getan, wenn Sie nicht hätte reiten können?"

„Mpfm, dann wäre sie wohl auch nicht die Richtige gewesen!"

Ich erwachte am nächsten Morgen mit dem Kopf in Alex' Achselhöhle und wunderte mich ein wenig über Kopfschmerzen. Alex versicherte mir jedoch, dass dies ganz normal sei, wenn man die Nacht zusammen mit einem Moschusochsen verbracht hatte und so standen wir auf, um zu frühstücken.

Anschließend rief die Arbeit und wir begaben uns in den Stall, wo wir zunächst die MacKenzies beim ausmisten der Boxen unterstützten. Wie bereits erwähnt, waren alle Pferde aufgestallt uns so fielen jeden Tag Unmengen an Mist an.

Iain war mit seinen Eltern unterwegs, wenn sie schon mal hier waren, wollte er verständlicherweise möglichst viel Zeit mit ihnen verbringen und so sattelten Alex und ich die beiden trächtigen Stuten Mona Lisa und Belladonna um ihnen in der Reithalle etwas Bewegung zu verschaffen. Anschließend waren die ebenfalls trächtige Mayflower sowie die nicht-mehr-ganz-frischgebackene Mutter Mary Lou an der Reihe, ihrem kleinen Sohn Gimli schien der Aufenthalt in der Reithalle ebenfalls sehr viel Freude zu bereiten, er düste pupsend und bockend durch die Halle, bis er nicht mehr konnte und sich völlig außer Atem in eine Ecke verkroch.

Alasdair und Aidan übten währenddessen mit meiner kleinen Tink draußen auf dem Reitplatz den Gehorsam vor der langen Leine, sie sollte nämlich eingefahren werden.

Da es ein, für diese Jahreszeit, unwahrscheinlich warmer, klarer und vor allem regenfreier Tag war, machten Alex und ich uns nach dem Mittagessen daran, Hannibal und Ruadh zu satteln und das schöne Wetter bei einem Ausritt zu genießen. Vorsichtshalber hatte ich mir ein kleines Messer eingepackt, ich hatte nämlich etwas vor...

Nachdem wir den kleinen See umrundet hatten, ritten wir in das Waldstück der Frasers ein, hier gab es eine wunderschöne Lichtung und genau dort hielt ich an, stieg ab und band Hannibal an einen Baum. Alex war schon weiter geritten, bemerkte mein Fehlen jedoch alsbald, kam zurück und fragte: „Was hast du vor Ginger?"

Ich strahlte ihn an: „Komm, steig ab, wir müssen jetzt was machen!"

Alex tat, wie ihm geheißen, band Ruadh in sicherer Entfernung von Hannibal an und trat zu mir.

Mir war die Sache nicht peinlich, doch hatte ich ein kleines bisschen die Befürchtung, dass Alexander mich hiernach für verrückt halten würde, dennoch begann ich zu sprechen: „Ich habe dir doch von diesen Büchern erzählt, von der Zeitreisenden und ihrem Highlander, oder?" Alex zog die Augenbraue hoch. „Aye, hast du."

„Gut. Also die beiden wurden mehr oder weniger zur Heirat gezwungen, obwohl er sie in Wirklichkeit da schon geliebt hat und sie eigentlich, na ja egal, also jedenfalls wurden die beiden in einer kleinen Kapelle verheiratet, doch vollzogen sie zusätzlich noch eine heidnische Zeremonie, in der..." Alex schnitt mir das Wort ab. „... in der sie sich einen Schnitt am Unterarm verpassen, die Wunden aufeinander drücken und folgenden Spruch...", jetzt war es an mir, ihm das Wort abzuschneiden. „Hast du die Bücher auch gelesen?"

Hatte er zwar nicht, doch erklärte er mir, dass dies tatsächlich ein alter Brauch in den Highlands sei, der auch heute gelegentlich noch praktiziert würde.

Ich blickte ihm fest in die Augen, zückte das Messer und fragte: „Tu est prêt?" - Bist du bereit? Alex antwortete mit dem Wahlspruch seiner Familie: „Je suis prest!" - Ich bin bereit - und so ritzte ich seine Haut am linken Unterarm auf, gab ihm das Messer und er tat das gleiche mit meinem linken Arm.

Während wir unsere Wunden aneinander drückten sprachen wir gemeinsam:

Du bist Blut von meinem Blute
und Fleisch von meinem Fleische.
Ich schenke dir meinen Leib,
auf dass wir ewig Eins sein mögen.
Ich schenke dir meine Seele,
bis wir unser Leben aushauchen.

Mein ganzer Körper überzog sich mit Gänsehaut und mir war, als hätte die Erde für einen Moment aufgehört sich zu drehen, es war kein Vogelgezwitscher mehr zu hören, auch das Rascheln kleiner Tiere im Laub war verstummt.

Im nächsten Augenblick war mir jedoch so, als würde eine unsichtbare Hand sanft über meine Wange streicheln, wie um mich zu begrüßen. Keine Frage, Alex' Mutter war hier um Zeuge unseres „Handfastings" zu sein.

Ich war noch immer ganz benommen, als ich plötzlich merkte, wie Alex meine linke Hand nahm und etwas Kühles an meinen Ringfinger steckte. Ich blickte hinab und sah einen schlanken, mit geflochtenen, keltischen Ornamenten verzierten, silbernen Ring, auf welchem sich vorne ein freischwebendes, gekröntes und von zwei Händen gehaltenes Herz befand, man nennt dieses Symbol „Claddagh" und eigentlich ist es nicht schottischen, sondern irischen Ursprungs. Verblüfft sah ich Alex an.

„Ich wollte ihn dir eigentlich schon vorgestern geben, leider hast du meine Pläne mit deinem Ohnmachtsanfall durchkreuzt!"

„Oh mein Gott Alex, er ist wunderschön!"

Seine Ohren hatten einen leichten Rotschimmer angenommen, doch er sprach weiter: „Wegen der geflochtenen und offenen Art konnte ich den Ring leider nicht für dich gravieren lassen..." und sagte, behände in Richtung Himmel schielend, einen ellenlangen Spruch auf. In der Hoffnung, dass er es nicht bemerkt hatte, wischte ich mir eine Träne aus dem Augenwinkel und sagte: „Meine Güte Alex, das hätte ja nicht mal auf einen Armreif gepasst!", wurde dann jedoch ich wieder ernst, trat näher zu ihm und küsste erste seine linke und dann seine rechte Wange.

Er streichelte mein Gesicht, führte meine Lippen zu seinen und so wurde unser „Handfasting" besiegelt. Nun waren wir ein Jahr und einen Tag aneinander gebunden, danach würden wir entweder heiraten, oder jeder könnte wieder seiner Wege gehen, wobei ich letzteres allerdings stark zu bezweifeln wagte.

Während wir zurückritten fragte ich ihn, wo er eigentlich die fünf Tage nach unserer Nacht im Boxclub verbracht hatte. „Bei Fiona, wieso?" antwortete er daraufhin leicht gereizt. „Red kein dummes Zeug Alex! Du warst nicht bei Fiona, das weiß ich ganz genau!" Seine Ohren überzogen sich abermals mit einer leichten Röte, als er antwortete: „Ich war... ich war eben weg." Ich verdrehte die Augen. „Ja, Alex, jenen Umstand habe ich seiner Zeit auch bemerkt und wo warst du?" Er blickte in die andere Richtung und ich vernahm etwas wie: „Isle of Lewis!"

Ich lenkte mein Pferd vor seines, versperrte ihm so den Weg und fragte ihn abermals nach seinen Verbleib, endlich fing er meinen Blick auf und sagte: „Mensch Ginger! Ich war fürchterlich durcheinander! Ich wusste einfach nicht, wie ich dir gegenübertreten sollte! Ich bin aufgewacht und du warst weg! Für mich sah es fast so aus, als..."

„Als was?"

„Na, als wenn's für dich nur 'ne einmalige Sache gewesen wäre! Lässt mich da einfach so liegen und haust ab!" Ich wollte etwas dazwischenwerfen, doch als erst einmal der Bann gebrochen war, redete Alex ununterbrochen weiter. Er habe einfach nicht gewusst, was er machen sollte und so war auch er nach Hause gefahren, hatte sich ebenfalls geduscht und war, im Gegensatz zu mir, pünktlich zum Frühstück erschienen.

Als er mein Fehlen bemerkte, war er so wütend geworden, dass er schnell ein paar Sachen zusammengepackt hatte und in Richtung Ullapool gefahren war, um gleich die erste Fähre zur Isle of Lewis zu nehmen. Schlussendlich erklärte er: „Ich habe auf meinem Zimmer gesessen, immer wieder das Lied „Stumblin'in" gehört und mindestens zweihundert SMS an dich verfasst..."

„...die du allesamt nicht abgeschickt hast!", schloss ich den Satz für ihn und er sah mich verdutzt an. Wir standen immer noch in der gleichen Position und unsere Knie berührten sich leicht, vorsichtig stellte ich mich im Sattel auf und hauchte ihm einen Kuss auf die Lippen. „Oh Alex! Mir ist es doch genauso ergangen! Ich habe so gelitten, konnte nicht essen, konnte nicht schlafen!"

Unsere Hände berührten sich leicht und dann sagte er es: „Ginger, ich liebe dich!" Mein Herz blühte auf, wie eine Rose in den ersten Sonnenstrahlen und als ich zu ihm sagte: „Ich liebe dich auch, Alex!", meinte ich es auch so.

Wir sahen Iain schon von weitem draußen stehen und mit einem Stück Papier wedeln. Neugierig wie wir waren, gaben wir unseren Hengsten die Sporen und als wir bei ihm ankamen, vollführte er soeben einen Freudentanz. „Wir haben Post vom Patentamt! Es ist durch! Wir können mit der Vermarktung beginnen!"

Alex war abgesprungen und hatte Iain das Pamphlet aus der Hand gerissen. „Das ist ja unglaublich! Ginger, ich hoffe, du hast deine Ideen noch im Kopf! Ich glaube, wir haben heute Abend einiges zu tun!"

Die Stimmung beim Abendessen war den Neuigkeiten entsprechend und so gab es erst einmal für alle ein Gläschen Prosecco zum anstoßen.

Hinterher machten Alex und ich uns daran, den Entwurf unserer Werbeanzeige fertig zu stellen und an einen alten Kumpel aus Alex' Studienzeit in Edinburgh zu senden, dieser hatte sich nach dem Studium selbstständig gemacht und war Eigentümer von „DD's Ltd.", mittlerweile einer der größten Werbeagenturen Schottlands. DD stand für die Initialen seines Namens: Darren Dunbar.

Seine Aufgabe sollte es sein, das Fotoshooting für unser Liebespaar zu organisieren, unseren Entwurf zu perfektionieren und an verschiedene, von uns noch vorzugebende, Zeitungen zu senden. Außerdem sollte er, gemäß unseren Vorgaben, ein Logo für unser Produkt kreieren sowie eine Präsentation vorbereiten.

Für die Programmierung unserer Website benötigten wir keine Hilfe, Alex war ein ausgesprochen guter Programmierer und mit Hilfe der richtigen Programme und meiner Unterstützung hatten wir das Grundgerüst der Website bereits an einem Abend, na ja, eher im Laufe einer ganzen Nacht, fertig gestellt.

Sogar einen Domain-Namen hatten wir über das Internet geordert und jetzt warteten wir auf die Freischaltung sowie das Logo und die weiteren Details von Darren, um unsere Site zu komplettieren und endlich online zu schalten.

Unsere Kunden sollten die Möglichkeit haben, das Produkt online zu kaufen, des Weiteren sollte unsere Werbeanzeige ebenfalls ein Formular zur Informationsanforderung und Bestellung per Post oder Fax erhalten. Lediglich bezüglich der Telefon-Hotline konnten wir uns nicht ganz einig werden. Alex fand, dass es einfach ein zu großer Aufwand war, schließlich musste jemand den ganzen Tag am Telefon hocken um etwaige Anrufe entgegen zu nehmen. Ich hielt dagegen, dass man die Hotline doch auch stundenweise, zum Beispiel von neun bis elf und von fünfzehn bis siebzehn Uhr anbieten könnte. „Und wer soll das betreuen, Ginger?"

„Ich glaube zu diesen Uhrzeiten sind weder Marsali noch Nancy zu hundertprozent eingespannt, wenn man sie fragen und ihnen vielleicht noch ein paar Pfund extra geben würde, könnten sie sich doch abwechselnd ans Telefon setzen und nebenbei die Post- und Faxbestellungen erfassen!" Diese Idee fand Alex dann doch gar nicht so schlecht und versprach, darüber nachzudenken.

Jetzt hieß es jedoch erst einmal abwarten, Darren hatte uns versprochen, bis Ende nächster Woche etwas auf die Beine zu stellen. Wir würden dann, gemeinsam mit Iain und eventuell Donald, nach Edinburgh fahren und uns die Präsentation ansehen.

Entsprechend der beinahe durchgemachten Nacht fühlten wir uns am nächsten Morgen, doch es nützte nichts, wir mussten ran. Iain hatte noch etwas in Glasgow zu erledigen, doch versprach er schnellstmöglich zurück zu sein, damit wir gemeinsam zur Stallion-Craft Halle gehen konnten, um uns um die weitere Produktion zu kümmern.

Wir gingen unserer Arbeit nach, doch als Iain nach dem Mittagessen immer noch nicht zurück war, legten wir uns erst einmal eine Stunde hin.

Jedenfalls hatten wir das ursprünglich vorgehabt. Ich hatte noch schnell frische Sachen aus meinem Zimmer geholt und war dann in Alex Wohnung gestiefelt, wo ich ihn unter der Dusche vorgefunden hatte. Dass wir beide nicht unbeschadet ins Bett kamen war so sicher, wie das Amen in der Kirche, doch was sollte es, wir waren frisch verliebt, dann bekam man nun mal nicht genug voneinander! Just in dem Moment, wo wir unseren Akt beendet hatten, klingelte Alex' Handy.

„Fraser! Hi Iain! Wo bist du und warum wird deine Nummer nicht angezeigt?" Iain stand zwischen Perth und Inverness in einer Telefonzelle, was auch der Grund war, weshalb seine Nummer nicht angezeigt wurde, sein Handy hatte kein Saft mehr und die Autobatterie auch nicht. Man fragt sich jetzt natürlich, wie während der Fahrt die Autobatterie plötzlich leer werden konnte. Iain wies zunächst mit einem: „Das ist wirklich merkwürdig, Scheiß-Karre!", alle Schuld von sich, bis Alex irgendwann sagte: „Iain, wohnt nicht zufällig die wilde Nicole da in der Gegend?"

Ha! Da hatten wir ihn ertappt! Leider, leider musste er dann die ganze Nacht fort bleiben und Alex und ich nutzten den freien Abend um gemeinsam zum Training zu gehen.

Als wir Hand-in-Hand in den Boxclub traten, fielen Angus beinahe die Augen aus dem Kopf. Er war verhindert, und daher nicht auf Alex' Geburtstagsparty gewesen und scheinbar hatte Matthew ihm auch nichts von uns erzählt.

„Was ist denn mit euch passiert! Vor ein paar Wochen habt ihr euch im Ring noch geprügelt und jetzt kommt ihr hier „händchenhaltend" rein! Seit wann seid ihr denn ein Paar, oder lass mich anders fragen: Wann hat man euch denn der Gehirnwäsche unterzogen?" Alex stahl sich an ihm vorbei, holte zwei isotonische Getränke aus dem Kühlschrank und antwortete: „Wir sind kein Paar, wir sind verlobt!", was Angus in einen hysterischen Lachanfall ausbrechen ließ. „Ich glaub' dir kein Wort! MacDòmhnall und heiraten, hahaha!"

Angus nannte ihn gelegentlich MacDòmhnall, was nichts anderes als „Sohn von Donald" bedeutete, dies hatte er - so vermutete ich - von seinem Vater übernommen, der Alex und seine Familie schon seit Urzeiten kannte.

Alex machte ein pikiertes Gesicht und schürzte die Lippen, was ihm den Gesichtsausdruck eines tuntigen Affen verlieh und wiederum mich zum Lachen brachte, und so verließ ich die beiden, um mich umzuziehen. Heather wartete schon in der Umkleide und rannte mich beinahe um. „Gratuliere! Da hast du ja einen guten Fang gemacht, was?!" Ich sah sie verdutzt an. „Fang, wieso? Hä?!"

Sie klopfte mir dreimal gegen die Stirn. „Na Alexander William Donald, Master of Beauly Firth, Fraser!"

„Ach so, der!", antwortete ich ganz lapidar, während ich meine Jeans herunterzog. „Sag, schon, wie hast du es geschafft, ihn um den Finger zu wickeln? Ich könnte dir tausend andere nennen, die es versucht, aber nicht geschafft haben und dich jetzt lieber tot als lebendig sehen würden!"

Wie sie denn darauf käme, fragte ich sie. „Matthew hat's gesagt! Meine Güte, der Mann ist Multi-Millionär und supersexy obendrein!".

Unter diesem Gesichtspunkt hatte ich es überhaupt noch nicht betrachtet, seine Liebeserklärung hatte mich der Fähigkeit des rationellen Denkens beraubt und ich hatte mich seither nur noch von meinen Gefühlen für ihn leiten lassen. Während ich versuchte Heather ebendieses zu erklären, sah sie mich mit hochgezogener Augenbraue an und sagte nur: „Also ich habe ja gleich bei unserer ersten Begegnung gemerkt, dass Alex total hinter dir her war, wahrscheinlich hat er es da nur noch nicht gewusst und du wohl ebenfalls nicht! Mein Gott, man muss ja nur mal beobachten, wie er dich anschaut! Tu' mir nur einen Gefallen, Emma, brich ihm niemals das Herz, das würde er nicht überleben!"

Damit war das Gespräch beendet, wir umgezogen und bereit für unser Training.

Selbiges verlief ohne Zwischenfälle, bis auf dass Matthew mir, als er uns Anleitungen bezüglich einer Schlagtechnik gab, ins Ohr flüsterte: „Na, Lady of Beauly Firth!" Ich zeigte ihm die Zähne und widmete meine Konzentration dann wieder der vor mir liegenden Übung.

Zwei Tage später kam dann der Anruf von Darren.

Er teilte uns mit, dass wir uns bitte am siebenundzwanzigsten November gegen Mittag bei ihm in der Agentur einfinden mögen. Grundsätzlich kein Problem, doch wusste ich, dass dies der Todestag von Alex' Mutter war. Ich kommentierte es nicht weiter, sondern wartete ab, was Alex dazu zu sagen hatte.

Schlussendlich blieb es beim siebenundzwanzigsten, jedoch erst am späten Nachmittag. Wahrscheinlich wollten Alex und sein Vater vorher noch das Grab von Anne besuchen.

Wir verbrachten die Woche mit unserem normalen Tagesgeschäft und der Produktion sowie der Verpackung von Stallion-Craft. Weder Alex noch ich wussten genau, wie der Produktionsprozess von statten lief, dafür war unser „Hallenmeister" Iain zuständig, der jedoch voll in dieser Aufgabe aufging.

Je nach Größe und Gewicht konnte man das Pulver dosieren und in das normale Futter mit einmischen. Verkauft wurde das Produkt in Verpackungseinheiten zu einem britischen Pfund, was in etwa einem halben Kilogramm entsprach und bei einem „Average-Stallion" also einem Hengst mit durchschnittlicher Größe, circa die Ration für einen Monat darstellte. Die Verpackung hielten wir in den Farben des Fraser-Tartans, als Grundfarbe rot, mit royalblauen und grünen Karos und weißen Linien. Es war also alles vorbereitet, wir warteten nur noch auf die Schaltung der Anzeige und auf unsere ersten Kunden.

Da ich es nach wenigen Tagen bereits Leid war, mir ständig saubere Klamotten aus meinem Zimmer zu holen, oder für die Internettelefonate mit meinen Eltern rüber zu gehen, sie wussten übrigens noch immer nichts von Alex und mir, hatten wir mittlerweile meinen kompletten Hausstand rüber in Alex' Wohnung geholt, wo er mir, als persönlichen Rückzugplatz, eines seiner beiden kleinen Zimmer im Obergeschoss zur Verfügung gestellt hatte. Dieses diente mir jedoch hauptsächlich als Stellfläche, denn wir verbrachten nach wie vor die meiste Zeit zusammen.

Am Abend des sechsundzwanzigsten Novembers merkte ich Alex jedoch an, dass etwas nicht in Ordnung war, ich hatte das Gefühl, dass er sich total von mir zurückzog und als ich in der Nacht erwachte, fand ich seine Seite des Bettes verlassen vor. Ich konnte zwar in etwa erahnen, was ihm auf der Seele lag, doch machte ich mir Sorgen und wollte ihm so gerne etwas von seiner Trauer nehmen.

Ich fand ihn auf seinem Sofa sitzend vor, eine Gitarre in der Hand spielte er das Lied „Wild World" von Cat Stevens.

„Alex?" Er hörte mich gar nicht, erst als ich meine Hand auf seine Schulter legte schreckte er auf. „Ginger! Gott, hast du mich erschrocken!"

Ich setzte mich neben ihn. „Wusste gar nicht, dass du Gitarre spielen kannst!"

„Aye, kann ich auch gar nicht, nur dieses eine Lied." Ich guckte ihn fragend an und er erzählte weiter: „Es war das Lieblingslied von meiner Ma, sie hat es mir immer vorgesungen als ich klein war und als ich größer und „flügge" wurde, habe ich erst verstanden, was sie damit gemeint hatte!"

Ich legte ihm meine Hand auf die Wange und sah ihm in die Augen. „Ich wünschte, ich könnte dir etwas von deinem Schmerz nehmen!"

Er lächelte leicht, doch sah er nicht mich an, sondern blickte irgendwo weit in die Ferne und fragte: „Hast du dich eigentlich nie gewundert, warum ich nicht Donald heiße?" Sicher hatte ich das, zumal er der erst- und letztgeborene Sohn der Familie und somit legitimer Erbe des Titels „Lord of Beauly Firth" war. Ich wusste zwar nicht viel von solchen Dingen, doch war ich mir eigentlich sehr sicher, dass in Adelskreisen der Erbe des Titels gleichbedeutend mit dem Erbe des Vornamens war.

Alex' glasige Augen lächelten breiter: „Das ist auch auf dem Mist von meiner Mum gewachsen!" Diese hatte den Namen Donald so furchtbar gefunden und sich schlichtweg geweigert, ihr eigenes Kind so zu nennen und Alex' Vater ihr keine Bitte hatte abschlagen können, wurde der Spross Alasdair Mac Dòmhnall, Alexander - Donalds Sohn, getauft. Aus traditionsgründen hatte jedoch der Name Donald in seinem Namen vorzukommen. Anne hatte jenen jedoch nicht einmal als Zweitnamen akzeptiert und einfach noch ein William dazwischengeschoben, schließlich war das der Name ihres Vaters.

Ich lächelte meinen Verlobten an. „Deine Mutter war echt 'ne Wucht Alex, ich wünschte, ich hätte sie kennen gelernt!"

Er war sich sicher, dass wir uns gut verstanden hätten und bat mich, ihn morgen früh zu ihrem Grab zu begleiten. Bei dem Gedanken wurde mir jedoch etwas mulmig, ich behielt es allerdings lieber für mich, ebenso wie die Tatsache, dass ich seiner Mutter, oder besser gesagt ihrem Geist, schon zwei mal begegnet war. Jedenfalls hatte es sich damals, als ich mit Dotty in ihrem Zimmer nach den Reitsachen gesucht hatte und auch, als wir uns im Wald die Treue geschworen hatten, so angefühlt.

Die Stimmung beim Frühstück war bedrückt am nächsten Morgen, Donald war erst gar nicht erschienen und Alex, dessen Appetit ansonsten rekordverdächtig war, leerte nicht einmal eine Schüssel mit Haferbrei.

Ich hätte ihn lieber allein zum Grab seiner Mutter geschickt, doch versprochen war versprochen und so folgte ich ihm, ganz in schwarz gehüllt, zur Grabstätte der Frasers. Schweigend standen wir vor Annes Grab, mir war die ganze Stimmung etwas unheimlich und so nahm ich Alex' Hand und wir schauten, Schulter an Schulter stehend, auf den Grabstein.

Plötzlich richteten sich mir die Nackenhaare auf, auch Alex musste etwas gespürt haben, denn der Druck um meine Hand verstärkte sich. Im nächsten Augenblick fühlte es sich so an, als würde jemand seine Hand auf meine Schulter legen. Zeitgleich drehten Alex und ich uns um, doch hinter uns war nichts als die offene Feldmark. Der Geist, der uns soeben heimsuchte war mir wohl bekannt und ich war erfreut über das Wiedersehen.

„Hallo Anne! Mach dir keine Sorgen, ich werde gut auf ihn aufpassen!", sagte ich in

Gedanken zu der Stille um mich herum und mit einem plötzlichen Luftzug an meinem Ohr war mir so, als vernähme ich die Worte: „Ich weiß!", dann war der Geist verschwunden.

Es war nicht nötig darüber zu sprechen, ich wusste, dass Alex das Gleiche gefühlt und erlebt hatte wie ich und er wusste es ebenso und so standen wir am Grab seiner Mutter, küssten uns und gaben uns gegenseitig die Kraft, die wir brauchten.

Wir ließen das Mittagessen ausfallen und machten uns gemeinsam auf den Weg nach Edinburgh. Iain fuhr den Volvo und während Donald auf dem Beifahrersitz Platz nahm, hatten Alex und ich es uns im Fond des Wagens so bequem wie möglich gemacht.

Die Stimmung war immer noch bedrückt, doch spürte ich eine freudige Erwartung von mir und meinen Mitreisenden ausgehen. Sie schienen genauso gespannt auf Darrens Arbeit zu sein wie ich. Die Fahrt kam mir dennoch unglaublich lange vor und als wir am späten Nachmittag endlich den Wagen abgestellt und in das Gebäude von DD's Ltd. eintraten, war ich froh dass wir bereits mit sehr starkem Kaffee und Gebäck erwartet wurden.

Nach einer Runde Kaffee und ein wenig Smalltalk, schließlich kannte man sich und hatte sich lange nicht gesehen, begann Darren zunächst, die vorbereitete Präsentation vorzuführen. Die erste Folie war unser Bild mit Liebespaar und Hannibal, dann folgten Informationen zum Produkt und seiner Wirkungsweise, welche später noch mit den vorliegenden Testergebnissen belegt wurden. Das ganze war in unseren Farben rot, blau und weiß gehalten und sehr professionell aufgezogen. Wir waren wirklich begeistert! Dann zeigte Darren uns nochmals die Werbeanzeige mit dem Bestellschnipsel sowie drei weitere Entwürfe für etwaige spätere Anzeigen.

Unser Logo bestand aus der Umrandung des Clanlogos, doch statt des Hirschkopfes war Hannibals massiver Schädel zu sehen und anstatt des Spruchbandes „Je suis prest" der Name unseres Produktes. Alles in allem also wirklich gelungen.

Ein paar kleine Korrekturen waren jedoch noch fällig und Darren versprach, diese umgehend zu erledigen. Wir vier machten uns derweilen auf die Suche nach etwas essbarem, schließlich war das Mittagessen ausgefallen und Alex und Donald hatten, wenn überhaupt, nur wenig gefrühstückt.

Wir ließen uns in ein kleinem Pub in der Old Town nieder, wo einfache, schottische Hausmannskost angeboten wurde. Da ich mich jedoch noch immer weigerte Haggis, ein mit Schafsinnereien gefüllten Schafsmagen, igitt, zu probieren, aß ich eine Portion des Rindfleischeintopfes, der zwar nicht sehr ansehnlich, dafür aber umso schmackhafter war. Nach einem zweiten Glas Bier machten wir uns wieder auf die Socken, um noch einen Blick auf Darrens Arbeit zu werfen und dann schnellstmöglich nach Hause zu düsen.

Wir kamen spät in der Nacht in Beauly an und obwohl Alex und ich seit Stirling Kopf an Kopf geschlafen hatten, fielen wir todmüde ins Bett. Iain hatte uns im nachhinein erzählt, dass er immer absichtlich über Unebenheiten gefahren war, denn das Geräusch unserer zusammenschlagender Köpfe, hatte dem zweier Billardkugeln geglichen und er und Donald hatten sich darüber köstlich amüsiert.

Am nächsten Morgen erwachten wir dennoch frisch, ausgeruht und ohne Kopfschmerzen und während ich meiner Arbeit im Stall nachging, hatten Alex, Iain und Donald etwas zu besprechen. Meiner Meinung nach, war es nie gut, wenn die drei zusammen waren, meistens heckten sie dann etwas Fürchterliches aus. Ich sollte mich auch diesmal nicht täuschen, dann als ich mich nach dem Mittagessen wieder in den Stall aufmachen wollte, ich hatte schließlich noch drei Pferde zu bewegen, hielten sie mich zurück und baten mich in Donalds Büro zu kommen.

Als ich das letzte Mal dorthin zitiert worden war, war ich in den Urlaub geschickt worden und ich war gespannt, was heute passiere würde. Sie empfingen mich mit aufgesetztem Grinsen und einer überschwänglichen Freundlichkeit. „Hier Emma, setz dich doch, ich kann auch stehen!", sagte Iain und räumte seinen Stuhl für mich.

Etwas belämmert nahm ich Platz und fragte sogleich: „Na, was habt ihr euch für eine Teufelei ausgedacht, Männer?"

Sie drucksten alle herum und starrten an die Decke, bis Donald schließlich das Wort ergriff: „Aaaalso.... für nächste Woche ist eine Tagung der S.E.A, der Scottish Equestrian Association, angesetzt und wir wollen dort unser Produkt vorstellen." Ich lächelte, war also gar nicht so schlimm wie ich dachte. „Prima! Soll ich mitkommen, Alex?", fragte ich meinen Verlobten, der schnell irgendeinen Punkt an der Decke fixierte. Nun war es an Iain das Wort zu ergreifen: „Tja Emma, wir hatten uns eigentlich vorgestellt, dass du die Präsentation übernimmst!"

Ich begann hysterisch zu lachen und anzuführen, dass dieses absolut nicht möglich wäre, schließlich wäre mein Englisch, beziehungsweise Scots ja gar nicht gut genug und überhaupt! Endlich sagte auch Alex etwas: „Du bist besser zu verstehen als wir alle zusammen, außerdem hast du noch einen, oder eher gesagt, zwei weitere Vorteile..." Statt weiter zu sprechen starrte er auf meine Brüste und ich wurde sauer. „Ich prostituier' mich doch nicht für euch und ihr glaubt doch wohl nicht im Ernst, dass jemand unser Produkt kauft, nur weil ich ein bisschen mit meinen Dingern hier vorne wackle!"

Donald hob beschwichtigend die Hand und warf seinem Sohn einen bösen Seitenblick zu. „Alex hat sich wohl ein wenig unwirsch ausgedrückt Emma, so war das nicht gemeint. Aber du hast nun mal eine Art an dir, die alle in ihren Bann zieht. Ich ziehe nicht gerne Vergleiche zu Anne, aber sie hatte auch diese Gabe und ich finde, man sollte sich das zu Nutze machen."

Ich überlegte kurz, antwortete jedoch: „Vielen Dank für das Kompliment, aber ich kann es trotzdem nicht tun!" Nun sahen mich alle drei verdutzt an und fragten wie aus einem Munde: „Und warum nicht?"

Ich zuckte mit den Schultern. „Ganz einfach, ich hab nichts zum anziehen!"

Alex klatschte sich mit der flachen Hand vors Gesicht, Iain schüttelte nur den Kopf und Donald warf seine goldene Kreditkarte auf den Schreibtisch. „Hier, du kannst kaufen was und wie viel du willst. Also? Tust du es?"

Ich grinste ihn an, natürlich würde ich die Karte nicht wirklich annehmen, doch musste ich ihn einfach ein klein wenig necken und so fragte ich: „Wirklich alles?"

Donald verdrehte die Augen. „Hab ich es nicht gerade gesagt?!"

Ich schnappte mir die Karte und steckte sie in mein Dekolleté, dann drückte ich ihm einen Kuss auf die Stirn und verließ „Girls just wanna have fun"- pfeifend das Büro.

Die Karte hatte ich Donald beim Abendessen wiedergegeben, doch hatte Alex darauf bestanden, am nächsten Tag mit mir nach Inverness zu fahren, dort gab es ein ganz exquisites Geschäft für Damenoberbekleidung im Business-Stil und er würde mich, quasi mit Arbeitskleidung, neu ausstatten.

Normalerweise gab ich keine Unmengen an Geld für Klamotten aus, ich kaufe mir zwar gerne etwas, doch tat ich dieses zumeist in den Filialen einer großen schwedischen Modekette. Die Sachen waren günstig und hübsch und hielten auch meist genau eine Saison, dann war es sowieso an der Zeit für neue Stücke.

Ich konnte zwar genauso stur wie Alex sein, doch musste ich ihm diesmal recht geben, ich konnte schlecht in Jeans und Rolli meine Rede vor der versammelten schottischen Pferdevereinigung halten.

Am Abend stellten wir unseren Internetauftritt fertig und waren sehr zufrieden mit uns. Iain gab mir bezüglich der Entwicklung, Herstellung, Wirkung sowie der Testergebnisse noch einige Details, welche ich niederschrieb und auswendig lernte. Nach solchen Ansprachen wurden ja zumeist noch Fragen seitens des Publikums gestellt und ich wollte auf alles vorbereitet sein. Nach getaner Arbeit setzte ich mich an die Bar in Alex' Wohnung und ließ mir von ihm einen Baileys einschenken.

„Sag mal, Ginger..."

„Hm?"

„...was sagen deine Eltern eigentlich zu uns?"

Es war zwar zu erwarten, dass er diese Frage irgendwann stellen würde, doch musste es gerade jetzt sein? Ich war hundemüde und war mir ziemlich sicher, dass ihn meine Antwort erzürnen und etliche Diskussionen nach sich ziehen würde.

Manchmal wünschte ich, ich wäre eine bessere Lügnerin, denn ich brauchte gar nichts sagen, Alex hatte es mir schon angesehen. Er sah aus, wie jemand, dem man soeben das Herz aus der Brust gerissen hatte.

„Warum? Stehst du nicht zu mir? Willst du das Jahr abwarten und dich dann vom Acker machen? Dann geh' lieber gleich, ehe ich dich noch mehr liebe!"

Ich stellte mein Glas auf die Bar, trat um sie herum und stellte mich vor ihn. „Ich liebe dich mehr als mein Leben, das weißt du..."

„Aber warum hast du ihnen nichts gesagt?"

Dieses würde ein langer Abend werden und so begann ich ganz von vorne, ich erzählte ihm, dass ich ein schwieriger Teenager gewesen war und dass ich meiner Mutter das Herz gebrochen hatte, als ich mit knapp achtzehn Jahren ausgezogen war, mein Bruder hatte das Nest seiner Zeit ebenfalls früh verlassen. Wenig später wurde die damalige Freundin meines Bruders schwanger, doch die beiden trennten sich nach einigen Jahren im ärgsten Streit und seither hatten weder mein Bruder, noch meine Eltern meine kleine Nichte gesehen. Der nächste Hammer war meine Hochzeit gewesen, nachdem mein Bruder nach dieser schmutzigen Geschichte jeglichen Gedanken an Heirat, etc. von sich gewiesen hatte, hatte sie ihre ganze Hoffnung in mich gesetzt. Doch anstatt, wie es in unserer Familie üblich war, eine Hochzeit mit einer großen Feier und viel Tam Tam zu zelebrieren, hatten wir es mehr oder weniger heimlich getan. Bis auf Eltern, beziehungsweise Schwiegereltern, Geschwister und Omas sowie Julietta, ein befreundetes Pärchen und meine Cousine, die als Fotografin fungiert hatte, hatte niemand davon gewusst und als es am nächsten Tag in der Zeitung stand, waren wir bereits in den Flitterwochen und alle anderen ziemlich verwirrt. Ich fügte noch an, dass ich am allerliebsten an einem einsamen Strand, in einem fließenden weißen Kleid und barfuss geheiratet hätte, um dann einfach als Verheiratete aus dem Urlaub wiederzukommen, da ich jedoch wusste, dass es meine Mutter umgebracht hätte, hatte ich darauf verzichten und eben eine etwas abgespeckte Variante wählen müssen. Dann kam meine Scheidung und schlussendlich mein Weggang nach Schottland.

„Verstehst du Alex, wenn ich ihr sage, dass ich nach Schottland heiraten werde, dann wird es ihr wieder das Herz brechen, weil sie dann denkt, dass sie mich ein für allemal verloren hätte! Ich werde es ihnen sagen, so schnell wie möglich, aber ich habe einfach noch nicht den richtigen Zeitpunkt dafür gefunden!"

Statt noch etwas zu erwidern, nahm mich Alex in die Arme und küsste mich, dann hob er mich hoch und trug mich ins Schlafzimmer. Während er mich aufs Bett legte und auszog, murmelte er: „Wir werden schon eine Lösung finden!"

Als ich nackt vor ihm lag, begann er mich überall ganz sanft zu streicheln, fast so, als wolle er imaginäre Wunden entfernen. Nach kurzer Zeit begann ich bereits zu brennen und als er sich auf mich legte, spürte ich, dass es ihm ebenso ging. Unsere Lippen verschmolzen miteinander und dann wir. Er bohrte sich in mich und mit jedem Stoß spürte ich ihn mehr, er wollte mich besitzen und bei Gott, er durfte. Mein Atem ging schneller, er bemerkte es und so bewegte auch er sich schneller, kraftvoller und dann verschwamm die Welt vor meinen Augen, alles andere interessierte nicht mehr, es gab nur noch Alex und mich und gemeinsam stiegen wir in den Himmel auf. Plötzlich kam mir die Textpassage eines Liedes in den Sinn: „You and me, we'll stay together, you and I, like birds we'll fly..."

Am nächsten Morgen war das Thema „Eltern" vorerst vergessen und bevor wir nach Inverness fuhren, erledigten wir zunächst ein wenig Stallarbeit. Iain kümmerte sich im Augenblick hauptsächlich um die Stallion-Craft-Produktion und war daher im Stall nicht oft zu sehen.

Die MacKenzies machten sich ans ausmisten, während Alex und ich die beiden Hengste und dann zwei der trächtigen Stuten ritten. Gegen elf Uhr nahmen wir dann eine Dusche und machten uns stadtfein. Magisch angezogen von den zwei Buchstaben des schwedischen Modekonzerns statteten wir selbigem zunächst einen Besuch ab, getreu dem Motto: „Erst das Vergnügen, dann die Arbeit!"

Ich hatte einen ganzen Arm voller Klamotten mit in die Umkleidekabine geschleppt, probierte die Teile nacheinander an und präsentierte Alex jedes einzelne Stück, jener gähnte zwar zwischendurch herzhaft, doch gab freundlich und hilfreich seinen Kommentar zu den verschiedenen Outfits ab.

Als ich bei der Unterwäsche angekommen war, linste ich vorsichtig durch den Vorhang, ob auch keiner in der Nähe war, wenn ich mich Alex präsentierte. Es wäre ganz schön peinlich gewesen, wenn zum Beispiel Angus MacGillian neben Alex vor der Kabine gestanden hätte.

Doch was ich nun sah, war weitaus interessanter, am Unterwäscheständer wühlte ein bildhübsches Mädchen herum, das allerdings weder für Schlüpfer noch BHs Augen hatte, sondern einzig und allein für Alex. Jener hatte scheinbar soeben etwas Interessantes in der Deckenverkleidung entdeckt und schaute neugierig und mit hochgezogener Augenbraue dorthin, bis er merkte, dass er beobachtet wurde. Er schaute nach links und rechts, erblickte das Mädchen und lächelte sie an. Normalerweise wäre es jetzt Zeit für meinen Auftritt gewesen, denn ich war nicht einfach eifersüchtig, ich war eine Furie. In Anbetracht der Art des Lächelns, welches Alex diesem Mädchen schenkte, war jedoch kein Auftritt von Nöten. Ich hatte in meinem ganzen Leben noch nie einen Mann eine Frau so unverbindlich anlächeln sehen.

Als ich den Vorhang beiseite schob, war ich diejenige, die das Lächeln, das einer Frau gebührt, erntete und wuchs sogleich um einige Zentimeter. Alex trat zu mir in die Umkleidekabine und begann mich zu küssen.

„Alex, doch nicht hier!"

„Oh doch!"

Einspruch abgelehnt!

Etwas später verstauten wir meine Taschen im Auto und machten uns auf den Weg zu der von Alex angepriesenen Boutique.

Da ich noch nie in meinem Leben Designermode besessen und ergo ebenfalls noch nie solch einen Laden betreten hatte, überließ ich Alex das Reden und hielt mich im Hintergrund. Ich hörte ihn noch sagen: „Wir suchen ein Kostüm für meine Verlobte...", doch dann hatte ich diesen Blazer entdeckt und war bereits außer Hörweite der beiden. Schwarz mit ganz feinen, olivfarbenen Nadelstreifen, eng geschnitten, der dazugehörige Rock nicht zu lang. Ich vergaß alles um mich herum und als ich den Blazer vom Bügel auf meine Hand gleiten ließ, war ich einem Orgasmus beinahe so nahe, wie kurz vorher in der Umkleidekabine.

Mittlerweile waren auch Alex und die Boutiqenbesitzerin bei mir angekommen. „Hast du schon was gefunden, Cherie?", frage Alex.

Ich war leider nur zu einem Nicken und einem dämlichen Grinsen in der Lage, was mochte die Frau wohl von mir denken? Dann brachte ich doch etwas heraus: „Ich würde dieses gerne anprobieren, bräuchte allerdings noch etwas zum drunterziehen!"

Wie auf Kommando sprintete die Frau, ich kannte ihren Namen nicht und hatte sie für mich „der Kormoran" getauft, scheinbar hatte ich im Laufe des letzten halben Jahres ein Faible für Vogelnamen entwickelt, los und kam Sekunden später mit einem olivfarbenen Seidentop zurück, welches absolut die identische Farbe der Nadelstreifen hatte. Alternativ hatte sie es ebenfalls in schwarz mitgebracht.

Ich stiefelte also in die Kabine, welche in etwa drei Mal so groß war, wie die in dem eben besuchten Kaufhaus, und zog mich um. Als ich in einen der drei Spiegel blickte, fand ich mich umwerfend!

Nach langem Suchen hatte ich dann auch den Ausgang wieder gefunden und präsentierte mich Alex und dem Kormoran.

„Oh mein Gott! Das ist perfekt! Absolut der Oberhammer! Oder willst du noch etwas anderes ausprobieren?"

Ich schüttelte wie wild mit dem Kopf und Alex sagte zum Kormoran: „Könnten Sie bitte noch die passenden Schuhe raussuchen, meine Verlobte trägt Größe acht!"

„Größe acht???", riefen der Kormoran und ich wie aus einem Munde.

„Alex, wie kannst du es wagen zu behaupten, ich hätte Schuhgröße acht? Hast du völlig den Verstand verloren?"

Der Kormoran schüttelte den Kopf. „Tut mir leid, Größe acht haben wir nicht!"

Kein Wunder, das entsprach einer deutschen Größe dreiundvierzig!

Ich war stinksauer und warf Alex wilde Blicke zu, der jedoch nur die Schultern zuckte und meinte: „Wieso in deinen Nikes steht doch Größe acht!"

„Meine Güte Alex, das sind meine Laufschuhe! Und die muss man immer drei Nummern größer kaufen!" Ich schüttelte den Kopf und blickte den Kormoran an: „Hätten sie eventuell etwas in Größe sechs oder sechseinhalb da?"

Sie brachte mir ein paar schwarze Pumps, die perfekt zu meinem Outfit passten und das ganze Erscheinungsbild abrundeten. Ich befürchtete zwar, dass ich in anbetracht der frostigen Temperaturen, während meiner Rede erfrieren würde, doch wenn es half die Umsatzzahlen anzukurbeln...

Stolz ist eigentlich eine gute Sache, nur leider nützt er nichts an falscher Stelle. Zunächst hatte ich darauf bestanden, die Klamotten für die Präsentation selber zu zahlen, doch nachdem mir ein Blick auf das Preisschild verraten hatte, dass alleine die Schuhe beinahe einen kompletten Monatslohn von mir auffressen würden, gab ich klein bei und ließ Alex sein Portemonnaie zücken.

Wir nutzten den ersten regenfreien Tag seit langem, um noch ein wenig durch die Einkaufsmeile von Inverness zu bummeln. Als wir plötzlich in die hellerleuchteten Fenster eines Friseurladens schauten, ging uns scheinbar das gleiche durch den Kopf, ich sagte nur: „Ja, ja, ich weiß. Komm, vielleicht habe ich Glück und werde direkt bedient!", und wir betraten den Laden.

Mein Haar war mittlerweile bald schulterlang, aber aufgrund der Tatsache, dass ich seit April keinen Friseurladen mehr von innen gesehen hatte, sah es entsprechend zubbelig aus und meine hellen Strähnchen waren mittlerweile nur noch im Bereich vom Kinn bis zu den Schultern zu sehen, es wurde also hochnötig Zeit.

Drinnen angekommen wurden wir von Freddie Mercury begrüßt, jedenfalls sah der Typ genauso aus und mit dieser für Schwule typischen Art der Bewegung und Gestik versicherte er mir „dass wir natürlich, natürlich Zeit hätten, mein hübsches kleines Köpfchen wieder auf Vordermann zu bringen!".

Alex verdrehte die Augen und während Freddie wie ein aufgescheuchtes Huhn um mich herumgluckte und mal hier und mal dort eine Strähne in die Hand nahm, konnte er einen leichten Würgereiz nicht unterdrücken. Er entschuldigte sich und versprach mich in etwa zwei Stunden wieder abzuholen. Bevor er ging, bekam er von mir noch einen Kuss und von Freddie ein „Tschüssilie!" hinterher gerufen.

Da es laut Letzterem meine Augen und meinen Teint unterstreichen würde, würde er die kompletten Haare einige Nuancen dunkler färben und dann mit so genannten Lowlights, also nicht helleren, sondern dunkleren Strähnchen akzentuieren. Von der Länge wollte ich jedoch nicht viel missen und so wurden nur die Spitzen entfernt und mein gesamter Schopf komplett durchgestuft, was auch meine leichten Naturwellen wieder hervorhob.

Zufälligerweise war im Friseursalon ebenfalls eine Kosmetikerin mit Nagelstudio integriert und während der Grundton einwirkte, ließ ich meine Hände in einem Parraffinbad einweichen, selbige sahen nach der Arbeit des letzten halben Jahres beinahe so schlimm aus, wie die der MacKenzies. Anschließend ließ ich mein Gesicht von Grund auf reinigen und mit einer duftenden Gesichtsmaske verwöhnen. Während die Lowlights einwirkten, wurden noch die Augenbrauen gezupft und als ich mit frischgefärbtem Haar unter der Trockenhaube saß, ließ ich mich professionell schminken und anschließend meine neue Frisur in Form bringen. Ich hatte zunächst ebenfalls daran gedacht, meine Nägel maniküren zu lassen, doch bis nächste Woche wäre sowieso alles versaut gewesen, daher machte ich einen Termin für den kommenden Dienstag, wohlgemerkt nach der Arbeit, um mir ein weiteres Handbad sowie eine French-Maniküre verpassen zu lassen.

Als Alex den Laden betrat stand ich am Tresen und er lief einfach an mir vorbei. Belustigt beobachtete ich, wie er sich vorsichtig Freddie von hinten näherte, kurzzeitig darüber nachdachte ihn anzuticken, er hatte seine Hand bereits gehoben, es sich dann aber doch anders überlegte und sich lautstark räusperte. Mit einem: „Huh, du meine Güte! Da hab ich mich aber erschrocken!", hielt sich Freddie die Hand an die Brust und drehte sich um. Alex wusste gar nicht wo er hinschauen sollte. „Können sie mir wohl sagen, wo meine Verlobte abgeblieben ist?", fragte er dann und anstatt einer Antwort wies Freddie schlicht und einfach in die Richtung wo ich stand und vor unterdrücktem Lachen beinahe platzte. Alex funkelte mich zunächst wütend an, dann begann er jedoch zu lächeln: „Donnerwetter! Wir sollten überlegen das Model wegzuretuschieren und stattdessen dich für die Werbeanzeige zu nehmen!"

Ich freute mich und küsste ihn auf die Stirn.

Es war bereits früher Abend und da wir uns, anstatt zu Mittag zu essen, einer exzessiven Shoppingtour hingegeben hatten, knurrte uns beiden der Magen.

Alex befand, dass es, wo ich doch so hübsch zurechtgemacht war, viel zu Schade war, mit mir zu Hause zu essen. Somit rief er Dotty an um uns abzumelden und führte mich aus. Wir verbrachten einen netten Abend im Steakhouse und ließen uns mit gutem Wein und einem wunderbaren Stück Fleisch verwöhnen.

Es hatte sich scheinbar in der Gegend herumgesprochen, dass sich der Master of Beauly Firth verlobt hatte und so kam gelegentlich der ein oder andere Bekannte, Pächter oder Freund an unseren Tisch, um sich vorzustellen und Alex „zu seiner reizenden Verlobten" zu gratulieren.

Zu Hause setzten wir uns dann noch ein wenig mit Iain und Donald zusammen, um Details bezüglich unserer Präsentation zu klären.

Da mein Weinkonsum den von Alex, der ja zurückfahren musste, deutlich übertraf, war ich zu einem konstruktiven Gespräch nicht mehr in der Lage und brabbelte nur dummes Zeug. Irgendwann gaben sie endlich auf, mich zum Reden zu bewegen und genehmigten sich selber noch einen ordentlichen Schluck Whisky.

Am nächsten Morgen hatte ich keine Ahnung wie ich in Alex Wohnung, aus meinen Kleidern raus und ins Bett gekommen war. Dem sauberen Kissen nach zu urteilen, musste mir ebenfalls jemand das Make-up entfernt haben. Shit happens!

Der Tag X rückte immer näher und neben der normalen Arbeit probte ich täglich meine Rede, ließ mich von Iain „abfragen" und wir bereiteten alles für die Markteinführung von Stallion-Craft vor. Die Website war fertig, wir würden sie Dienstagabend bereits online setzen, damit alle, die an der Versammlung teilgenommen hatten und neugierig geworden waren, ihren Wissensdurst stillen konnten. Der Erscheinungstag für die drei Pferdefachzeitschriften war Donnerstag, was wunderbar passte.

Wir hatten in einem der Räume im Haupthaus ein Stallion-Craft-Büro eingerichtet, wo neben einem PC-Arbeitsplatz und einem randvoll mit leeren Seiten gefüllten Fax ebenfalls ein Telefonanschluss mit mobilem Handgerät vorhanden war

Leider hatten wir Dorothy nicht überreden können, uns ihre Mädchen für vier Stunden am Tag zu Verfügung zu stellen. „Wisst ihr eigentlich wie viel Wäsche ich jeden Tag zu waschen habe und wie viele Zimmer dieses Haus hat? Meine Güte, unsere Arbeit besteht doch nicht nur aus Essen kochen!", hatte sie gewettert.

Schlussendlich wurde vereinbart, dass die Hotline von Montags bis Freitags in der Zeit von fünfzehn Uhr bis siebzehn Uhr besetzt sein sollte und von den Mädchen im wöchentlichen Wechsel bedient würde. Diejenige, die Telefondienst hatte, wurde von der Bereitung des Frühstücks freigestellt und hatte so die Möglichkeit eine wenig länger zu schlafen.

In den Zeiten, wo die Hotline nicht besetzt war, lief ein Band, was unsere Kunden auf die Möglichkeit der Bestellung per Internet, Fax und Post aufmerksam machte und auf die Gesprächszeiten hinwies. Keine Frage, wessen Aufgabe es gewesen war, das Band zu besprechen, aber ich tat's ja gern!

Während der gesamten Woche instruierten wir die Mädchen bezüglich des Verhaltens am Telefon und Iain überreichte jeder eine zusammengestellte Mappe mit den wichtigsten Informationen zum Produkt. Wenn dann doch einmal zu spezifische Fragen gestellt würden, konnten sie immer noch mit Iain, Alex und zur Not auch mir, auf dem Handy verbinden.

Am Dienstagabend warf ich mich nach meiner Maniküre in Schale um, quasi als Generalprobe, meine Rede vor der versammelten Fraser-Garde zu halten. Wir hatten im Salon den Laptop sowie Beamer, einen provisorischen Rednerpult und für den Fall, dass aus irgendwelchen Gründen die Elektronik versagen sollte, ein Flipchart mit den Folien der Präsentation aufgebaut. Iain mimte den Laudator, trat hinters Pult und kündigte mich an. „Meine sehr geehrten Damen und Herren, wie sie dem Programmheft entnehmen können, werden wir heute Zeuge der Markteinführung eines neuen Produktes. Emma Becker wird Ihnen die nächsten Minuten etwas zum Produkt „Stallion-Craft" aus dem Hause Fraser erläutern, wir dürfen gespannt sein! Begrüßen sie jetzt bitte Emma Becker!" Meine Zuhörerschaft applaudierte, während ich nach vorne trat und mich brav verbeugte.

„Guten Tag meine sehr verehrten Pferdefreunde! Ich spreche heute zu Ihnen als Vertreterin des Hauses Fraser und möchte Ihnen einige Erläuterungen zu unserem „Stallion-Craft" geben. Wie es der Name schon sagt, ist es ein Produkt für Hengste, doch was verbirgt sich dahinter? Ist Ihnen das Wort Viagra ein Begriff? Gut, denn einfach gesagt könnte man Stallion-Craft als Viagra für Hengste bezeichnen! (ein Schmunzeln ging durch meine Zuhörer) Allerdings nur ganz einfach gesagt. Es bewirkt sicherlich zum einen auch ein besseres „Stehvermögen" (wieder schmunzeln), zum anderen lässt sich mit Stallion-Craft sowohl die Qualität als auch die Quantität des Spermas nachhaltig verbessern ..."

Ich kam richtig in Fahrt und referierte über die Wirkungsweisen, belegte diese mit unseren offiziellen Testergebnissen und erläuterte später noch die Entwicklung des Produktes. Als ich nach knapp zehn Minuten mit meinem Vortrag am Ende war, klatschten meine Zuhörer Beifall und ich war zufrieden und durstig. Die Generalprobe war gut verlaufen und ich hoffte, dass es am nächsten Tag ähnlich gut laufen würde.

Die Vorstellung verlief sogar noch besser als die Generalprobe. Zum einen sah ich, wenn ich das mal so sagen durfte, perfekt aus. Mein Haar saß (zur allgemeinen Verwunderung) perfekt, mit dem Make-up hatte ich ebenfalls keine Probleme gehabt und sogar meine Nägel waren über Nacht heil geblieben.

Als ich meine Rede beendet hatte, erwartete mich zunächst tosender Applaus und dann einige Wortmeldungen, wovon eine: „Kann man Sie ebenfalls online bestellen?", gelautet hatte und Alex beinahe zum Mörder gemacht hätte.

Dennoch waren wir zufrieden und gingen mit einer Tasche voller Bestellungen und ich mit beinahe abgefrorenen Füßen heim. Der Onlineshop war bereits freigeschaltet und auf den Flyern, welche wir auf der Veranstaltung verteilt hatten, war ebenfalls ein Bestellformular abgedruckt, somit hätten prinzipiell schon heute weitere Bestellungen eingehen können. Die Hotline würde morgen das erste Mal in Betrieb genommen und Iain wollte es sich nicht nehmen lassen, die erste Schicht zu übernehmen.

Schlussendlich hatten wir am nächsten Tag alle am Telefon Wache gehalten und waren wie wild aufgesprungen und durcheinander gelaufen, als es endlich das erste Mal klingelte. Zu unserer aller Bestürzung leider falsch verbunden, doch Minuten später ging dann endlich unsere erste telefonische Bestellung ein und wir freuten uns wie verrückt!

Alex und ich waren danach wieder in den Stall zurückgekehrt, um uns der täglichen Arbeit zu widmen. Da Iain augenblicklich die meiste Zeit mit Stallion-Craft verbrachte, mussten uns die MacKenzies wohl oder übel beim Bewegen der Pferde helfen, sei es nun reitenderweise, oder an einem trockenen Tag wie heute, mit der Kutsche. Sie hatten die beiden trächtigen Stuten Belladonna und Mary Lou angespannt und begaben sich auf eine Tour quer durch die Fraser-Ländereien - gut für Alex und mich, so waren zwei Pferde weniger zu bewegen.

- S c h w i e g e r e l t e r n g e s p r ä c h e -

Als es gegen frühen Abend immer noch trocken war, schnappte ich mir Ruadh und Alex Hannibal und wir begaben uns ebenfalls in die freie Natur. Nachdem wir unseren Pferden die Zügel hingegeben und sie einige Zeit hatten querfeldein preschen lassen, ritten wir jetzt im gemütlichen Tempo an dem kleinen Mischwald vorbei und Alex begann erneut mit dem Thema Eltern. „Wir haben jetzt Anfang Dezember Ginger und ich finde wir sollten wirklich mal mit deinen Eltern sprechen."

Ich zuckte unverbindlich mit den Schultern, am allerliebsten hätte ich dieses Problem einfach begraben, was allerdings nicht so einfach war, der Geburtstag meiner Mutter und das Weihnachtsfest standen unmittelbar bevor und ich hatte keine Ahnung, wo und mit wem ich es dieses Jahr verbringen sollte. Blieb ich in Schottland, würde meine Mutter mir dieses niemals verzeihen, andersherum würde ich Alex verletzen. Ich stand also zwischen zwei Stühlen.

„Alex, ich befürchte, wir werden getrennt Weihnachten feiern müssen!", sagte ich dennoch. Anstatt auszurasten lächelte er jedoch milde und sagte: „Ich hatte befürchtet, dass du so etwas sagen wirst. Leider wird dieses nicht möglich sein, weil ich dich nicht gehen lassen werde!"

Statt zu antworten sah ich ihn mit hochgezogener Augenbraue an und er sprach weiter: „Weil ich mir ja, wie gesagt, schon gedacht habe, dass du so etwas sagen wirst, war ich nicht ganz untätig. Ich habe gestern mit deinem Bruder telefoniert, er wird uns morgen in dieser Stadt, wo Dad und Iain dich damals abgeholt haben, mit dem Auto erwarten und zu deinen Eltern bringen." Ich blickte mich um, ob irgendwo das Team von der versteckten Kamera stand, konnte jedoch keinen erblicken und fragte nur: „Wieso Emden, wir sind doch hier!"

Alex seufzte: „Ja, jetzt sind wir in der Tat noch hier. Morgen früh setzen wir uns aber ins Flugzeug und ich fliege uns dorthin."

„Ach so, na dann! Bitte was?", brach es aus mir heraus und dann erklärte Alex mir was er vorhatte: Er hatte mit meinem Bruder, mit dem er sich ja von Anfang an gut verstanden hatte, und mit dem er seither regelmäßigen Emailkontakt pflegte (hört, hört!) vereinbart, dass dieser sich mitsamt Freundin bei meinen Eltern zum Kaffee einladen würde. Nur dass er und Tabee nicht alleine kommen würden, sondern mit Alex und mir im Schlepptau. Mich würde dann die ehrenvolle Aufgabe erwarten, meinen neuen Freund vorzustellen, wobei mich hier seine Wortwahl verwunderte, normalerweise benutze er grundsätzlich und mit stolz geschwellter Brust das Wort Verlobter, und meine Eltern über Weihnachten nach Schottland einzuladen.

Ich legte meinen Kopf schief. „Und du meinst das funktioniert?"

Er nickte. „Klar, wieso nicht, ich hol sie einfach aus diesem Emden ab und fliege sie zurück wann immer sie wollen!"

Ich glaubte zwar weder daran, dass meine Eltern Weihnachten in Schottland verbringen wollten, noch dass meine Mutter, die unter panischer Flugangst litt, auch nur einen Schritt in die kleine Maschine der Frasers setzen würde, doch schwieg ich diesbezüglich. Einen Versuch war es immerhin wert!

Bevor ich mich abends daran machte, ein paar Sachen zusammenzupacken, fragte ich Alex, ob es nicht eventuell möglich sei, über Nacht bei meinen Eltern zu bleiben. „Ich weiß ja, dass wir im Moment viel zu tun haben, aber das Telefon ist versorgt, Iain kommt mit dem Versand ganz gut alleine klar und wenn es am Wochenende so schön bleibt, könnte man ja die Stuten gemeinsam ein paar Stunden auf dem Sandplatz laufen lassen und ...“

Alex legte seine Hände auf meine Schultern und schüttelte mich leicht. „Keine Sorge Cherie, ich hab für alles gesorgt, wir können so lange bleiben, wie du möchtest!“

Ich wusste zwar, dass wir händeringend hier gebraucht wurden, doch freute ich mich über seine Worte und packte zufrieden Wäsche und Kleidung für einige Tage ein. Donald spendierte noch eine Flasche von dem guten Whisky und Dotty einen Schinken aus der Speisekammer. Zusammen mit den Kleinigkeiten, die ich während des letzten halben Jahres gesammelt hatte, hatte ich ein nettes Geschenkpaket für meine Eltern zusammengestellt, vielleicht ließen sie sich ja bestechen!

Bis dato hatte ich gar nicht gewusst, dass Alex einen Flugschein besaß, doch vertraute ich ihm mehr als mir selbst und so setzte ich mich gerne zu ihm ins Flugzeug. Aufgeregt war ich aus ganz anderen Gründen. Im Augenblick trug Alex eine lässige Jeans und ein Poloshirt mit Strickjacke drüber, ich hatte jedoch gesehen, wie er seine traditionelle Kluft lose im Flieger verstaut hatte, er würde sich zweifelsohne noch umziehen. Nicht dass es mir anders gegangen wäre, mein schicker Business-Anzug hing direkt daneben.

Der normalerweise so verhasste Start funktionierte ganz gut und nachdem wir unsere Reisehöhe erreicht hatten, lehnte ich mich zurück und sah entspannt aus der Scheibe des Cockpits. Ich hatte vorher noch nie den Co-Piloten gespielt und fragte Alex nach den ganzen Knöpfen und Hebeln und er gab mir bereitwillig und geduldig Auskunft. Auf meine Frage hin, ob es denn auch einen Autopiloten gäbe, zog er eine Augenbraue hoch und sah mich durchdringend an. „Warum interessiert dich das?“

Ich spielte das Spiel mit und gab mich ahnungslos. „Nur neugierig!“, antwortete ich und sah auch ihn mit hochgezogener Braue an.

„Soso, und was wäre, wenn ich dir sagen würde, dass wir zwar einen Autopiloten haben, dieser Modus zurzeit jedoch leider nicht verfügbar ist?“

Ich grinste. „Dann würde ich antworten, dass ich es sehr Schade finden würde!“ Alex drückte einen Knopf und zog mich auf seinen Schoß, wo mittlerweile bereits eine beachtliche Schwellung zu sehen war.

Ich hatte mich, wenn ich mit Alex schlief, schon oft wie „im siebten Himmel“ gefühlt, aber tatsächlich von ihm im Himmel geliebt zu werden übertraf alles bisher da gewesene und als wir keuchend unsere Plätze im Cockpit wieder einnahmen sagte Alex nur: „Gott, irgendwann wird es uns noch mal umbringen!“ - Ich konnte mir eine Millionen schlimmere Todesarten vorstellen!

Wir landeten wie geplant und so blieb uns noch genügend Zeit, uns frisch zu machen und umzuziehen. Aufgestylt traten wir dann aus dem Flughafengebäude, wo uns mein Bruder und seine Freundin bereits erwarteten. Stürmisch fiel ich ihm in die Arme und begrüßte anschließend meine Schwägerin. Alex und mein Bruder, beide die Coolness in Person klatschten sich ab und anschließend gegenseitig auf den

Rücken, Männer! Schließlich stiegen wir ein und ich rief zu Hause an.

„Becker!", meldete sich meine Mum.

„Hallo Mama, ich bin's Emma!"

„Kind!"

„Ich wollt nur kurz sagen, dass ich in zehn Minuten bei euch bin und noch jemanden mitbringe, gibts 'nen Kaffee?"

„Aber natürlich! ... Moment mal, wie?"

„Bis gleich Mama, Kuss!"

Schnell legte ich auf, mein Bruder kringelte sich bereits vor Lachen. Wir würden sehen, ob es gleich immer noch so lustig zuging im Hause Becker!

Meine Mutter hatte den Wagen meines Bruders bereits um die Ecke fahren sehen und öffnete die Tür, noch ehe wir ausgestiegen waren. Als sie sah, dass neben meinem Bruder und Tabee ebenfalls ein aufgetakelter Hochlandschotte und meine Wenigkeit ausstiegen, begann sie hektisch mit den Armen zu rudern, rief zunächst nach meinem Vater und dann nach mir. „Emma! Wo kommst du denn her?"

Anstatt zu antworten fiel ich ihr in die Arme und sah über ihre Schulter hinweg meinen Vater mit einem verdutzten Gesicht in der Haustür stehen.

Ich drückte meiner Ma noch einen Kuss auf die Wange, befreite mich und stürmte auf meinen Vater zu.

„Hallo Papa!"

„Meine Güte Kind! Was für eine Überraschung!"

Alex hielt sich während der gesamten Begrüßungsprozedur im Hintergrund, doch nun winkte ich ihn heran und er baute sich neben mir auf.

Ein Schotte in kompletter Hochlandtracht war an sich schon imposant, ein Schotte in Hochlandtracht mit Alex' Ausmaßen und Größe sowie frisch polierter Glatze jedoch atemberaubend.

Meine Mutter war seiner Zeit von Iain und Donald in ihren Kilts bereits begeistert gewesen, Alex' Anblick schien sie jedoch in eine Art Starre verfallen lassen zu haben, es fehlte eigentlich nur, dass ihr der Sabber aus den Mundwinkeln lief!

Ich holte tief Luft, zeigte mit beiden Armen auf Alex und begann zu sprechen. „Darf ich vorstellen: Alexander William Donald Fraser, Master of Beauly Firth, mein Juniorchef und der Mann mit dem ich den Rest meines Lebens verbringen werde!"

Ich hörte, wie mein Bruder hinter mir laut ausatmete, mein Vater sich räusperte, dann jedoch vortrat, Alex die Hand reichte und sagte: „Georg Becker, sagen Sie doch Schorsch! Und das ist meine Frau Traute!"

Er schob meine Mutter, die mittlerweile den Gesichtsausdruck eines Autos angenommen hatte, ein Stück vor, damit auch Sie Alex die Hand reichen konnte.

Dieser holte zu einer Verbeugung aus und sagte dann in perfektem Deutsch: „Freut mich, Sie kennen zu lernen!"

Um die etwas merkwürdige Situation zu überspielen fragte meine Mutter etwas kleinlaut: „Kaffee?" Wir nickten und als ich neben ihr her in Richtung Küche lief, zischte sie mir zu: „Hättest du nicht was sagen können?"

Ich zischte zurück: „Ich wusste auch erst seit gestern, dass wir kommen! Alex und Stephan haben mich überrascht und gezwungen Stillschweigen zu bewahren!"

Wir traten ein und da hörte ich auch schon das mir wohlbekannte: „Mau?"

„Mimi!", rief ich aus und wollte mich soeben auf die Suche nach ihr machen, da strich sie mir auch schon um die Beine.

„Hallo meine kleine süße Mieze-Maus!", quietschte ich, schmiss mich auf den Boden um meiner Katze die ihr gebührende Begrüßung zu zollen. Mit halbem Ohr hörte ich, wie Alex meinen Bruder fragte, ob die Einfuhr südamerikanischer Tiere in Deutschland nicht verboten sei. Ich setzte mich auf und starrte Alex an: „Bitte was?"

Er schüttelte etwas pikiert den Kopf und sagte nur: „Emma, findest du es nicht etwas ekelhaft mit einem Gürteltier herumzuschmusen?"

„Das ist kein Gürteltier, das ist eine Katze!"

Gut, zwar eine Katze mit einem etwas kurz geratenen Körper und noch kürzer geratenen Beinen, aber dennoch eine Katze und kein Gürteltier! Da meine Mutter bereits um Alex Leben bangte, im Bezug auf meine Katze verstand ich nämlich keinerlei Spaß, stellte sie sich zwischen uns, forderte uns auf, an der Kaffeetafel Platz zu nehmen und begann sogleich loszuplappern: „Mensch Emma, wir freuen uns so, dass du da bist! Damit haben wir ja gar nicht gerechnet! Und mit deinem Begleiter ebenfalls nicht! Warum hast denn nichts erzählt, wie lange seid ihr denn schon ein Paar?"

„Na ja, kennen tun wir uns ja schon seit ungefähr einem halben Jahr und irgendwann im Herbst hat es wahrscheinlich gefunkt.", in Erinnerung an unser Techtelmechtel im Boxclub warf ich Alex einen für ihn alles sagenden Blick zu, den er mit einem Augenzwinkern beantwortete. „Aber offiziell zusammen sind wir seit dem siebzehnten November!" Alex grinste schief. „Naja, Emma, eigentlich ja erst seit dem achtzehnten!"

Meine Mutter sah ihn verständnislos an und ich führte die Erzählung weiter. „Also um ehrlich zu sein, sind Alex und ich sogar verlobt. Er hatte mich auf seiner Geburtstagsparty am siebzehnten aus heiterem Himmel gefragt, ob ich seine Frau werden will. Da wir vorher keinerlei", - wieder ein Seitenblick zu Alex - „Beziehung miteinander gehabt haben, hatte mich diese Frage jedoch so aus der Bahn geworfen, dass ich ohnmächtig umgefallen und erst am nächsten Morgen wieder erwacht bin!"

Mein Bruder prustete los: „Das kann ich mir bildlich vorstellen!"

„Tja und seit dem Tag sind wir eben ein Paar!"

Meine Mutter strahlte bis über beide Ohren und sogar mein Vater, der ansonsten ein „Mimik-Legastheniker" war, lächelte leicht in sich hinein.

Die Unterhaltung kam in Gang und wir erzählten hier und da Anekdoten aus unserem Leben in Schottland. Im Gegenzug berichteten meine Eltern, was in der Familie so alles passiert war, wie es allen ging und von den neuesten Skandalen aus dem Dorf, gerade aktuell war die Geschichte vom Feuerwehrhauptmann der angeblich ein uneheliches Kind mit der Kindergärtnerin haben sollte.

Drei Tassen Kaffee später entschuldigte ich mich, ich musste dringend zu Toilette und während ich so auf dem Thron saß, sah ich das Badezimmer, in welchem ich Zeit meiner Jugend zur Toilette gegangen war, mit zärtlichen Augen an. Es tat gut, mal wieder hier zu sein, dachte ich bei mir und strich über die kühlen Fliesen.

Als ich wieder zu den anderen stieß, erzählte Alex gerade von meiner Rede vor der versammelten Scottish Equestrian Association und ich hörte meine Mutter fragen, über was ich denn referiert hätte. Alex, cool wie immer, antwortete: „Über Viagra!"

Vor Schreck fiel meiner Mutter der Löffel aus der Hand und während Sie sich bückte um ihn wieder aufzuheben fragte sie: „Meine Tochter referiert vor schottischen Pferdezüchtern über Potenzmittel?"

Alex und mein Bruder kringelten sich beinahe vor Lachen, während ich mit knallrotem Kopf versuchte, meiner Mutter zu erklären, dass es sich zwar in gewisser Weise um Potenzmittel handelte, jedoch für Pferde und überhaupt, es wäre ganz anders als sie meinte. Mit vereinten Kräften und mit Hilfe des Flyers, den Alex aus seinem Sporran hervorzauberte, konnten wir sie schlussendlich doch von der Vision, dass ihre Tochter in Schottland als Vertreterin für Potenzmittel oder „anderen Schweinkram" fungierte, abbringen.

Es war schon beinahe fünf Uhr nachmittags, als mein Bruder und seine Freundin sich fürs erste verabschiedeten und Mama fragte, ob wir heute noch hier bleiben oder direkt zurückfliegen würden.

Ich holte mir per Blickkontakt nochmals das ok von Alex und antwortete dann: „Wir würden gern über Nacht bleiben, wenn es euch recht ist!"

Natürlich war es das und so machte sie den Vorschlag, dass Alex und ich meiner Oma noch schnell einen Besuch abstatten sollten, während sie mein altes Zimmer für uns herrichtete und versuchte, etwas zum Abendessen zu zaubern. Ich fand die Idee prima, packte Alex am Kilt und lief mit ihm den knappen Kilometer zum Haus meiner Oma.

Natürlich fielen wir auf. Männer im Rock generell, Männer im karierten Rock mit Kniestrümpfen und einer Felltasche am Gürtel noch mehr, vor allem in so einem kleinen Kuhdorf. Es hätte mich nicht gewundert, wenn darüber die nächsten Tage in der Zeitung berichtet werden würde: „Highlander zu Besuch in Ostfriesland" oder ähnlich.

Halb erfroren und mit, wie Alex mir sagte, „blauen Eiern" erreichten wir unser Ziel und klingelten.

„Well is' door?", kam es durch den Türspalt.

„Ich bin's, Emma!"

Wir hörten, wie die Kette zur Seite geschoben wurde und dann erschien auch schon der gigantisch große, gelockte Kopf meiner Oma in der Tür.

„Kind! Du bist es ja wirklich!"

„Moin Oma!", ich ließ mich an ihren großen Busen drücken und gab ihr einen dicken Kuss auf die Wange. Über meine Schulter hinweg hatte sie Alex entdeckt und flüsterte in mein Ohr: „Du, achter di steit'n heel groote Mann mit'n Rock an!"

Zwar versuchte meine Oma mit uns Kindern hochdeutsch zu sprechen, doch gelang es ihr nie so ganz und zur Belustigung aller kam in den meisten Fällen ein halb plattdeutscher und grammatikalisch absolut unkorrekter Brüller heraus. Oma Alma stand mit ihren fünfundachtzig Jahren absolut über diesen Dingen.

Ich befreite mich aus ihrer Umarmung und machte mich daran, Alex vorzustellen: „Das ist kein Rock, liebe Oma, sondern ein Kilt, schottische Nationaltracht sozusagen. Und der Träger dieses Kilts ist mein Verlobter Alex!"

Es gibt schottische Geräusche und es gibt ostfriesische Geräusche, letzteres entfleuchte soeben meiner Oma: „Oow!" Na dann man toe! Kommt man rein! Ich hab grad' Tee gemacht, Marina, Andrea und Tanja sünd ook door!"

Na toll, dachte ich. Meine drei Cousinen, von mir in Gedanken auch als „die Sirenen" bezeichnet, hatten sie doch die überaus lästige Angewohnheit sich um Männer im Allgemeinen und meine Männer im Besonderen, zu scharen und „mit ihrem Gesang zu betören". Dieses hatte bei einer Familienfeier schon einmal beinahe zum Eklat geführt, weil ich der Meinung war gesehen zu haben, dass die jüngste der drei Sirenen, ausgestattet mir einem ziemlich großen Ego und noch größeren Brüsten, letztere meinem damaligen Ehegatten ins Gesicht gehalten hatte und ich dieses als ziemliche Frechheit empfunden hatte. Gelinde gesagt war ich zum Tier geworden und wäre mein Ex nicht größer und stärker als ich gewesen, wäre ich sicherlich Gefahr gelaufen, ihn ernsthaft zu verletzen.

Zum abhauen war es jedoch zu spät und so zischte ich Alex noch zu: „Lass dich nicht von ihrem Gesang betören!" und wir folgten meiner Oma in die Küche.

Bei Alex' Anblick waren die Sirenen wie vom Donner gerührt und schwiegen tatsächlich für einige Sekunden. Ich begrüßte sie in meiner bekannt freundlichen Art, stellte ihnen Alex vor, der brav ihre Hände schüttelte und dann ließen wir uns auf der kleinen Eckbank nieder.

Andrea war vor einigen Jahren mit ihrem Mann nach Afrika ausgewandert und ebenfalls zufällig auf Heimaturlaub. Da in Kapstadt hauptsächlich Englisch gesprochen wurde, gab sie sich weltgewandt und versuchte sogleich mit Alex eine Unterhaltung zu beginnen. Alex -Gott, wie liebte ich diesen Mann - blickte sie verdutzt an und sagte dann auf deutsch zu mir: „Könntest du sie nicht bitten deutsch zu sprechen, ich verstehe ihren Akzent nicht!" Ha! Eins zu null für mich!

Die weitere Unterhaltung verlief jedoch ganz angenehm und als Alex sich entschuldigte, um die Toilette aufzusuchen, bombardierten sie mich mit Fragen, wo ich ihn den kennen gelernt hätte, was sein Titel bedeuten würde und überhaupt, warum ich immer so „tolle Männer anschleppen würde".

Ich beantwortete letztere Frage mit einem süffisanten Grinsen und den Worten: „Ehre, wem Ehre gebührt, jeder kriegt halt das, was er verdient!"

Wir gingen nicht direkt nach Hause, trotz meiner abgefrorenen Zehen und Alex etwas höher liegenden, erfrorenen Körperteilen, zwang ich ihn noch zu einem kleinen Spaziergang durch den Ort, wo wir ein paar Minuten für uns hatten.

„Und?", fragte Alex mich: „Hast du dir schon überlegt, was du zu deinen Eltern sagen willst?" Ich nickte: „Ja, habe ich! Ich hatte zwar zuerst gedacht, ich würde es auf die „Mitleid-Tour" versuchen, aber das ist eher Mamas Ding, daher werde ich es „auf die harte Tour" machen und einfach sagen, dass ich Weihnachten in Schottland verbringen werde und sie gerne dabei hätte!"

Alex zog mich an sich und sagte: „Du wirst schon das Richtige sagen! Können wir nicht nach Hause gehen?" Er deutete auf seinen Schritt und fügte augenzwinkernd hinzu: „Ich habe die Befürchtung, dass sie abfallen könnten, wenn sie noch länger diesen frostigen Temperaturen ausgesetzt sind!"

Da dieses definitiv nicht in meinem Sinne war, sahen wir zu, dass wir schnellstmöglich wieder zu meinen Eltern kamen, wo wir schon sehnsüchtig erwartet wurden, allerdings stand nicht, wie ich es mir eigentlich erhofft hatte, das Abendessen auf dem Tisch sondern meine Mutter im feinsten Zwirn in der Tür und sagte: „Papa und ich haben uns überlegt, dass wir heute zur Feier des Tages mit euch Essen gehen wollen!".

Das war ein Wort und so stiegen wir ins Auto und fuhren nach Leer, wo uns Stephan und Tabee bereits im Restaurant erwarteten. Zufälligerweise hatten sie genau das Restaurant ausgewählt, in welchen ich nach meinem Schottlandurlaub mit ihnen gegessen und von meinen Plänen erzählt hatte.

Ich hielt dies für ein gutes Zeichen und beschloss, das Thema Weihnachten nicht zu Hause, sondern hier und wie damals auch, nach dem Essen, anzuschneiden. Selbiges war gut und reichhaltig, doch ließ Alex es sich nicht nehmen, von meinem griechischen Abend in Schottland zu erzählen und wie ich die komplette Familie Fraser, inklusive Gäste, mit Ouzo abgefüllt und beinahe vergiftet hatte.

Während wir nun unseren Ouzo tranken, ließ ich die Bombe platzen.

„Ich muss euch etwas sagen.", warf ich zunächst in den Raum.

Stille und dann meine Mutter: „Gott, du bist schwanger!"

Alex sah mich verwirrt an, ich wiederum sie. „Äh, also nein, wohl kaum. Es geht um Weihnachten. Ich werde nämlich über Weihnachten in Schottland bleiben und würde mir wünschen, dass ihr über die Feiertage zu uns kommt."

Wieder Stille.

Dann sprang mein Bruder auf. „Coole Idee! Ich bin dabei!"

Ich freute mich. „Prima! Dann sind wir ja schon zu zweit!"

Mama schürzte jedoch die Lippen und sah aus, als hätte sie in eine Zitrone gebissen. „Ich weiß nicht. Wie sollen wir da überhaupt hinkommen?"

Nun war es an Alex das Wort zu übernehmen: „Ich hole euch wann immer ihr es wollt ab und fliege euch auch wieder zurück! Überhaupt kein Problem. Unser Haus ist groß genug und wir würden uns freuen, wenn ihr über Weihnachten unsere Gäste wärt! " Dann brache es aus meiner Mutter heraus: „Aber wir haben Heiligabend Oma bei uns!"

Oma verbrachte seit jeher den Heiligen Abend im jährlichen Wechsel bei der Familie eines ihrer vier Kinder. Ich konnte mich noch daran erinnern, dass früher die ganze Familie nach ihren jeweiligen Bescherungen bei meiner Oma zusammengekommen war, um gemeinsam zu feiern. Es war ziemlich hoch hergegangen, als Kind hatte ich es jedoch immer als furchtbar empfunden, warteten doch zu Hause all die schönen neuen Spielsachen!

Da ich damit gerechnet hatte und in Schottland traditionell das Weihnachtsfest nicht am vierundzwanzigsten sondern am fünfundzwanzigsten gefeiert wird, hatten wir uns für diesen Fall bereits einen Plan zurechtgelegt und legten ihn meiner Familie dar. Nach langem hin und her - es hatte, wie ich bereits vermutete hatte, Engelszungen bedurft, meine Mutter und meinen Bruder, der noch nie geflogen war, zu überreden mit dem kleinen Flugzeug der Frasers „über den Kanal" zu fliegen - hatten wir uns schlussendlich doch noch geeinigt: Alex und ich würden den Heiligen Abend mit ihnen und meiner Oma in Deutschland verbringen und sie dann am nächsten Tag mit nach Schottland nehmen.

Mehr oder weniger zufrieden verbrachten wir noch einen netten Abend und fielen irgendwann spätnachts ziemlich bezecht und todmüde in mein altes Bett. Alex lag neben mir und grinste in sich hinein.

„Warum lachst du?", fragte ich ihn.

Er drehte sich zu mir. „Ich finde es so interessant das alles hier kennen zu lernen! Deine Eltern, deine Oma und das Haus, in welchem du aufgewachsen bist und..."

Er grinste noch breiter und piekste mich in die Seite. „... in dem Bett zu liegen, in dem du vermutlich deinen ersten Sex hattest?!"

Ich kniff ihn in die Nase und sagte ganz beiläufig: „So alt ist das Bett noch gar nicht!"

Wir balgten uns ein wenig, doch dann wurde ich wieder ernst. „Alex, ich weiß, wie viel wir zu tun haben, aber meinst du, dass wir bis morgen Nachmittag noch hier bleiben können? Ich würde so gern noch Julietta besuchen!"

Alex erklärte, dass wir auch bis Sonntag hier bleiben können, ich wusste jedoch, dass es mir zu liebe schlicht und einfach gelogen war und beharrte darauf, bereits Samstag wieder zu fliegen.

Alex Hoden hatten sich am nächsten Tag von der Kälte wieder erholt und so nötigte ich ihn, zum Treffen mit Julietta abermals seinen Kilt anzuziehen. Wie selbstverständlich wollte sich Alex dann hinters Steuer meines Vaters Wagen setzen, ich drängte ihn jedoch ab. "Ich denke, es ist besser wenn ich das übernehme!", sagte ich bestimmend und nahm selbst auf dem Fahrersitz Platz. Zwar erntete ich hierfür ein schottisches Geräusch und einen bösen Blick, doch Alex tat, wie ihm geheißen.

Im Café in Leer waren wir mal wieder der Blickfang und wir verlebten zwei schöne Stunden netten Geplänkels mit meiner Freundin Julietta und ihrem Freund Dennis.

Beim Rausgehen flüstere Julietta mir ins Ohr: „Trägt er wirklich keine Unterwäsche?" Ich blickte ihr fest in die Augen. „Ich bitte dich! Wie würde es denn aussehen, wenn sich die Form eines Schlüpfers unter seinem Rock abzeichnen würde?"

Sie schluckte ihr Lachen mühselig herunter und wir verabschiedeten uns.

Anschließend tranken wir noch eine Tasse Tee mit meinen Eltern und ließen uns dann von meinem Vater zum Flughafen kutschieren - Punkt fünfzehn Uhr wurde uns die Starterlaubnis erteilt und es ging heimwärts.

Den Flughafen von Inverness erreichten wir ohne Turbulenzen oder Zwischenfälle und kamen pünktlich zum Abendessen in Beauly an.

„Gott, euch schickt der Himmel!", rief Iain aus, als er das Esszimmer betrat und unsere Anwesenheit bemerkte. „Was gibt's Vetter?", fragte Alex.

Iain, der befürchtet hatte, dass wir irgendwann im Laufe der nächsten Woche wiederkommen würden, erklärte, dass die Clydesdale Züchtergemeinschaft am Dienstag ihre Weihnachtsfeier beziehungsweise Jahresabschlusssitzung in Stirling abhalten würde und wir eingeladen wären, unser Stallion-Craft dort vorzustellen.

„Emma, würdest du wohl noch mal deine Show abziehen?", fragte er an mich gewandt. Ich grinste, so langsam entwickelte ich mich zum Star. „Klar, kein Problem!", antwortete ich und fügte an: „Meint ihr, ich kann das Kostüm noch mal anziehen, oder muss ich Donald wieder um seine Kreditkarte bitten?"

„Nun werd' mal nicht frech!", kam es sogleich von diesem zurück, doch er lächelte und bemerkte, dass es für das Kostüm mittlerweile doch etwas zu kalt geworden sei, sich in Annes Kleiderschrank aber sicherlich noch etwas Passendes finden würde.

Zwar war es in den schottischen Highlands mit knapp vier Grad nicht so kalt wie in Deutschland, wo es bereits fror, dennoch freute ich mich darauf, in Annes Schrank herumzuwühlen zu dürfen, vielleicht würde ich ihr, oder besser: ihrem Geist, ja auch wieder begegnen!

Wir unterhielten uns noch ein wenig mit Donald, Iain und dessen Eltern bezüglich des bevorstehenden Weihnachtsfestes und erklärten ihnen unser Vorgehen. Da Alex die ganze Sache bereits im Vorfeld mit ihnen besprochen hatte, waren keine Probleme zu erwarten und Donald freute sich schon. Er liebte es nämlich in großer Gesellschaft zu speisen und war Feierlichkeiten sowie einem guten Tropfen gegenüber niemals abgeneigt.

Meine Eltern sowie Stephan und Tabee würden, sehr zur Freude von Dorothy, im Haupthaus untergebracht werden, so hatten wir sie nahe bei uns und sie mussten nicht immer den ganzen Weg vom Gästehaus herstiefeln, was eben gleichfalls für Dotty galt. Für sie bedeutete das Weihnachtsfest nämlich immer Stress, zum einen, weil sie von der Sauberkeit der Zimmer über die Ordnung in den öffentlichen Räumen, bis hin zum Festessen am ersten Weihnachtsfeiertag, alles perfekt haben wollte, zum anderen aber auch, weil Nancy uns ab nächste Woche verlassen würde, um das Weihnachtsfest mit ihrer eigenen Familie zu verbringen. Blieb ihr also nur noch ihre Tochter Marsali als Hilfe. Um sie wenigstens etwas zu entlasten, hatte ich mich bereits freiwillig für den Stallion-Craft Telefondienst gemeldet. Mussten die Jungs nachmittags eben mal zwei Stunden ohne mich auskommen.

Ich hätte den Sonntag am allerliebsten mit Alex im Bett verbracht, doch es nützte nichts, die Pflicht rief und so begaben wir uns nach dem Frühstück direkt in den Stall, um unserer Arbeit nachzugehen. Es war zurzeit zwar alles zu schaffen, doch wenn wir im Frühjahr den dann dreijährigen Nachwuchs zureiten und vorstellen sollten, würde es mit Sicherheit knapp werden. Ich hoffte, dass sich Iain bis dahin etwas bezüglich der Stallion-Craft-Produktion überlegt hatte und uns wieder unterstützen würde.

Als hätte er meine Gedanken gelesen, kam er gegen späten Vormittag pfeifend in den Stall. „Hey Ian Anderson! Welch Glanz in unserer Hütte! Was verschlägt dich zu uns niederem Volk in den Stall?", fragte ich und begrüßte ihn mit einer tiefen Verbeugung, für welche ich sogleich einen Tritt in den Hintern kassierte.

Ian Anderson nannte ich ihn gelegentlich, weil er die Band Jethro Tull so sehr mochte und dies der Name des Frontmannes, übrigens ebenfalls Schotte, war.

„Ich habe gleich ein Vorstellungsgespräch!", antwortete er.

Ich liebte es, mit Iain meinen Schabernack zu treiben, also bohrte ich weiter: „Wo hast du dich denn beworben und als was? Lass mich raten, als Flötist bei der Band Jethro Tull?"

Er legte seine Hände um meinen Hals und würgte und schüttelte mich leicht. „Du freches Wesen! Ich stell mich nicht vor, sondern jemand stellt sich bei uns vor! Und das dürfte dich sicher auch interessieren, es ist nämlich jemand, der die Produktion sowie die Verpackung und den Versand von Stallion-Craft übernehmen soll!" Das war in der Tat interessant und so gingen Iain und ich gemeinsam zur Reithalle, um Alex von den Neuigkeiten zu berichten. Dieser trainierte soeben mit Ruadh, wollte dem Vorstellungsgespräch jedoch unbedingt beiwohnen. Da mich Pferde ohnehin mehr interessierten als Potenzmittel für selbige, nahm ich ihm den jungen Hengst ab und ließ ihn mit Iain gehen.

Als ich meinen Zögling später in den Stall brachte und absattelte, sah ich die beiden mit ihrem Gast durch den strömenden Regen auf den Stall zustapfen - scheinbar eine Führung übers Betriebsgelände.

Iain lief voraus und trat strahlend vor mich: „Darf ich dir unseren neuen Mitarbeiter vorstellen, Emma? Das ist Hugh Ramsay, er wird künftig für die Stallion-Craft-Produktion zuständig sein! Hugh, das ist Emma Becker, unsere Pferdepflegerin und die Verlobte von meinem Vetter Alexander!" Wir gaben einander die Hand und Hugh war mir auf Anhieb sympathisch.

Wie Iain mir später beim Abendessen erklärte, war unser neuer Mitarbeiter sechsundfünfzig Jahre alt und hatte seine Frau, die an einem schweren Krebs gelitten hatte, über zwei Jahre gepflegt, dadurch seinen Job verloren und als seine Frau dann vor einem halben Jahr ihrem Leiden erlegen war, hatte ihn das völlig aus der Bahn geworfen.

Nun hatte er sich jedoch wieder gefangen und wollte so schnell wie möglich aus dem gemeinsamen Haus in der Nähe von Invergarry ausziehen, um nicht noch weiter von den Geistern der Vergangenheit verfolgt zu werden.

Wie es der Zufall gewollt hatte, war der Makler, der das Haus verkaufen sollte, ebenfalls Pferdezüchter und hatte auf der Tagung der Scottish Equestrian Association von unserem Produkt gehört. Er kannte Hugh und seine Geschichte und hatte ihm den Tipp gegeben, dass ein „junges Unternehmen" sicherlich händeringend Mitarbeiter suchen würde und er uns einfach mal anrufen sollte. Und so war der Knochen schließlich zum Hund gekommen.

Sie vereinbarten, dass Hugh seine Dinge in Invergarry regeln sollte um dann schnellstmöglich seinen neuen Posten im Hause Fraser anzutreten. Wohnen würde er im Gesindehaus, schließlich war dort ja erst kürzlich ein Zimmer frei geworden. Da die Ehe der Ramsays kinderlos geblieben war und scheinbar ansonsten auch keine Verwandte da waren, hatte Alex ihn kurzerhand ebenfalls über Weihnachten eingeladen, vielleicht hatte er seine Angelegenheiten bis dahin ja bereits erledigt und konnte anschließend gleich hier bleiben.

Am nächsten Tag begab ich mich dann zum zweiten Mal in meinem Leben mit Dorothy in Annes Zimmer, um nach etwas passendem zum Anziehen zu suchen, doch spürte ich weder die Gegenwart ihres Geistes, noch wurde ich bezüglich eines Outfits fündig. Ich würde also in die Stadt fahren müssen, doch diesmal tat ich es ohne Alex und fand etwas Hübsches und vor allem warmes und günstiges in dem „Schwedenladen".

Abends präsentierte ich mich Alex, und trug ihm noch mal die Rede vor und mein zukünftiger Ehemann war sehr zufrieden mit mir. Er zog mich zu sich aufs Sofa, küsste mich und sagte: „Ich weiß gar nicht, wie ich es morgen Nacht ohne dich aushalten soll, meine Kleine!"

Ich grinste ihn an. „Das wirst du schon schaffen, ich bin in Gedanken doch bei dir!"

„Aye, das will ich auch stark hoffen, sonst setzt es was!"

Statt einer Antwort warf ich mich auf ihn. „Willst du mir etwa drohen, Alexander William Donald Fraser?"

Er packte mich fester. „Oh ja, das will ich!"

Mein Gesicht war genau über seinem. „Und was wäre, wenn mich deine Drohungen absolut kalt lassen würden?"

Er zog eine Augebraue hoch. „Tja, dann würde ich wohl Taten sprechen lassen müssen...." Ich schaffte es noch, meinen neuen Hosenanzug in Sicherheit zu bringen, doch zu mehr als einem schwachen „Oh..." als Antwort war ich nicht mehr im Stande.

Als wir später in Alex Bett lagen, betrachtete er mich lange und schüttelte dann den Kopf. „Was ist?" fragte ich ihn im Halbschlaf. Er ließ seinen Blick abermals über meinen Körper gleiten und antwortete: „Ich kann nicht aufhören damit!"

„Womit?"

„Dich anzugucken und dich zu begehren! Es ist, als würde ich dich jeden Tag aufs Neue kennen lernen, aber auch irgendwie nicht, denn jedes Mal, wenn ich dich gehabt habe, dann will ich immer mehr von dir! Du kannst mir glauben, ich war vor dir nicht gerade ein Waisenknabe, aber so wie es mit dir ist, ich weiß nicht, wie ich es sagen soll aber so etwas habe ich nie vorher erlebt..."

„Alex, ich...", warf ich dazwischen, doch er legte seinen Finger auf meinen Mund und redete weiter. „Psst, lass mich ausreden! Kannst du dich noch an unsere erste Begegnung erinnern? Du hast mich im wahrsten Sinne des Wortes umgehauen! Und dann hüpfst du im Sommer mit deinen blanken Brüsten und deinen Mikro-Höschen jeden Nachmittag am See vor meiner Nase rum und mein Gott, ich wär' fast durchgedreht, als ich dich mit diesen Typen im Pub sah und wie wunderschön du ausgesehen hast, als du wütend warst und mir eine geknallt hast! Und die Nacht, die wir gemeinsam in Glasgow verbracht haben - Jesus, ich bin dreimal aufgestanden und habe mir einen runtergeholt, aus Angst, ich könnte ansonsten über dich herfallen! Und dann die Geschichte im Boxclub, unser erstes Mal..."

Er machte eine kurze Pause und sah mir tief in die Augen, dann fuhr er fort: „Aber Ginger weißt du wo ich es das erste mal gemerkt habe?"

Leider neigte ich gelegentlich zu leichter Begriffsstutzigkeit und fragte: „Was meinst du?" Er strich mir abwesend über den Bauch. „Als der Kleine Gimli geboren wurde! Als du mit Tee und Keksen zu mir in den Stall gekommen bist und ich gesehen habe, wie sehr auch dich die Geburt berührt hat, da habe ich gespürt, dass du genauso tickst wie ich und wir einfach zusammengehören, wollte es jedoch einfach nicht wahr haben!"

Ich schluckte und konnte es kaum fassen, mein ganzer Körper überzog sich mit Gänsehaut und auch ich ließ das letzte halbe Jahr Revue passieren. Natürlich erinnerte auch ich mich noch an die Nacht von Gimlis Geburt, schließlich hatte es dort auch für mich einen ganz besonderen Moment der Magie gegeben, der allerdings von Alex Worten: „Ginger, du schnarchst wie ein alter Bär" jäh unterbrochen worden war.

Ich schmunzelte und Alex sah mich fragend an. „Was ist daran so lustig?"

„Ich musste gerade an die Worte denken, die du mir ins Ohr geflüstert hattest. Zwei Sekunden vorher hätte ich beinahe noch damit gerechnet, dass du mich küssen würdest!" Er hob eine Braue. „Dann hast du es also auch gespürt?"

Ich sah' ihm fest in die Augen. „Ja, das habe ich!" Woraufhin Alex abermals den Kopf schüttelte: „Ich hätte dich damals schon haben können, hätte ich nur meinen Schnabel gehalten!" Ich küsste ihm sanft die Wimpern. „Alles hat seinen Grund Alex, damals war es einfach noch nicht an der Zeit!"

„Aye, da magst du wohl recht haben!", sprachs, küsste mich noch einmal und war im nächsten Moment eingeschlafen.

Am nächsten Morgen gingen Iain und ich zunächst unseren Arbeiten im Stall, beziehungsweise in der Stallion-Craft-Halle, nach und fuhren gegen frühen Nachmittag hinunter nach Stirling. Die Feier würde gegen achtzehn Uhr mit einem zünftigen Abendessen beginnen, ich hoffte, dass es keinen Haggis geben würde, unsere Präsentation war für einundzwanzig Uhr angesetzt. Die Nacht würden wir dann bei den MacGregors verbringen.

Natürlich wurde Haggis serviert, was mich zwar etwas verstimmte, meine Präsentation war jedoch abermals sehr gut und als wir ziemlich bezecht gegen ein Uhr nachts zurück zum Hause der MacGregors strumpelten und Iain noch versuchte den Schlüssel möglicht leise ins Schloss zu stecken, schließlich schlief hier eine ganze Horde Kinder, welche wir unter keinen Umständen zum Leben erwecken wollten, wurde die Tür bereits schwungvoll geöffnet und im Türrahmen stand niemand geringerer als mein Verlobter. „Alex, welche Überraschung!"

Er sah Iain, der nicht nur ziemlich, sondern gänzlich bezecht war und sich, um nicht umzukippen, bereits während des ganzen Weges an meiner Schulter festgehalten hatte, streng an. „Eigentlich nicht, oder hast du geglaubt, dass ich dich, nach dem was beim letzten Mal hier passiert ist, mit dem alten Saufbold alleine lasse?"

Iain, der Gefahr lief zu verbluten, wenn er seine Augen allzu weit öffnete, tat es dennoch, lallte etwas von: „Issoch gaaanüscht passieat!", und übergab sich dann in Annabells Blumenkübel neben der Tür. Gute Nacht Freunde...

- Oh du Fröhliche! -

Am darauf folgenden Wochenende verließ uns Nancy und am Montag saß ich um Punkt drei Uhr am Telefon und wartete auf Bestellungen. Nebenbei erfasste ich die am Wochenende per Fax, beziehungsweise Post oder Internet eingegangenen Bestellungen in unser System. Alex hatte ein Programm geschrieben, welches es uns ermöglichte, hier und von jedem anderen Fraser'schen Rechner, auf dem das Programm installiert war, Bestellungen zu erfassen und zu dem Rechner in der Produktionshalle zu übertragen, wo dann automatisch Lieferschein, Rechnung sowie Versandbeleg zweifach gedruckt wurden. Iain, beziehungsweise bald Hugh, schnappten sich dann die Unterlagen aus dem Drucker und mussten nur noch die Bestellungen zusammenstellen und auf den Paketdienst warten, die Sendung quittieren lassen und am Abend die Zweitschrift von Rechnung und Lieferschein zusammen mit dem Versandbeleg zur Ablage und Zahlungsüberwachung mitbringen.

Nachdem wir in der Anfangsphase zunächst die Sendungen gesammelt und dann alle paar Tage zur Post gebracht hatten, waren wir jetzt dazu übergegangen, die Sendungen täglich von einem Lieferservice abholen zulassen.

Alles in allem also ein gut organisierter kleiner Fertigungsbetrieb.

Plötzlich klingelte das Telefon und ich meldete mich: „Fraser and Fraser Stallion-Craft Ltd., Becker! How can I help you?"

„Ähh, Hallo! Good day! Sorry but my English is not so gut!", schallte es aus dem Hörer, ich lächelte und antwortete prompt: „Kein Problem, sprechen Sie einfach deutsch!" Kurzes Schweigen, dann: „Oh, was für ein Glück! Sind Sie Deutsche?"

„Eine waschechte Ostfriesin!", entgegnete ich.

Im Laufe des Gespräches stellte sich heraus, dass ich es ebenfalls mit einem Norddeutschen zu tun hatte, der zufällig am Heathrow Airport in London eine abgelegte, englische Pferdezeitschrift in die Finger bekommen und durchgeblättert hatte und so auf unsere Anzeige gestoßen war. Wie klein ist doch die Welt!

Er hatte zwar bereits unsere Website besucht, doch war er in Sachen Internet nicht ganz firm und hatte sich erhofft, am Telefon besser zurecht zu kommen. Ich war ja der Meinung, dass er hier ebenfalls kläglich gescheitert wäre, wäre ich nicht zufällig zugegen gewesen, doch behielt ich dies lieber für mich und erläuterte ihm stattdessen die Produkteigenschaften. Er orderte für jeden seiner drei Hengste sogleich eine Monatpackung und versicherte mir, dass eine spätere Nachbestellung nicht ausgeschlossen sei. Ich gab ihm unsere E-Mailadresse durch und teilte ihm mit, dass er gerne auf Deutsch schreiben, beziehungsweise bestellen könnte, wenn eines der Mädchen die E-Mail bekäme, würden sie sowieso mich um Hilfe bitten.

Die Woche verging wie im Fluge und Weihnachten rückte immer näher.

Ich hatte meiner Mutter zum Geburtstag ein kleines Überraschungspäckchen geschickt und über das Internet mit ihr telefoniert. Zwischendurch hatte ich mich immer wieder mal für ein Stündchen abgesetzt, um Alex' Weihnachtsgeschenk vorzubereiten. Wir hatten vereinbart, dass unsere Bescherung nicht am Heiligabend mit meinen Eltern stattfinden sollte, sondern am fünfundzwanzigsten im Fraser House.

Das war auch gut so, schließlich hatte ich noch eine Überraschung, die nur für Alex' Augen bestimmt war.

Am Morgen des heiligen Abends hingen Alex und ich bereits unsere Strümpfe an den großen Kamin, halfen zunächst noch ein wenig im Stall und flogen gegen Mittag los. In Emden wurden wir bereits von meinen Bruder erwartet. Tabee verbrachte den Heiligen Abend mit ihrer eigenen Familie, doch würde sie uns am nächsten Tag nach Schottland begleiten.

Als wir die Küche meiner Eltern betraten, hatte meine Mutter schon alles für unser obligatorisches Weihnachtsraclette vorbereitet und der Tisch stand gedeckt bereit. Scheinbar gab es in den schottischen Highlands kein Raclette, als Alex die mit allerlei Käse, Gemüse, Schinken, Salami, Fleisch und sonstigen Beilagen gefüllten Schälchen und dieses „merkwürdige Gestell" auf dem Tisch erblickte, brach er in schallendes Gelächter aus und lachte bis ihm die Tränen liefen. „Ihr wollt doch nicht etwa an Weihnachten ein Barbecue machen? Ihr Deutschen seid schon ein merkwürdiges Volk!" Ich klatsche ihm mit der flachen Hand an den Hinterkopf. „Das ist kein Barbecue, das ist ein Raclette, das machen wir immer zu Weihnachten und das ist sehr lecker!"

„Rrrrraclette", sprach er mir mit seinem gerollten schottischen R nach. „Kenn ich nicht, aber aye, ich habe Hunger, es wird schon schmecken!"

Ich ersparte mir eine Antwort und schüttelte nur mit dem Kopf.

Mein Bruder war soeben losgefahren um meine Oma zu holen und gleich würden wir mit dem Essen beginnen können - Gott-sei-dank, denn nicht nur Alex war hungrig, da wir das Mittagessen ausgelassen hatten, ging es auch mir nicht besser.

Während er sich mit meinem Vater unterhielt, betrachtete ich meinen Verlobten von der Seite. Er hatte heute keinen Kilt angezogen, sondern trug Jeans und ein langärmliges weißes Hemd, welches seinen dunklen Teint und seine braunen Augen unterstrich, und ich musste abermals feststellen, dass er war wirklich ein Prachtkerl war. Scheinbar hatte meine Mutter mich beobachtet und meine Gedanken gelesen, denn sie trat zu mir, nahm meine Hand und flüsterte mir ins Ohr: „Da hast du wirklich einen guten Fang gemacht! Man kann zwar nicht in Menschen hineinsehen, aber ich bin mir sicher, dass dieser Mann dich niemals enttäuschen wird!"

Ich nickte und ließ mich von ihr in die Arme nehmen.

Oma kam an und nach den üblichen Begrüßungsfloskeln konnten wir endlich, endlich mit dem Essen beginnen. Während mein Bruder zusätzlich Schweine- und Rinderfilet auf einem kleinen Tischgrill briet, füllte ich bereits mein erstes Pfännchen und erläuterte Alex die Regeln beim Raclette, welche ähnlich derer im Film „Fight Clubs" waren, es gab schlichtweg keine - erlaubt war, was schmeckte. Und während wir es eher multikulturell mit „Pfännchen Hawaii", Paprika und so weiter, hielten, schaufelte Alex sich hauptsächlich gewürfelten Speck, Kartoffeln und Zwiebeln in seine kleine Pfanne und überdeckte das ganze mit einer dicken Schicht Käse.

Während wir also warteten, waren das Fleisch und die kleinen Nippessachen vom Grill des Raclettes bereits gar und wir konnten unseren ersten Hunger stillen. Zusätzlich gab es noch Knoblauchbrot, Zaziki und jede Menge Kräuterbutter. Am interessantesten war jedoch, als Alex zum ersten Mal den Inhalt seines Pfännchens probierte. „Wow! That's great stuff!", entfleuchte es ihm und schwupp war alles aufgegessen.

Ich hatte bereits gewusst, dass Alex ein guter Esser war, allerdings übertraf die heutige Menge alles bisher gesehene und während wir anderen bereits lange satt waren, brutzelte Alex fröhlich weiter.

Die Bescherung fand somit etwas später als geplant statt und nachdem wir die obligatorischen vier Weihnachtslieder gesungen hatten, Alex hatte uns in der englischen Version begleitet, machten wir uns ans Geschenke auspacken.

Als wir uns im Herbst nach Darrens Präsentation aufgemacht hatten, um eine Kleinigkeit zu essen, war ich in Edinburghs Old Town zufällig auf ein kleines Antiquitätengeschäft gestoßen, wo ich nahezu alle meine Weihnachtsgeschenke gekauft hatte. Für meine Mutter, die Antiquitäten über alles liebte, hatte ich eine wunderschöne Tischlampe im Jugendstil gefunden, die perfekt in ihr allerheiligstes Wohnzimmer passte. Außerdem hatte ich ein altes Röhrenradio aus den fünfziger Jahren erstanden, mein Vater besaß zwar bereits zwei, doch war dieses besonders schön gewesen und ich hatte es einfach nicht stehen lassen können. Neben seinem Faible für alte Radios sammelte er antike Eierbecher, um mein Geschenk zu komplettieren, hatte ich Donald kürzlich in sein kleines Fraser-Museum in Beauly begleitet und ihm einen alten Eierbecher mit dem Fraser-Wappen abgeschwatzt. Meine Oma bekam ihr Lieblingsparfum sowie eine kleine Brosche mit Bernstein, ebenfalls aus dem Antiquitätenladen in Edinburgh. Für meinen Bruder und Tabee, die so gerne mittelalterliche Spektakeln besuchten, hatte ich einen Kilt sowie ein passendes Gewand in den Fraserfarben anfertigen lassen. Ich selber hatte mir eine neue Jacke und Reithandschuhe gewünscht und selbige, sowie ein paar weitere Kleinigkeiten, wie Unterwäsche, eine neue Handtasche und so weiter auch bekommen.

Da meine Familie Alex jedoch noch nicht so gut kannte, hatten sie sich bezüglich eines Geschenks für ihn im wahrsten Sinne des Wortes das Gehirn zermartert. Nach einem kleinen Wink von mir hatte mein Bruder ihm dann eine CD mit Rock-Classics geschenkt, von meinen Eltern hatte er eines seiner heißgeliebten Tommy-Hilfiger-Polohemden bekommen. Herzlich gelacht haben wir allerdings, als meine Mutter plötzlich noch ein weiteres Geschenk für Alex herzauberte. Zufällig hatten sie ein noch eingepacktes Raclette zu Hause gehabt, typisch für meine Eltern, quasi als Ersatz für den Ersatz, und da es Alex ja augenscheinlich sehr gemundet zu haben schien, hatte sie es kurzerhand hervorgekramt, mit fliegenden Fingern eingepackt und ihm feierlich überreicht.

Am nächsten Morgen machten wir uns recht zeitig auf zum Flughafen. Mein Bruder war später am Abend zu Tabee und ihrer Familie gestoßen, wir trafen uns mit beiden in Emden. Nachdem ich zunächst befürchtet hatte, wir müssten sowohl meine Mutter, als auch meinen Bruder, der noch nie geflogen war, wie B.A. Baracus vom A-Team vor dem Flug mit einem Narkosemittel oder gar einem Schlag auf den Schädel, außer Gefecht setzen, freute ich mich umso mehr, als ich sah, wie die beiden ohne mit der Wimper zu zucken in die kleine Maschine stiegen und mein Bruder sogar darauf bestand, vorn im Cockpit neben Alex Platz zu nehmen.

In Inverness wurden wir bereits von Iain und Pete erwartet und nachdem wir uns begrüßt und uns gegenseitig „Merry Christmas" gewünscht hatten, starteten wir los zum Fraser House, wo wir ebenfalls schon sehnsüchtig erwartet wurden.

Über dem großen Portal hing traditionell ein Mistelzweig und bevor Alex und ich eintraten, zog er mich blitzschnell an sich und küsste mich fest. Als ich ihn verdutzt ansah, grinste er und deutete nach oben. „Die hängen fast über jeder Tür und immer wenn wir hindurchlaufen darf ich dich küssen soviel ich will!" Ich grinste zurück, holte mit der Hüfte aus und gab ihm einen Schubs.

Das ganze Haus duftete verführerisch nach Puter und im Salon war alles weihnachtlich geschmückt, aus der Anlage schallten Weihnachtslieder, unter dem Baum, übrigens in den Fraserfarben rot, blau und weiß gehalten, lagen Geschenke und die Strümpfe am Kamin waren ebenfalls prallgefüllt.

In meinem Super-Laden in Edinburgh hatte ich neben den Sachen für meine Eltern, ebenfalls einen alten Folianten aus dem 18. Jahrhundert gefunden, auf welchem das Fraser-Wappen zu erkennen war und welches sich augenscheinlich mit der Geschichte das Clans vor dem Jakobiten-Aufstand befasste, definitiv etwas für Donald und seine Fraser-Sammelleidenschaft. Ich hatte Alex seiner Zeit zu mir gerufen und wir hatten das Teil erstanden, konnten es aufgrund seiner Größe und der Tatsache, dass Donald in der Nähe war, jedoch nicht mitnehmen und so hatten Iain und ich es abgeholt, als wir zu unserer Veranstaltung nach Stirling gefahren waren.

Von seinem Vater bekam Alex eine neue oder besser gesagt, eine alte Jagdwaffe, wirklich uralt und schon lange Jahre im Familienbesitz und nun für Alex umfassend restauriert und vor allem: voll funktionsfähig. Ich erhielt ein Paar neue Reitstiefel und freute mich riesig.

Dann war es an der Zeit für Alex und meine Bescherung, ich holte ein quadratisches Päckchen hervor, reichte es Alex und hoffte, er würde sich freuen. Alex war nun mal ein Mann, der alles hatte und wenn er etwas nicht hatte, so konnte er es sich selber kaufen. Ich lehnte es daher ab, ihm etwas Materielles zu schenken und so hatte ich ihm einen Stern gekauft. Im Grunde sogar zwei, denn der Stern hatte einen Begleitstern, der um den größeren herumkreiste und mich darstellen sollte, dazu hatte ich, jedoch in etwas abgewandelter Form, einen Spruch von dem deutschen Dichter Matthias Claudius zitiert: „Weil unsere Liebe im Himmel beschlossen und auf Erden vollzogen wurde!" Alex strahlte, doch als ich ihm die Worte: „Du bekommst nachher noch etwas viel interessanteres!", ins Ohr flüsterte, blickte er mich mit hochgezogener Augenbraue an und überreichte mir seinerseits einen kleinen Umschlag.

Nun war es an mir eine Braue hochzuziehen.

„Los, öffne ihn!", forderte er mich auf und ich tat wie mir geheißen. Zum Vorschein kam eine kleine Weltkarte auf der ein Punkt im indischen Ozean markiert war, ich sah genauer hin und plötzlich sprang mir das Wort „Mauritius" entgegen.

„Nein!", sagte ich: „Das ist nicht dein ernst!"

„Oh doch!", entgegnete Alex und ich sprang ihm in die Arme. Was für ein großartiges Geschenk!

Nach dem köstlichen Festmahl von Dorothy waren wir alle pappsatt, etwas Plumpudding musste jedoch noch passen und so war es auch. Alles in allem verbrachten wir einen schönen Weihnachtsabend in geselliger Runde, dennoch war ich froh, als Alex und ich uns endlich verabschieden konnten, schließlich hatte ich ja noch eine Überraschung für ihn.

Meine Karate-Partnerin Heather war hauptberuflich Fotografin und hatte im Laufe des letzten halben Jahres ständig Aufnahmen von mir gemacht, ich hatte ihr als Versuchsobjekt für verschiedene neue Techniken und Locations gedient, im Gegenzug hatte sie mir sämtliches Material zur Verfügung gestellt und mit Darrens Hilfe war ein wunderschöner Bildband zustande gekommen, den ich aufwändig eingepackt hatte und Alex nun grinsend, wie eine Katze, die soeben die Sahneschüssel ausgeleckt hatte, überreichte.

Er öffnete das Paket vorsichtig und blickte mich ziemlich sparsam an, als ihn von dem Cover des Buches, welches er in seinen Händen hielt, eine knapp bekleidete Frau im schwarzen Lederdress auf einem Motorrad entgegenblickte. Er hatte mich schlichtweg nicht erkannt, hielt das Buch auf Armlänge von sich entfernt und fragte: „Ginger, was zum Teufel ist das?"

Ich lächelte: „Schau weiter!" Alex brummelte etwas in seinen nicht vorhandenen Bart, blätterte jedoch, wenn auch zögernd, weiter und rief sogleich aus: „Grundgütiger! Das bist ja du!"Ich war mittlerweile zur Bar gelaufen, um uns etwas zu trinken einzuschenken und warf ihm, seine eigene coole Art imitierend, lediglich ein: „Aye!," über die Schulter hinweg zu. An meinem Baileys nippend beobachtete ihn von weitem. Heather verfügte wirklich über ein besonderes Auge, sie hatte mich in vielen verschiedenen Posen und Szenen aufgenommen, mal wild und verrucht, mal verspielt und romantisch und ich konnte jede einzelne Szene in Alex Gesicht ablesen.

Er hatte das Buch durchgeblättert, trat zu mir, nahm mir das zweite Glas aus der Hand und schüttete seinen Whisky in einem Zug herunter. Dann packte er mich, murmelte noch etwas von jugendgefährdenden Schriften und dass er für gar nichts mehr garantieren könne und riss mir buchstäblich die Kleider vom Leib.

Selbst wenn ich gewollt hätte, ich hätte mich nicht gegen ihn wehren können, er war rasend und fiel wie ein wildes Tier über mich her. Wir küssten uns so hart, dass ich Blut schmeckte und trotz Hose konnte ich seine Härte deutlich spüren. Getrieben von einer berauschenden Lust, befreite ich Alex ebenfalls von seinen lästigen Kleidern und ließ meine Hände über seinen Körper gleiten. Als ich mich gerade hinunter begeben wollte, riss er mich zurück.

„Oh, nein, das wirst du nicht tun!", warf mich auf den Rücken und bestieg mich. Es bedurfte keinerlei Hilfe unserer Hände, wie von selbst glitt er in mich hinein und begann sogleich, mich zu nehmen. Ich grub meine Fingernägel in seine Rücken, schlang meine Beine um seinen Po und ließ mich immer heftiger von ihm stoßen. Mit einem gemeinsamen Aufschrei wurden wir erlöst und sanken zusammen.

„Oh Alex...", säuselte ich ihn sein Ohr und küsste seine Wimpern.

„Hab ich dir wehgetan?", fragte er mich und ich schmunzelte.

„Du bist so klein und zart und ich so groß und grob!", sagte Alex weiter.

Ich zog seinen Kopf zu mir heran. „Alex, natürlich tust du mir weh, genauso wie ich dir auch wehtue, wenn ich dich beiße oder kratze, aber schmerzt es dich?"

Er schüttelte den Kopf und errötete leicht. „Um ehrlich zu sein, macht es mich immer ziemlich heiß!"

„Siehst du", sagte ich leichthin: „bei mir ist es nicht anders"!

Wir setzten uns auf und sahen uns die Fotos noch einmal gemeinsam an. „Die Bilder sind großartig, Ginger, wer hat sie nur alle gemacht, und wann?"

Ich erzählte ihm von meiner Arbeit als Heathers Versuchsobjekt und wie aus den einzelnen Bildern mit Darrens Hilfe ein Buch geworden war. In Alex Augen war plötzlich das Spruchband „Tilt!" zu sehen und er fuhr mich an: „Darren hat dich so gesehen?" Ich zuckte mit den Schultern. „Muss wohl, schließlich hat er die Zusammenstellung übernommen!" Er kniff die Augen zusammen und küsste mein Haar. „Die nächste Kampagne wird wohl eine andere Werbeagentur übernehmen müssen!", murmelte er leise in meinen Scheitel.

Ich wusste, dass er es scherzhaft gemeint hatte und so lächelte ich nur und schüttelte mit dem Kopf.

Meiner Familie gefiel es so gut in Schottland, dass sie noch bis über Hogmanay, dem schottischen Sylvesterfest blieben.

Da Alex und ich jedoch, wenigstens notdürftig, unseren Pflichten nachzugehen hatten, übernahmen abwechselnd Donald oder auch Iains Eltern die Rolle des Fremdenführers und kutschierten meine Lieben mal hier hin und mal dorthin. Entgegen unserer ursprünglichen Planung sollte Alex meine Verwandten nun doch nicht heim fliegen, sondern würden sie im Zuge einer weiteren Sightseeing-Tour mit Donald nach Edinburgh fahren und dort in den nächsten Flieger nach Deutschland steigen.

Vor ihrer Abfahrt hatte es natürlich einen herzlichen und von Tränen begleiteten Abschied gegeben, doch hatte ich den Eindruck, dass sich meine beiden Familien gut verstanden und meine Mutter mit einem beruhigten Gewissen zurück nach Hause fliegen würde, hatte sie sich schließlich selbst davon überzeugen können, wie gut ich es bei den Frasers hatte.

Meine Eltern waren gerade zwei Tage wieder fort, als Alex wutschnaubend und fluchend in unsere Wohnung gestürmt kam. Ich kannte sein Temperament bereits, doch so hitzig hatte ich ihn lange nicht gesehen, normalerweise sprach man ihn in solchen Momenten besser nicht an, doch war meine Neugierde zu groß und ich fragte, was denn los sei.

„Dieser gottverdammte Aidan MacKenzie!", stieß er aus.

Ich blickte ihn fragend an. „Was ist mit Aidan?" Ich hatte die beiden Brüder mit ihren blonden Wuschelköpfen wirklich gern und konnte mir nicht vorstellen, dass sie jemals etwas taten, was Alex verstimmen konnte.

„Marsali!", blaffte er.

Langsam wurde auch ich wütend, ich hasste es, wenn er nur einzelne Wörter brüllte.

„Würdest du bitte in ganzen Sätzen mit mir sprechen Alex?", herrschte ich ihn an. Hätte er Haare gehabt, hätte er sie sich in diesem Augenblick sicher gerauft, da er über selbige jedoch nicht verfügte, fuhr er sich mit der flachen Hand über den Schädel und bellte: „Er geht mit ihr ins Bett!"

„Ach so.", antwortete ich schlicht.

„Ach so? Ach so?" Alex schien nahe am ausflippen zu sein und schüttelte mich leicht. „Ich dulde keine Liebesbeziehungen zwischen meinen Angestellten!"

Ich befreite mich von ihm und stemmte meine Arme in die Hüften. „Gut, dann geh' ich mal meine Sachen packen! Wenn du schon nicht duldest, dass deine Angestellten eine Liebesbeziehung führen, was musst du dann erst von mir denken? Schließlich lasse ich mich in regelmäßigen Abständen von meinem Chef durchvögeln!"

„Das ist doch etwas ganz anderes!", herrschte er mich an.

„Oh nein, Alexander William Donald Fraser, das ist ganz und gar nichts anderes! Wie kannst du deinen Angestellten etwas verbieten, was du selber mit Leidenschaft praktizierst! Ich habe es dir schon mal gesagt, sie sind eine Angestellten, nicht deine Leibeigenen!"

Ich wusste schon länger von Marsali und Aidan, zunächst hatte ich es nur anhand der Art, wie sie sich ansahen und sich verhielten vermutet, doch kürzlich hatte Aidan mich gefragt, über was für ein Geschenk ich mich als Frau denn so freuen würde und da ich mich geweigert hatte, ihm einen Tipp zu geben, ehe er mir sagte, für wen das Geschenk sein sollte, hatte er mir, nachdem ich versprochen hatte Stillschweigen zu bewahren, alles erzählt.

Statt zu antworten grunzte Alex nur. Ich zählte bis zehn und dann fuhr ich in einem ruhigeren Tonfall fort: „Alex, Marsali hat dich immer angehimmelt und als das mit uns begann, hatte ich den Eindruck, dass sie todtraurig war, schließlich hatten sich in dem Moment all ihre kindlichen Träume in Luft aufgelöst."

Alex wollte etwas einwerfen, doch hob ich meine Hand und gebot ihm zu schweigen, ich war noch nicht fertig mit meiner Ansprache. „Ich hatte schon länger den Eindruck, dass sie sich nun Aidan zugewandt hatte und meinte auch erkennen zu können, dass er ihre Gefühle erwidert. Glaub' mir Alex, ich bin ziemlich gut in der Lage, eine Bettbeziehung von einer normalen zu unterscheiden und die beiden hegen wirkliche Gefühle füreinander. Außerdem glaube ich, dass auch du und dein Vater von dieser Verbindung einen Nutzen haben werden."

Alex hob fragend eine Augebraue und ich fuhr fort: „Überleg doch mal: Marsali wird aller Wahrscheinlichkeit irgendwann Dotty ersetzen. Wenn sie also hier bleibt, wird auch Aidan uns nicht verlassen und wenn Aidan bleibt, dann Alasdair sowieso. Und du hast selber gesagt, dass du die beiden nicht missen möchtest!"

„Mpfm!", schnaubte Alex: „Vielleicht hast du recht! Wie gut, dass ich erst hierher gekommen und nicht direkt in den Stall gelaufen bin um Aidan umzubringen!"

Jetzt war es an mir fragend eine Augenbraue zu heben und Alex erklärte mir, dass es Marsali selbst gewesen war, die an ihn herangetreten war, um ihn von ihrer Liebesbeziehung zu Aidan zu unterrichten. Ihr gegenüber war er zwar relativ Cool geblieben, um ehrlich zu sein, hatte er auf dem Absatz kehrt gemacht und sie einfach stehen gelassen, innerlich jedoch hatte er vor Wut gekocht und es kaum abwarten können, sich Aidan vorzuknöpfen. Und während er sich in Gedanken schon die schlimmsten Foltermethoden ausgedacht hatte, hatten ihn seine Beine nicht in den Stall, sondern auf direktem Wege zu mir getragen.

Aidan hatte mir also in gewisser Weise sein Leben zu verdanken. Ich nahm mir vor, ihm dieses bei Gelegenheit mitzuteilen und einen entsprechenden Gegenwert einzufordern.

Hugh Ramsay war nun seit Weihnachten bei uns und nachdem er die erste Zeit gemeinsam mit Iain gearbeitet hatte, kam er nun bereits ganz gut alleine zurecht und Iain half uns wieder im Stall. Dennoch hatte ich die Befürchtung, dass es während unseres Mauritius-Urlaubs Ende des Monats für die anderen etwas stressig werden könnte, doch beruhigte mich Iain mit den Worten: „Keine Sorge, Mädchen! Wir kriegen einen Praktikanten!"

Ich hatte ihn daraufhin fragend angesehen und er erklärte mir, dass unser Praktikant ein junger Student für Tiermedizin sei und Iain während der Semesterferien ein wenig über die Schulter schauen wollte, als Gegenleistung hatte er jedoch bei den allgemeinen Arbeiten im Stall zu helfen. Hatte ich schon erwähnt, dass Gerissenheit tief in den Genen der Frasers verankert war?

Dennoch wurde ich mit jedem Tag aufgeregter und als wir am sechsundzwanzigsten Januar endlich zum Flughafen nach Inverness fuhren, von wo aus wir nach London flogen, um dort in den Flieger nach Mauritius zu steigen, war ich nahe am Herzinfarkt. Eine Woche zuvor hatten wir uns noch einer ausgedehnten Shoppingtour in Glasgow hingegeben, wo ich mir einige Sommerkleider und einen Bikini, sowie Alex sich einen ganzen Haufen weißer Polo-Hemden gegönnt hatte, und nun war es endlich soweit.

Gegen den knapp dreizehnstündigen Flug sah ich allerdings etwas an. Nun denn, gelegentlich musste man eben Opfer bringen und wenn wir erst in Port Louis gelandet waren, war es nur noch ein Katzensprung bis an die wunderschöne Bucht von Belle Mare, wo uns ein Super-Luxus Resort erwarten würden.

Wir flogen über Nacht und entgegen meiner Befürchtungen, war der Flug doch recht angenehm verlaufen, nachdem uns ein exquisites Abendessen mit sehr viel Rotwein serviert worden war, hatten wir, sozusagen als Nachtisch, noch einen ordentlichen Schluck Whisky zu uns genommen und schlussendlich dicke sieben Stunden Kopf an Kopf in unseren Liegesitzen der ersten Klasse verschlafen. Als wir schließlich gelandet waren und aus dem Flughafengebäude heraustraten, kam uns sogleich ein Schwall schwüler tropischer Hitze entgegen.

Etwas verwirrt schauten wir uns um, denn eigentlich sollten wir vom Flughafen abgeholt werden. Kurze Zeit später entdeckten wir jedoch einen lustig dreinschauenden Einheimischen, der im Schatten auf einem Plastikstuhl sitzend schlief und ein Schild mit der Aufschrift „Fraser" im Arm hielt. Während Alex den Mann weckte, machte ich mich schnell auf und besorgte, wenn auch nicht ganz uneigennützig, schließlich sollte dieser Mensch uns fahren, eine eiskalte Cola, um den Kreislauf unseres Chauffeurs wieder auf Vordermann zu bringen. Jenem war die ganze Sache im ersten Augenblick zwar sehr peinlich, doch als er bemerkte, dass wir nicht böse, sondern eher belustigt waren, wurde auch er lockerer, lud unser Gepäck ein und es ging endlich los ins „Golden Residence Resort" auf der Halbinsel Belle Mare.

Da der Zeitunterschied nur circa vier Stunden zu Schottland betrug, waren wir zunächst gar nicht so sehr vom Jetlag betroffen und aufgedreht wie wir waren, machten wir uns, während unser Gepäck aufs Zimmer verfrachtet wurde, schon einmal daran, unsere Unterkunft zu inspizieren.

Die Anlage übertraf alles, was ich jemals in meinem Leben gesehen hatte.

Rund um den Pool waren auf Vorsprüngen, die aussahen wie Inseln, schwarz einge-
färbte Korbstühle mit geflochtenen Lehnen drappiert, auf jedem Tisch prangte eine
schneeweiße Tischdecke, die Poolbar selbst sah aus, als befände sie sich mitten in
selbigem. Es war der helle Wahnsinn, schon beim Betreten der offenen, luftigen
Lobby hatte mir buchstäblich der Atem gestockt, die Außenanlagen waren jedoch
noch schöner. Wir folgten den kieseligen Wegen zu einem zweiten Pool, um welchen
ringsherum Liegen, aus dem gleichen Material wie schon die Stühle, aufgebaut und
mit dicken weißen Auflagen belegt waren.

Schritt für Schritt tasteten wir uns weiter Richtung Strand, wo sich, natürlich in
gebührendem Abstand voneinander, die Privatsuiten inklusive Privat-Pool und Butler
befanden. Und eben solch eine Suite hatte mein Verlobter für uns reserviert.

Als wir unser Zimmer, oder besser gesagt, unsere kleine Wohnung betraten, war ich
abermals sprachlos: das Erdgeschoss bestand aus einem einzigen großen Raum, eingerichtet mit einer dunklen Rattan-Sitzecke mit weißen Polstern, weiter hinten dominierte eine großer Esstisch mit Bambusfüßen und ebensolchen Stühlen, alles dunkel, beinahe schwarz eingefärbt. Der Boden war ebenfalls in sehr dunklem Holz gehalten und über die Küchenzeile hinweg, führte eine Treppe hinauf ins Obergeschoss, wo sich ein riesengroßes Himmelbett mit weißem Baldachin befand. Durch
eine Tür gelangte man in ein Badezimmer, von dessen Eckbadewanne mit Jacuzzi,
man direkt aufs Meer schauen konnte.

Als Akzente waren in der ganzen Wohnung weiße Skulpturen, Lampen sowie Pflanz-
gefäße mit Gräsern, Bambus oder ähnlichem aufgestellt, die Vorhänge bestanden aus
zwei Lagen, und waren ebenfalls in weiß und grün gehalten.

Zufrieden seufzend warf mich aufs Bett. Alex folgte mir prompt und strich mir eine
verirrte Haarsträhne aus der Stirn. „Gefällt es dir, Cherie?", fragte er etwas unsicher.
Ich lächelte und setzte mich auf. „Gefallen? Mein Gott Alex, so was wie das hier kenn
ich sonst nur aus dem Fernsehen! Ich bin so glücklich mit dir hier sein zu dürfen!"

Mich rittlings auf ihn schwingend, küsste ich ihn lange und tief, bemerkte dann
jedoch den Schweißtropfen, der mir zwischen den Brüsten hinunterlief und beschloss, dass es zum einen an der Zeit war, unsere schottischen Winterklamotten
abzulegen und zum anderen, dass ein Bad im Meer zwingend erforderlich war.

Unser schläfriger Fahrer, dessen Name Fréderic war, und der sich schlussendlich als
unser Butler entpuppte, hatte unsere Koffer bereits hochgebracht und so schälten wir
uns aus den verschwitzten Kleidern und stürmten den Strand entlang Richtung
Meer.

Seit jeher konnte ich sowohl heiß, als auch kalt besser ertragen, als die meisten anderen Menschen und während Alex noch den Daumen und Zeigefinger übereinander
hielt um zu zeigen, wie kalt es war, sprang ich bereits kopfüber in den indischen
Ozean und freute mich meines Lebens. Lustigerweise war ich schon seit meiner
Kindheit grundsätzlich immer zuerst mit dem Kopf ins Wasser gesprungen, ich
konnte nicht erklären warum, es war einfach so. Bezüglich der Frauen, die aus Angst
um ihre Frisuren niemals mit dem Kopf untertauchten, konnte ich mit selbigen nur
schütteln, die wussten gar nicht, was sie verpassten.

Auch wenn wir es beide zunächst leugneten, so waren wir nach den Strapazen der Reise doch ziemlich müde, daher suchten wir nach dem Abendessen, welches wir gemeinsam mit den anderen Gästen auf den Inseln rund um den ersten Pool einnahmen, recht früh unsere Räumlichkeiten auf.

Nachdem wir unser Bett eingeweiht und mit unseren Düften und Körpersäften besäht hatten, fielen wir in einen tiefen Schlaf und erwachten erst am nächsten Mittag wieder. Als wir unsere Tür öffneten, fanden wir niemanden geringeren als Frèderic, natürlich abermals dösend, vor. Er erwachte allerdings sogleich, schüttelte sich kurz und begann direkt loszuplappern: „Ah! Mylord und Mylady, hatten Sie eine gute Nacht? Ich habe alles für Frühstück gebracht, kommen Sie, kommen Sie, setzen, Frèderic macht alles fertig!"

Über die Dauermüdigkeit unseres Butlers noch immer leicht schmunzelnd, genossen wir unser Frühstück mit Meerblick und verbrachten den Tag faul am Strand. Für den darauf folgenden Tag hatte Alex einen Segeltörn gebucht. Während mein Verlobter sich mit Hochseefischen beschäftigte, lag ich faul in der Sonne und schmökerte in dem neuesten Band meiner Highland-Romane.

Alex und unser Skipper waren sofort eine Herz und eine Seele und so wurden wir nach unserem Törn eingeladen, den Abend mit ihm und seiner Familie zu verbringen. Insbesondere im Bezug auf die Speisen, Sitten und Gebräuche, wurde es ein durchaus interessanter Abend und wir fielen abermals todmüde ins Bett.

Tag Drei verbrachten wir mit einer Rundtour sowie einem Bummel durch die Inselhauptstadt Port Louis.

Ich genoss die viele Zeit mit Alex und während wir am Abend des ersten Februars auf zwei weißen Pferden am Strand entlang ritten, hatte ich das Gefühl, dass mein Herz vor Glück schier platzen müsste.

Als ich am nächsten Morgen jedoch erwachte, fand ich Alex' Seite des Bettes verlassen vor. Ich lauschte, doch hörte ich auch aus dem Badezimmer keinerlei Geräusche, die auf seine Anwesenheit hindeuteten. Ich setzte mich auf und blickte von der Galerie auf den Wohnbereich, ebenfalls Fehlanzeige. Nur um sicher zu gehen, ihn wirklich nicht einfach nur übersehen zu haben, fühlte ich unter seine Bettdecke, doch förderte ich keinen Alex, sondern eine weiße Schachtel, in der Größe eines flachen Schuhkartons, zu Tage. Automatisch sprang meine Augenbraue in die Höhe, hatte man sich erst einmal eine Geste angeeignet, führte man sie scheinbar immer durch, egal ob man nun alleine, oder unter Menschen war.

Misstrauisch beäugte ich das Paket, zog es dann jedoch näher an mich heran und schüttelte es kurz - leider machte es keinerlei aufschlussreiche Geräusche. So löste ich die Schleife und öffnete es. „Oh du heilige Scheiße!", entfuhr es mir.

Vorsichtig nahm ich den Inhalt aus der Schachtel heraus. Ja, es war tatsächlich das, was es dem ersten Anblick nach zu sein schien: ein fließendes, weißes Kleid, perfekt für eine Hochzeit am Strand.

Ich legte das Kleid beiseite und öffnete mit zitternden Händen den kleinen Umschlag der unter dem Kleid gelegen hatte. Zum Vorschein kam eine Karte, auf welcher in Alex stahlgerader Handschrift drei Worte geschrieben waren: „Tu es prest?"

Ich wusste, dass es eigentlich „prêt" hätte heißen müssen, doch wusste ich ebenfalls, das Alex mit bedacht die veraltete Schreibweise gewählt hatte, schließlich war dies das Motto seines Clans.

Da ich Gefahr lief ohnmächtig zu werden, fächerte ich mir mit der Karte schnell etwas Luft zu, als mir plötzlich das Kleid, welches ich mittlerweile mit der Linken umklammerte, vorsichtig aus der Hand genommen wurde. Ich blickte auf und sah in die mandelförmigen Augen einer kleinen, schwarzhaarigen Hotelangestellten, die sogleich begann, hektisch auf mich einzureden: „Kommen, kommen! Müssen schön sein für Hochzeit, komm auf, auf!"

Wie in Trance ließ ich mich von ihr ins Badezimmer bugsieren und unter die Dusche stellen, am Rande bekam ich mit, wie ich gewaschen, abgetrocknet und anschließend mit dem verführerisch duftenden Monoi-Öl eingerieben wurde.

Dass Alex und ich im Laufe des Jahres heiraten würden, war zwar klar und beschlossene Sache gewesen, aber dass es während unseres Urlaubes und dazu noch am schottischen, beziehungsweise keltischen Kerzenfest „Imbolc" passieren würde, wäre mir niemals in den Sinn gekommen. Dann hatte Alex es sich also gemerkt, dass ich von einer Hochzeit am Strand träumte, ich fragte mich nur, wie er das alles hatte organisieren und vor mir geheim halten können?

Viel zu verwirrt um nachdenken zu können, schob ich meine Gedanken jedoch beiseite und beobachtete die fleißige Fee, wie sie mein Haar lockig föhnte und einen kleinen Schleier an meinem Kopf befestigte, anschließend legte sie mir den Hauch eines Make-ups auf und half mir beim Anziehen des Kleides. Die glatte, weiße Seide fühlte sich wunderbar kühl auf meiner Haut an.

Das Kleid an sich war schlicht und bestand es aus mehreren Lagen unterschiedlich dicken Materials, welche ihm einen fließenden Eindruck verliehen. Es war weder kurz noch so lang, wie Brautkleider es im allgemeinen waren, die jeweiligen Lagen waren von unterschiedlicher Länge, die längste endete etwa zehn Zentimeter über meinem Knöchel. Alex hatte abermals Geschmack bewiesen.

Mir schlotterten die Knie, als mich meine Zofe hochzog und ich an ihrem Arm die Treppe hinunter schwebte, jedenfalls fühlte es sich so an, als würden meine Füße den Boden nicht mehr berühren. Wir traten aus der Tür und da sah ich ihn: Alex trug ein weißes, kurzärmeliges Hemd, welches er beinahe bis zum Bauchnabel aufgeknöpft hatte, die Sonne hatte während der letzten Tage ganze Arbeit geleistet und seine Brust schimmerte bronzefarben, dazu trug er eine khaki-farbene Hose und war, ebenso wie ich, barfuss.

Ich holte tief Luft und schritt, so elegant wie es mir ohne Bodenberührung nur möglich war, auf ihn zu. Als ich ihn endlich erreichte, hatten sich in meinen Augen bereits Tränen gesammelt und mit einem letzten großen Schritt warf ich mich in seine Arme.

„Ich habe jede Nacht geträumt, dich so zu sehen! Du bist die schönste Braut, die ich jemals gesehen habe!", flüsterte er mir ins Ohr und ich hauchte ihm einen Kuss auf die Lippen. Dann wandten wir uns dem Standesbeamten, oder was für eine Position der Herr im schwarzen Anzug auch immer innehaben mochte, zu und die Zeremonie begann. Immer wieder musste ich Alex ansehen, wie er mit ernstem Blick den Worten von Mr. Black lauschte und dabei unentwegt meine Hand drückte. Als er aufgefordert wurde, die Ringe hervorzuholen war ich abermals von seinem guten Geschmack beeindruckt, sie bestanden aus mattiertem Weißgold mit einem polierten Band in der Mitte. Mein Ring war etwa halb so breit wie Alex' und in der Mitte prangte ein großer, wunderschön geschliffener Diamant.

Ich fühlte mich mittlerweile, als würde ich die ganze Szenerie aus der dritten Person betrachten und erwache erst wieder aus meiner Trance, als es an der Zeit war, uns gegenseitig das „Ja-Wort" zu geben. Alex kramte ein Messer aus seiner Hosentasche hervor, was ihm einen verwirrten Blick von Mr. Black einbrachte, doch Alex hob beschwichtigend die Hand und so ließ er ihn gewähren.

Mein Herz raste, schien beinahe im meiner Brust platzen zu wollen, als ich ihm meinen rechten Arm hinhielt und er in meine Haut ritzte. Um nicht ohnmächtig zu werden, atmete ich tief durch, dann sah ich ihm in die Augen, wiederholte die Prozedur bei ihm und während wir uns schworen, einander immer zu lieben und zu ehren, drückten wir unsere Wunden aneinander.

Bei unserem Handfasting hatten wir in unsere linken Arme geschnitten, heute bei unserer Hochzeit in die rechten, somit war der Kreis geschlossen und wir würden auf ewig miteinander verbunden sein. Endlich, endlich durften wir uns küssen und unter Tränen stammelte ich nur immer wieder: „Ich liebe dich Alex, ich liebe dich so sehr!"

Alex schien ebenfalls sehr ergriffen zu sein, immer wieder strich er über mein Gesicht und murmelte seinerseits Liebesschwüre in mein Haar, wir konnten gar nicht voneinander lassen, bis Mr. Black sich plötzlich räusperte.

Schweren Herzens lösten wir uns voneinander, ließen uns von unserem Mann in schwarz gratulieren und mit ihm fotografieren. Bereits während der Zeremonie waren jede Menge Fotos von uns gemacht werden, jetzt folgen weitere Aufnahmen am Strand und im Wasser.

Nachdem wir endlich den lästigen Pflichten entronnen waren, packte mich mein Ehegatte und trug mich mit den Worten: „Es ist an der Zeit, dass diese Ehe vollzogen wird!", über die Schwelle unserer Suite.

Drinnen erwartete uns, diesmal hellwach, Fréderic. Er gratulierte uns, drückte jedem ein Glas Champagner in die Hand und verabschiedete sich diskret.

Als wir anstießen, blickte ich Alex tief in die Augen. „Wie hast du das nur alles hingekriegt Alex? Oh Gott, ich glaube, ich bin der glücklichste Mensch der Welt!"

Er nahm mir das Glas aus der Hand, schob sanft den Träger meines Kleides zur Seite und küsste meine Schulter. „Erstens kannst du das gar nicht sein, weil ich es bereits bin und zweitens wollen wir mal schauen, ob wir dich nicht noch ein wenig glücklicher machen können..." Ich sank in seine Arme und nachdem wir gemeinsam die Treppen in unser Schlafgemach erklommen hatten, erklommen wir den Gipfel der Liebe und ließen an der Gültigkeit unserer Ehe absolut keine Zweifel aufkommen.

Am Abend nahmen wir auf der Terrasse unserer Suite unser Hochzeits-Dinner ein. Wir waren so ungestört, dass wir hätten nackt sein können, ich hatte jedoch darauf bestanden, dass wir in unserem Hochzeitsdress speisten. Mir brannten eine Million Fragen auf der Zunge, da wir jedoch den ganze Nachmittag mit anderen, sehr viel schöneren Dingen beschäftigt waren, fand ich jetzt endlich die Zeit, diese zu stellen. „Sag' mal Alex, sind wir jetzt wirklich verheiratet, oder war das nur eine symbolische Zeremonie?" Alex grinste bis über beide Ohren. „Aye!", sagte er: „Wir sind schon richtig verheiratet, aber ich kann dir sagen, bis dahin war es ein ziemlich schwieriger Weg!"

Ich sah ihn fragend an und er erklärte weiter: „Es ist grundsätzlich kein Problem hier zu heiraten und die Ehe dann im Heimatland für gültig erklären zu lassen, aber zum einen warst du ja keine schottische Staatsbürgerin, das war Problem eins und zum zweiten warst du ja bereits verheiratet, was zu Problem zwei führte."

Er erzählte, wie er mit einer Heiratsagentur Kontakt aufgenommen hatte und erläuterte mir den Ablauf der Prozedur und mir wurde einiges klarer: Als wir am dritten Tag unseres Urlaubs Port Louis besuchten, hatte Alex sich mit plötzlichen Magenkrämpfen entschuldigt und hatte, so dachte ich bis heute zumindest, eine knappe Stunde auf der Toilette zugebracht. In Wirklichkeit hatte er in Windeseile die behördlichen Dinge geregelt, unter anderem hatte er in meinem Namen einen Eid darauf abgelegt, unverheiratet zu sein und zusätzlich noch meine Unterschrift gefälscht. Wie war das noch mit der Gerissenheit der Familie Fraser?

Etwas wehmütig erklärte er mir, dass wir den nächsten Tag nicht am Strand verbringen konnten, sondern mit unserer Heiratsurkunde zum Prime Ministers Office fahren mussten, um sie beglaubigen zu lassen. Anschließend musste die Urkunde im Konsulat übersetzt und abermals beglaubigt werden, dann endlich wären wir jedoch auch vor dem schottischen Gesetz Mann und Frau.

Ich hörte mir seine Ausführungen an und wunderte mich, dass ich keinerlei Unterlagen für diese Hochzeit hatte beibringen müssen, was Alex abermals ein Grinsen entlockte. „Aye, natürlich werden von dir ebenfalls Geburtsurkunde, Reispass sowie deine Heirats- und vor allem Scheidungsurkunde benötigt."

„Aber die hab ich doch gar nicht!", rief ich aus und Alex antwortete mit einem noch breiteren Grinsen: „Du nicht, aber ich!"

Meine ganzen persönlichen Unterlagen hatte ich, trotz meines Umzuges nach Schottland, bei meinen Eltern gelassen. Alex hatte die Ordner gesehen, als wir meine Eltern besucht hatten und so hatte er einfach meinen Bruder angewiesen, die benötigten Unterlagen herauszukopieren, beglaubigen zu lassen und ihm zuzusenden. Dieser Mann war wirklich unglaublich!

Kopfschüttelnd blickte ich auf meine beiden Ringe, den silbernen Highlandring mit dem keltischen Claddagh-Symbol an meiner linken und dem weißgoldenen Diamantring an der rechten Hand und lächelte Alex über den Tisch hinweg an. „Ich fühl' mich wie eine Prinzessin, der alle Wünsche erfüllt werden, wenn sie sie nur ausspricht! Wusste eigentlich jemand von der Hochzeit?"

Alex überlegte kurz, verneinte dann aber meine Frage, mein Bruder hatte wahrscheinlich etwas geahnt, als Alex die Unterlagen von ihm anforderte, doch konkret wusste keiner etwas. „Oh mein Gott, was die wohl alle sagen werden?", fragt ich mich laut. „Ich glaube, sie werden sich alle sehr für uns freuen, Cherie! Und um deine Mutter brauchst du dir auch keine Sorgen machen, die wird ihre große Party schon bekommen!"

Ich blickte ihn mit hochgezogener Augenbraue an und Alex erklärte mir, was er sich vorgestellt hatte: Zum Fest der Sommersonnenwende in der Nacht zum einundzwanzigsten Juni würde in diesem Jahr das große Clan-Gathering der Frasers stattfinden. Zu dieser Gelegenheit sollten dann ebenfalls meine Verwandten und Freunde erscheinen und meine Mutter würde künftig mit der größten Hochzeitsfeier unserer gesamten Familiengeschichte glänzen können.

Ich schmunzelte, so langsam wurde mein Leben von den keltischen Jahresfesten bestimmt. Letztes Jahr zu Imbolc hatte ich mit der Vergangenheit abgeschlossen, indem ich sämtliche Fotos verbrannt hatte. Zu Beltane war ich nach Schottland gereist, wiederum zu Imbolc hatte ich meine neue Zukunft begonnen und zum Fest der Sommersonnenwende würden wir diese neue Zukunft zelebrieren.

Die restlichen Tage unseres Urlaubes verbrachten wir als frisch verheiratetes Paar mit Dingen, die frisch verheiratete Paare eben taten und genossen jede gemeinsame Minute. Am Samstag, den neunten Februar hieß es dann jedoch: „Bye, Bye Mauritius" und ich erwachte am Morgen mit einer nie zuvor erlebten Übelkeit.

Wie ein Pfeil schoss ich über Alex herüber und hechtete ins Bad, wo ich mich, noch während ich mich vor die Toilette kniete, aus vollem Leibe erbrach. Ich seufzte und wurde, als ich versuchte, mich aufzurichten, von einer erneuten Brechattacke heimgesucht. Plötzlich spürte ich Alex Hand auf meiner Schulter. „Ginger? Bist du ok?"

Ich schüttelte mich und blickte zu ihm hoch. „Ich kotz' mir hier die Seele aus dem Leib und du fragst, ob ich ok bin? Mensch Alex!"

Ehe ich weitersprechen konnte erfuhr mir ein weiteres Würgen und ich wand mich erneut der Toilettenschüssel zu. Mit besorgter Miene kniete Alex die ganze Zeit hinter mir und strich mir die Haare aus dem Gesicht.

Als ich kurze Zeit später der Meinung war, fertig zu sein, half er mir auf und bugsierte mich zum Bett. Ich ließ mich wie einen Sack Kartoffeln fallen und stöhnte: „Oh Gott, was hab ich gestern nur gegessen? Ich hoffe es sind keine Salmonellen!"

Leider galt ich Zeit meines Lebens als kleiner Hypochonder und vermutete bei jeder kleinen Erkrankung sofort das Schlimmste. Als eine ehemalige Arbeitskollegin von mir einmal an Pfeiffer'schem Drüsenfieber erkrankt war, war ich die erste gewesen, die sich ebenfalls auf diese Krankheit hin testen ließ. Ebenso war es gewesen, als dieselbe Kollegin mir von ihrer Milchzuckerallergie erzählt hatte, plötzlich meldete sich ebenfalls mein Magen bei dem Verzehr von Milchprodukten und ich stand einen Tag später wieder beim Arzt auf der Matte. Schlussendlich hatte ich weder an Pfeiffer'schem Drüsenfieber noch an einer Milchzuckerallergie gelitten, aber Vorsicht ist ja nun einmal die Mutter der Porzellankiste.

Scheinbar war ich für einem Moment auf unserem Bett eingedummelt, als ich erwachte, war Alex gerade dabei unsere Sachen zusammen zu packen und meine Übelkeit war wie weggeblasen.

Ich stand auf und Alex war sogleich bei mir, stütze mich und sah mich besorgt an. „Soll ich einen Arzt rufen?" Ich schüttelte den Kopf. „Nein, ich fühle mich schon wieder viel besser! Außerdem habe ich Hunger, wollen wir nicht etwas Frühstücken?"

Jetzt war es an Alex den Kopf zu schütteln. „Aye, du hast dir schließlich das Essen der vergangenen vierzehn Tage durch den Kopf gehen lassen, kein Wunder, dass du hungrig bist, aber meinst du, das es gut ist, jetzt etwas zu essen?"

Schulterzuckend antwortete ich: „Wir werden sehen!"

Während des Frühstückes hatte Alex mich und die Massen, die ich in mich hineinschaufelte, misstrauisch beäugt, doch hatte er sich, zu seinem Glück, jeglichen Kommentar verkniffen. Ich hingegen fühlte mich nach meinem Mahl wie neu geboren und war bereit für den höllenlangen Flug nach Hause. Jener gestaltete sich leider als äußerst turbulent und wir hatten ziemlich Verspätung, aber mit Müh und Not und viel Gerenne, erreichten wir dennoch den letzten Flug von London nach Inverness.

Als wir endlich landeten, war es bereits nach Mitternacht und wir sahen davon ab, Iain, Pete oder Donald zu bitten uns abzuholen und hatten entschieden, den Weg zum Fraser House nach Beauly mit dem Taxi zurücklegen. Doch als wir aus dem kleinen Flughafengebäude traten, sprang uns sogleich der Volvo-Geländewagen der Frasers ins Auge und drinnen saß niemand geringerer als Iain. Als er uns erblickte, sprang sogleich aus dem Wagen. „Da seid ihr ja endlich! Gott, wie lange ward ihr nur unterwegs! Ich müsst ja hundemüde sein!" Kopfschüttelnd nahm er uns die Koffer ab und chauffierte uns nach Hause.

Obwohl wir uns eigentlich beide nach Ruhe und unserem Bett sehnten, waren wir doch erfreut, Donald ebenfalls noch wach vorzufinden. Während ich es mir mit den beiden im Salon bequem machte, betrat Alex' Dottys hochheiligstes und stieß kurze Zeit später, mit einer Flasche Champagner in der Hand, ebenfalls zu uns.

Wortlos und unter argwöhnischen Blicken von Donald und Iain schenkte er ein und stellte in aller Seelenruhe die Flasche auf den Boden. Als er sich der vollen Aufmerksamkeit der beiden sicher war, grabschte er mit seiner Rechten, meine rechte Hand, präsentierte unsere Ringe und verkündete: „Darf ich vorstellen? Emma Fraser, meine Frau!"

Ich hatte während der ersten Woche unserer Ehe meinen Namen nicht gebraucht und als wir durch die Zollabfertigung gegangen waren, war dieses mit meinem alten Ausweis und Namen geschehen, somit war mir noch gar nicht bewusst geworden, dass ich jetzt ja ebenfalls Fraser hieß und die eben gesagten Worte hallten wie Glocken in meinem Kopf. Noch während ich meinen Gedanken zu Ende führte, sprang Donald bereits auf. „Nein! Ihr Schlitzohren und keinem habt ihr etwas erzählt!"

Ich meldete mich zu Wort: „Nun, ich konnte es schlecht jemandem erzählen, ich habe es ja selbst erst am morgen unserer Hochzeit erfahren!"

Alex grinste schief. „Tja, ich wollte sicher gehen, dass sie nicht nein sagt oder gar abhaut!" Ehe noch etwas gesagt werden konnte, wurde ich bereits von Donald gepackt und durch die Gegend gewirbelt. „Ich freue mich so für euch und wünsche euch alles Gute!" Iain gratulierte ebenfalls und dann überredete ich Alex, die Fotos und das Video von unserer Trauung aus dem Koffer zu kramen, Donald und Iain konnten es nicht abwarten uns als Brautpaar zu Gesicht zu bekommen.

Der Abend wurde länger als wir geplant hatten und als eigentlich gut für uns war und als wir nachts um drei endlich todmüde ins Bett fielen, dankte ich Gott dafür.

In Anbetracht der Ereignisse der letzten vierundzwanzig Stunden, war mir meine gestrige Übelkeit zunächst wieder entfallen, doch wurde ich am nächsten Tag schmerzlich daran zurückerinnert. Man hatte uns ausschlafen lassen und als ich so gegen halb zwölf am Mittag erwachte, bedurfte es abermals eines Hechtsprunges über meinen schlafenden Ehemann hinweg, um die von Dotty frisch bezogenen Betten nicht vollzuspucken.

Ich hing jammernd über der Toilette, doch Alex schlief seelenruhig weiter, auch er war von den Strapazen des Fluges etwas groggy. Außerdem hatte er nach der Flasche Schampus mit seinem Vater gemeinsam dem Whisky noch etwas zugesprochen und war offensichtlich in einen komatösen Schlaf gefallen. Nachdem es mir einigermaßen besser ging, putzte ich mir die Zähne, kroch zurück ins Bett und schlief sogleich wieder ein. Es war bereits früher Nachmittag, als ich Alex' sanfte Hände auf meinem Körper spürte. „Ginger! Wach auf! Wir haben das Mittagessen verpasst!" Mein Magen knurrte, noch ehe ich die Augen aufgeschlagen hatte und so bat Alex, Dorothy uns ein verspätetes Frühstück nach oben zu schicken.

Keine zwanzig Minuten später klopfte Nancy an der Tür und brachte uns ein Tablett mit Brötchen, Tee und Haferbrei ans Bett, Dorothy hatte sogar Eier für uns gekocht. Von meiner Übelkeit war nichts mehr zu spüren und ich hatte sie auch schon beinahe wieder vergessen, daher versäumte ich es, Alex von meinem neuerlichen Brechanfall zu erzählen.

Während wir auf unserem Bett saßen und frühstückten, überlegten wir, wie wir meinen Eltern am besten die Kunde von unserer Hochzeit beibringen konnten, schlussendlich hatte ich die perfekte Idee. Wir würden zwar wieder für mindestens einen Tag arbeitsmäßig ausfallen, doch ich war so begeistert, dass ich, erst einmal in Fahrt, kaum mehr zu bremsen war. „Ich weiß, wie wir's machen, Alex! Wir besuchen einfach meine Eltern, lassen Oma und Stephan ebenfalls dazukommen und tun zunächst so, als wäre nichts gewesen. Unter dem Vorwand, ihnen unsere Urlaubsbilder zeigen zu wollen, legen wir dann einfach den Film unserer Trauung ein! Ha! Die werden Augen machen!"

Alex fand meine Idee gut und da man uns den Sonntag als freien Tag zur Verfügung gestellt hatte, machte ich mich sogleich daran, eine Gästeliste zu erstellen, schließlich wollten wir bei unserem Besuch ebenfalls die Einladungskarten verteilen. Auf meinem Kuli herumkauend, überlegte ich: Eltern, Bruder und Oma war klar, dann Tanten und Onkels inklusive Vettern und Cousinen samt Partnern und Kindern, das allein waren schon über fünfzig Personen, dann noch ein paar der engsten Freunde. Als ich die Liste fertig hatte, war mein ganzes Gesicht mit Kugelschreiber angemalt und ich war völlig ratlos, wo sollten die alle schlafen? Es würde schließlich ebenfalls noch ein ganzer Haufen Frasers antanzen!

Nachdem Alex mir zunächst wortlos einen Spiegel unter die Nase gehalten, und ich meinen kleinen Unfall beseitigt hatte, erklärte er mir, dass viele der Frasers mit Wohnwagen oder Caravans kommen würden und lediglich die engeren Verwandten im Fraser House untergebracht würden, die anderen hatten sich selber um Schlafgelegenheiten zu kümmern und würden sich Zimmer in den umliegenden Bed & Breakfasts buchen.

Als ich ihn darauf mit hochgezogener Augenbraue ansah, fuhr er fort: „Selbstverständlich werden deine Liebsten im Haupthaus untergebracht, keine Frage. Mach dir keine Sorgen, inklusive Gäste- und Gesindehaus haben wir knapp einhundert Betten zur Verfügung. Gut, von Privatsphäre kann dann zwar keine Rede mehr sein, aber das soll nicht unser Problem sein, nicht wahr?"

Ich mochte dieses nicht so recht glauben und so stiefelte ich mit Alex am frühen Abend hinüber ins Gästehaus und war ziemlich erstaunt: Im Erdgeschoss befand sich ein großer Raum, komplett mit Tischen und Stühlen eingerichtet, in den oberen

Geschossen befanden sich auf jeder der vier Etagen, fünf Zimmer mit Waschgelegenheit sowie zwei Badezimmer und zwei einzelne Toiletten.

„Meine Güte Alex, ich wusste gar nicht, dass hier soviel Platz ist! Schade, dass es so selten genutzt wird, man könnte hier prima eine kleine Pension einrichten!"

Alex brummelte daraufhin etwas von: „Das wäre ja noch schöner, wenn mir ständig fremde Leute ums Haus laufen würden!", und ich fragte nicht weiter, doch verwarf ich den Gedanken nicht, sondern legte ihn unter der Kategorie „Zu einem anderen Zeitpunkt noch mal ansprechen" in meinem Gehirn ab.

Alex hatte Recht gehabt, mit Notbetten und Luftmatratzen war es locker möglich, vier Personen in einem Zimmer unterzubringen, mal fünf Zimmer, mal vier Stockwerke, machte allein im Gästehaus achtzig Personen, ich konnte also ruhigen Gewissens meine Einladungen schreiben.

Nach dem Abendessen und nachdem uns alle gratuliert hatten, zogen Alex und ich uns in unser Gemach zurück und entwarfen die Karten. Wir wählten ein quadratisches Format, als Deckblatt diente eines der Fotos von der Trauung. Auf dem Bild standen wir einander zugewandt und bis zu den Knien im Wasser. In dem Moment, wo der Fotograf abgedrückt hatte, war eine leichte Brise aufgekommen, so dass mein Kleid und Schleier traumhaft im Wind flatterten. Während wir vor uns hinarbeiten, schlug Alex vor, ein komplettes Flugzeug zu chartern und den Transfer für unsere deutschen Gäste zu übernehmen, jenes lehnte ich jedoch vehement ab. Zum einen war es, gerade in Zeiten der Billigflüge, völlig überzogen und zum anderen glaubte ich nicht, dass meine Familie, abergläubisch wie sie nun einmal war, alle zusammen in ein Flugzeug steigen würden. Wenn es abstürzen würde, wäre schließlich keiner mehr von uns da! Nein, um die Flüge sollten sie sich lieber selber kümmern und da wir trotz der großzügigen Räumlichkeiten der Frasers ein wenig in Platznot gerieten, stellten wir, neben meinen Verwandten, nur meinen engsten Freunden ein Zimmer zur Verfügung, Julietta und Freund würden selbstverständlich bei uns untergebracht werden, keine Frage.

Als wir später im Bett lagen und ich schon beinahe schlief, fiel mir plötzlich ein und dass wir uns nicht am sonnigen Mittelmeer, sondern mitten in den schottischen Highlands befanden, wo das Wetter ja bekanntlich sehr unbeständig war. Ich weckte den schlafenden Alex mittels eines Tritts gegen sein Knie und fragte ihn, beinahe schon panisch, was wir denn tun sollten, falls es regnete.

Mit einer Stimme, als hätte er ein Geschirrhandtuch im Mund, antwortete er ungläubig und ziemlich schlaftrunken: „Du hast doch nicht im ernst geglaubt, dass wir nur draußen feiern, oder?"

„Äh, eigentlich doch, wo auch sonst? Das Untergeschoss im Haupthaus und die Gemeinschaftsräume im Gesinde- und Gästehaus sind zwar groß, aber über zweihundertfünfzig Personen können sie wohl kaum gleichzeitig beherbergen, oder?"

Seufzend richtete er sich auf, knipste das Licht an, trank einen großen Schluck Wasser und erklärte mir, dass ein großes, ein sehr großes Zelt aufgebaut werden würde. Auch ich hatte mich mittlerweile aufgesetzt und starrte ihn ungläubig und etwas vertrottelt an. Abermals seufzend erklärte er dann weiter, dass das Zelt zu einer großen Cateringfirma gehöre, die neben der Gestellung eben des Zeltes und des dazugehörigen Mobiliars, auch den Service und das komplette Catering, inklusive Frühstück und Getränken während der gesamten Feierlichkeiten übernehmen würde. Eine Band hatten sie ebenfalls in ihrem Repertoire.

Zufrieden lächelte ich in mich hinein, dieses Fest war schon lange vor unserer Hochzeit, sogar schon lange vor unserem „Kennenlernen" geplant worden und doch gefiel es mir so gut, dass es sich anfühlte, als hätte ich es selber geplant.

Nachdem er seine Ausführungen abgeschlossen hatte, blickte Alex mich etwas unsicher an. Als er jedoch mein überbreites Grinsen bemerkte, fragte er, was los sei. Ich fiel im um den Hals und antwortete: „Du kannst dir gar nicht vorstellen, wie sehr ich mich auf unser Fest freue! Ich habe gerade gedacht, dass ich zwar an der grundsätzlichen Planung nicht beteiligt war, sie mir aber so gut gefällt, dass es sich anfühlt, als würde diese Party nur für uns stattfinden!" Alex legte die Stirn in Falten. „Das freut mich, ich hatte schon Angst, dass du böse bist, dass ich die ganze Sache alleine in die Hand genommen habe!"

Nein, ich war ihm nicht böse. Normalerweise war ich ja kein Mensch, der sich gern die Zügel aus der Hand nehmen ließ und er wusste das. Doch wenn ich so eine perfekte Organisation und Planung vorgesetzt bekam, lehnte auch ich mich gerne zurück und legte die Hände in den Schoß. Nachdem ich ihm dieses mit ungefähr dreitausend Küssen versichert hatte, sanken wir endlich wieder in unsere Kissen zurück, der lange Flug und die Zeitverschiebung steckten uns noch in den Knochen und morgen würden wir wieder mit dem ersten Hahnenschrei aufstehen und unserer Arbeit nachgehen müssen.

Anstatt wenigstens bis zum Weckerklingeln zu warten, trieb mich meine Übelkeit abermals frühzeitig zur Toilette. Verdammt, was war das nur?

Um Alex nicht zu beunruhigen, hatte ich die Tür hinter mir geschlossen und mich möglichst leise übergeben, mir anschließend Nase und Zähne geputzt und war vorsichtig zurück ins Bett geschlichen. Ich lag noch gar nicht ganz, da nestelte seine Hand bereits zu mir unter die Bettdecke und er fragte schlaftrunken: „Hast du dich schon wieder übergeben?" Ich versuchte das ganze herunterzuspielen und antwortete: „Ja, etwas. Wahrscheinlich die ganze Aufregung, keine Ahnung. Es geht aber schon wieder!"

Er drehte sich zu mir, setzte sich auf und betrachtete mich. „Du siehst aus wie ein Geist! Schneeweiß im Gesicht! Bist du sicher, dass dir nichts fehlt?" Ich versicherte ihm, dass alles in Ordnung sei und stand, obwohl er darauf beharrte, dass ich im Bett bleiben sollte, auf und machte mich fürs Frühstück zurecht. Natürlich betrat er just in dem Moment das Badezimmer, wo ich mich mit beiden Händen am Waschbecken festklammerte und gegen einen weiteren Übelkeitsanfall ankämpfte und begann erneut zu schimpfen: „Du bleibst heute im Bett liegen! Offensichtlich bist du krank und hast nichts im Stall zu suchen."

„Papperlapapp!", antwortete ich, spritze mir zwei handvoll kaltes Wasser ins Gesicht und sah ihn an. „Mir geht's gut! Mach' dir keine Sorgen! Und wenn es doch nicht geht, kann ich mich immer noch hinlegen!"

Er wusste, dass ich mindestens genauso stur sein konnte wie er und somit jede weitere Diskussion verschwendete Zeit war, also zog auch Alex sich an und wir gingen gemeinsam hinunter. Schon auf dem Weg zum Esszimmer drang mir der köstliche Duft von gebratenem Speck in die Nase und ich seufzte leise vor mich hin.

Endlich angekommen, schenkte ich Alex und mir zunächst Tee ein und machte mich anschließend daran, mein Toast ungefähr fünf Zentimeter dick mit Rührei und gebratenem Speck zu belegen. Alex blickte mich über den Rand seiner Teetasse mit hochgezogener Augenbraue an, sagte aber nichts. Iain hingegen gab mir einen Stoß mit dem Ellenbogen. „Ganz schon anstrengend, die ehelichen Pflichten, nicht wahr? Meine Güte Emma, wie lange bist du schon bei uns? Ein dreiviertel Jahr? Ich hab dich die ganze Zeit über niemals Speck zum Frühstück essen sehen!" Ich errötete leicht, brummelte etwas von kalter Luft und appetitanregend und widmete mich wieder meinem Toast.

Nach diesem doch sehr deftigen Frühstück ging es mir wieder gut und ich war bereit, meine Arbeit im Stall aufzunehmen. Alex hatte sich derweilen zum Gemeindebüro aufgemacht, um unsere Heiratsurkunde vorzulegen, außerdem wollte er das Papier für die Einladungskarten besorgen, schließlich wollten wir am Wochenende nach Deutschland fliegen und meine Familie einweihen.

Ich hatte mir vorgenommen, den MacKenzies zunächst beim ausmisten zu helfen und hatte Hannibal zu diesem Zweck gerade in der Stallgasse angebunden, als mir schon wieder schlecht wurde. Diesmal war es jedoch schlimmer als je zuvor, ich stieß einen leichten Schrei aus und sank ohnmächtig in der Box des Hengstes zusammen.

Etwas benommen bemerkte ich, wie ich hochgehieft, wegtransportiert und auf einer provisorischen Liege aus frischen Strohballen abgelegt wurde.

Mit Backpfeifchen links und Backpfeifchen rechts brachte Iain mich wieder zu Bewusstsein. Ich schüttelte meinen Kopf, sah ihn an und erbrach mich sogleich in den freundlicherweise von Aidan bereitgehaltenen Eimer.

„Emma, was ist los mit dir?", fragte Iain mich mit ernstem Blick.

Ich zuckte mit den Schultern. „Keine Ahnung, ich glaube, ich hab mir auf Mauritius irgendeinen Magen- und Darmvirus eingefangen! Lass mich einfach einen Moment hier liegen, geht sicher gleich wieder!"

Iain stand auf, breitete eine Decke über mich und wollte sich gerade wieder seiner Arbeit zuwenden, doch ich hielt ihn zurück.

„Iain?"

„Ja?", antwortete er.

„Sag' bitte Alex nichts davon!"

Er zuckte mit den Schultern und meinte im weglaufen: „Wenn du meinst!"

Ich für meinen Teil blieb noch einen Moment mit geschlossenen Augen liegen und lauschte auf meinen Herzschlag, der anfangs noch sehr schnell, dann wieder langsamer wurde. Etwas war jedoch merkwürdig, denn irgendwie fühlte es sich, auch als ich mich wieder beruhigt hatte, an, als wäre mein Herz irgendwie aus seinem Rhythmus geraten. Während ich die linke Hand auf meinem Herzen liegen ließ, wanderte ich mit der Rechten hinab und plötzlich war mir so, als spürte ich unterhalb meines Bauchnabels ein ganz leichtes, vorsichtiges „Glong" unter den Fingerspitzen.

Verwirrt hielt ich inne, nein, das konnte doch nicht wahr sein, oder? Ich konnte doch nicht schwanger sein, oder etwa doch? Plötzlich kam mir die Erleuchtung: Ich brauchte einen Arzt, aber schnell!

Ich strumpelte die Decke beiseite und rief Iain während ich aus dem Stall rannte, zu, er solle mich bitte sofort telefonisch bei Dr. Doolittle anmelden. Und während ich zu unserer Wohnung hastete, um mich schnell etwas frisch zu machen und mir etwas anderes anzuziehen, hoffte ich inständig, Alex nicht über den Weg zu laufen.

Mit zitternden Händen drehte ich den Zündschlüssel des kleinen Mini Coopers um und brauste die Auffahrt entlang, Richtung Beauly Square, wo Dr. Doolittle seine Praxis betrieb. Mit quietschenden Reifen kam ich direkt vor dem Eingang zum stehen und stürmte sogleich hinein.

Sowohl Sprechstundenhilfe als auch Patienten sahen mich verdutzt an, und noch während ich wie ein gefangener Springbock hilflos hin und her blickte, öffnete sich die Tür des Sprechzimmers. Dr. Doolittle verabschiedete soeben einen Patienten, bemerkte mich jedoch und winkte mich sogleich heran, was mir abermals verdutzte Blicke des Personals sowie wütende Blicke der anderen Patienten einbrachte.

Der Doc reichte mir die Hand und wies auf den Stuhl gegenüber seines Schreibtisches. Ich setzte mich und stieß die angehaltene Luft aus. Er grinste und fragte dann im Konversationston: „Schön Sie zu sehen Emma, was führt Sie zu mir?"

Ich blickte auf meine Hände und entgegnete nervös: „Ich weiß nicht, ob ich es so schön finde hier zu sein!" In seiner bekannt väterlichen Art meinte der Doc dann: „Aber, aber, so schlimm wird's schon nicht sein!"

Da sich in Beauly die Neuigkeiten wie Lauffeuer verbreiten, wusste er bereits von

Alex und meiner Hochzeit und bevor ich von meinem Problem berichten konnte, gratulierte er mir erst einmal ausgiebig. Abwesend bedankte ich mich, holte noch einmal tief Luft und begann, ihm meine Symptome zu schildern. Den Part mit dem Herzschlag ließ ich bewusst aus, sollte ich mich geirrt haben, wollte ich mir wenigstens keine Scheinschwangerschaft andrehen lassen.

Während er sich die Brille auf die Nase schob und dabei aussah wie ein alter Uhu, was mich unweigerlich schmunzeln ließ, fragte er mich, wann ich denn das letzte Mal meine Tage gehabt hatte. Ich hatte mich jenes während meiner rasanten Autofahrt hierher ebenfalls gefragt, konnte mich jedoch nicht mehr erinnern.

Seitdem ich mit knapp zwanzig Jahren an Thrombose gelitten hatte, nahm ich keine herkömmliche Anti-Baby-Pille mehr, sondern eine Pille auf Gestagen-Basis. Bei dieser Pille machte man nicht, wie bei den anderen, alle einundzwanzig Tage eine Pause, wo man dann seine Blutung bekam, sondern man nahm sie immer durch, was zur Folge hatte, das ich sehr unregelmäßig und, sehr zur Freude meines Mannes, meistens gar keine Blutung hatte. Dr. Doolittle schlug sich mit der flachen Hand auf den Kopf, scheinbar war es ihm ebenfalls wieder eingefallen.

Ich konzentrierte mich und erklärte ihm dann, dass ich mich entsinnen konnte, irgendwann Anfang Dezember das letzte Mal „regelartige Symptome", wie Hautunreinheiten und leichte Unterleibsschmerzen gespürt zu haben und somit die letzte „Regel" offensichtlich überfällig war. Er rechnete selber kurz nach, nickte dann und drückte mir mit den Worten: „Mittelstrahl bitte!", einen Urinbecher in die Hand.

Ich flüchtete zur Toilette und war froh, dass der Leibarzt der Frasers vor seiner Arbeit als Allgemeinmediziner, lange Jahre als Gynäkologe in einer bekannten Frauenklinik in Edinburgh gearbeitet hatte. Irgendwann war es ihm dann „in der Stadt einfach zu voll geworden" und so hatte er umgesattelt und war aufs Land gezogen.

Nachdem ich meinen Teil erledigt hatte, stellte ich den Becher in die dafür vorgesehene Klappe und wartete die längsten zehn Minuten meines Lebens. Dann wurde ich abermals aufgerufen und folgte der Sprechstundenhilfe in das Gynäkologenzimmer, wo mich der Doc bereits erwartete. Ich nahm Platz und ballte meine Hände so stark zu Fäusten, dass die Fingerknochen weiß hervortraten.

Während ich einen Punkte an der Wand fixierte, fragte ich trotzig: „Und?"

„Herzlichen Glückwunsch! Sie sind schwanger! Scheinbar hatten sie eine recht nette Vorweihnachtszeit, sie befinden sich circa in der achten Schwangerschaftswoche!"

Mir fiel die Kinnlade herunter. Schwanger? Ich? Das konnte doch gar nicht sein. Das wollte ich doch gar nicht. Oh Gott, und Alex? Ich erinnerte mich soeben an den Abend bei den MacGregors wo Alex und ich mehrmals darauf angestoßen hatten, „niemals und unter keinen Umständen solche nervenden Plagegeister in die Welt zu setzen!". Ich wollte kein Kind, verdammt!

Doch dann erinnerte ich mich wieder an das flatterige Gefühl des winzig kleinen, schlagenden Herzens unter meiner Hand und streichelte abwesend über meinen Bauch. Wie durch einen Nebel hörte ich den Doktor meinen Namen rufen: „Emma, hören Sie mich? Ist alles in Ordnung?"

Ich erwachte aus meiner Trance, schüttelte meine Gedanken beiseite und sah Dr. Doolittle ins Gesicht. „Ich weiß es nicht.", sagte ich schlicht, nahm meine Tasche, dankte ihm und ging.

Ich hatte keine Ahnung, was ich tun sollte, doch eines wusste ich, ich brauchte Zeit für mich und so fuhr ich nicht zurück zum Fraser House, sondern in Richtung Inverness, zum Schlachtfeld von Culloden.

Ich parkte den Wagen in der Nähe des Einganges, zu dieser Jahreszeit verirrte sich kaum ein Tourist ins Moor, und machte mich auf den Weg. Beim Gedenkstein kniete ich nieder und wäre ich christlich gewesen, so hätte ich sicher ein Gebet gesprochen, doch war ich es nicht und so strich ich einfach mit beiden Händen über den Stein, ehe ich meinen Weg tiefer ins Moor fortsetzte.

Ich passierte diverse Grabsteine, mit den Inschriften der verschiedensten Clan-Namen und in Anbetracht dessen, was hier im Jahre 1746 geschehen war, liefen mir plötzlich Tränen die Wangen hinunter. Hier waren so viele MacKenzies, Grants, MacLeods und schlussendlich auch Frasers gestorben. War es nicht meine Pflicht, diesem kleinen Wesen in mir eine Chance zu geben und damit den Namen Fraser fortzuführen?

Ich stiefelte die anderthalb Meilen zu den Clava Cairns, setze mich auf einen der äußeren Steine und genoss es, die Energie und Kraft dieses Ortes zu spüren, saugte sie förmlich in mich auf. Als ich plötzlich spürte, wie sich zwei große Hände auf meine Schultern legten, war ich vor Schreck fast gelähmt und weder in der Lage aufzustehen, noch diese Hände abzuschütteln. Ich blickte hinab und erkannte die Hände meines Mannes. „Alex!" Mein Herz, oder besser gesagt, meine beiden Herzen begannen wie wild zu schlagen, ich stand auf und drehte mich zu ihm.

Er sah mir tief in die Augen, zog mich näher an sich heran und hauchte mir ins Ohr: „Je suis prêt, et toi?" - Ich bin bereit, und du?

Ich hatte mir eigentlich vorgenommen, sauer auf Iain zu sein, der Alex, trotz meiner Bitte es nicht zu tun, etwas von meinem erneuten Übelkeitsanfall sowie meinem Arzttermin erzählt hatte.

Letzterer hatte sich mittlerweile neben mich auf den Stein gesetzt und ich kuschelte mich an ihn. „Wenn ich Iain in die Finger kriege! Dem schneide ich seinen rechten Arm ab! Und Dr. Doolittle ebenso, von wegen ärztliche Schweigepflicht!", schimpfte ich. Alex lächelte bei der Vorstellung, wie ich mich mit einer Knochensäge an den Armen der beiden Männer zu schaffen machte, doch versicherte er mir, dass weder Iain, noch dem Doc, die Schuld zuzuschreiben war. Vielmehr hatte ihn eine Verkettung merkwürdiger Zufälle zu mir geführt: Als er freudestrahlend mit unserer anerkannten Urkunde sowie dem Papier für die Karten in den Stall gestürmt war, um mir beides zu präsentieren, hatte er mitbekommen, wie Iain mich per Handy bei Dr. Doolittle anmeldete. Noch ehe er Iain darauf ansprechen konnte, war Aidan ihm über den Weg gelaufen und hatte sich nach meinem Befinden erkundigt. Alex, der ja von nichts eine Ahnung hatte, hatte daraufhin verdutzt gefragt, was er denn damit meinen würde und so hatte Aidan ihm erzählt, dass ich in Hannibals Box zusammengeklappt war und mich anschließend in den Eimer, den er mir freundlicherweise hingehalten hatte, er betonte dieses ganz besonders, übergeben hätte. Alex zog eins und eins zusammen und war, scheinbar in ebenso rasantem Tempo wie ich zuvor, zur Praxis von Dr. Doolittle gedüst.

Als er in die Praxis hastete, wurde er sogleich von der Sprechstundenhilfe, bedrängt:

„Herzlichen Glückwunsch Mr. Fraser! Was für ein Glück, frisch verheiratet und schon ist die Liebste in anderen Umständen!"

Und so war zum zweiten Mal an diesem Tage jemandem in der Doolittle'schen Praxis die Kinnlade heruntergefallen.

Als er völlig verstört aus der Praxis herausgetreten war, wäre er beinahe mit einem alten Jagdkollegen seines Vaters zusammengestoßen, der ihn zunächst freundlich begrüßte und ihn dann fragte, ob auch er vorhabe im Moor wandern zu gehen. Mehr als ein: „Bitte was?", hatte Alex jedoch nicht herausbekommen und so erklärte der Kollege ihm, dass er mich auf dem Parkplatz des Culloden Info Centre gesehen habe und sich bereits gefragt hätte, wo denn mein Ehemann sei, schließlich war es zur Zeit im Moor sehr einsam und als Frau sollte man dort besser nicht alleine wandern gehen. Alex hatte sich geschüttelte und während er bereits ins Auto gesprungen war noch geantwortet, dass er umgehend zu mir stoßen würde, dann hatte er den armen Mann und seinen Hund einfach stehen gelassen.

Ich schmunzelte über seine Ausführungen, fragte ihn dann jedoch: „Kannst du dich noch an den Abend bei den MacGregors erinnern?"

Er grinste. „Aye und vor allen Dingen an den Morgen danach!"

Ich verdrehte die Augen. „Das meinte ich nicht! Ich meine daran, dass wir uns des Öfteren zugeprostet haben, niemals nervige Wesen in die Welt zu setzen!"

Alex zuckte die Schultern und antwortete: „Das haben wir wohl, aber ich kann mir kaum vorstellen, dass unsere Kinder so nervig werden könnten, wie die der MacGregors!" Er stand auf, legte seine Hände auf meine Schultern und sagte: „Du bist die Frau, mit der ich den Rest meines Lebens verbringen möchte, Ginger. Und wenn wir jetzt ein Kind bekommen, dann soll es wohl so sein. Ich weiß, dass du diese Bürde allein zu tragen hast, doch schwöre ich bei Gott, wenn ich dir etwas abnehmen könnte, so würde ich es tun!"

Auch ich stand auf und während ich ihn umarmte, flüsterte ich ihm ins Ohr: „Als ich vorhin zwischen all den Grabsteinen herumgelaufen bin, ist mir klar geworden dass, auf diesem Feld haben so viele Frasers ihre Leben gelassen haben, nun ist es scheinbar an uns, die Linie weiterzuführen!"

Wir standen noch lange schweigend an dem Steinkreis und hielten uns einfach nur fest, doch bald wurde es uns zu kalt und wir schlenderten Hand in Hand zurück zu unseren Autos.

„Sollen wir es gleich erzählen?", fragte Alex mich.

Ich zuckte mit den Schultern und entgegnete: „Vielleicht sollten wir noch etwas warten? Ich habe mich mit dem Thema zwar noch nie so richtig beschäftigt, aber ich bin jetzt in der achten Schwangerschaftswoche und das Risiko einer Fehlgeburt ist glaub' ich noch sehr hoch! Außerdem haben wir ja nur festgestellt, dass ich schwanger bin, vielleicht sollte ich noch mal zum Doc und eine Ultraschalluntersuchung oder so machen lassen?"

Er nickte und bat darum, mich begleiten zu dürfen.

„Wie hast du es eigentlich gemerkt?", fragte er weiter und ich erzählte ihm von dem merkwürdigen Herzschlag, den ich meinte gespürt zu haben, wie mich aber dennoch der Schlag getroffen hatte, als ich erfuhr, tatsächlich schwanger zu sein. Einem plötzlichen Impuls folgend packte Alex mich und wirbelte mich herum.

„Was war denn das?", fragte ich ihn und er zuckte mit den Schultern. „Mir war grad' danach!", antwortete er leichthin und strahlte wie ein Honigkuchenpferd.

Wir fuhren nicht direkt nach Hause, sondern legten einen Zwischenstopp beim Doktor ein, der eigentlich gerade seine Praxis für die Mittagspause schließen wollte, uns jedoch mit den Worten: „Es gibt halt Notfälle!", hereinbugsierte und mich bat, auf der Ultraschallpritsche Platz zu nehmen. Er schaltete das Gerät ein, führte den Schallkopf über meine Bauch und sah mich mit hochgezogener Braue an. „Ganz schön voll ihre Blase, vielleicht sollten sie mal zu Toilette gehen!"
Alex, für den die ganze Situation sowieso etwas befremdlich war, blickte beschämt zu Boden und ich schmunzelte. Er fuhr mit dem Gerät auf und ab und deutete dann auf seinen kleinen Bildschirm. „Hier, sehen Sie?" Tatsächlich, da schwamm ein unförmiger, heller Fleck in meiner Gebärmutter herum. „Oh mein Gott!", entfuhr es mir. Alex war mittlerweile näher an den Bildschirm herangetreten und fixierte fasziniert das Bild unseres Kindes.
Dr. Doolittle versicherte uns, dass alles in Ordnung sei und wir einfach abwarten sollten, wie es sich weiter entwickelte. Aller Voraussicht nach, würde die Schwangerschaft jedoch sicherlich normal und ohne Komplikationen verlaufen, schließlich war ich „jung, kräftig und gesund".
Nachdem er uns noch schnell den Geburtstermin für den achtzehnten September ausgerechnet hatte: „Oh, ihr Kind wird wohl auf immer und ewig Jungfrau bleiben!", drückte er uns einen Ratgeber zur Schwangerschaft in die Hand und begleitete uns mit den Worten: „Ach übrigens, die Pille sollten sie dann wohl jetzt erst mal nicht mehr nehmen!", zur Tür.
Zufrieden und glücklich fuhren Alex und ich zurück zum Fraser House, wo uns bereits das Mittagessen erwartete.
„Wie geht's deinem Bauch?", fragte Iain sogleich. Alex und ich sahen uns an, rollten mit den Augen und ich antwortete: „Scheinbar nur eine kleine Lebensmittelvergiftung, sollte in ein bis zwei Tagen vorbei sein!"
Iain verengte seine Augen zu Schlitzen und meinte nur: „So, so!", ließ das Thema dann jedoch, sehr zur Freude von Alex und mir, fallen.
Ich hatte einen ziemlichen Appetit, fühlte mich jedoch alsbald von Dotty beobachtet und fragte mit vollem Mund: „Üsch wasch?"
Sie schüttelte den Kopf und wand sich wieder ihrem Teller zu.

Den Nachmittag verbrachten wir im Stall und kümmerten uns um die Pferde. Es war kalt, aber trocken und so sattelten wir Ruadh und Hannibal und ritten aus. Alex schien über die Stille um uns herum ebenso erfreut zu sein wie ich und so brachten wir ein ganzes Stück des Weges schweigend hinter uns. Ich merkte jedoch bald, dass es in Alex Kopf arbeitete und ihm irgendwas auf dem Herzen lag. Immer wenn er etwas sagen oder fragen wollte und nicht wusste wie, bekam sein Gesicht diesen besonderen Ausdruck und er starrte in die Ferne, und genauso war es jetzt.
Ich schnipste mit Daumen und Mittelfinger vor sein Gesicht. „Alex! Komm zurück!"
Er erwachte aus seiner Trance und sah mich mit dem Gesichtsausdruck eines dämlichen Hundes an.
„Was liegt dir auf dem Herzen?", fragte ich ihn. Er holte tief Luft und stieß dann die

Worte: „Können-wir-denn-jetzt-überhaupt-noch-mpfm?", aus und fuhr, ehe ich antworten konnte, fort: „Nicht, dass du denkst, dass ich unsere Beziehung nur darauf beschränke, aber es war doch immer so schön!"

Ich hatte vorgehabt nicht zu lachen, doch war mir jenes aufgrund seiner Worte und seines Gesichtsausdruckes nicht möglich und ich prustete los. „Oh Alex! Natürlich können wir noch „Mpfm", soviel wir wollen! Ich hoffe nur, du stehst auf dickbäuchige Frauen, ansonsten könnte es in ein paar Monaten doch Probleme geben!" Statt einer Antwort erntete ich ein Schnauben und wir setzen unseren Ritt fort.

Nach dem Abendessen machte ich mich daran, die Einladungen für meine Leute vorzubereiten und Alex fläzte sich mit meinem Schwangerschaftsratgeber auf die Couch und ließ mir keine Ruhe. Wann immer er etwas Interessantes las, kam er entweder hochgestürmt um es mir zu zeigen, oder forderte mich auf „umgehend herunterzukommen", gelegentlich brüllte er mir auch einfach ganze Absätze nach oben. Irgendwann hatte ich dennoch alle Karten fertig, taperte die Treppe hinunter und ließ mich neben Alex nieder.

„Ich kann nicht mehr!", stöhnte ich und er begann sogleich mir die Schultern zu massieren, das würde mir gut tun meinte er, habe er eben gerade erst in dem Heftchen gelesen. Innerlich verdrehte ich die Augen, wenn das die nächsten sieben Monate so weiterginge, würde ich entweder ihn oder mich selber umbringen müssen.

Die morgendliche Übelkeit ließ auch im Laufe der nächsten Tage nicht nach, doch wenn ich mich erst einmal übergeben hatte, ging es meist wieder und ich half den anderen bei der Stallarbeit.

Alsbald würden wir mit dem Training der Zweieinhalbjährigen beginnen müssen, es waren insgesamt drei Pferde einzureiten, zwei Stuten und ein Hengst. Durch meine beinahe täglichen Putzaktionen waren sie schon gut an Menschen sowie Halfter und Führstrick gewöhnt und sehr zutraulich, es war eben immer gut, bereits im Vorfeld etwas Zeit und Arbeit zu investieren.

Am Wochenende flogen wir nach Deutschland um die Karten zu verteilen. Zwar hatte ich zunächst etwas Bedenken wegen meiner Übelkeit, so dass ich schon darüber nachgedacht hatte, morgens früh hinzufliegen und abends gleich wieder zurück. Ich war ja im Allgemeinen schon eine schlechte Lügnerin, meiner Mutter gegenüber jedoch im Besonderen, leider verfügte sie über die Fähigkeit, mir alles vom Gesicht ablesen zu können.

Als wir dann endlich mitsamt Bruder und Oma bei meinen Eltern vor dem Fernseher saßen, war es an der Zeit unsere vermeintliche Urlaubs-DVD zu begucken. Im ersten Bild war Alex mit hochgekrempelter Hose und offenem Hemd zu sehen. Dann folgte ein Bild von „Mr. Black" mit dem halb im Wasser stehenden „Traualtar". Als ich dann in der nächsten Szene mit flatterndem Kleid und Schleier den Strand entlang auf Alex zu schwebte, entfuhren meiner Mutter und meiner Oma kleine Schluchzer. Ich saß zwischen den beiden auf dem Sofa, nahm von jeder eine Hand und drückte sie leicht.

Ebenso wie unser „Mr. Black" damals, fanden auch sie die Szene mit dem Messer etwas befremdlich, doch als sie sahen, wie wir uns bei dieser Prozedur ansahen und uns mit aufeinander gelegten Wunden die Worte „For ever" zuhauchten, waren sie etwas beruhigt. Am Ende des Videos war zu sehen, wie Alex mich auf den Arm nahm und zu unserer Suite trug. Ich wischte mir eine Träne aus dem Augenwinkel und sah zunächst meine Mutter, dann meine Oma an: „Wir haben geheiratet!"

Meine Oma, trocken wie immer, meinte nur. „Ja, das war wohl offensichtlich!" und nahm mich in die Arme. An Mama gewandt sagte ich: „Mach dir keine Sorgen! Es wird eine große Party geben! Und das ist einer der Gründe, warum wir heute hier sind!" Ich zauberte den Packen mit den Einladungskarten aus meiner Tasche und wedelte damit vor ihrer Nase herum.

„Mensch Kind! Selbst wenn es keine Party geben würde! Ich freu mich so für euch!" Die Einladungen waren fürs erste vergessen und während Alex und ich uns reihum von jedem in die Arme nehmen und gratulieren ließen, eilte meine Mutter los, um für alle ein Gläschen Prosecco zu holen. Nachdem wir uns ordentlich zugeprostet hatten, ich nippte nur an meinem Glas und tauschte es in einem unbeobachteten Augeblick gegen Alex' leeres aus, verteilte ich die Karten und wir erläuterten ihnen, wie wir unsere Feier geplant hatten.

Eigentlich hatte ich fest damit gerechnet, dass meine Mutter Einspruch gegen die Feier in Schottland erheben würde, doch sie tat es nicht, scheinbar freute sie sich wirklich. Oma hingegen war im ersten Moment etwas traurig: „Heel na' Schottland hen? Woor süll' ik door dann henkomen?"

Sie machte sich sorgen, wie sie zu uns kommen sollte und ich sagte ganz lapidar: „Flugzeug, Oma!", woraufhin sie abwinkte und entgegnete: „Nee, mit mien acht-un'achtzig Joar will ik doch neit meer fleigen!" Ich grinste sie an. „Kein Problem, dann fährst du eben mit dem Schiff!"

Darauf wusste sie keine Antwort mehr und versprach, es sich zu überlegen. Bis zum zwanzigsten Juni war schließlich noch jede Menge Zeit.

Nach Kaffee und Kuchen hatten Alex und ich uns aufgemacht, die anderen Einladungskarten zu verteilen, wir hatten leider - oder Gott-sei-dank - nur einen Bruchteil meiner Verwandtschaft zu Hause angetroffen, die restlichen Karten hatten wir einfach in die Briefkästen geworfen. Julietta und ihr Freund hatten uns am Abend abgeholt und wir waren ins nächste Dorf gefahren, wo wir in einem „Irish Pub" Guinness, ich nur Cola - Magenverstimmung, getrunken und ihnen von der Hochzeit erzählt und die Einladung überreicht haben.

Trotz meiner Sorge bezüglich meines allmorgendlichen Zustandes blieben wir über Nacht und wie es der Zufall wollte, wurde ich am nächsten Morgen nicht von Übelkeit geplagt. Ich bedankte mich bei dem kleinen Wurm in meinem Inneren und machte mich gutgelaunt über das Frühstück her.

„Meine Güte Emma, gibt's bei den Frasers nichts Anständiges zu Essen? Du isst ja wie ein Scheunendrescher!", fragte mein Vater halb im Scherz.

Dussel, dachte ich und versuchte ebenfalls einen scherzhaften Ton anzuschlagen als ich antwortete: „Doch, doch, gelegentlich bekomme ich dort auch etwas zu Essen, meist nur Wasser und Brot, aber es geht schon!"

In gespielter Empörung zog mir Alex eins mit seiner Serviette über, er hatte begriffen und spielte mit. „Verdreh' hier mal keine Tatsachen, oft genug reichen wir dir auch mal ein Stück alten Käse!" Für die erstklassige Meisterung dieser Situation gab ich uns eine glatte eins.

Wir ließen uns von meinem Bruder nach Emden fahren, verteilten bei dieser Gelegenheit noch die Einladungen an meine dortigen Freude und machten uns auf den Rückweg nach Schottland, im Gepäck das Versprechen meiner Eltern, dass sie mich zu meinem Geburtstag, am zweiten April, besuchen kommen würden.

Im Flugzeug unterhielten wir uns über die künftige Arbeitsteilung.

Ich war der Meinung, dass ich problemlos in der Lage war, noch zwei, vielleicht sogar drei Pferde pro Tag zu bewegen, beim Einreiten der jungen Pferde wollte ich ebenfalls noch helfen.

„Kommt gar nicht in Frage, Ginger!", rief Alex aus. „Du kannst wohl helfen, sie anzulongieren, aber wenn wir im Mai mit dem Einreiten beginnen, wirst du so kugelig sein, dass du dich gar nicht mehr drauflehnen kannst!"

„Ich werde nicht kugelig!", schnaubte ich. „Wirst du wohl! Das ist nun mal der Lauf der Dinge!", gab er zurück. Er hatte ja Recht, doch hasste ich es, mir sagen lassen zu müssen was ich zu tun, oder zu lassen hatte.

Besänftigend fügte er hinzu: „Wir werden sehen, wie sich die Dinge entwickeln, im Augenblick kannst du, denke ich, noch sehr wohl reiten und das ist auch gut so. Später, wenn die drei trächtigen Stuten auf der Weide laufen, ist es wohl nicht mehr erforderlich, dass sie geritten werden und wir könnten in diesem Punkt auf deine Hilfe verzichten. Wir sollten vielleicht Dr. Doolittle noch mal fragen oder...", er machte eine kurze Pause und ich wusste genau was jetzt kommen würde und so sagten wir wie aus einem Munde: „... oder noch mal im Ratgeber nachlesen!"

Ich grinste. „Ja, ja, deine Bibel!" Er zuckte die Schultern. „Du weigerst dich ja, ihn zu lesen und einer sollte es schließlich tun!"

Ich foppte ihn weiter: „Vielleicht sollten wir dir demnächst Kissen unter deine Polo-Hemden stecken, damit auch du weißt, wie es sich anfühlt immer dicker zu werden!"

Er schüttelte den Kopf, lächelte aber weiterhin. „Aye, ich muss schon sagen, dass du in letzter Zeit wirklich einen mehr als gesunden Appetit aufweist, aber mach' dir keinen Kopf, ich glaube nicht, dass du schon sonderlich zugenommen hast!" Ich grinste, denn er hatte Recht, die Waage behauptete nämlich das gleiche.

So kamen wir frohen Mutes in Inverness an und ich freute mich, dass nach den turbulenten letzten drei Wochen, endlich wieder Alltag im Hause Fraser einkehren würde.

Wir widmeten uns nach wie vor der Arbeit um Stall, ich kümmerte mich weiterhin um die Zweieinhalbjährigen und longierte sie mittlerweile bereits von Zeit zu Zeit. Alex hatte meinen Kollegen etwas von einem Rückenleiden erzählt, er wollte nicht, dass ich weiterhin Boxen ausmistete und nach einer langen Nacht, mit noch viel längeren Diskussionen, bei welchen Alex sich mehrfach auf seinen heißgeliebten Ratgeber berief, kapitulierte ich schließlich und widmete mich fortan anderen Aufgaben.

Es war mittlerweile schon Ende März und langsam aber sicher kam der Frühling nach Schottland. Ich war zwar nicht fett geworden, doch ein klein wenig hatte ich bereits zugelegt. Meine morgendliche Übelkeit hatte sich dafür komplett verabschiedet, nun ja, man kann nun mal nicht alles haben.

Ich besuchte zwar nach wie vor das Karatetraining, doch hielt ich mich beim Kumite, beim Zweikampf zurück und behauptete Matthew gegenüber, dass ich unter Umständen an der Bluterkrankheit leiden würde, dieses zwar noch nicht zu hundert Prozent bestätigt wusste, ich aber dennoch nicht das Risiko einer Verletzung eingehen wollte.

Neben Alex und mir wusste ebenfalls Heather von der Schwangerschaft, wir hatten uns überlegt, dass eine Fotodokumentation von selbiger doch ganz interessant wäre und so hatten wir sie gebeten in regelmäßigen Abständen Aufnahmen zu machen, mal von mir alleine, mal von Alex und mir gemeinsam.

Eines schönen Morgens lag ich im Bett und genoss die Geräuschkulisse um mich herum, die ersten Vögel zwitscherten, in weiter Ferne hörte ich einen der MacKenzies mit Eimern klappern und außer Alex regelmäßigem Atem neben mir, war es noch recht ruhig. Ich lag ganz still und plötzlich bemerkte ich eine ungewohnte Bewegung im Inneren meines Körpers, wie eine elektrische Welle. Ich wartete ab und kurze Zeit später fühlte ich es wieder, mein Kind schien soeben erwacht zu sein. Fasziniert schob ich vorsichtig die Decke beiseite, ich wollte wissen, ob diese Bewegungen ebenfalls sichtbar waren, doch dafür war es scheinbar noch etwas früh. Vorsichtig stupste ich Alex an um ihn zu wecken, dann legte ich seine Hand auf meinen Bauch und während er mich mit fragend und mit schläfrigen Augen ansah, flüsterte ich meinem Baby zu: „Sag Daddy Hallo!", und der kleine Wurm tat wie ihm geheißen und strampelte vergnügt vor sich hin.

Ehe ich mich versah, stand mein Geburtstag vor der Tür und ich wartete sehnsüchtig auf die Ankunft meiner Eltern. Sie waren mit dem Flieger bis Edinburgh geflogen und mein Bruder, der vor einer Woche mit Tabee, seinem Auto und dem Wohnwagen mit der Fähre rübergekommen war und das südliche Schottland bereist hatte, würde sie dort einsammeln und mit ihnen herauffahren.

Augenblicklich war ich jedoch noch allein und hatte die Hand auf meinen Bauch gelegt um Zwiesprache mit meinem Kind zu halten. Alex war ebenso fasziniert von den Strampelbewegungen unseres kleinen Bobbys wie ich und hing, wann immer er Zeit dafür hatte, mit dem Kopf oder mit seinen Händen an meinem Bauch, um zu fühlen. Wenn sich der kleine Wurm dann nicht innerhalb von Sekunden meldete, bekam er jedes Mal eine Panikattacke und befürchtete, das Kind sei gestorben.

Auch ich hatte mittlerweile den von Alex heißgeliebten Ratgeber gelesen und obendrein noch einige weitere Bücher und versicherte ihm dann jedes Mal, dass das Kind wahrscheinlich lediglich schlief. Nicht nur meinem Bauch zollte er im Augenblick Respekt, er behandelte mich im Ganzen wie ein rohes Ei und wenn er mich liebte, dann tat er dies mit solch einer Vorsicht, als hätte er eine Jungfrau vor sich! Es war wirklich süß.

Während ich mich für meine Gäste vorbereitete und versuchte, mir die passenden Worte zurecht zu legen, schließlich wollten wir heute die versammelten Mannschaft über meine Schwangerschaft in Kenntnis setzen, hatte er mich jedoch allein gelassen, um noch ein wenig bei der Stallarbeit zu helfen.

Nachdem ich mir etwas ordentliches angezogen und etwas Make-up aufgelegt hatte, machte ich mich auf den Weg in den Salon, um eventuell Dotty oder den Mädchen noch ein wenig zur Hand zu gehen, vielleicht würden mir dabei ja die richtigen Worte in den Sinn kommen, momentan hatte ich nämlich noch keinen blassen Schimmer, wie ich mit meiner Rede beginnen sollte.

Ich war eben unten angekommen, als es auch schon an der Tür schellte, soviel zum Thema „noch mal nachdenken", dachte ich, sprintete jedoch direkt zur Tür um meine Gäste zu begrüßen.

„Hallo Kind! Herzlichen Glückwunsch!", rief meine Mutter aus und umarmte mich sogleich. Über Papa und meinen Bruder wurde ich bis an Tabee weitergereicht. Als ich schließlich sicher war, dass keiner zum gratulieren mehr vorhanden war, bat ich sie herein und führte sie zunächst auf ihre Zimmer.

Während sie sich frisch machten und einrichteten, gab ich Alex und den anderen Bescheid und um drei Uhr saßen wir alle gemütlich bei Tee und einer eigens von Marsali für mich gebackenen Torte im Salon und unterhielten uns über dies und jenes, bis ich plötzlich einen Blick von Alex auffing und ihm kurz zunickte. Schließlich standen wir beide auf, ich atmete tief durch und begann: „Ja, also erst mal freue ich mich, dass ihr alle hier seid und natürlich über die Geschenke. Allerdings haben Alex und ich auch ein kleines Geschenk für euch..." Ich blickte in die gespannten Gesichter meiner Lieben und fuhr fort: „... ich bin nämlich schwanger!"

Es folgte ein Tumult, jeder wollte der erste sein, der uns gratuliert und als meine Mutter mir unter Tränen ins Ohr flüsterte, dass sie sich dieses, in Anbetracht meiner rosigen Wangen und des Leuchtens in meinen Augen, schon fast gedacht hätte, musste ich beinahe Lachen. Nun war es also raus und ich war wirklich sehr froh, dass die Zeit der Geheimniskrämerei endlich vorbei war, schließlich war ich darin ja auch nicht besonders begabt!

Donald ließ von Dotty Champagner bringen, um auf unser Baby anzustoßen und zur Feier des Tages gönnte auch ich mir ein halbes Gläschen, schließlich rauchte ich nicht und hin und wieder ein Schlückchen würde der kleinen Suse wohl nicht schaden. Ich blickte in die Runde und stellte fest, dass sich scheinbar wirklich alle über den anstehenden Nachwuchs freuten. Donald hatte schon wieder sein listiges Grinsen aufgelegt, was ihm wie immer den Ausdruck einer, wenn auch sehr männlichen, Mona Lisa verlieh.

Als ich mir vor lauter Freude ein zweites halbes Glas Schampus eingießen wollte, wurde mir die Flasche, sehr zur Belustigung unserer Gäste, jäh aus der Hand gerissen. Ich blickte den Schuldigen an, natürlich war es Alex, der mich anfunkelte und mir wütend die Worte: „Willst du unser Kind umbringen?", zuzischte.

Ich war fürchterlich verdutzt, doch traten Dotty und meine Mutter sogleich für mich ein und schnatterten so lange wie zwei wild gewordene Gänse auf Alex ein: „Lass Sie doch!", oder: „Du gönnst deiner Frau auch gar nichts!", bis er schlussendlich kapitulierte und mir einen winzig kleinen Schluck in mein Glas füllte.

Jetzt war es an Donald seinen Sohn mit hochgezogener Augenbraue ansehen, Alex seufzte und schenkte mir nach, woraufhin ihm sein Vater auf die Schulter klopfte.

„Siehst du mein Junge, so ist brav! Deine Mutter hat auch gelegentlich mal ein Gläschen Wein getrunken, als sie mit dir schwanger war. Und? Hat es dir geschadet?"

„Nun, das kann man so oder so sehen!", gab Iain darauf hin lachend zurück und Alex schüttelte empört den Kopf: „Habt Ihr euch alle gegen mich verschworen? Wo ist die versteckte Kamera?"

Er kochte zwar noch nicht, doch brodelte er bereits. Ich legte ihm besänftigend meine Hand auf den Arm und merkte, wie er sich sogleich etwas entspannte. Alex besaß nun mal keinen einfachen Charakter und der Grat zwischen Spaß und Ernst war bei ihm manchmal ziemlich schmal, aber wahrscheinlich war es das, wofür ich ihn so liebte. Meine eigene Persönlichkeit war schließlich auch nicht das, was man als sanft bezeichnen konnte.

Kurze Zeit später lösten wir die Kaffeetafel auf, Iain und die MacKenzies mussten wieder zurück in den Stall, Hugh hatte noch in der Halle zu tun und Dotty und die Mädchen begannen mit den Vorbereitungen für die kleine Feier am Abend, zu der neben meiner bereits anwesenden Familie, auch Matthew und Heather sowie Angus vom Boxclub erwartet wurden. Einen winzig kleinen Augenblick wurde mir wieder bewusst, dass ich außer der Familie Fraser kaum Freundschaften hier in Schottland geschlossen hatte und ich vermisste meine Freundin Julietta wie verrückt, wie gerne hätte ich sie jetzt auch hier gehabt und ihr von der Schwangerschaft erzählt. Ich beschloss eine ruhige Minute abzuwarten und sie dann wenigstens kurz anzurufen, obwohl das ja eigentlich ihre Aufgabe war, schließlich war heute mein Geburtstag!

Auch Alex verabschiedete sich, angeblich hätte er noch etwas dringendes in Inverness zu erledigen, und so hakte ich mich bei meiner Mutter unter und wir gingen ein wenig auf dem Fraser'schen Anwesen spazieren, ich wollte ihr bei dieser Gelegenheit auch gleich mein Geburtstagsgeschenk zeigen.

Geschickt leitete ich sie in Richtung der Stallungen und beruhigte sie, als wir die Boxengasse entlang liefen, sie mochte Pferde, doch so viele und aus nächster Nähe, das war ihr nicht geheuer. Da musste sie jedoch durch, denn mein Geschenk befand sich nun mal in der ganz letzten Box. Ich gebe zu, wir hätten einfach von der anderen Seite hereinkommen können, aber ich fand, sie konnte sich auch ruhig mal ihren Ängsten stellen.

Vorsichtig schob ich die Tür auf und präsentierte ihr ein pechschwarzes, weiß gestiefeltes, schlaksiges Etwas, mit zottiger gelockter Mähne und einem wunderschön gezeichneten Stern auf der Stirn. „Darf ich vorstellen? Das ist Lonleyheart, ein Sohn von Hannibal und einer erstklassigen Zuchtstute eines Züchters aus den Nachbarort."

Ich legte ein Stückchen weiches Brot auf meine Hand und lockte ihn an: "Komm' mal her du Kleiner... Och, bist du so alleine?"

Ich erklärte ihr, dass der Kleine wirklich Pech gehabt hatte, seine Mutter war kürzlich an den Folgen einer Kolik gestorben und seither war er ganz alleine auf der Welt. Alex, der das Nachbargestüt zufällig ein paar Tage nach dieser Geschichte besucht hatte, um unter anderem nach diesem Fohlen zu sehen, verliebte sich sofort in den kleinen Kerl und da er über die erstklassige Abstammung dieses Tieres bescheid wusste und fand, dass der Kleine dort einfach zu einsam sein war, überredete kurzerhand den Besitzer, ihm den knapp einjährigen Rappen zu verkaufen. Und so war das, zunächst namenlose, Wesen auf das Fraser'sche Gestüt gekommen, wo es, entsprechend seiner Vorgeschichte, umgehend auf den Namen Lonleyheart getauft wurde. Es zerriss mir beinahe das Herz ihn so alleine in der Box stehen zu sehen und so fragte ich Iain, ob es nicht möglich sei, die Trennwand zu Mayflowers und Gimlis Box zu öffnen, schließlich waren die beiden Hengste in einem Alter und ich war mir sicher, sie würden sich mögen.

Während ich den Kleinen aus seiner Box auf die Stallgasse führte und Iain Mayflower herausnahm, verabschiedete sich meine Mutter und suchte fluchtartig das Weite. Wir ließen sich die beiden beschnüffeln und es schien, als würde Mayflower ihn mögen. Nachdem wir sie angebunden hatten, holte Iain Gimli hervor. Es war wirklich süß, die beiden jungen Hengste strahlten sich förmlich an und so hakten die MacKenzies die Trennwand aus und wir führten die drei Pferde in ihr neues, gemeinsames Domizil.

Zur Sicherheit blieben wir noch ein wenig, beobachteten das dortige Treiben und ich fragte Iain, was passieren würde, wenn Lonleyheart versuchte, bei Mayflower zu trinken. Zwar bekamen die Fohlen schon lange feste Nahrung, doch saugten sie von Zeit zu Zeit immer noch bei ihren Müttern, das ließ sich eben nicht vermeiden, wenn sie sich eine Box teilten. Lonleyheart hatte sich die letzten Wochen nur noch mit fester Nahrung abgeben müssen und so hatte ich die Befürchtung, dass er die Tatsache, dass sich plötzlich wieder eine Milchquelle in seiner unmittelbaren Nähe befand, nutzen würde. Blieb eben nur die Frage, wie die Stute reagieren würde.

Iain beruhigte mich. „Mach' dir mal keine Sorgen, unsere Süße hat schon so viele Fohlen großgezogen, sie hat bestimmt Mitleid mit dem kleinen Racker und wird ihm nichts tun!"

Ich hoffte es und machte mich auf den Rückweg zum Haupthaus, als Alex plötzlich mit dem Porsche an mir vorbeischoss und mich um ein Haar noch erwischt hätte. Wütend zeigte ich ihm den Vogel und hoffte, dass er es im Rückspiegel gesehen hatte. Er hielt es nicht mal für nötig zurückzukommen und sich zu entschuldigen! Wütend schnaubte ich vor mich hin und nahm mir vor, ihm später erst mal eine Standpauke zu halten, erst stresst er wegen eines Glases Champagner herum und dann erschreckt er mich beinahe zu Tode, sicherlich auch nicht gerade förderlich fürs Baby!

Nichtsdestotrotz setzte ich meinen Weg fort und begab mich auf die Suche nach meiner Familie, welche ich kurze Zeit später zusammen mit Donald im Salon antraf. Mein Bruder hatte sich, doch etwas erschöpft von der Fahrt hierher, ein wenig hingelegt, doch der Rest der Truppe führte soeben eine angeregte Unterhaltung über Schwangerschaft im Allgemeinen und meine Schwangerschaft im Besonderen. Da ich keinerlei Lust auf Fragen bezüglich meines Harndranges, geschwollener Hände und Füße oder ähnlicher Missstände meines Körpers hatte, schlich ich mich vorsichtig wieder fort und stieß im nächsten Moment mit Alex zusammen.

Immer noch wütend über den Beinahe-Unfall und genervt von dem Geschnatter über meine Schwangerschaft, trat ich ihm zunächst einmal herzhaft auf den Fuß. „Das war dafür, dass du mich eben fast umgenietet hättest! Meine Güte Alex, du hast mich zu Tode erschreckt!"

Sein rechter Mundwinkel zuckte, er verkniff sich mit Müh und Not, lauthals loszuprusten, doch dann sagte er: „Das liegt daran, dass du, auch nach einem Jahr Linksverkehr, immer noch auf der falschen Seite läufst! Du bist also quasi selber Schuld!"

„Pah!", prustete ich aus, doch musste ich, wenigstens innerlich, zugeben dass er recht hatte. Ich war mein ganzes Leben lang rechts gefahren und als Fußgänger links gelaufen und es war mir bisher noch nicht wirklich gelungen dieses abzulegen. Na ja, wenigstens laufe ich nicht mehr ständig vors Auto, dachte ich noch, denn das war mir die ersten Wochen in Schottland recht häufig passiert. Gemäß dem schon im Kindergarten erlernten Muster „links schauen, rechts schauen, links schauen", wollte ich auch hier über die Straße gehen, was sich allerdings als etwas problematisch herausgestellt hatte. Ich blickte zu meinem Mann auf, sah wie er vor unterdrücktem Lachen förmlich bebte und wurde wieder wütend. „Komm schon, so lustig ist das nicht!".

Ich wollte soeben an ihm vorbeistürmen und auf beleidigt machen, als sich mir plötzlich jemand mit den Worten: „Wohin des Weges, junge Frau?", in den Weg stellte.

Ich blickte auf und sah direkt ins Gesicht meiner Freundin Julietta.

Beinahe vom Auto umgefahren werden war schon schlimm, vor allem wenn man schwanger war, dann auch noch dem Geist seiner besten Freundin zu begegnen haute mich jedoch völlig von den Socken und ich fiel - mal wieder - einfach um.

Als ich erwachte befand ich mich - ebenfalls mal wieder - auf einem Sofa, eine dicke Rolle unter den Füßen und begann lauthals zu lachen. „Ihr glaubt gar nicht wen ich gesehen hab, bevor ich umgefallen bin! Julietta, ist das nicht lustig?"

Alex sah mich verwirrt an, wedelte dann mit seinem Arm die „Plem-Plem"-Bewegung und drehte sich hilfesuchend um. „Ich bin kein Geist! Ich bin ich!", ertönte es dann aus dem Hintergrund und Julietta linste vorsichtig um meinen Mann herum.

„Nein! Das gibt's ja nicht!", rief ich aus, sprang auf die - noch etwas wackeligen - Beine und fiel meiner Freundin um den Hals. „Oh-ich-hab-vorhin-noch-so-an-dich-gedacht-und-wollte-dich-anrufen-aber-dann-hab-ich-gedacht-eigentlich-könnte-sie-ja-auch-anrufen-schließlich-ist-mein-Geburtstag-aber-jetzt-bist-du-hier!"

Sie erwiderte meinen Druck und sagte: „Kein Wort verstanden, aber ich hoffe, du freust dich, dass ich hier bin?"

„Meine Güte! Und wie ich mich freue!"

Und mit einem Male war jeglicher Groll vergessen...

Ich überließ meine Familie sich selbst, beziehungsweise Donald und führte Julietta erst einmal über das Frascher'sche Anwesen, schließlich war sie noch nie hier gewesen. Während unseres Spazierganges erzählte ich ihr von der Schwangerschaft und allem, was so während der letzten Monate passiert war. Ich war einfach nur froh, dass sie da war und fragte sie später, wie es denn eigentlich dazu gekommen war, sie zuckte die Schultern und antwortete: „Naja, zum einen wollte ich Schottland schon immer mal kennen lernen und zum anderen war ein Besuch ja auch schon lange überfällig und da hab ich mir gedacht, ich überrasche meine kleine Emma einfach mal!"

Julietta war, ebenso wie ich vor knapp einem Jahr, nach Edinburgh geflogen und hatte von dort den Citylink Bus nach Inverness genommen. Die beinahe fünfstündige Fahrt in die Highlands war zwar anstrengend gewesen, doch landschaftlich „der helle Wahnsinn", sie hatte es sehr genossen und konnte jetzt auch wirklich verstehen, warum es mich in diesen Teil der Erde verschlagen hatte. Es regnete zwar ständig und der Schnaps war teuer, doch die unbeschreibliche Landschaft und die Magie, die diese Erde hier ausströmte machte alles wett.

Sie hatte insgesamt zwei Wochen Urlaub genommen und ihren Rückflug noch nicht gebucht und ich freute mich auf die viele gemeinsame Zeit mit ihr und darauf, ihr „mein" Schottland zeigen zu können. Meine Eltern würden zwar auch noch mindestens eine Woche lang hier bleiben, ich war mir jedoch sicher, dass sie sich auch alleine oder mit Donald etwas vermachen konnten. Mein Bruder würde schon morgen oder übermorgen gen Norden weiterreisen, er hatte seine Angelruten im Gepäck und sich vorgenommen, sämtliche Lochs in Schottland leer zu fischen. Sicher würde er, ehe er wieder gen Süden aufbrach, noch einen kurzen Abstecher nach Beauly machen „um den stetig wachsenden Bauchumfang seiner Schwester zu begutachten".

In meinem Kopf legte ich schon eine Reiseroute fest, natürlich würde ich sie zum Culloden Battlefield führen, von dort zu den Clava Cairns und selbstverständlich sollte sie auch Donalds kleines Museum besuchen, schließlich waren die Highland-Romane im Allgemeinen und eine gewisse Familie Fraser im Speziellen, ja der Grund für meine damalige Reise gewesen und da Julietta die Bücher ebenso heiß und innig liebte wie ich, hielt dieses für sehr angebracht.

Dann natürlich Fort William, Glenfinnan und die „Road to the Islands".

Ich freute mich so sehr, ihr alles zeigen zu können, dass ich sie spontan noch mal umarmte. „Ich bin wirklich glücklich hier, aber manchmal vermisse ich dich wie verrückt und dann denk' ich immer an früher, wo wir noch in der Schule waren, weißt du noch damals, als ..." Und schon schwelgten wir in Erinnerungen an unsere Schulzeit, unsere ersten Partys sowie Erfahrungen mit Alkohol und Jungs und lachten uns beinahe kringelig.

Nachdem wir unseren Rundgang draußen beendet hatten, führte ich sie noch in unsere Wohnung und von dort durch die „öffentlichen" Bereiche des Hauses in ihr Zimmer, wo ihr Gepäck schon wartete und sie sich für die kleine Feier fertig machen konnte.

Ich schaute noch schnell im Salon vorbei, fand ihn allerdings leer vor, scheinbar machten sich die anderen ebenfalls fertig, und begab mich dann in unsere Wohnung um auch mich für den Abend vorzubereiten.

In unseren Gemächern traf ich auf Alex, der in kompletter Montur, jedoch ohne Schuhe, auf dem Sofa lag und schlief wie ein Murmeltier. Ich strich ihm sanft übers Gesicht, dieser Mann war wirklich erstaunlich, vor nicht mal fünf Minuten war ich mit Julietta durch diese Wohnung gelaufen und von ihm war nichts zu sehen gewesen und nun lag er hier und schlief tief und fest. Ich hatte eigentlich immer von mir selber behauptet überall und immer sofort schlafen zu können, doch auf Alex traf das noch mehr zu, zur Not hätte er sich sicher auch auf ein Nagelkissen gelegt.

Ich ließ ihn noch ein wenig in Ruhe und taperte die Treppe in Richtung Badezimmer hinauf, hatte mich gerade ausgezogen und Wasser für ein Bad eingelassen, als er plötzlich grinsend hinter mir stand, sich vorbeugte, meine Schulterblätter küsste und fragte, ob ich nicht zufällig Gesellschaft bei meinem Bad wünschte. Ich drehte mich um, machte einen leichten Knicks und antwortete, dass ich bei so bezaubernder Gesellschaft wohl kaum „Nein" sagen könnte. Ich beobachtete, wie er sich auszog und zog ihn schließlich an mich. „Mhh... du bist immer so schön warm!", gurrte ich ihm ins Ohr und trat einen Schritt zurück um ihm einen leichten Kuss auf die Lippen zu hauchen.

Das genügte bereits um den Funken überspringen zu lassen und kurze Zeit später war ich es, die an ihn gezogen wurde und er war es, der seine Lippen fest auf meine drückte, während seine Hände an meinem Rücken auf und abwanderten. Als er mich mit einem Ruck zu sich hochzog und in mich eindrang, entfleuchte mir ein erschrockenes „Huch", welches jedoch sogleich durch einen weiteren Kuss von ihm erstickt wurde. Nach einem recht kurzen, und für unsere momentanen Verhältnisse, recht heftigen Akt genossen wir gemeinsam ein Bad, machten uns anschließend fertig und betraten um Punkt neunzehn Uhr den Dining Room, wo uns bereits meine Eltern und Julietta erwarteten. Kurze Zeit später traf denn die Fraser'sche Garde, inklusive Hugh Ramsay und den MacKenzies ein, Matthew und Heather sowie Angus im Schlepptau. Ich stellte die, die sich noch nicht kannten, einander vor, quittierte das Glitzern in Angus Augen beim Anblick von Julietta mit einem leisen: „Mpfm", setzte mich und erklärte somit den Abend für eröffnet.

Dotty hatte sich essenstechnisch mal wieder selbst übertroffen. Ich hatte mir zwar eigentlich Fingerfood und Stehtische für meine kleine Party vorgestellt, doch hatte sie darauf bestanden unsere Gäste „anständig zu bewirtschaften" und ich hatte klein beigeben müssen.

Der Abend an sich verlief sehr harmonisch und während alle anderen immer betrunkener und betrunkener wurden, schüttelte ich nur den Kopf - verhielt ich mich auch so unmöglich und vor allem Laut, wenn ich betrunken war?

Argwöhnisch betrachtete ich von weitem, wie Angus sich vorsichtig immer näher an Julietta herantastete. Ich wusste nicht, ob sie noch mit ihrem Dennis zusammen war, daher beließ ich es erst einmal beim beobachten, sollte Angus zu aufdringlich werden konnte ich schließlich immer noch einschreiten. Es passierte jedoch nichts dergleichen und ich war froh, als ich gegen drei Uhr endlich meine müden Glieder ins Bett verfrachten konnte.

Auf Donalds Empfehlung, begleiteten meine Eltern Stephan und Tabee Richtung Norden und verbrachten eine Woche Urlaub auf den Shetlandinseln.

Ich freute mich zwar nicht direkt, sie los zu sein, indirekt jedoch schon, denn so konnte ich ruhigen Gewissens meine Zeit als Fremdenführerin für Julietta verbringen und ihr die Highlands zeigen. Und so machten wir uns zwei Tage nach meinem Geburtstag gleich morgens Richtung Fort William auf. Zunächst statteten wir jedoch dem Urquart Castle am Ufer des Loch Ness einen Besuch ab und wanderten dort ein wenig umher. Nessie ließ sich allerdings nicht blicken und so setzen wir unsere Fahrt alsbald fort. Wir redeten nicht viel, Julietta genoss einfach die wunderschöne Landschaft, durch die ich sie kutschierte und ich hing meinen Gedanken nach.

Ein wenig ein schlechtes Gewissen hatte ich ja schon, meine Männer mit der vielen Arbeit alleine zu lassen, doch Alex hatte mir so gut es ging zugeredet, sollten sie sich schon mal dran gewöhnen, bald war ich zum Reiten schließlich gar nicht mehr zu gebrauchen. Er hatte ja Recht, doch war es mir schon immer schwer gefallen, Arbeit abzugeben oder gar mit dem Gedanken leben zu müssen, dass jemand meinetwegen mehr Arbeit hatte. Es ließ sich im Augenblick jedoch nicht ändern und so genoss ich einfach die Zeit mit meiner Freundin.

Als wir Fort William erreichten, riss der Himmel auf und wir nutzten die Gelegenheit, trockenen Fußes durch die kleine Fußgängerzone zu bummeln und den Grundmauern des alten Forts einen Besuch abzustatten. Julietta war, ebenso wie ich bei meinem ersten Besuch, total angetan von diesem kleinen Ort und nachdem wir uns auf eine heiße Schokolade in ein uriges Pub gesetzt hatten, war sie nur schwer zur Weiterfahrt zu überreden gewesen.

Im Großen und Ganzen fuhr ich mit ihr die Strecke ab, die auch Iain im letzten Jahr mit mir gefahren war. Auch diesmal stoppten wir am Glenfinnan Monument und genossen dort die Wahnsinns-Aussicht auf das Loch Shiel. Bei strömendem Regen erreichten wir dann Mallaig und verkrochen uns auf der Fähre in den Salon um ein weiteres Heißgetränk zu uns zu nehmen. Die Fahrt über die Isle of Skye war abermals wunderschön, doch hatte ich solchen Hunger, dass wir bereits in Broadford zum lunchen stoppen mussten, eigentlich hatten wir dies erst in Portree vorgehabt, ich weigerte mich jedoch schlichtweg, mit leerem Magen weiterzufahren. Während ich mir den Eintopf löffelweise hineinschaufelte, beäugte Juliette selbigen und mich über ihren Teller mit French Fries hinweg misstrauisch. „Meine Güte, wie kannst du diese Pampe bloß herunterkriegen?", fragte sie leicht angewidert. Ich zuckte die Schultern, sie wusste gar nicht was sie verpasste.

In der Tat, einen Preis für das attraktivste Gericht, konnte man mit einem schottischen Eintopf nicht gewinnen, aber wer wollte das schon und es war wirklich sehr lecker. Ich hielt ihr den Löffel unter die Nase.

„Probier mal!", forderte ich sie auf.

Sie schüttelte wie wild den Kopf und antwortete: „Eher sterbe ich!"

Ich zuckte abermals die Schultern und mampfte weiter.

Gestärkt setzen wir unsere Fahrt fort und Julietta kam in den Genuss, sämtliche Facetten des schottischen Wetters live an einem Tag erleben zu dürfen. Am Eilean Donan Castle hatten wir jedoch Glück und erwischten eine „Trockenperiode", so dass wir ausstiegen und die Burg besichtigen konnten.

Bezüglich der horrenden Eintrittspreise im Speziellen und der generell hohen Preise im Allgemeinen, schlackerte Julietta ziemlich mit den Ohren, doch Alex hatte darauf bestanden, unsere Tour komplett zu sponsern und mit „all inklusive" ließ es sich auch in Schottland aushalten.

Endlich zurück in Beauly schaffte ich es mit Müh und Not, während des Abendessens nicht einzuschlafen. Julietta war auch ziemlich groggy und verabschiedete sich gleich nach dem Dinner auf ihr Zimmer, worüber ich, um ehrlich zu sein, sehr froh war. Auch ich konnte es kaum abwarten, meine Beine hochzulegen und es mir zusammen mit Alex auf unserem Sofa bequem zu machen.

Am nächsten Tag klapperten wir dann gemeinsam die nähere Umgebung ab, Inverness, Culloden Battlefield und nicht zuletzt die Clava Cairns. Als uns, beziehungsweise mich, gegen Mittag der Hunger nach Hause trieb, erreichte mich ein Anruf von unserem deutschen Kunden aus Niedersachsen, der, nachdem er erstmalig im Herbst vergangenen Jahres bei uns bestellt hatte, zu so etwas wie einem Sammelbesteller für Stallion-Craft im norddeutschen Raum geworden war.

Heute rief er allerdings nicht an, um eine Bestellung aufzugeben, sondern um mich einzuladen. Ende nächster Woche würde ein großes Treffen der niedersächsischen Pferdezüchter stattfinden und er würde sich freuen, uns und unser Produkt dort begrüßen zu dürfen. Ich war sofort Feuer und Flamme.

Der Absatz in Großbritannien lief bereits sehr gut, ins Ausland verschickten wir jedoch immer noch eher wenig. Dieses Treffen würde unseren Bekanntheitsgrad in Deutschland deutlich steigern und sicherlich auch für höhere Absatzzahlen sorgen. Nicht, dass die Familie Fraser irgendwie in Geldnot war und dessen bedürft hätte, doch Erfolg machte einfach Spaß!

Aufgeregt berichtete ich Alex und Iain während des Mittagessens von der Einladung, beide waren ebenfalls begeistert. Es genügte ein Telefonanruf und schon war die Übersetzung der Präsentation sowie des Flyers in Auftrag gegeben. Laut Darren würden wir die Präsentationsdatei im Laufe der Woche per Email bekommen. Die Flyer würde er übersetzten und bei einer Druckerei in Inverness drucken lassen, wo wir sie ebenfalls in der nächsten Woche abholen konnten.

Es passte auch einfach zu gut, meine Eltern würden in den nächsten Tagen von den Shetlandinseln zurück nach Beauly kommen und so konnten wir, gemeinsam mit Julietta, nächste Woche alle zusammen nach Deutschland fliegen.

Nach dem Essen schaute ich noch einmal nach meinem kleinen Lonleyheart, der sich sehr an die Gesellschaft von Mayflower und Gimli gewöhnt hatte und mich zunächst überhaupt nicht beachtete. Ich erkaufte mir seine Aufmerksamkeit und Freundschaft schließlich mit einem Stück Apfel und strich ihm vorsichtig über die weichen Nüstern. Alex' Kommen hatte ich jedoch bemerkt, noch ehe er mich erreicht hatte, und so richtete ich mich auf und sah ihn an.

„Ginger, ich muss dir etwas sagen...", begann er und blickte mir ernst ins Gesicht. Ich hatte überhaupt keine Ahnung, was er zu sagen hatte, doch schien es wichtig zu sein und so nickte ich und blickte ebenso ernst zurück.

„Ich fürchte, wir können nächste Woche nicht nach Deutschland fliegen, also ich meine, ich fürchte ich kann hier nicht weg! Wir müssen uns so langsam wirklich mit den Dreijährigen befassen, die Prüfung ist dieses Jahr schon so verdammt früh und..." Ich strich ihm über die Wange und sagte: „Überhaupt kein Problem Alex! Ich kann doch auch alleine fahren!"

„Es würde dir wirklich nichts ausmachen? Schließlich bist du, na ja... in anderen Umständen?"

„Alex! Ich bin schwanger und kein Krüppel! Mach' dir mal keine Sorgen, ich schaff' das schon!" Ich drückte ihm zur Bestätigung einen Kuss auf die Nasenspitze, strich über meinen Bauch und fügte hinzu: „Und rund bin ich auch noch nicht, ich werde also problemlos in einen „handelsüblichen" Flugzeugsitz passen!"

Plötzlich kam Julietta in de Stall gestürmt, was mich in Anbetracht ihrer Pferdeparanoia etwas irritierte.

„Emma, hattest du etwas konkretes vor heute Nachmittag?", fragte sie mich. Ich überlegte kurz und antwortete dann grinsend: „Mhh, eigentlich wollten wir dich, zur Belustigung des gesamten Teams, auf einem der Dreijährigen festbinden, selbigem eins mit der Peitsche überziehen und schauen was passiert..."

Zunächst erntete ich einen Tritt in den Allerwertesten, dann forderte sie mich lachend auf: „Nein, sag mal ehrlich!"

Ich musste dann leider zugeben, dass ich mir keinerlei Gedanken über den heutigen Nachmittag gemacht hatte, doch anstatt enttäuscht zu sein, umarmte sie mich nur und sagte: „Prima, dann hast du ja sicher nichts dagegen, dass ich heute Nachmittag mit Angus zusammen eine Bootstour auf dem Loch Ness unternehme?"

Ich musste mich bücken, um meine soeben heruntergefallene Kinnlade wieder aufzuheben. „Mit welchem Angus zum Teufel?", fragte ich sie.

Sie zog eine Augenbraue hoch: „Also ich habe während meines Aufenthalts hier erste einen Angus kennen gelernt und ..."

Ich hob meine Hand und gebot ihr Einhalt: „Moment, Moment, Moment... du willst mir doch nicht etwa sagen, dass du mit unserem Angus Boot fahren willst? Meine Güte, Alex, tu' doch was! Er wird sie vierteilen und aufessen!"

Alex lachte sich mittlerweile halbtot, klopfte mir beruhigend auf die Schulter und sagte dann mit einem Kopfschütteln zu mir: „Ginger, Ginger, warum glaubst du nur, dass Angus immer hungrig ist und essen muss?"

„Weil er ein Untier ist! Und außerdem, hast du nicht einen Freund?", fragte ich Julietta argwöhnisch. Es war nicht so, dass ich Angus nicht mochte, im Gegenteil, er war wirklich ein feiner Kerl und man konnte sich stets auf ihn verlassen, außerdem hatte ich ebenfalls seinen Vater kennen gelernt, er kam aus einer sehr angenehmen und „stinknormalen" Familie. Dies änderte allerdings nichts an der Tatsache, dass dieser Mann ungefähr zwei Meter und fünfzig groß war und knapp achthundertsechzig Kilo wog, jedenfalls beinahe. Ich konnte ihn mir weder auf einem Boot vorstellen, noch dazu meine beste Freundin mit ihm auf diesem Boot.

„Emma, ich will mit diesem Mann Boot fahren, keine Kinder zeugen!"

Ich schüttelte abermals den Kopf, sagte dann aber: „Gut, wenn du meinst. Aber ich zieh' dich nicht aus den Tiefen des Loch Ness' wenn das Boot aufgrund von Angus Gewicht kentert!"

Julietta drückte mir noch einen Kuss auf die Stirn und zog, ihrem sicheren Ende entgegen, von dannen. Zurück blieben ein grinsender Alex und meine etwas verwirrte Person.

„Jesus Alex, warum grinst du so?" fragte ich meinen Ehemann.

„Oh du bist so süß, wenn du deutsch sprichst!"

„Süß? Du findest es Süß? Sag' mal, habt ihr alle einen Dachschaden?"

Ich schüttelte den Kopf, Julietta hatte sich über meine schottische Sprechweise ganz ähnlich geäußert. „Emma", hatte sie gesagt: „Wenn deine Leute untereinander sprechen, verstehe ich nicht ein Wort und soll ich dir was sagen? Du sprichst schon genauso! Jedes dritte Wort ist entweder „Mpfm" oder „Aye". Es ist echt süß!" Ich hatte mich darauf hin mit einem weiteren, unbewusst ausgesprochenen „Mpfm" weggedreht und diese Aussage nicht weiter kommentiert.

Um das Thema zu wechseln fragte ich Alex, ob die Hengste schon bewegt worden seien. Als er verneinte, fragte ich, ob er nicht Lust auf einen Ausritt mit seiner „süßen deutschen Frau" hätte. Er erklärte darauf hin grinsend, dass ihm eher der Sinn danach stünde, auf seiner „süßen deutschen Frau" zu reiten.

Da jene sich jedoch weigerte, sich ihm hinzugeben, musste er, wohl oder übel, mit Hannibals Rücken vorlieb nehmen.

Die gemeinsamen Stunden hatten uns gut getan und als wir von unserem Ritt zurückkehrten, strahlten wir beide, Alex weil er unter einem schützenden Baum inmitten des kleinen Wäldchens doch noch seinen Willen bekommen hatte und ich aus purer Lebensfreude heraus.

Das Abendessen verlief ebenfalls sehr angenehm, zu meiner Freude war Julietta von ihrem Ausflug unversehrt zurückgekommen und da Alex, Iain und die MacKenzies heute gemeinsam auf „Sauftour" gehen wollten, lud ich neben Julietta, ebenfalls Marsali und Nancy zu mir in die Wohnung ein. Zunächst sahen wir uns gemeinsam Robby Williams live in Knebworth an, wobei leider bis auf ein paar gehauchte „Ahs" und „Ohs" sowie diversen Seufzern, keine Unterhaltung in Gang kam. Als die Show zu Ende war, wir alle wieder ein wenig auf den Teppich gekommen waren und meine Damen bereits die zweite Flasche Sekt geleert hatten, tauten auch Marsali und Nancy auf und es wurde noch sehr nett.

Marsali war fürchterlich aufgeregt, nächsten Monat würde sie ihre Gesellenprüfung ablegen und wenn sie nicht ihrer Arbeit nachging, büffelte sie, sehr zum Missfallen von Aidan, jede freie Minute. Ich beruhigte sie, Aidan solle sich nicht so anstellen, schließlich ging es doch um Marsalis Zukunft, nicht um seine. Marsali, schottischbodenständig wie sie war, antwortete daraufhin: „Aye, aber weißt du, eigentlich wär's im Prinzip ja ganz egal ob und wie ich meine Prüfung hinter mich bringe, ich werde sowieso hier bleiben. Aber du hast recht Emma, schließlich will auch ich irgendwann meine Meisterprüfung machen und selber ausbilden!"

So ist brav, mein Mädchen, dachte ich bei mir und schenkte ihr mein strahlendstes Lächeln.

Julietta und ich hatten geplant, gleich am nächsten Morgen Richtung Ullapool aufzubrechen und die erste Fähre zur Isle of Lewis zu nehmen, daher bugsierte ich meinen, doch recht angetrunkenen, Besuch gegen Mitternacht hinaus und machte es mir in meinem Bett gemütlich. Mein letzter Gedanke vor dem Einschlafen galt Alex, mein erster so gegen drei Uhr nachts ebenfalls.

Ich erwachte und spürte, und vor allem roch, Füße in meinem Gesicht. Irgendwie kam mir diese Situation merkwürdig bekannt vor, doch anstatt ihm in den großen Zeh zu beißen, rief ich lediglich zu ihm herüber: „Alex, würdest du freundlicherweise deine behaarten, stinkenden Füße aus meinem Gesicht nehmen?!"
Stille.

Ich dachte gerade darüber nach, ihn doch noch zu beißen, als er sich blitzschnell umdrehte und mit seinem Gesicht über meinem war.

„Meine Füssssse sinn nich behaaaaaat, bin doch kein Hobbit!", lallte er und ein dicker Spucketropfen landete auf meiner Stirn. Während ich mir diesen leicht angewidert wegwischte, war mein über alles geliebter Ehemann bereits auf die Seite gekippt und schlief wie ein Stein. Ich schüttelte den Kopf und fand es unfair, ich wollte auch mal wieder so richtig sturzbetrunken sein! „Tja, liebe Suse", sagte ich zu meinem ungeborenen Kind: „deine Mutter wird dich wohl ziemlich schnell abstillen um sich endlich wieder den Alkohohllüsten hingeben zu können - halte sie deshalb aber bitte nicht für eine Rabenmutter!" Mit einer Hand auf meinem Bauch schlief ich wieder ein.

Julietta und ich verbrachten einen schönen Tag auf Lewis, doch konnte ich sie nicht davon abbringen, den nächsten Tag wieder gemeinsam mit Angus zu verbringen.

Als wir gegen Ende der Woche schließlich die Nordküste abfuhren, sammelten wir meine Eltern wieder ein und nahmen sie mit nach Beauly. Zwei Tage später war es dann soweit, der Abschied nahte. Entgegen der ursprünglichen Planung flogen wir nun doch nicht alle zusammen, das Treffen der Pferdezüchter würde in Hannover stattfinden und warum sollte ich in Bremen landen und den Rest des Weges mit Auto oder Bahn zurücklegen, wo der Hannoversche Flughafen doch nur einen Katzensprung vom Veranstaltungsort entfernt war.

Nachdem Alex und ich uns mindestens eine halbe Stunde lang umarmt und immer wieder geküsst, sowie mit Liebesschwüren belegt hatten, brachte er uns zum Bahnhof nach Inverness, wo meine Eltern, Julietta und ich, nachdem ich zunächst jedoch fürchterlich geweint und mich geweigert hatte, schlussendlich doch gemeinsam in den Zug nach Edinburgh eingestiegen waren.

Nach einer Stadtrundfahrt im offenen Bus und einem Kurzbesuch im Schloss machten wir uns auf zum Flughafen, wo sich unsere Wege für die nächsten zwei Monate trennen sollten. Der zweite Abschied dieses Tages war ebenfalls tränenreich und ich war froh, als ich endlich im Flieger saß und wieder zur Ruhe kommen konnte.

Der Flug an sich verlief ruhig und als ich zusammen mit meinem Köfferchen aus der Ankunftshalle schritt, wurde ich bereits von unserem deutschen Sammelbesteller Herbert Bathmann erwartet. Zwar hatten wir bisher nur per Telefon, beziehungsweise Email kommuniziert, doch fiel die Begrüßung sehr herzlich, beinahe schon freundschaftlich aus. Herbert fuhr mit mir zu unserem Tagungshotel und nachdem ich mein Equipment gecheckt, mich in meinem Zimmer etwas häuslich eingerichtet und frisch gemacht hatte, wollten wir, gemeinsam mit einigen anderen Pferdezüchtern eine Kleinigkeit essen gehen.

Vorher hatte ich natürlich noch mit Alex telefoniert, der mich vor lauter Sehnsucht beinahe durchs Telefon geholt hätte. Und das, obwohl wir noch nicht mal einen ganzen Tag getrennt waren! Aber mir ging es ähnlich. Augenblicklich verbrachten wir beide ja wirklich beinahe jede Minute miteinander! Ich konnte es mir gar nicht mehr vorstellen, anders zu leben oder gar mit jemandem anderen zu leben. Schließlich hatte ich ihm den Stern zu Weihnachten nicht ohne Grund geschenkt, ich fühlte tatsächlich mich wie der Extra-Stern, der um ihn herumkreiste - Alex war eben der Mittelpunkt meines kleinen Universums. Und während ich lächelnd und mit den Gedanken bei meinem Ehemann weilend, aus dem Fenster träumte, klopfte es an die Tür. Ich riss mich los und begleite Herbert hinunter ins Restaurant.

Es war mittlerweile Mitte April und mein Bauch wurde langsam sichtbar. Stolz wie ich war, hatte ich meine aktuellen Oberteile alle eine Größe kleiner als normal gekauft und trug ihn zur Schau. Es schien zu wirken, nach einem prüfenden Blick in Richtung des besagten Bauches, wurden mir weder Aperitif noch Wein zum Essen angeboten.

Der Abend unter Pferdefreunden verlief sehr angenehm, logischerweise waren Pferde das Thema Nummer eins. Die meisten meiner Tischnachbarn züchteten Hannoveraner Pferde, andere Oldenburger, allesamt Warmblüter. Eine Friesen-züchtender Holländer war ebenfalls dabei - mit mir als angeheiratete Clydesdale-Züchterin, der Zweite im Bunde der Kaltblutzüchter.

Obwohl mir die bunt gemischte Gesellschaft sehr gut gefiel, verabschiedete ich mich jedoch recht zeitig, zum einen wollte ich noch einmal meine Rede durchgehen, zum anderen natürlich mit Alex telefonieren.

Ich ließ mir ein Bad ein, schnappte mein Handy und wählte durch. Es konnte höchstens einmal geklingelt haben, da war Alex schon dran. Es schien, als hätte vor seinem Telefon Wache gehalten.

„Baby! Was machst du gerade?" Ich lächelte. „Mhhh... ich sitz in der Badewanne, trinke Wasser aus einem Champagnerglas und höre klassische Musik..."

Auf der anderen Seite hörte ihn laut einatmen. „Und was machst du mit deinen Händen?", frage er neckisch. Ich grinste in mich hinein, das war es also, was er wollte, nun gut, dann sollte er es bekommen, dachte ich und antwortete: „Mit der einen Hand halte ich das Telefon und mit der anderen fahre ich gerade an meinem Hals herunter, Richtung Busen... jetzt bin ich bei meiner rechten Brustwarze angekommen und reibe sie vorsichtig zwischen zwei Fingern... ahhhhhh nun ist sie ganz hart geworden. Und was machst du mit deinen Händen, mein Geliebter?"

Er keuchte ins Telefon: „Also in der einen Hand habe ich auch ein Telefon, in der anderen etwas sehr großes, dass gleich explodieren möchte!"

Jetzt war es an mir ins Telefon zu keuchen.

Wir zogen es durch, bis wir beide keuchten, sendeten uns tausend Küsse und wünschten uns eine gute Nacht. In der Gewissheit, dass wir uns in unseren Träumen wieder begegnen würden, schlief ich ein.

Am nächsten Morgen staunten alle über meinen gesunden Appetit und wunderten sich noch mehr, wie schlank dabei war. Ich zuckte die Schultern und antwortete lapidar: „Mein Kind scheint ein guter Futterverwerter zu sein!", was mir einige Lacher einbrachte.

Nach dem Frühstück machte ich mich dann für meinen großen Auftritt zurecht, schleppte meinen Kram in den Sitzungssaal und bereitete alles soweit vor. Ich würde ungefähr auf der Hälfte der Tagesordnungspunkte, kurz nach der Mittagspause an die Reihe kommen und war sehr zufrieden mit der Zeit, schließlich waren dann alle ausgeruht und konnten wieder zuhören. In der Pause klingelte mein Handy, natürlich niemand anderes als Alex.

Ich freute mich sehr, seine Stimme noch mal zu hören, etwas aufgeregt war ich nämlich doch. Gute Nachrichten hatte er zunächst jedoch nicht. Er hatte seiner Zeit meine Flüge nach Hannover gebucht und soeben einen Anruf erhalten, dass mein Rückflug heute Abend ersatzlos gestrichen war.

„Scheiße!", sagte ich und frage dann, ob er nicht im Internet gucken könnte ob ich irgendwie anders nach Schottland kommen könnte, vielleicht über London?

„Nun, ich könnte dir höchstens anbieten, mit Fraser Airlines zurückzufliegen. Als Gegenleistung müsstest du dem Piloten allerdings eine kleine Gefälligkeit erweisen!", säuselte er daraufhin ins Telefon. „Du holst mich ab?", fragte ich. „Das ist ja prima, danke! Oh, ach so - sag dem Piloten, ich würde alles tun, was er wolle!"

„Alles?", kam zurück.

„Nun, ich werde keine Pferdeäpfel verspeisen, oder mir Spaghettis durch die Nase ziehen, aber ich glaube, das wäre wohl auch nicht das, was sich der Pilot erwünscht, oder?", antwortete ich.

Alex brummelte nur irgendetwas von „unverbesserlich" und „total verrückt" ins Telefon, versprach aber um Punkt siebzehn Uhr auf dem Rollfeld für mich parat zu stehen. Ich legte auf, lächelte in mich hinein und wählte die Service-Nummer der Airline. Es war genau so, wie ich vermutet hatte, mein Rückflug würde „selbstverständlich um einundzwanziguhrfünfunddreißig starten, wie ich denn darauf käme, dass dieser gestrichen sei?"

Wer war nun also total verrückt?

Da ich keinen Hunger hatte, verbrachte ich den Rest der Pause im Freien, machte mich noch schnell etwas frisch und verteilte anschließend die deutschsprachigen Flyer auf den noch leeren Sitzplätzen.

Um kurz nach eins begann ich dann mit meinem Vortrag. Es verlief gut und anschließend gab es jede Menge Wortmeldungen und Fragen, welche ich alle freundlich und kompetent beantworten konnte.

Anschließend nahm ich wieder Platz und ertrug den Rest der Veranstaltung mit Würde. In der Kaffeepause gegen drei Uhr nachmittags, raffte ich schnell meinen Laptop und Beamer sowie meine Unterlagen zusammen, verabschiedete mich von Hermann sowie dem Vorsitzenden des niedersächsischen Pferdezüchterverbandes und sputete Richtung Ausgang, als ich plötzlich eine mir wohlbekannte und lange nicht gehörte Stimme sagen hörte: „So sieht man sich wieder, siehst gut aus, Emma!"

Nein, das konnte nicht sein, dachte ich, drehte mich jedoch um und da sah ich ihn im Türrahmen stehen: meinen Exmann.

Er hatte sich kaum verändert in den anderthalb Jahren, doch so gut wie damals, sah er lange nicht mehr aus. Ich atmete tief ein, musterte ihn mit unverhohlener Abneigung und sagte dann: „Ja, die Welt scheint wohl zu klein für uns beide zu sein. Aber was zum Teufel macht jemand, der Pferde am allerliebsten als Wurst auf dem Grill mag, bei einer Veranstaltung für Pferdezüchter?"

Die Antwort erübrigte sich, als eine aufgetakelte Olle aus der Tür trat und sich ihm an den Hals warf, mit seinem Waschmaschinenflittchen war es offensichtlich vorbei. Sie blickte auf und erkannte in mir die „Viagra-Referentin", kniff ihn daraufhin in den Hintern und sagte zu mir: „Na, funktioniert euer Wundermittel auch bei Männern?" Ich zog eine Augenbraue hoch, antwortete: „Man sollte wohl nicht zu viel füttern, es könnte sein, dass sie dann den Druck bei einer anderen Frau ablassen, höchstwahrscheinlich auf einer Waschmaschine!", drehte mich um und ließ die beiden mit offenem Mund zurück.

Ich wusste nicht, ob er ihr erzählt hatte, dass ich seine Verflossene war, um ehrlich zu sein interessierte es mich auch nicht wirklich und so stiefelte ich die Treppen hinauf in mein Zimmer, zog mich um, verfrachtete meine Sachen in meine Koffer und machte mich schleunigst fort von diesem Ort.

Die Begegnung mit meinem Ex hatte mich doch etwas verwirrt und ich wollte ihm und „seiner Perle" keinesfalls noch mal begegnen. Während ich auf mein Taxi wartete, überlegte ich, ob ich Alex von dieser Begegnung erzählen sollte. Ich kannte seinen Charakter, aufregen würde er sich sowieso, doch befürchtete ich, dass er sich eventuell etwas zusammendichten könnte und Dinge wie: „Lässt man dich einmal alleine weg, triffst du gleich deinen Ex wieder, ist das nicht komisch Ginger?", sagen würde. Andererseits: Warum sollte er so was denken oder sagen? Er wusste doch, dass er für mich alles war!

Als ich am Flughafen aus dem Taxi stieg, hatte ich beschlossen, dass ich es ihm sagen würde, jedoch erst nachdem ich ihm gefällig gewesen war...

Alex erwartete mich bereits in der Halle und ich stürmte auf ihn zu und warf ihn mit meinem ganzen Gepäck in der Hand beinahe um. Die anderen Reisenden mochten wohl denken, wir hätten uns mindestens einhundertfünfzig Jahre nicht gesehen, dabei waren wir nur eine Nacht getrennt gewesen!

Er nahm mir meine Lasten ab und gemeinsam gingen wir durch die Passkontrolle und bereiteten uns auf den Start vor.

Kaum hatten wir unsere Flughöhe erreicht, stellte Alex auch schon auf den Autopiloten um und wir hatten endlich Zeit füreinander. Als wir irgendwann wenigstens annähernd genug voneinander hatten, zeigte ich ihm stolz die ganzen Bestellungen und Visitenkarten, die ich eingesackt hatte. „Wir werden sicherlich jetzt öfter mal eingeladen werden Alex, auf dem ganzen europäischen Markt gibt es kein vergleichbares Mittel und der holländische Friesenzüchter war ebenfalls total angetan!"

Dann erzählte ich ihm noch von meiner „unheimlichen Begegnung der dritten Art". Er war jedoch nicht sauer, oder unterstellte mir gar etwas, sondern fragte lediglich: „Und? Hast du etwas gefühlt, Ginger?"

Ich beantwortete die Frage mit einem schlichten „Nein" und Alex wusste, ebenso wie ich, dass dies der Wahrheit entsprach.

Als ich am nächsten Morgen im Stall stand, eine der dreijährigen Stuten striegelte und für die tägliche Longenarbeit fertig machte, kam Alex plötzlich hereingestürmt.

„Wir werden eingenommen, wir werden eingenommen!", rief er immer wieder und hüpfte dabei wie ein Federball durch die Stallgasse, so dass die jungen Pferde ganz nervös wurden. „Hey, Alex, geht's auch ein bisschen leiser? Ich hab hier grad ein junges Pferd stehen!", brüllte ich zurück, doch da war er auch schon bei mir angekommen und schüttelte sich aus vor Lachen. „Grundgütiger Alex, was ist denn so lustig?"

Er konnte kaum sprechen und deutete nur nach draußen. „Was ist da?"

„Komm mit, komm mit, das ist unglaublich, das ist unglaublich! Hahahaha, ich kann nicht mehr!"

Ich blickte etwas unentschlossen zu der jungen Stute, konnte ich sie wohl einen Moment alleine angebunden stehen lassen? Ja, beschloss ich und folgte Alex nach draußen.

Auf dem Sandplatz führte Aidan Ruadh an der Trense und Aidan und Alasdair saßen hinten in einer kleinen Kutsche. Hä? Ich rieb mir die Augen und zählte noch mal nach. Aidan, Alasdair und, ja tatsächlich noch mal Aidan - oder Alasdair? Verwirrt sah ich Alex an, der mit zusammengebissenen Zähnen einen erneuten Lachanfall unterdrückte.

Er atmete tief ein und sagte dann etwas wie: „Darf ich vorstellen, das ist Hamish, zarte vierzehn Jahre alt und rate mal, von wem er der kleine Vetter ist?" - ganz genau hatte ich es jedoch nicht verstanden, er hatte immer wieder zu lachen begonnen.

Doch nun musste auch ich lachen, der Junge war wirklich noch ziemlich klein, doch stand er seinen beiden Vettern im Bezug auf „wuschelige blonde Haare" und „mittelalterlichen Gesichtsausdruck" in nichts nach.

Ich stupste Alex, der sich mittlerweile etwas beruhigt hatte mit dem Ellenbogen an, deutete mit dem Kopf in Richtung Hamish und fragte dann: „Bist du sicher, dass sie verwandt sind? Hast du dir seine Zähne beguckt?", was zur Folge hatte, dass Alex sich beinahe in die Hose pinkelte und mir dafür sämtliche Krankheiten, inklusive Pest und Cholera an den Hals wünschte. Ich zuckte die Schultern und eilte schleunigst zu der jungen Stute in der Stallgasse zurück. Milly hatte die Warterei jedoch nichts ausgemacht, sie stand friedlich da und begrüßte mich mit einem leisen Schnauben. „Na, meine Kleine!", flüsterte ich als ich näher kam: „dann wollen wir mal loslegen!" Ich gab ihr ein kleines Stück Apfel, brachte dann den Sattel noch schnell in die Reithalle und wollte sie gerade auftrensen, als ich hinter mir eine kindliche Stimme vernahm: „Mylady!"

Ich drehte mich um und schluckte mein Lachen herunter, als ich den kleinen Hamish dort stehen sah. Mit einem bierernsten Gesicht trat er auf mich zu, griff meine Hand, verbeugte sich tief, küsste sie feste und sagte dann: „Mein Name ist Hamish MacKenzie, zu euren Diensten!"

Ich wusste gar nicht wo ich hinschauen sollte, doch dann hörte ich plötzlich schallendes Gelächter aus der anderen Richtung. Ich blickte mich abermals um und sah dort Alex, Iain sowie die beiden Vettern dieses kleinen Gentlemans stehen und sich vor Lachen biegen. Sie hatten den Jungen total verarscht.

Da ich ihnen den Triumph nicht gönnen wollte, ging vor ihm in die Hocke, stellte auch mich vor und zischte ihm durch die Zähne zu: „Die wollen dich veräppeln! Tu' so als wäre nichts und komm' mit mir in die Halle!", und sagte dann etwas lauter: „Dann wollen wir mal sehen, was du so für mich tun kannst!"

Getreu dem Motto „Wer zuletzt lacht, lacht am besten", waren es Hamish und ich, die schlussendlich am meisten zu lachen hatten.

Ich wusste, dass die vier Schlawiner uns in die Halle folgen würden und ich wusste auch, durch welche Lücke in der Bande sie uns beobachten würden, schließlich hatte ich dort selber schon einmal gestanden und mich köstlich über Fionas nichtvorhandene Reitkünste amüsiert. Lautstark fragte ich Hamish also, ob er mit Pferden umgehen könne, was er mit einer tiefen Verbeugung und einem Augenzwinkern bejahte.

Ich deutete auf meinen Bauch, verdrehte die Augen und drückte ihm die Longe in die Hand, flüsterte: „Gut festhalten, kann sein, dass sie sich gleich erschrickt!", und fügte etwas lauter hinzu: „Na, dann halt mal den jungen Gaul, ich müsste dringend mal wohin..."

Mit flinken Füßen lief ich durch die Stallgasse, schnappte mir einen vollen Wassereimer, trippelte die Leiter zum Heuboden hinauf und schlich mich vorsichtig an die Kante, von wo aus ich einen perfekten Blick auf vier gebückte Gestalten hatte, die sich um ein kleines Loch in der Bande scharrten.

In dem Moment, wo Aidan „Tulach Ard"-schreiend hochsprang um das junge Pferd zu erschrecken, leerte ich meinen Eimer über ihren Köpfen.

Schreiend und fluchend stoben sie in alle Himmelsrichtungen davon und ich war sehr zufrieden mit meiner Arbeit.

Natürlich war keiner wirklich böse auf den Jungen oder mich, aber ich hoffte, dass es ihnen eine Lehre war und sie ihn fortan in Ruhe lassen würden. Für Hamish und mich war dies allerdings „der Beginn einer wunderbaren Freundschaft".

Als er mir später mit den anderen beiden Jährlingen half, erfuhr ich auch den Grund seines hierseins. Bis vor kurzem hatte er mir seinen Eltern auf der Isle of Skye, im kleinen Fährörtchen Armadale gewohnt, wo er das gälische College besucht hatte. Dann wurde sein Vater jedoch arbeitsbedingt nach Inverness versetzt und die Familie war nach Dingwall gezogen. Für Rupert MacKenzie, Hamish' Vater war der Umzug überhaupt kein Problem, schließlich stammte er aus dieser Gegend und viele seiner Verwandten wohnten hier. Lillian, Hamish' Mutter war jedoch sehr traurig gewesen, sie stammte von der Isle of Skye und wenn die Schotten generell schon sehr heimat-verbunden waren, so waren es die Menschen von der Insel Skye noch viel mehr.

Hamish war zwar zunächst ebenfalls sehr traurig gewesen, schließlich würde er seine ganzen Freunde verlieren, außerdem konnte er dann auch nicht mehr seine heißge-liebten Pferde auf der „Highland-Heavy-Horses-Farm" besuchen und dort im Stall und beim Reiten helfen. Doch als er erfahren hatte, dass seine beiden Vettern auf einem Gestüt in Beauly arbeiteten, hatte er beschlossen einfach mal mitzukommen und so sollte er schließlich zu meinem Schatten werden und statt meiner der erste sein, der dieses Jahr auf den Rücken unserer jungen Pferde Platz nahm.

Marsali war absolut im Prüfungsstress, Anfang Mai würde es losgehen und so erlöste ich sie von ihrem Telefondienst. Es war kurz nach Ostern, Hamish hatte noch Schulferien und so half er jeden Vormittag erst bei den allgemeinen Arbeiten und longierte anschließend gemeinsam mit mir Milly und die anderen Dreijährigen.

Im Augenblick genoss Hamish bei seinen Eltern „Narrenfreiheit", zum Einen wegen der Ferien und zum Anderen, hatten sie Mitleid wegen des Umzuges. Wenn in anderthalb Wochen die Schule wieder losgehen sollte, würde er in den Nachmittagsstunden - wohlgemerkt nach den Hausaufgaben - zu uns in den Stall kommen und helfen und dann würde man sehen, wie es schultechnisch funktionierte.

Ich hatte Alex gedrängt, dass wir Hamish als Gegenleistung eines der reitbaren Pferde als Pflegepferd anvertrauten und so kümmerte er sich fortan rührend um Mary Lou und ihre beiden Anhängsel, ihr eigenes Fohlen Gimli und ihren kleinen Ziehsohn Lonleyheart. Der kleine Lonley, mittlerweile überhaupt nicht mehr einsam, wurde frecher und frecher, blieb dabei allerdings so süß, dass ich ihm einfach niemals böse sein konnte.

Der April war wie im Fluge vorbeigezogen und Anfang Mai war das Wetter bereits so schön, dass wir unsere Pferde tagsüber auf die Weide lassen konnten. Die drei trächtigen Stuten wurden immer runder und runder und während ich mich im Augenblick hauptsächlich mit Tinkerbell, Ruadh und Hannibal beschäftigte, trainierten Alex und Hamish unsere Dreijährigen. Milly, Aaron und Stardust wurden mittlerweile von Hamish bereits an der Longe geritten, bald würde Alex sie selber reiten und für die Prüfung fitmachen.

Eines schönen Abends räkelten Alex und ich uns nach des „Tages Müh" gemeinsam auf unserem Sofa und besprachen die bevorstehende Hochzeitsfeier.

„Alex, was werden wir überhaupt anziehen auf unserem Fest?", fragte ich ihn, während ich mit meinem linken Zeigefinger vorsichtig über seinen Brustkorb fuhr. Mein lieber Mann döste leicht vor sich hin, antwortete aber dennoch: „Mhhh, also ich werde traditionell gekleidet sein, wie mein Vater auch, ist ja schließlich ein offizieller Anlass..." Ich erwartete, dass er seine Rede fortsetzen würde, doch als er einfach nicht weitersprach richtete ich mich auf und blickte ihm in die Augen, er schlief nicht. „Hey! Erde an Alex!" Ich schnippte mit den Fingern vor seinem Gesicht herum und er sah mich verdutzt an.

„Mh? Oh, entschuldige! Ich überlege nur grad was!", antwortete er dann.

„Was soll ich denn nur anziehen?", fragte ich mehr mich selber und fragte dann an Alex gewandt: „Was hatte deine Mutter denn immer an, auf solchen Feierlichkeiten?" Er zuckte die Schultern und erklärte, dass seine Mutter ebenfalls immer traditionell in den Farben der Frasers aufgetreten war, allerdings war sie auch einfach nur Gastgeberin und nicht Braut gewesen. „Und außerdem", fügte er mit einem schiefen Blick zu mir hinzu „war ihr Bauchumfang auch nicht täglich um mehrere Inches gewachsen!"

Das war genug, ich schmiss ihm ein Kissen und an den Kopf und erklärte ihm, dass an dieser Tatsache einzig und allein er Schuld sei, schließlich war er ja der Meinung gewesen, seinen Samen in meinen Körper pflanzen zu müssen. Diese halbernste Diskussion führten wir noch etwa eine Stunde weiter, bis uns die Ideen ausgingen und wir gemeinsam beschlossen, dass es wohl besser sei, wenn wir jetzt ins Bett gingen. Während Alex sogleich schlief wie ein Murmeltier, machte ich mir weiterhin Gedanken bezüglich meines Outfits. Gab es wohl ein Brautkleid im Schottenkaro? Ich hatte überhaupt keine Ahnung, was ich anziehen sollte und meine Mutter würde mir in diesem Punkt sicher auch nicht helfen können. Ich beschloss, dass es wohl das Beste wäre, wenn ich Dotty am nächsten Tag auf mein Problem ansprechen würde, sie konnte mir sicher helfen. Mit diesem Gedanken fiel auch ich in einen tiefen Schlaf und träumte von großen Familienfeiern auf denen ich nackt herumlaufen musste, weil ich nichts zum anziehen gefunden hatte.

Leicht traumatisiert erwachte ich am nächsten Morgen und bat Dotty während des Frühstücks sogleich um eine Audienz. Nachdem ich ihr beim abräumen geholfen hatte, folgte ich ihr in die Küche und zog die Tür hinter uns zu.

„Was liegt Dir auf dem Herzen, Emma?", fragte Sie mich in ihrer direkten Art. Ich seufzte. „Ich weiß einfach nicht, was ich anziehen soll!"

Sie betrachtete mich von oben bis unten und antwortete: „Wieso? Du bist doch immer hübsch gekleidet!" Ich verdrehte die Augen. „Doch nicht jetzt! Ich meine auf unserer Hochzeitsfeier!" Dotty lachte lauthals los und legte mir ihre Hand auf die Schulter. „Mach' dir mal keine Sorgen Mädchen, wir werden schon etwas finden! Wie die Frasers sich kleiden werden weißt du?", fragte sie mich. Ich nickte.

„Gut, was hast du denn auf die Einladungen für deine Leute geschrieben?"

Ich überlegte kurz, Alex hatte mir bereits im Februar erklärt, dass die Frasers zum Gathering entweder traditionell im Kilt kamen oder relativ leger in Hemd und Jeans. Es würde keiner „schluderig" oder im Schlabber-Look kommen, hatte er gesagt, doch im Anzug würde ich wohl auch keinen sehen. Und somit hatte ich auf den Einladungen vermerkt, dass es sich um eine „zünftige Zeltparty handelt, zu der wahrscheinlich neunzig Prozent der Gäste in den gleichen karierten Röcken herumlaufen würden, für die restlichen zehn Prozent der Gäste sei gehobene Freizeitkleidung angesagt".

„Aye", sagte Dotty daraufhin: „dann solltest du also auch nicht so mördermäßig aufgebrezelt sein!" Etwas perplex über ihre Ausdrucksweise stimmte ich zu, doch hatte mich diese Information auch nicht unbedingt weiter gebracht. Ich blickte meine „Ersatz-Schwiegermutter" an und sah, wie es in ihrem Kopf arbeitete.

„Dotty?", versuchte ich sie aus ihren Gedanken zurückzuholen, doch sie hob nur die Hand und verschwand Richtung Salon. Als sie nach ein paar Minuten immer noch nicht zurück war, folgte ich ihr und fand sie und Donald, jeder die Nase in ein Fotoalbum gesteckt, auf dem Boden kniend wieder. Außer dem Geräusch von umblätternden Seiten sowie einem gelegentlichen: „es muss hier doch irgendwo sein", war nichts zu hören. Ich räusperte mich und erntete verwirrte Blicke von den beiden Bodenhockern, im nächsten Moment sprang Dotty jedoch mit den Worten: „Vielleicht hängt es ja noch im Schrank!", auf und sprintete an mir vorbei die Treppe hinauf. Donald war bereits wieder in das vor ihm liegende Album vertieft und so folgte ich Dotty nach oben.

Wie ich bereits vermutet hatte, fand ich sie ihn Annes ehemaligem Ankleidezimmer, wo sie sich murmelnd durch diverse Kleiderschränke arbeitete. Mit einem plötzlichen: „Ha!", kam sie wieder hervor und wedelte triumphierend mit einem hellen Stück Stoff vor meiner Nase herum, langte noch einmal in den Schrank und förderte etwas Hellgrünkariertes zu Tage. Beides breitete sie anschließend auf dem Bett aus und präsentierte mir ihr Werk: ein schlichtes, kurzes eierschalenfarbenes Seidenkleid im Empirestil, leicht tailliert und trägerlos und dazu ein Bolero im traditionellen „White Gathering Dress" der Frasers.

Das war genau das, was mir gefiel und mir vom Schnitt her stand, außerdem passte es prima, weiß, beziehungsweise creme für die Braut, und die Farben der Familie, passend zum Gathering. Ich war begeisterte und drückte Dotty an mich, doch dann kamen die ersten Zweifel. „Dotty, meinst du, dass ich da in anderthalb Monaten noch reinpasse?", fragte ich etwas misstrauisch. Sie beäugte meinen Bauch, ebenso wie Alex es tags zuvor getan hatte und schüttelte anschließend den Kopf. „Wahrscheinlich nicht, Emma, aber das macht ja nichts, dies sollte ja nur als Grundlage dienen!"

Ich blickte sie etwas verwirrt an, doch statt von ihr, erhielt ich meine Erklärung von Donald, der schon was-weiß-ich-wie-lange in der Tür gestanden und uns beobachtet hatte. Jetzt trat er jedoch ein, nahm das Kleid, ließ es abwesend durch seine Finger gleiten und trat dann zu mir. Während er mir seine Hände auf die Schultern legte, begann er zu sprechen: „Ganz einfach, du nimmst das Kleid und die Stola, schnappst dir Alex und ihr fahrt gemeinsam zu Mrs. Chisholm - einer Tante mütterlicherseits von Dotty - ins Kiltgeschäft im Ort und lasst euch etwas anfertigen!"

Prinzipiell fand ich die Idee ja gut, doch änderten sich meine Maße beinahe täglich, was ich Donald ebenfalls erklärte, doch er lachte nur und meinte, es gäbe keine Person, die schneller nähen könne als Mrs. Chisholm, wenn wir erst mal Stoff und Schnitt ausgesucht hätten, wäre das Nähen angeblich nur noch eine Sache von Minuten. Nach einem kurzen Anruf von Dotty bei ihrer Tante und ein wenig „Süßholzgeraspel" von Donald, wurde vereinbart, dass Alex und ich nach dem Mittagessen dort vorbeischauen sollten. Ich freute mich und stürmte sogleich in den Stall um Alex von den Neuigkeiten zu berichten. Er war ebenfalls sofort „Feuer und Flamme" und freute sich auf unseren Termin.

Wir verrichteten unsere Arbeiten, aßen gemeinsam mit den anderen zu Mittag und machten uns dann auf den Weg ins Dorf.

Der kleine Laden sah genauso aus, wie ich mir ein schottisches Kiltgeschäft vorgestellt hatte, überall lagen Ballen mit den verschiedensten Karomustern herum und es roch furchtbar altmodisch. Mrs. Chisholm selbst passte perfekt in den Laden und wenn ich's nicht besser gewusst hätte, hätte ich schwören können, dass ihre eigene Haut ebenfalls kariert war.

Ich zeigte ihr mein Muster und sogleich schnappte sie sich eine Trittleiter und wühlte in der obersten Etage ihrer riesigen Regalwand herum.

Da die gute Mrs. Chisholm die Hunderter-Grenze in meinen Augen schon lange überschritten haben musste, stieß ich Alex an, deutete nach oben und bat ihn mit einem Blick, ihr zu helfen. Doch weit gefehlt, Mrs. Chisholm bedurfte definitiv keiner Hilfe, galant griff sie den Ballen mit dem richtigen Muster und schwang sich wieder herunter.

Stolz hielt sie uns den Stoff unter die Nase und fragte dann nach unseren Wünschen. Ich überließ Alex, dessen Familie sich seit (mindestens!) Urzeiten von diesem Kiltgeschäft ausstatten ließ, das Wort und er schilderte seine Vorstellungen. Flink nahm die alte Dame seine Maße und keine fünf Minuten später wurde mir das Wort erteilt. Ich erklärte ihr den Anlass und zeigte ihr dann Annes Kleid. Sie schien es offensichtlich zu kennen und lächelte in sich hinein.

Als sie allerdings meine Maße nehmen wollte, bremste ich sie. „Tut mir leid, aber ich bin ziemlich schwanger und bis zu unserer Party werde ich sicherlich noch etwas in die Breite gehen!", meinte ich entschuldigend, was ihr ein erneutes Lächeln entlockte. Statt dieses Problem in irgendeiner Weise zu kommentieren sagte die alte Dame nur: „Ja, ja, die Frasers haben schon immer die schönsten Frauen abbekommen!", und mit einem Seitenblick auf Alex fügte sie hinzu: „Naja, man muss den Fraser'schen Männern ihr gutes Aussehen und ihr Charisma allerdings auch zugestehen!"

Bevor Alex oder ich noch irgendetwas sagen konnten, ging die gute Mrs. Chisholm wieder zum Tagesgeschäft über, skizzierte kurz meine Figur und bat mich in einer Woche wiederzukommen, bis dahin hatte sie einen Entwurf für mein Kleid zu Papier gebracht und Musterstoffe beschafft.

Wir dankten ihr und begaben uns zurück zum Anwesen. Als wir ins Auto stiegen, grinste ich immer noch in mich hinein.

„Was ist so lustig Ginger?", fragte Alex.

„Mrs. Chisholm ist ein Unikum, oder?", fragte ich zurück.

Jetzt konnte auch Alex sich ein Lächeln nicht verkneifen: „Aye, das ist sie! Aber warte ab, bis du ihren Entwurf siehst, sie kann wirklich was!"

Ich hoffte es, schließlich hatte ich quasi soeben mein Leben in ihre Hände gelegt.

Während Alex und Hamish sich am Nachmittag mit den Dreijährigen beschäftigten, hatte ich Hannibal und Ruadh fertig gemacht und freute mich nun auf einen gemeinsamen Ausritt mit meinem Ehemann. Das Wetter war herrlich und ich hatte Nancy überreden können, heute den Telefondienst für Stallion-Craft zu übernehmen.

Als die beiden aus der Halle kamen lehnte ich lässig an einer Box und sprach Alex durch die vor meinem Gesicht hängenden Haare an: „Na Kleiner, Lust auf einen wilden Ritt?", was bei ihm einen fürchterlich verschrockenen Gesichtsausdruck hervorrief und Hamish dunkelrot anlaufen ließ. Statt zu antworten drückte er dem verwirrten Jungen die Zügel in die Hand, trat auf mich zu und blickte zu mir herab.

„Du weißt, worauf du dich einlässt?", fragte er mit hochgezogener Augenbraue.

„Aye, das weiß ich!", gab ich zuckersüß zurück und Alex drehte sich zu Hamish um, flüsterte ihm etwas zu, nahm dann meine Hand und führte mich zu den beiden Hengsten.

Erst als wir weit außer Sicht des Anwesens waren fragte ich, was er zu dem Jungen gesagt hatte. Er grinste jedoch nur, zuckte die Schultern und sagte, er habe Hamish lediglich gesagt, dass ich durch meine Schwangerschaft äußerst liebebedürftig sei und wenn man mir nicht gab, wonach ich verlangte sehr ungemütlich werden konnte.

„Alex, du bist unmöglich!", sagte ich und wir legten ein Stück des Weges schweigend zurück, bis Alex plötzlich sein Pferd quer vor meines stelle, mich fest ansah und fragte: „Bist du glücklich, Ginger?"

Ich lächelte. „Oh ja Alex, ich bin glücklich wie noch nie in meinem Leben, warum fragst du?" Er stieg ab, band Hannibal an und entfernte sich ein kleines Stück. Ich fand dieses Verhalten reichlich merkwürdig und so sah ich zu, dass auch ich mein Pferd loswurde und mich zu ihm gesellte. Ich fand ihn in einer kleinen Senke sitzend. „Alex, was ist los?", fragte ich ihn. Er hatte die Arme um seine Knie geschwungen und, oh mein Gott, er schien zu weinen. Ich kniete neben ihm nieder, wischte ihm die Träne von der Wange und sah ihn fragend an.

Er blickte auf, seufzte und sagte: „Ach Ging, ich weiß einfach nicht, ob ich dir gewachsen bin! Du bist einfach alles, einen Moment stehen wir im Kiltgeschäft und ich sehe in deinen Augen eine Freude, die man sonst nur bei kleinen Kindern sieht und ich würde dich am liebsten unter meinen Arm nehmen und verstecken, damit dich keiner verletzt. Und einen Augeblick später stehst du im Stall und bringst mein Blut zum kochen und ich würde dich am liebsten auf den Boden schmeißen und dir dein Gehirn aus dem Leib vögeln!"

Ich schob seine Arme beiseite, setzte mich auf seinen Schoß und nahm sein Gesicht in meine Hände. „Und das findest du schlimm Alex? Ich will doch alles für dich sein! Ich will dass du mich einen Moment beschützt und im nächsten so hart nehmen willst, dass ich schreie!" Vorsichtig begann ich mich auf ihm zu bewegen und spürte sogleich seine Resonanz. Ich beugte mich vor und küsste ihn, zunächst sehr sanft, so lange, bis er es nicht mehr aushalten konnte und mir mit voller Wucht seine Zunge zwischen die Zähne presste. Im nächsten Moment hatte er mich von sich heruntergerollt und lag nun auf mir.

„Ich soll dich also zum schreien bringen?", flüsterte er atemlos in mein Ohr. Statt zu antworten, bog ich ihm mein Becken entgegen, doch er lächelte nur. „Nein, den Gefallen werde ich dir nicht tun, aber leiden lassen werde ich dich trotzdem!"

Seine Hände waren überall, glitten scheinbar schwerelos über meinen Körper. Mittlerweile hatte er mich soweit ausgezogen, dass ich nur noch in Unterwäsche unter ihm lag. Ich wollte ihn, ich wollte ihn mehr als alles andere, doch er ließ sich Zeit, küsste mich hier, küsste mich dort und als er mit seinen Lippen meinen Bauch herunterfuhr und seine Zunge um meinen Nabel kreisen ließ, wusste ich kaum noch, wo ich mit mir hinsollte.

Er rutschte tiefer und endlich erreichte seine Zunge meine heißeste Stelle und ich stöhnte auf. Wogen begannen sich in mir auszubreiten und ich begann unter ihm zu erzittern. In dem Moment, wo er in mich eindrang, sah ich Sterne und ich schwor mir, diesen Mann niemals wieder zu verlassen.

Der Mai war ebenfalls wie im Fluge vorbeigegangen, mittlerweile war es schon Mitte Juni geworden und in fünf Tagen sollte unsere große Party steigen.

Marsali hatte ihre Prüfung ordentlich gemeistert und Donald hatte sich vorgenommen, sie zum Dank auf der Feier besonders zu ehren. Sie tat nach wie vor ihre Arbeit, doch übernahm sie mehr und mehr Aufgaben ihrer Mutter und somit auch mehr Verantwortung. Nancy würde bald ins dritte Lehrjahr kommen und wir hatten uns überlegt, im August ein neues Lehrmädchen einzustellen. Arbeit war schließlich genug da und ich war mir sicher, dass Dotty, wenn das Baby erstmal da war, kaum mehr von seinem Bettchen wegzubekommen sein würde.

Die Prüfungen der Dreijährigen waren ebenfalls sehr gut verlaufen, doch wollte Alex keines der Pferde behalten. Milly hatte zwar ganz gute Anlagen, doch war sie ihm einfach nicht sympathisch genug.

Wir hatten bereits in einer Zeitschrift für Pferdezüchter inseriert und es waren auch schon einige Interessenten hier gewesen. Verkauft war jedoch noch keines der drei jungen Pferde.

Die MacGregors hatten vor vier Wochen ihre Jährlinge gebracht, da unsere diesjährige - oder besser gesagt letztjährige - Ausbeute nur aus Gimli und meinem kleinen Lonleyheart bestand und ich mich schlichtweg geweigert hatte, den kleinen Kerl weg zu geben, hatten wir Mayflower, sehr zum Gefallen von Hamish, kurzerhand auf dem kleinen Bauernhof seines Onkels untergebracht. Bis seine Eltern ein neues Haus gefunden hatten, wohnten auch sie und Hamish dort und der Junge genoss es sichtlich sein Pflegepferd auch nachts in seiner Nähe zu wissen.

Die Jährlinge standen etwas weiter draußen auf der Weide und so kam er bereits nach ein paar Tagen täglich mit Mayflower zu uns geritten, um seiner Stallarbeit nachgehen zu können. Er freute sich so sehr auf die Sommerferien, bis dahin war es noch über ein Monat, und machte uns alle wahnsinnig. Jedes Mal, wenn ihm der Gesprächsstoff ausging, teilte er mit: „Und in den Sommerferien helfe ich dann von morgens bis abends! Ich freu mich schon so!"

Auch wenn Hamish manchmal etwas übereifrig war, ich hatte den Jungen wirklich lieb gewonnen und wenn wir gemeinsam vor dem Stall in der Sonne saßen und Sattelzeug oder Pferde putzten, erzählte er mir immer lustige Geschichten aus seinem Schulalltag.

Natürlich war ich viel zu jung um seine Mutter zu sein, doch hoffte ich, dass ich mich mit meinem Kind eines Tages auch so herrlich unterhalten und lachen konnte. Bei den von mir und Alex eingebrachten Erbanlagen war ja sicherlich davon auszugehen, dass es ebenfalls Pferde mochte.

Nachdem wir zunächst befürchtet hatten, dass es Hugh Ramsay in der Produktionshalle langweilig werden würde, sollten wir nun sehen, wie wir uns getäuscht hatten. Er hatte wirklich alle Hände voll zu tun. Die Nachfrage wuchs, nicht zuletzt weil Iain beinahe jede Pferdemesse oder Züchterversammlung im gesamten vereinigten Königreich besuchte, beinahe täglich. Es war also ebenfalls nicht daran zu denken, die Hotline abzuschalten, im Gegenteil, gäbe es nicht das Internet, so hätten wir sicherlich ganztags eine Telefonistin beschäftigen müssen. Aber dank der elektronischen Datenübermittlung klappte die herkömmliche Weise ganz gut und ich schob jeden Nachmittag brav meinen Telefondienst.

Am Vortag war bereits mit dem Aufbau des Zelts, der sanitären Anlagen, der mobilen Küche und so weiter begonnen worden. Pete hatte während der letzten Wochen ganze Arbeit geleistet und das Fraser'sche Anwesen glänzte und war gepflegt wie nie. Da wir doch sehr viele Gäste über Nacht erwarteten, hatten wir, sehr zur Freude von Dotty und Team, kurzerhand umdisponiert und unserer Servicefirma ebenfalls das Gästehaus und die damit zusammenhängenden Arbeiten wie Betten beziehen, reinigen und so weiter, in Auftrag gegeben. Im gesamten Haus herrschte eine angenehme Vorfreude, es war wirklich schön, wenn man die Arbeiten nur koordinieren und dirigieren musste, so ging man einfach viel relaxter an die ganze Sache heran.

Im Augenblick warte ich gerade auf Alex, der unter der Dusche stand, wir wollten gemeinsam zu Mrs. Chisholm, Alex' Sachen waren fertig und er würde sie heute erstmals anprobieren. Bei mir würde sie heute Maß nehmen und dann auch mein Kleid anfertigen.

Nachdem sie mir ein paar Tage nach unserem ersten Besuch diverse Material- und Stoffproben gezeigt hatte, hatte ich mir, nachdem ich meinen Favoriten ausgewählt hatte, das Stück Stoff einfach mitgenommen und danach meine Schuhe ausgesucht, die ich soeben in meine Tasche packte. Während ich hoffte, dass sich mein Bauchumfang in den nächsten fünf Tagen nicht verdoppeln oder gar meine Füße voll Wasser laufen würden, sah ich aus dem Fenster und lächelte. Was führte ich auch für ein wunderbares Leben. Vor anderthalb Jahren war ich völlig am Ende gewesen und jetzt konnte ich guten Gewissens von mir behaupten, der glücklichste Mensch der Welt zu sein: ich hatte einen Mann, den ich über alles liebte und der dieses mindestens ebenso erwiderte und aus dieser Liebe war das gewachsen, was ich unter meinem Herzen trug. Wie zur Bestätigung zappelte der kleine Bobby in meinem Innern, ich legte die Hand auf meinen Bauch und flüsterte beruhigend auf ihn ein: „Bald ist es soweit, ein wenig müssen wir uns jedoch noch gedulden! Aber wir freuen uns schon auf dich, denn du wirst etwas ganz besonderes sein!"

„Genau wie deine Mutter!", hauchte Alex mir plötzlich ins Ohr. Ich drehte mich um und er stand fertig angezogen hinter mir. Strahlend stellte mich auf die Zehenspitzen und küsste ihn. „Wollen wir los?", fragte ich.

„Aye!", antwortete er und wir machten uns auf den Weg ins Kiltgeschäft.

Mrs. Chisholm erwartete uns bereits und lotste Alex sogleich in die Umkleidekabine, wo er wenige Minuten später in voller Montur, inklusive Sgian Dhu, Strümpfen und Schuhen heraustrat. Mir stockte der Atem, seine Erscheinung war generell beeindruckend, das hatte ich ja bereits bei unserer ersten Begegnung gemerkt, aber wenn er in kompletter Highlandtracht auflief, haftete ihm wirklich etwas von den wilden Hochlandschotten an, die im Jahre 1746 für ihr Land und ihre Freiheit gekämpft hatten.

Mrs. Chisholm war nirgends zu sehen und so trat ich auf ihn zu, legte meine Arme um ihn und zog ihn zu mir heran, blickte ihm in die Augen und sagte: „Du schaffst es immer wieder, mir den Atem zu rauben Alex. Ich kann es gar nicht glauben, dass du mein bist! Weißt du eigentlich wie glücklich ich bin?"

Er lächelte. „Aye, aber bestimmt nicht so glücklich wie ich!"

In diesem Moment kam Mrs. Chisholm zurück und wir stoben auseinander, als wären wir Klosterschüler und soeben von Mutter Oberin beim Knutschen erwischt worden. Wir erwarteten beide einen strafenden Blick, doch sie lächelte nur und widmete sich anschließend ausgiebig der Betrachtung meines Mannes, zog hier und dort etwas gerade, dann nickte sie und trat zurück. „Perfekt! Die nächste bitte!"

Ich war an der Reihe und folgte ins Maßzimmer, wo ich meine Kleider ablegte und auf Mrs. Chisholms Anweisungen wartete. Sie vermaß meinen Körper wie eine Landkarte und versprach mir, das Kleid in zwei Tagen fertig zu haben. Alex hatte sich mittlerweile wieder umgezogen und glücklich verließen wir den Laden.

Als wir zu Hause ankamen, stand das Zelt bereits zur Hälfte, morgen würde das ganze Mobiliar gebracht werden. Gemeinsam mit dem Caterer hatten wir eine Sitzordnung geplant und ich freute mich schon auf die nächsten Tage und darauf beim Dekorieren, etc. mitwirken zu können.

Passend zu Alex und mir, wurde die gesamte Deko in cremeweiß und grün gehalten, angefangen von den Stuhlhussen und Tischdecken bis zur Dekoration mit Efeu und champagnerfarbenen Rosen.

In den nächsten Tagen würden bereits die ersten Gäste eintreffen, meine Eltern, mein Bruder und Julietta wollten etwas eher kommen und Iains Eltern waren, soweit ich wusste, bereits auf dem Weg. Für meine Oma hatten wir ebenfalls eine prima Lösung gefunden, sie hatte sich einfach nicht überreden lassen wollen ins Flugzeug zu steigen. Aber Gott-sei-dank hatte ich einen Vetter, der ebenso tickte und sich als Chauffeur angeboten hatte. Es wurde ein äußerst komfortables Wohnmobil gemietet und er würde, mit samt seinen Eltern und Oma, mit der Fähre herüberkommen. Diese Art zu reisen dauerte natürlich etwas länger als mit dem Flugzeug und so nahm ich an, dass sie sicherlich morgen oder übermorgen schon aufbrechen würden. Mir sollte es ganz recht sein, ich freute mich sehr auf meine Familie und meine Freunde, von denen ich die meisten bereits über ein Jahr nicht gesehen hatte. Einige hatten natürlich auch abgesagt, aber selbst wenn alle gekommen wären, gegen den Haufen von Frasers wären wir mengenmäßig sowieso nicht angekommen.

Wir liefen gerade in Richtung Haupthaus, als uns Iain wie ein aufgescheuchter Hühnerhund entgegenkam. „Mein Vater, mein Vater!", rief er schon von weitem. Alex und ich sahen erst uns, dann ihn verständnislos an. Als er uns erreichte, sahen wir, dass er puterrot angelaufen war und in seinen Augen Tränen standen.

„Iain, was ist los, Mann?", fragte Alex.

Iain holte tief Luft und antwortete: „Mein Vater! Sie waren auf dem Flughafen, als er plötzlich über Schmerzen in der Brust klagte, in der Sicherheitsschleuse ist er ohnmächtig zusammengebrochen und jetzt liegt im Krankenhaus, Verdacht auf Herzinfarkt!" Er hatte wieder zu schluchzen begonnen und ich nahm in die Arme.

Alex hatte ihm ebenfalls den Arm um die Schulter gelegt und sagte: „Du musst hin, Iain, sofort!" Er nickte: „Ich weiß!", dann sah er mir in die Augen und sagte: „Emma, es tut mir so leid, dass ich auf eurer Hochzeitsparty nicht dabei sein kann!"

Ich wusste wie sehr Iain an seinen Eltern, vor allem an seinem Vater, hing, hatte mittlerweile ebenfalls Tränen in den Augen und antwortete: „Red' keinen Blödsinn, Iain! Das geht ja wohl vor!"

Ich blickte an ihm vorbei zu Alex, der mir fast unmerklich zunickte und ihn am Arm packte. „Komm Iain, geh' deine Sachen packen, Emma begleitet dich und ich suche dir derweilen den nächsten Flug in die USA heraus!" Iain schniefte laut, nickte ebenfalls und ich hakte mich bei ihm unter und begleitete ihn in seine Wohnung, wo wir gemeinsam einige Sachen packten. Da ich die Befürchtung hatte, dass er länger da bleiben würde, fragte ich ihn nebenbei vorsichtig nach den Terminen und Plänen für Stallion-Craft aus, doch er winkte ab: „Keine Angst Emma, die nächste Veranstaltung ist erst Anfang Juli, bis dahin bin ich lange wieder da, mit meinem Vater im Gepäck!" Ich hoffte, dass er Recht behalten würde.

Der nächste Flug nach Texas ging heute Abend ab London, wir aßen noch gemeinsam zu Mittag, Iain bekam jedoch keinen Bissen herunter und anschließend fuhr Alex ihn nach Inverness, wo sie beide ins Fraser'sche Flugzeug stiegen und nach London flogen.

Ich übernahm dafür Alex' Termin mit dem Interessenten für Aaron, unseren dreijährigen Hengst, der auf der Hengstleistungsprüfung hervorragend abgeschnitten hatte und verkaufte zum ersten Mal in meinem Leben ein Pferd. Gut, es waren zwar der Mann und Donald, die schlussendlich den Kaufvertrag unterschrieben, aber ich hatte ihn dermaßen um den Finger gewickelt, dass er uns weit mehr für das junge Pferd zahlte, als wir eigentlich erwartet hätten.

Dieses hatte zur Folge, dass Donald, nachdem er sein Geschäft abgewickelt hatte, mit einer Flasche alkoholfreiem Sekt zu mir in den Stall kam, mir ordentlich auf den Rücken klopfte - warum taten die Schotten dies nur ständig, und mit mir auf „das Geschäft des Jahres" anstieß.

„Mensch Emma, ich weiß gar nicht, was wir ohne dich machen würden! Ich bin so froh, dass Iain dich damals „aufgelesen" und mit Hannibal ums Beltane-Feuer reiten lassen hat!" Ich errötete leicht, doch er stieß mir sanft seinen Ellenbogen in die Rippen und fuhr fort: „Weißt du, ich hab damals schon gewusst, dass du die Richtige für meinen Sohn bist!"

Ich zog eine Augenbraue hoch und sah ihn verwirrt an, doch ehe ich noch etwas sagen oder fragen konnte, hatte er mir bereits das Sektglas aus der Hand genommen und entfernte sich mit schnellen Schritten.

Sollte der listige Fuchs sich da etwa verplappert haben? Ich grinste in mich hinein und dachte an seine Worte nachdem Alex mir den Heiratsantrag gemacht hatte: „Emma? Ach, die hätte auch zitronengelb sein können!"

Sollte ich unbewusst etwa Teil einer Verschwörung geworden sein?

Ich zuckte die Schultern, sei's drum, für eine Ehe mit einem Mann wie Alex, hätte ich sogar einen Pakt mit dem Teufel geschlossen.

Ich war gerade dabei, mich Hannibals Fellpflege zu widmen, als Hamish plötzlich um die Ecke gelaufen kam. Eigentlich hatte ich heute mit Alex ausreiten wollen, da dieser aber Iain nach London fliegen musste, hätte ich sowohl Hannibal als auch Ruadh reiten müssen, doch als ich Hamish sah, hatte ich plötzlich eine Idee. „Hey Hamish! Alles klar?", fragte ich freundlich. Er brummelte nur etwas in seinen nicht vorhandenen Bart und lief an mir vorbei.

Das war merkwürdig, normalerweise begrüßte er mich immer überschwänglich, so hatte ich ihn noch nie erlebt. Ich folgte ihm und beobachtete, wie er wütend gegen einen Strohballen trat, fasste ihn darauf hin an die Schulter und schüttelte ihn leicht: „He! Was ist los mit dir?" Statt zu gleich antworten guckte er nur grimmig, machte quasi ein extrem-mittelalterliches Gesicht und fauchte: „Nix!"

„Nun komm schon! Hab ich dir was getan?", fragte ich.

Das mittelalterlich-grimmige Gesicht wurde zu einem mittelalterlich-verwunderten. „Du doch nicht! Wie kommst du denn darauf?"

Ich zuckte die Schultern und fragte: „Wer dann?"

Hamish verdrehte die Augen. „Mpfm!"

„Bitte?"

„Mpfmmm!"

„Ach, ihr ollen Schotten!", entfuhr es mir: „könnt ihr denn nicht vernünftig reden?"
Und dann legte Hamish los und erzählte, dass er so sehr für „Mary" - ein Mädchen aus seiner Klasse schwärmte. Als er ihr gezeigt hatte, wie er Mayflower ritt, hatte sie jedoch nur gelacht und gesagt, dass eine Stute ja wohl jeder reiten könne, wenn er sie beeindrucken wolle, dann müsse er schon mehr zeigen. Ich unterdrückte mein Lachen, blickte ihn so ernst wie möglich an und sagte: „Na, dann wollen wir Mary mal zeigen, was 'ne Harke ist!"

Hannibal war, so lange keine rossige Stute in der Nähe war und er die Person leiden konnte, fromm wie ein Lamm und so ließ ich Hamish ihn weiterputzen, holte mir Ruadh aus dem Stall und machte auch ihn fertig. Nachdem wir die Pferde gesattelt hatten, ritten wir zunächst ein paar Runden auf dem Reitplatz, Hamish hatte zwar absolut keine Angst, dennoch hielt ich es für besser, dass sich die beiden erst einmal aneinander gewöhnten. Anschließend machten wir uns quer durch die Ländereien und über Sandwege, wo wir die beiden Hengste um die Wette laufen ließen, auf den Weg Richtung Beauly Zentrum, wo sich die Mädchen aus Hamish' Klasse bei schönem Wetter immer am Rande eines Waldweges in einem Häuschen für Radwanderer trafen.

Schon von weitem stellte sich Hamish immer wieder im Sattel auf und schaute, ob sie auch heute da waren, plötzlich fing er an zu rufen: „Sie sind da, sie sind da!"

Ich mochte den Jungen einfach zu gerne und um ihm zu helfen, den Mädchen zu imponieren, hatten wir uns folgenden Plan zu Recht gelegt: Klappe die 1.: Ich würde, ein hilfloses Gesicht machend und schreiend sowie mit baumelnden Steigbügeln, auf Ruadh an ihnen vorbeipreschen und so tun, als würde mein Pferd durchgehen. Auftritt Hamish: Er kam hinter mir her gefetzt und in dem Moment, wo ich beinahe herunterfiel, sollte er mich einholen und mein Pferd zum stehen bringen. Anschließend würde ich im theatralisch um den Hals fallen und ihm für die Rettung meines Lebens danken. Ich hoffte nur, dass niemand Alex von dieser Aktion berichten würde, er würde mich unter Umständen wieder des versuchten Kindsmordes bezichtigen und mir eine Riesenszene machen!

Unsere Show verlief jedoch Weltklasse, um dem ganzen noch die Krone aufzusetzen, mimte ich einen Schwächeanfall und ließ mich von den Mädchen auf die Bank legen und mit Limonade versorgen, während mein kleiner Held die beiden Pferde hielt. Aus den Augenwinkeln beobachtete ich, wie Mary einen weiteren Becher mit Limonade füllte und ihn Hamish brachte und „ich sah, dass es gut war."

Zum Abendessen war auch Alex zurück, er hatte Iain in London abgeliefert und dafür gesorgt, dass sowohl er und sein Gepäck unbeschadet in den Flieger Richtung Texas eingestiegen waren. Iain war so durch den Wind gewesen, dass er sowohl Tasche als auch Ticket dreimal verlegt hatte und hätte Alex nicht aufgepasst, wäre ihm sicherlich sein Kopf auch noch irgendwie abhanden gekommen.

Er tat mir so leid und ich hoffte, dass es nicht so schlimm um seinen Vater stand und dieser sich bald erholen würde. Donald war die Sorge um seinen Bruder ebenfalls anzusehen und das, obwohl er eigentlich ein Mensch war, der sich gegenüber Dritten jegliche Gefühlsregung unterbot.

Das Festzelt war mittlerweile komplett aufgebaut und Alex und ich gingen nach dem Essen hinein um uns einen Überblick zu verschaffen.

„Junge, ist das groß, Alex!", sagte ich.

„Aye, wir haben extra ein größeres als letztes Jahr genommen, aber das musste auch, so viele Leute, wie wir sind!"

Er zog mich an sich. „Emma, ich weiß, dass auch du traurig bist und dir Sorgen um Iains Vater machst, aber das soll unser Fest nicht überschatten!"

Ich küsste ihn auf die Nasenspitze. „Nein Alex, das wird es nicht, aber einen kleinen Schatten wird es werfen und das ist auch gut so, wir sind schließlich alle nur Menschen! Außerdem bin ich sicher, dass ungefähr jeder zweite deines Clans nach ihm, seiner Frau oder Iain fragen wird!"

Das befürchtete Alex allerdings ebenfalls, er würde mit seinem Vater sprechen, dass dieser die Abwesenheit von Iain und seinen Eltern noch mit in die Begrüßungsrede einbauen solle.

Bevor er es von jemanden anderen erfuhr, und er würde zweifelsohne darauf angesprochen werden, erzählte ich ihm von Hamish und meiner Aktion am heutigen Nachmittag. Anstatt wütend zu werden, lachte er jedoch, legte seine Arme um mich und sagte: „Oh Ginger, warum hast du nur immer das Bedürfnis allen helfen zu wollen! Ich nenn' dich nur noch Rob Roy!"

„Spinner!", antwortete ich und gab ihm einen Klaps auf den Allerwertesten.

Meine Eltern trafen am übernächsten Tag ein und ich war glücklich, dass meine Mutter mich zur Anprobe meines Kleides begleiten konnte.

Ich folgte Mrs. Chisholm ins Ankleidezimmer und bekam eine Gänsehaut, als sie mir das seidene Kleid über den Kopf stülpte. Dann drapierte sie Bolero und Schärpe, half mir und meinen, gott-sei-dank noch wasserlosen, Füßen in die Schuhe und schickte mich hinaus.

Jetzt wusste ich in etwa, wie ich Alex angesehen haben musste, als er in seiner Tracht vor mir stand, sowohl Mund und Augen meiner Mutter wurden immer größer und letztere füllten sich mit Tränen. „Ach Mama!", sagte ich und nahm sie in den Arm.

„Emma, du siehst so schön aus! Sei froh, dass das einzige, was an dir dick ist, dein Bauch ist! Wenn ich da an manch andere Frau denke!"

Ich blickte nochmals in den Spiegel und war wirklich zufrieden. Übermorgen würden „Freddy" und Co. für Frisur, Make-up und Fingernägel sorgen und meinen Auftritt perfekt machen.

Nach und nach trudelten Verwandte und Bekannte sowohl von meiner, als auch von der Fraser'schen Seite ein und man traf sich mal im Salon, mal in den Aufenthaltsräumen im Gesinde- oder Gästehaus, auf ein Pläuschchen. Ich genoss diese lockere Atmosphäre und fühlte mich wie im Traum.

Julietta war ebenfalls angekommen, zu meinem Missfallen jedoch allein und ich überlegte kurzzeitig, Angus wieder auszuladen. Ein wütender Blick von Alex hielt mich jedoch zurück. Mit Iain und seiner Mutter blieben wir in ständigem Telefonkontakt, der Zustand seines Vaters hatte sich mittlerweile stabilisiert, doch er lag noch immer auf der Intensivstation.

Und dann war es endlich soweit, am Morgen des zwanzigsten Junis waren wir alle von einer freudigen Aufregung erfasst und während Freddy an meinen Haaren herumbastelte und seine beiden Gehilfinnen sich meinen Händen und meinem Gesicht widmeten, lief Alex wie wild um uns herum und wusste nicht wohin mit sich. Zwischendurch kam sogar Donald zu uns in die Wohnung um nach dem Rechten zu sehen und seinem Sohn beim Ankleiden zu helfen und sich im Gegenzug von ihm helfen zu lassen.

Gegen elf Uhr vormittags waren wir drei fertig und tranken gemeinsam zur Beruhigung ein Glas Champagner auf der Couch unseres Wohnzimmers, neben Iains komplett unbewohnter Wohnung, wohl augenblicklich einer der wenigen Teile des Hauses, wo nicht ständig irgendwelche Leute herumliefen. Wir plauderten über dies und jenes und während wir zum Rednerpodium, des schönen Wetters wegen draußen aufgebaut, gingen, flüsterte Donald uns noch zu: „Egal was gleich passiert, nehmt es einfach hin!", und Alex und ich fragten uns beide, was der alte Fuchs wohl wieder im Schilde führen mochte. Doch wir sollten es bald erfahren....

Punkt zwölf betrat Donald das Podium, Sohn und Schwiegertochter im Schlepptau. Wir bauten uns hinter im auf und er begann mit seiner Rede. Zunächst begrüßte er die Frasers, die sich mit einem „Caisteal Dhuni!" - dem Kriegsschrei der Frasers, bedankten, anschließend war meine Familie an der Reihe. Da wir über so etwas wie einen Kriegsschrei nicht verfügten, kamen als Antwort nur ostfriesische Laute in unterschiedlichen Lautstärken und Tonlagen zurück, was mich unweigerlich schmunzeln ließ.

Nichtsdestotrotz setzte Donald seine Ansprache fort und teilte den Grund des Fehlens von Iain und seiner Familie mit, was allgemeine „Oh's" und „Oh je's" unter den Frasers hervorrief.

Anschließend ging er dazu über, allgemeine Sachen zu erzählen, Geburten und Hochzeiten bekannt zu geben und Marsalis gutes Abschneiden bei ihrer Prüfung lobend zu erwähnen, dann sagte er plötzlich: „Und last, but not least, möchte ich noch die Hochzeit meines Sohnes mit dieser bezaubernden Frau hier bekannt geben!" Das war unser Zeichen, wir traten nach vorn und wurden mit tosendem Beifall begrüßt.

Eigentlich dachten wir, Donald wäre nun am Ende seiner Rede angelangt, doch scheinbar hatten wir uns getäuscht, er stellte sich zwischen uns und erzählte etwas von Umbrüchen und dass man die Zeichen der Zeit erkennen müsse und dann stellte er sich plötzlich vor Alex und mich, nahm unsere Hände und sprach: „Heute Nacht feiern wir das Fest der Sommersonnenwende, Emma trägt die Frucht eurer Liebe in sich und das, was meinem Bruder Richard widerfahren ist, zeigt uns allen, wie schnell sich das Blatt wenden kann. Einen Moment noch quietschfidel, im anderen Moment auf der Intensivstation im Krankenhaus." Er machte eine Pause und Alex und ich sahen uns an, wir ahnten beide, was nun kommen sollte, doch war es für mich absolut unglaublich.

Alex hingegen straffte die Schultern und sah seinem Vater in die Augen, als dieser seine Rede fortsetzte. „Und daher möchte ich am heutigen Tage, meinen Titel an meinen Sohn Alexander William Donald Fraser abtreten und ihn somit zum sechzehnten Lord of Beauly Firth küren!"

Er nahm das von Hamish herbeigebrachte Schwert, Alex kniete nieder, Donald vollzog das Procedere und mit dem Worten „erhebe Dich als Sir Alexander William Fraser, 16th Lord of Beauly Firth!" richtete Alex sich auf und blickte kühn über das Publikum hinweg über die endlosen Ländereien seiner Familie. Wie er so da stand, hatte er wirklich etwas „königliches" an sich und es verschlug mir einmal mehr den Atem. Dann sollte auch ich niederknien und durfte mich als „Lady of Beauly Firth" wieder erheben. Alex nahm den Siegel-Ring seines Vaters entgegen, verbeugte sich, nahm dann Hamish das Schwert wieder ab, schwang es gen Himmel und rief lauthals: „Caisteal Dhuni!", in die Menge, welche mit einem dreifachen: „Caisteal Dhuni!", antwortete. Ich sah, wie meine Eltern ebenfalls mit aufsprangen und den Kriegsschrei brüllten. Für sie musste dies ein seelischer Reichsparteitag sein, ihre Tochter wird in den Adelsstand erhoben und die ganze Familie war dabei!

Alex und ich umarmten erst seinen Vater, dann uns gegenseitig und während ich ihm gratulierte und ihm die Worte: „Mylord, aber glaub' nicht, dass ich jetzt nur noch vor dir auf die Knie falle!", zuflüsterte, grinste er und kniff mir in den Hintern. Gott-sei-dank hatte es keiner gesehen!

Alex nahm seinem Vater das Mikrofon ab, dankte ihm für diesen Vertrauensbeweis und richtete dann das Wort an mich. „Ging... äh... Emma, du hast von Anfang an gewusst, wie sehr ich mit diesem Land und vor allem mit diesem Flecken Erde verwachsen bin..." Ich nickte. „Dieser Titel zwingt mich jedoch zu noch mehr, meinst du, dass auch du für immer hier mit mir sein willst?", fragte er mich.

Jetzt nahm ich ihm das Mikro ab und sah ihm fest in die Augen. „Alex, wenn ich dazu nicht bereit wäre, hätte ich dich dann geheiratet? Je suis prest! Ich bin bereit! Für alles, was noch kommen mag!"

Mit Tränen in den Augen umarmten wir uns, Alex nahm das Mikro zurück und sagte: „Und als meine erste Amtshandlung erkläre ich das diesjährige Gathering für eröffnet! Erhebt eure Gläser! Slàinte mha! Auf die Familie! Und auf dich, Emma und unser Baby!"

Es wurde ein rauschendes Fest und gegen frühen Abend waren die meisten bereits so betrunken, dass hauptsächlich schottische Trinklieder gespielt wurden. Ich hatte zunächst befürchtet, dass meiner Familie das nicht passen würde, tanzten sie doch lieber ihren Walzer, doch waren unsere deutschen Gäste bereits ebenfalls so bezecht, dass sie sich von der Stimmung einfach mitreißen ließen.

Mir schien, als wäre ich die einzig nüchterne Person an diesem Tag, von den wie Bienen umherschwirrenden Bedienungen mal abgesehen, aber das war mir egal, denn auch ich ließ mich einfach mitreißen.

Als es dunkel wurde, entzündeten wir ein großes Feuer und Dotty stimmte gemeinsam mit ihrer Tochter einen Gesang an, der schon mehre tausend Jahre alt sein mochte und mir Gänsehaut über den Körper trieb. Hieß es nicht, dass zu den Jahresfesten das Tor zur Anderwelt geöffnet war und der Kontakt zwischen den Lebenden und den Toten möglich war?

Noch ehe ich meinen Gedanken zu Ende geführt hatte, spürte ich ihre Anwesenheit: Anne war gekommen um ihrem Sohn zu gratulieren. Ich grüßte sie still und ließ sie dann weiterziehen.

Wir hatten meiner Mutter eine Hochzeit beschert, über die die Familie die nächsten hundert Jahre noch sprechen würde, dass ich plötzlich eine Adelige war, setzte dem ganzen natürlich noch die Krone auf.

Es war auch wirklich ein wunderbares Fest gewesen und ich war mir sicher, dass die Frasers ihr Clantreffen gerne mit einem ganzen Haufen deutscher Gäste geteilt hatten. Die Nachbereitungen des Festes, inklusive Bericht auf der Website, das Anfertigen der Fotoalben und so weiter, hatte ich übernommen und war bei dieser Aufgabe richtig aufgeblüht.

Meinem immer dicker werdenden Bauch ging es ebenfalls sehr gut, er wurde eben immer dicker! Um Iains Vater stand es dagegen überhaupt nicht gut, Richard lag nach wie vor im Krankenhaus und Iain weilte noch im Amerika, kümmerte sich dort um die Ranch, die sein Vater hobbymäßig betrieben hatte und natürlich um seine Mutter und seinen Vater selber.

Mit zunächst etwas Starthilfe von Alex und Hugh Ramsay war es seit Ende Juni meine Aufgabe geworden, Iain in allen Belangen von Stallion-Craft zu vertreten.

Aufgrund meiner fortschreitenden Schwangerschaft war das Reiten, sehr zur Freude von Hamish, im Augenblick nicht immer angenehm für mich. Der Junge hatte endlich Ferien und hatte seine „Drohung" den ganzen Tag im Stall zu helfen mehr als wahr gemacht. Das war auch sehr gut so, denn ich reiste zurzeit quer durch das vereinigte Königreich und stellte unser Produkt auf Messen, Turnieren und sonstigen Pferdeveranstaltungen vor.

Alex hatte mit seinem Amt ebenfalls einen Haufen neuer Aufgaben erhalten und war, genau wie ich, sehr viel unterwegs.

Wir waren immer überglücklich, wenn wir abends mal ein Stündchen für uns hatten und ich merkte Alex an, dass er im Laufe des Julis immer unzufriedener wurde. Er sagte zwar nichts konkretes, doch ließ er immer mal wieder halb im Scherz Kommentare los wie: „Iain soll zusehen, dass er die blöden Viecher da hinten mitsamt Ranch verkauft und seine Eltern ins nächste Flugzeug hierher verfrachtet! Wie soll ein Schotte schon in Amerika genesen?"

Ich hatte Alex' Kommentare geflissentlich ignoriert und wir arbeiteten nach wie vor hart, doch als wir uns die letzte Juli-Woche kaum zehn Stunden gesehen hatten, ich war in Sachen Stallion-Craft zunächst in London und dann in den Niederlanden, der Kontakt mit dem Friesen-Züchter, den ich damals in Hannover kennen gelernt hatte war nicht abgerissen, unterwegs und Alex reiste quer durch Schottland um Gelder für irgendeinen Trust zusammenzusammeln, platzte ihm der Kragen.

Ich war soeben zurückgekehrt und hatte mich auf der Couch unseres Wohnzimmers ausgestreckt und musste wohl ein wenig eingenickt sein, als ich plötzlich merkte, wie mir jemand sanft über den Bauch streichelte. Ich blickte auf und sah in Alex blitzende Augen. „Du bist zurück!", sagte ich.

„Aye und ich war viel zu lange weg! Und du auch!" Er sah mich strafend an.

„Ach Alex! Es ist im Moment nun mal sehr stressig! Es kommen bald sicher wieder ruhigere Zeiten!", sagte ich beschwichtigend.

„Das ist es nicht! Meine Kind wächst von Tag zu Tag in dir und ich kann nicht dabei zu sehen, stattdessen hetze ich dich von Termin zu Termin und das obwohl du hochschwanger bist!", schnaubte er.

Ich richtete mich auf und zog ihn an mich. „Nicht du hetzt mich, ich hetze mich selber! Und außerdem, wenn ich schon nicht mehr im Stall helfen kann, dann mache ich mich eben so nützlich!"

„Aber ich vermisse dich! Und ich will nicht, dass wir uns so selten sehen! Ginger, ich verzehre mich vor Sehnsucht nach dir! Ich will dich! Ich kann keine Sekunde an etwas anderes denken!" Ich konnte ihn verstehen, mir ging es genauso.

Zwar machte es mir auch viel Spaß unterwegs zu sein und „Geschäfte zu machen", schließlich ging es mir ja gut, aber Alex und ich hatten fast ein Jahr lang beinahe jede Minute miteinander verbracht und waren diese Trennungen einfach nicht gewohnt.

Ich zog ihn näher an mich heran und schlang meine Beine um seine Hüfte. „Ich vermisse dich auch Alex!", sagte ich, küsste ihn anschließend tief und leidenschaftlich, wandelte seine Wut in Feuer um und ließ mich dann von ihm in Brand stecken.

Die darauf folgenden Wochen verbrachten wir zwar noch immer in diesem Rhythmus, doch hatte ich das Gefühl, als wäre eine Veränderung in Alex hervorgegangen, scheinbar hatte er sich mit diesen „Trennungen" abgefunden. Natürlich waren unsere Wiedersehen nach wie vor sehr leidenschaftlich, doch war er vorher und nachher nicht mehr so mürrisch, wie noch wenige Wochen zuvor.

Den Grund für diese plötzliche Sinneswandlung sollte ich dann am zehnten August erfahren, als mich eine geisterhafte Erscheinung in Form von Iain mitsamt seinen Eltern beinahe ohnmächtig im Hausflur zusammenbrechen ließ.

Es war Nachmittag und ich saß zusammen mit Dotty im Salon, trank Tee und bediente nebenbei die Stallion-Craft-Hotline, als es plötzlich an der Tür klingelte. Dotty faselte etwas von „Apfelstrudel im Backofen" und bat mich, quasi als Hausherrin, die Tür zu öffnen. Ich hatte mit dem Postboten gerechnet, vielleicht mit dem Fernsehen oder einem Boten, der uns über einen Lottogewinn informierte, eigentlich mit allem, aber eben nicht mit Familie Richard Fraser!

Ich hatte also die Tür geöffnet, war rückwärts wieder in den Flur gewankt und rief immer wieder: „Dotty, hier sind Geister an der Tür!" Ehe ich über irgendeinen Teppich strumpeln konnte, hatte Iain mich jedoch gegriffen und in die Arme genommen.

„Junge, junge Emma, du bist aber ganz schön rund geworden! Übrigens, du darfst gerne mal meine Haare berühren, ich bin kein Geist, ich bin der echte Iain! Und ich habe Familienzuwachs mitgebracht!"

Nachdem ich mich der Echtheit Iains Haare überzeugt hatte, begrüßte ich ihn überschwänglich und ging dann zu Richard und Maria über. „Richard, wie geht es dir?", fragt ich und sah ihn lange an. Er war ein wenig abgeklappert, doch sah er eigentlich recht gut aus. Meine beiden Hände drückend, küsste er mich auf die Wangen: „Keine Angst, jetzt wo ich wieder daheim bin, wird alles wieder gut!" Ich nahm Maria in die Arme. „Ihr bleibt wirklich hier?", fragte ich sie flüsternd und sie lächelte und nickte mit Tränen in den Augen.

„Das ist ja wunderbar! Kommt rein, Dotty und ich trinke gerade Tee und gleich ist der Apfelstrudel fertig! Komm' Iain, wir suchen Alex und Donald!" Ich schnappte seine Hand und eilte mit ihm nach draußen, wo ich ihm nochmals in die Arme fiel. „Schön, dass du wieder da bist! Und schön, dass deine Eltern auch wieder hier sind, dein Vater wird sicher schnell wieder gesund!", sagte ich und gab ihm noch einen Kuss. In diesem Moment kam Alex um die Ecke, sah uns, sah wieder weg, sah wieder hin und lief dann kopfschüttelnd weiter.

Er dachte wahrscheinlich ebenfalls, er hätte einen Geist gesehen, dachte ich bei mir und fing lauthals zu lachen an, was zur Folge hatte, dass Alex vorsichtig einen Blick über seine Schulter zurück in unsere Richtung warf. Ich rannte armeflatternd auf ihn zu und rief: „Huhu, ich bin das Hof-Gespenst!", was ihn dann wohl von meiner Echtheit überzeugte, denn er sagte: „Aye, du bist wahrlich kein Geist, solche Geräusche kannst nur eine machen - und das ist meine Frau!", er küsste mich schnell auf den Mund und begrüßte dann überschwänglich und mit mindestens dreißig Schulterklopfern seinen Vetter. Typisch Schotte, dachte ich und machte mich auf, Donald zu suchen, der jedoch bereits mit seinem Bruder und seiner Schwägerin im Salon saß und sich soeben über den Apfelstrudel her machen wollte.

Dieser Anblick versetzte mich kurzzeitig in Panik, schließlich hatte Dotty nicht mit soviel Besuch gerechnet und ich befürchtete, dass für mich kein Stück mehr übrig bleiben würde.

„Mensch Mädchen!", sagte Dotty, die meinen Blick aufgefangen hatte, kopfschüttelnd. „Wie lange kennen wir uns schon? Habe ich jemals zu wenig Essen gemacht?" Nein, das hatte sie wirklich nicht und so wartete ich brav mit dem Essen, bis mein Mann und sein Vetter eintrafen.

Im Nachhinein erfuhr ich dann, dass sowohl Alex als auch Donald und Dotty von der Ankunft der drei gewusst hatten. Alex hatte sie sogar am Flughafen abgeholt und seine vermeintliche Geistererscheinung war nur Schau gewesen, denn er hatte mein verdutztes Gesicht an der Haustür aus sicherer Entfernung beobachtet und sich halb kringelig gelacht.

Nachdem wir den Abend mit einer kleinen „Wiedersehensfeier" zu Ehren von Iain und einer „Wiederkehrfeier" zu Ehren von Richard und Maria verbracht hatten, strumpelten Alex und ich spätnachts in unsere Wohnung, Alex sichtlich angeheitert, ich mal wieder stocknüchtern.

Ich stand im Bad, machte mich bettfertig und wunderte mich über Alex verbleib. Normalerweise folgte er mir immer, doch heute kam er nicht und so linste ich vorsichtig um die Ecke. Auf dem Bett lag ein lautschnarchender Klamottenhaufen, den ich mit hochgezogener Augenbraue argwöhnisch betrachtete. „Ich schlafe nicht!", äußerte sich der Klamottenhaufen sogleich, ich grinste und wollte mich soeben wieder ins Bad zurückziehen als der Klamottenhaufen wieder zu sprechen begann, diesmal deutlicher. „Ich schlafe wirklich nicht! Komm' her, ich hab' was für dich!"

Das wollte ich mir nicht entgehen lassen und so stiefelte ich in Richtung Bett. Alex richtete sich auf und winkte mich näher heran. Neugierig wie ich war, tat ich wie mir geheißen, doch wich ich erschrocken zurück, als er mir plötzlich ein kleines Heftchen vor die Nase hielt. Ich schielte darauf und das einzige Wort, was ich angesichts der Nähe des Heftchens zu meinen Augen entziffern konnte war: Mallorca.

Verwirrt zog ich eine Augenbraue hoch und sah Alex, der mittlerweile wie ein Honigkuchenpferd strahlte, an. Dann schnappte ich mir das Heftchen aus seiner Hand und konnte es endlich vernünftig betrachten: es war das Prospekt für so etwas wie eine 5-Sterne-Finca auf meiner Lieblings-Super-Sonnen-Insel Mallorca, abseits von allem Trubel in Sant Elm, in der Nähe von Andratx auf einem Felsvorsprung gelegen, mit einer in den Fels gehauenen Treppe, die zu einem kleinen privaten Sandstrand führte. Mein Mann hatte mittlerweile den Gesichtsausruck einer ziemlich eingebildeten Vogelsorte, deren Name mir im Augenblick jedoch nicht einfallen wollte, angenommen und sagte nur: „Du und ich, nächste Woche. Ich fliege - schließlich passt du in kein normales Flugzeug mehr rein, mit deiner Wampe!"

„Das ist doch nicht dein Ernst!", ich war völlig fassungslos.

„Leider ja, aber das ist nun mal so, wenn man in einem Monat ein Baby bekommt, aber sei froh, es gibt Frauen, die gehen am ganzen Körper auseinander, du lediglich am Bauch und äh- am Busen!"

„Das mein ich doch gar nicht, du Dussel! Ich mein den Urlaub!", rief ich aus.

Es hätte nur noch die Zigarre in seinem Mundwinkel gefehlt, als er sagte: „Mir war noch nie im Leben etwas ernster, Baby!"

Im nächsten Moment war er eingeschlafen und ich total verwirrt.

Vorsichtshalber fragte ich am nächsten Morgen noch mal nach, schließlich war er so betrunken gewesen, dass er mitsamt Klamotten eingeschlafen war und nicht mal erwachte, als ich versuchte, ihn mir brachialer Gewalt aus seiner Hose zu zerren.

Doch es war tatsächlich sein voller Ernst gewesen. Als Iain ihm von der Rückkehr seiner Familie erzählt hatte, hatte er ihn, sowie den Rest der Eingeweihten um Stillschweigen gebeten und sich um alles gekümmert.

„Ganz ehrlich Emma, der Flughafen dort ist dermaßen voll, ich musste schon alle Hebel in Bewegung setzten um Start- und Landeerlaubnis zu bekommen!" Ich war mir sicher, dass es seine Bemühungen Wert war und freute mich riesig auf den bevorstehenden Urlaub. Mir ging es zwar nach wie vor gut, doch hätte ich sicher nicht bis zur Niederkunft in diesem Tempo weiterarbeiten können und war daher doppelt froh, zum einen von diesen vielen Terminen entbunden zu sein, zum anderen endlich einmal zwei ganze Wochen nur mit Alex zu verbringen.

Die kommende Woche wurde jedoch noch einmal sehr stressig, ich übergab meine Arbeit an Iain, begleitete ihn jedoch noch zu zwei inländischen Terminen und auch Alex hatte noch jede Menge zu regeln und zu erledigen. Als wir Freitag gemeinsam unsere Sachen packten, war ich heilfroh, dass es endlich losgehen würde und wir mussten immer wieder mit dem Packen innehalten, weil ich dem Bedürfnis, meinen Mann vor lauter Freude ständig küssen und umarmen zu müssen, einfach nicht widerstehen konnte.

So richtig glauben, konnte ich es jedoch erst, als ich am Samstagmorgen neben Alex im Cockpit saß und über meinen dicken Bauch in den Himmel schaute.

Wir landeten in München kurz zwischen, um die kleine Maschine aufzutanken und setzten dann unseren insgesamt vierstündigen Flug der Sonne entgegen fort. Auf Mallorca sollten knackige fünfunddreißig Grad herrschen, aber ich machte mir diesbezüglich keine Sorgen, zum einen war es in Schottland mit knapp sechsundzwanzig Grad ebenfalls, und für schottische Verhältnisse sogar sehr, warm gewesen und außerdem konnte ich Hitze schon immer gut vertragen.

Ich blickte verstohlen zu Alex herüber, nein, er würde zwar die ersten Stunden ein wenig über „diese unerträgliche Hitze" stöhnen, doch das hätte er schnell vergessen. Bezüglich seiner Haut musste ich mir auch keine Sorgen machen, trotz schottischer Herkunft war sie olivfarben und er benutzte erst Sonnencreme, seitdem ich ihn letztes Jahr während unserer Badesessions am See von ihrer Notwendigkeit überzeugt hatte. Mit einem Mal musste ich an diese Zeit zurückdenken, wir waren beide fast nackt gewesen und hatten uns ständig irgendwie berührt, sei es, wenn Alex mich im hohen Bogen hineingeworfen, oder mich einfach untergetaucht hatte, oder wenn ich seinen Rücken, während er schlief, mit Schlamm eingeschmiert hatte. Wie konnte es sein, dass damals nichts passiert war? Hatte er mich damals noch nicht gemocht, fragte ich mich, doch dann fielen mir seine Blicke wieder ein, unsere „magischen Momente" und das, was er einst gesagt hatte, er hatte mich damals schon gewollt. Aber warum ich nicht? Oder hatte ich doch? Ich erinnerte mich an Juliettas Bemerkung: „Mit dem hast du nackt in einem Bett geschlafen und du willst mir erzählen, dass ihr nichts miteinander hattet? Für wie blöd hältst du mich eigentlich?" Bei dem Gedanken an meine Freundin lachte ich auf und Alex sah mich verdutzt an.

„Worüber lachst du?", fragte er.

Ich zuckte die Schultern und antwortete: „Über dich, über mich, über uns beide?!" Mit dieser Antwort konnte er scheinbar nichts anfangen und so legte ich ihm meine Gedanken dar. „Mensch Alex, wie hatten wir nur so lange nebeneinander her leben können? Und als wir uns dann endlich einmal gehabt haben, haben wir es beide geleugnet und unterdrückt! Oh, Gott und das, obwohl ich mich innerlich mit jeder Faser meines Fleisches nach dir gesehnt hatte, ich wollte es nur nicht wahrhaben!"

Alex nahm meine Hände in seine, sah mir tief in die Augen und meinte: „Wie du schon mal gesagt hat, Ginger, damals war die Zeit einfach noch nicht reif! Aber jetzt ist sie's und du bist auch „reif"! Und ich schwör' dir, ich kann's kaum abwarten, dass wir endlich auf unserem Zimmer sind!"

Wir küssten uns stürmisch und bereiteten uns dann auf die Landung auf dem Flughafen Son san Juan auf Mallorca vor.

Ich hatte mir überhaupt keine Gedanken gemacht, wie wir nach Sant Elm kommen sollten, sowohl die Tatsache, dass Alex keinen Rechtsverkehr gewohnt war und ich in meinem momentanen Zustand nicht hinter das Steuer eines Fahrzeuges passte, hatte ich völlig verdrängt. Als wir jedoch aus dem Flughafengebäude in die gleißende Hitze traten, fiel es mir plötzlich wieder ein und ich redete panisch auf Alex ein, der jedoch nur lachte und mit dem Finger auf eine äußerst luxuriöse Limousine samt Fahrer deutete.

„Bereit?", fragte er. Und ob, dachte ich und trippelte, meinen Trolley hinter mir herziehend, hinter ihm her. Wann immer ich auf Mallorca landete, war es für mich ein bisschen wie nach Hause kommen. Sicher, eigentlich war ich Deutsche und hatte mich nun für ein Leben in Schottland entschieden, aber ich verband mit Mallorca einfach ein wunderbares Gefühl von „Dolce Vita" oder um es in Spanisch auszurücken „La vida loca". Es war nun einmal ein besonderes Flair, das diese Insel umgab und das mich jedes Mal von neuem in seinen Bann zog. Hätte es mich nach meiner Scheidung nicht nach Schottland verschlagen, ich war mir sicher, dass ich hier gelandet wäre. Dieses behielt ich jedoch lieber für mich und genoss einfach die Landschaft, meine Hand in Alex' liegend, während wir gen Westen düsten.

Unsere Unterkunft war natürlich First Class und weit ab von Pauschal- oder Massentourismus. Die Finca verfügte lediglich über sechs Suiten, eine kleinen Pool, den Alex und ich jedoch meist für uns alleine hatten, ebenso wie den kleinen Streifen Sandstrand am Fuße der Klippe. Es wurde gemunkelt, dass Michael Douglas seiner Zeit bei seinem ersten Mallorca-Besuch hier untergekommen war und seither war er ja bekanntlich Dauergast auf dieser Insel.

Wir genossen die Zeit zu zweit, wenn wir uns auch nicht wirklich voneinander entfernt hatten während der letzten anderthalb Monate, so war es doch schön, einander endlich wieder so nah zu sein.

Einen etwas kühleren, bewölkteren Nachmittag verbrachten wir in Palma, wir hatten ein Auto gefunden, in welches ich passte, ich hatte mich nämlich, aus Angst sowohl um mich, als auch um mein ungeborenes Kind, geweigert, in ein Auto zu steigen, welches Alex fuhr. Man erinnere sich nur daran, wie es mir während meiner ersten Autofahrt in Schottland ergangen war und Mallorca selber war ein einziger großer Kreisverkehr, also viel zu gefährlich!

Ein weiteres sicheres Fortbewegungsmittel war das Boot, Alex hatte eine Yacht samt Crew gechartert und so tuckerten wir lässig gen Osten, wo wir meinem Lieblingsort Cala Rajada besuchten. Auf mein Drängen gingen wir dort an Land und wanderten durch die mir bekannten Gässchen und Straßen, ehe wir unsere Fahrt fortsetzten.

Alex hatte es auf der Insel auch sehr gut gefallen und wir nahmen uns vor, sobald das Kind groß genug war, wieder herzukommen, Mallorca war schließlich nur einen Katzensprung von uns entfernt.

Doch es hieß viel zu schnell Abschied nehmen und auf dem Rückweg fügten wir noch einen kleinen Zwischenstopp bei meinen Eltern ein, die sich sehr über die rundliche Gestalt ihrer Tochter amüsierten, jedoch Bedenken bezüglich des Fliegens äußerten. „Mama!", beruhigte ich sie: „Du hast dich doch schon selbst von Alex' Flugkünsten überzeugen können, also mach' di keine Sorgen!"

Wir blieben nicht über Nacht, in Schottland riefen diverse Verpflichtungen nach Alex und der Alltag holte uns bald nach unserer Rückkehr wieder ein. Wenigstens war Iain wieder da und Alex und ich konnten mehr Zeit miteinander verbringen, dachte ich bei mir. Während der Geburtstermin langsam, aber stetig, näher rückte, rückten auch Alex und ich näher aneinander, auch wenn ich nicht geglaubt hätte, dass dies überhaupt möglich sei.

Wir mochten gar nicht mehr ohne einander sein und so kam es, dass ich ihn, im Fond des Volvo-Geländewagen sitzend, aus dem Porsche war ich mittlerweile „herausgewachsen", oft zu seinen Terminen begleitete.

Eines Morgens erwachte ich frühzeitig und war sehr aufgeregt, zum einen, weil ich in nicht einmal mehr zwei Wochen mein Kind erwartete und zum zweiten, weil wir für den heutigen Tage nochmals mit Heather verabredet waren, um einige Fotos zu machen. Trotz des Druckes auf meiner Blase blieb ich noch einen Moment liegen und hob meine Füße, um sie zu betrachten. Aufgrund des Fasses, welches ich mittlerweile vor mir herschob, unser Bobby hatte sich prächtig entwickelt, war mir jenes ansonsten leider nicht mehr möglich und so nutzte ich diese Chance.

Dann hievte ich meinen Körper jedoch aus dem Bett und watschelte zur Toilette, auf dem Weg dorthin nahm ich mir noch einen Moment Zeit, um mich in dem großen Spiegel zu betrachten. Ich fand es sehr befremdlich, dass mein Bauchnabel ein Eigenleben zu entwickeln schien und sich mittlerweile einen knappen Zentimeter außerhalb des für ihn vorgesehenen Platzes befand und so drehte ich mich schnell um und blickte über die Schulter in den Spiegel. Von hinten war mir die Schwangerschaft kaum anzusehen, ich hatte das Glück gehabt, im Großen und Ganzen recht schmal geblieben zu sein. Von der Seite gesehen, war es jedoch unverkennbar, ich sah aus, als hätte ich einen Medizinball verschluckt! Ganz in Gedanken strich ich mir über den nackten Bauch, bis ich bemerkte, dass ich beobachtet wurde.

Alex hatte sich mittlerweile im Bett aufgesetzt und betrachtete mich, ich war so sehr mit mir selber und dem kleinen Bobby beschäftigt gewesen, dass ich es zunächst gar nicht bemerkt hatte. Als ich mich zu ihm umdrehte begann er zu lächeln. „Du bist so schön und strahlend heute morgen! Es ist sicher der perfekte Tag dich fotografieren zu lassen!" Ich nickte und antwortete, während ich meinen Weg zur Toilette fortsetzte. „Ja, das finde ich auch!", und fuhr, nachdem ich mich erleichtert hatte und mich zu Alex auf die Bettkante gesetzt hatte, fort: „Ich fühl' mich wie ein reifes Obst, es sind noch zwei Wochen, aber ich kann es kaum mehr abwarten! Unser kleiner Bobby wird sicherlich einmal Zirkusartist werden, er vollführt schon jetzt in einer Tour Purzelbäume!"

Ich nannte unser Kind abwechselnd „kleiner Bobby" oder „kleine Suse", Alex platzte zwar vor Neugierde, doch hatte ich mich strikt geweigert, dass Geschlecht unseres ungeborenen Kindes zu erfahren, beziehungsweise preiszugeben.

Nun strich er mir sanft über den Bauch, hielt bei meinem herausstehenden Nabel jedoch inne und versuchte ihn mit dem Zeigefinger wieder hineinzudrücken, was mir ein Lachen entlockte. „Das habe ich auch schon probiert, keine Chance! Der will auch gucken, was so in der Weltgeschichte passiert!"

Alex sah mich wieder an und griff nach seinem Handy.

„Was hast du vor?", fragte ich. Er grinste mich an. „Ich ruf Heather an und frage sie, ob sie die Fotos nicht jetzt machen kann!" Ich schüttelte den Kopf: „Alex, das geht nicht, ich muss mich doch ans Telefon setzen!"

Da Alex mich den Stall seit geraumer Zeit nicht mehr betreten ließ, war ich dazu übergegangen, mich wieder intensiver mit der Stallion-Craft-Thematik zu beschäftigen. Neben dem Erfassen der schriftlichen Bestellungen, hatte ich Iain das Zahlungs- und Mahnwesen abgenommen und kümmerte mich ebenfalls um das Marketing. Wann immer ich in dem kleinen Büro arbeitete, schaltete ich den Anrufbeantworter aus, um etwaige Kundengespräche auch außerhalb der Servicezeiten entgegen zu nehmen. Wir hatten mittlerweile einen beträchtlichen Kundenstamm, nicht nur in Schottland, sondern im kompletten Königreich sowie in Deutschland und den Niederlanden aufgebaut und mit meinem zusätzlichen Telefondienst hatte ich sie wohl ziemlich verwöhnt.

Er zuckte die Schultern. „Dann muss das eben eines der Mädchen machen! Ich hätte so gerne Bilder von dir, wo du genauso aussiehst wie jetzt! Außerdem soll es laut Wetterbericht heute wieder ziemlich warm werden, willst du dich wirklich mit deinem dicken Wanst in der Sonne abquälen?", fragte er mich mit einem schiefen Grinsen und ich sagte zu meinem Bauch: „Hörst du das, Suse? Wanst nennt er dich! Ich denke das sollte eine körperliche Züchtigung nach sich ziehen, oder nicht?"

Ich warf mich, soweit ich mit dem Fass vor meinem Bauch dazu in der Lage war, behände auf Alex Schoß und begann ihn zu küssen und zu streicheln.

„Wenn du das körperliche Züchtigung nennst, lasse ich mich gerne den ganzen Tag von dir malträtieren!", sagte er und das Handy und der Anruf bei Heather waren plötzlich vergessen.

Vorsichtig fuhr ich mit der Zunge seinen Bauch entlang und arbeite mich weiter nach unten, was ihm ein wohliges Seufzen entlockte.

Wir schliefen nicht mehr so häufig miteinander, und wenn dann nur sehr vorsichtig, doch gab es genügend andere Wege unsere Leidenschaft auszukosten und ich begann soeben, den oralen Weg einzuschlagen.

Ich necke ihn, ließ meine Zunge wieder nach oben gleiten, wo ich sie um seine

Brustwarzen kreisen ließ um dann wieder hinunterzuwandern und mit seinem Bauchnabel zu spielen. Als ich merkte, dass er es kaum noch aushalten konnte, rutschte ich noch ein Stück tiefer, nahm ihn in meine Hand und schob vorsichtig seine Vorhaut zurück um zunächst seine Eichel mit der Zunge zu liebkosen und ihn dann komplett ihn den Mund zu nehmen. Alex begann sich unter mir zu winden, umfasste meinen Kopf und mit einem heftigen Zucken und einem lauten Stöhnen ergoss er sich in meine Kehle.

Er zog mich zu sich hoch, murmelte meinen Namen und küsste mich sanft. Mit seinen Händen begann er meine Brüste, die mittlerweile eine beträchtliche Größe angenommen hatten, zu streicheln. Vorsichtig bettete er mich auf seine Seite des Bettes, hockte sich neben mich und begann dann seinerseits mit der Zuge an meinen Brutwarzen zu spielen und vorsichtig daran zu saugen. Er fuhr mit den Händen meinen dicken Bauch entlang, hielt kurz inne um zu prüfen ob unsere Suse noch lebte, erhielt seine Bestätigung und wanderte tiefer.

Unten angekommen, ließ er zunächst seine Finger und dann seine Zunge um meine Klitoris gleiten, es dauerte nicht lange und auch ich wurde von den Wogen der Lust erfasst und stöhnte laut auf. „Mein Gott, Alex!", entfuhr es mir als ich mich unter seinen Händen aufbäumte. Er lächelte stolz, kroch wieder zu mir herauf und streichelte weiter meinen Bauch, während ich mich an ihn kuschelte.

Kurze Zeit später befreite er sich jedoch von mir und griff abermals zu seinem Handy. Mit den Worten: „Jetzt bist du sogar noch schöner als vorhin!", wählte er erneut Heathers Nummer, erreichte sie und zitierte sie hierher.

Ich machte mich derweilen frisch und sah zu, dass ich noch etwas zum Frühstück bekam, ehe es losging. Als Location hatten wir diesmal das kleine Wäldchen gewählt und da ich schlecht dorthin Reiten konnte, würden wir Ruadh anspannen und Alex würde uns mit der Kutsche hin fahren.

Eine knappe halbe Stunde später kam Heather an und wir machten uns gemeinsam mit ihrer Ausrüstung auf den Weg. Es war zwar noch recht früh am Morgen, doch war bereits jetzt zu spüren, dass es - für schottische Verhältnisse, wieder sehr warm werden würde, mir liefen bereits die ersten Schweißperlen zwischen den Brüsten herunter und ich ächzte vor mich hin. Wir wollten mich als eine Art Elfe, mit Tüll und Seide bedeckt und mit Efeu im Haar fotografieren und so zog ich mich aus, als wir den passenden Ort gefunden hatten.

„Donnerwetter!", entfuhr es Heather: „Das sind vielleicht Möpse!"

Alex gab ihr einen leichten Schlag auf den Hinterkopf und sagte lachend: „Starr' meine Frau nicht immer so an!", und wir machten uns an die Arbeit.

Ich posierte mal so und mal so, gelegentlich war auch Alex auf dem einen oder anderen Foto mit drauf und als wir endlich fertig waren, war es beinahe Mittag und ich stehend k.o.

Eigentlich hatte ich vorgehabt, nach dem Mittagessen noch ein wenig zu arbeiten, doch zog ich es vor, mich für ein halbes Stündchen ins Bett zu legen und auszuruhen. Aus dem halben Stündchen wurde dann der halbe Nachmittag und als ich aufwachte, lag neben mir auf dem Nachttisch bereits ein ganzer Stapel Fotos und eine kurze Notiz von Alex: „Die Bilder sind der Wahnsinn! Ich habe dich in ungefähr einer Million verschiedenen Posen in meinem Hirn abgespeichert, doch diese werden einen Ehrenplatz erhalten!" Ich hauchte der Notiz einen Kuss zu und schnappte mir das Kuvert mit den Abzügen. Sie waren wirklich wunderschön geworden und ich machte mich sogleich daran, die schönsten herauszusuchen und in das Album mit den anderen Schwangerschaftsaufnahmen zu kleben. Anschließend blätterte ich das Buch von Anfang an durch und betrachtete die Veränderungen meines Körpers während der letzten neun Monate. Wirklich erstaunlich, dachte ich und legte eine Hand auf Bobby um ihn zu beruhigen, er strampelte nämlich im Augenblick wie verrückt.

Es klopfte unten an der Tür, ich brüllte ein: „Herein!" hinunter und richtete mich auf um nachzusehen wer meine Ruhe störte. Es war Marsali, die mit einem Tablett voller Tee und Kekse die Treppe hochstiefelte.

Bis auf einen Slip und ein dünnes Hemdchen trug ich nichts und sie schaute voller Faszination auf meinen Körper. Ich lächelte sie an und fragte sie, ob sie mal fühlen wolle, woraufhin sie erst heftig den Kopf schüttelte, sich dann aber dennoch von mir die Hand auf meinen Bauch legen ließ.

„Warte einen Augeblick, gleich strampelt sie wieder!", riet ich ihr. Als Suse sich schließlich meldete, sah ich förmlich, wie ihr ein Schauer über den Rücken lief und sie sich schüttelte während sie ihre Hand zurückzog. „Keine Angst, der kleine Bobby tut nichts!", sagte ich.

Ihre Augen immer noch auf meinen Bauch geheftet fragte sie schließlich: „Weißt du immer noch nicht, was es wird?"

„Nein, ich will es auch gar nicht wissen!", antwortete ich leichthin.

„Fühlt es sich nicht komisch an, wenn da etwas in einem ... ist?", fragte sie weiter.

Ich dachte kurz nach und erklärte dann: „Nun, sicher ist es von der Vorstellung her etwas merkwürdig. Aber als ich es zum ersten Mal gespürt habe, wollte ich es zwar zunächst nicht akzeptieren, doch im Grunde habe ich von Anfang an gewusst, dass es zu mir und zu Alex gehört."

Marsali war noch jung, zwar war sie seit Beginn des Jahres mit Aidan zusammen, doch war ich mir ziemlich sicher, dass dies eine ihrer ersten diesbezüglichen Erfahrungen war und so suchte ich nach den richtigen Worten um ihr meine Gefühle erklären zu können. „Weißt du", fuhr ich fort: „Es ist wie ein Samen, den wir gemeinsam gesät haben. Jedes Mal, wenn es in mir strampelt und ich es verfluche, weil es mir gegen die Gedärme tritt, dann denke ich, „Mensch, es ist ein Stück von Alex, was du da in dir trägst!" Im Augenblick kann nur ich dem Kind das geben, was es braucht, doch wenn es erst mal da ist, dann ist es für mich so, als hätten wir die Frucht unserer Liebe geerntet. Verstehst du, was ich meine?"

Ich sah sie fragend an und sie nickte. „Aye, ich denke schon. Es ist bei euch so besonders, glaube ich!"

Ich zuckte die Schultern, doch wusste ich genau was sie meinte. Ich hatte vor Alex schon einige Beziehungen gehabt, war sogar verheiratet gewesen, doch diese Vertrautheit, Ehrlichkeit, der Respekt und schlussendlich die Liebe, die ich ihm entgegenbrachte, hatte ich jemanden anderes Gegenüber nie gespürt und ich wusste, dass es Alex ebenso ging. „Ich glaube wir haben uns einfach nur gesucht und gefunden!", antwortete ich schließlich, bedankte mich für den Tee und genoss die angenehme Ruhe, nachdem Marsali gegangen war.

Damit würde es sicher bald vorbei sein, dachte ich mir. Ich hatte die letzen ein, zwei Wochen bereits nicht gut geschlafen und war daher nachmittags immer so müde gewesen, dass ich mich tatsächlich hinlegen musste. Wenn allerdings unser Kind regelmäßig nach Nahrung schreien, und dabei weder Rücksicht auf Tageszeit, noch auf die Gefühle seiner geplagten Eltern nehmen würde, würde es mit Sicherheit noch schlimmer werden.

Ich fragte mich, ob es wohl an der Beziehung zwischen Alex und mir etwas ändern würde. Natürlich würden wir uns nach wie vor lieben, daran bestand kein Zweifel. Allerdings waren wir auch noch nicht so lange ein Paar, wir kannten uns seit knapp eineinhalb Jahren und waren vor nicht einmal einem Jahr offiziell zusammen gekommen. Im Februar hatten wir erst geheiratet und nun sollten wir schon bald Eltern werden. Nein, ich zweifelte nicht, schließlich war es das, was das Schicksal für uns bereitgehalten hatte und wenn es so war, denn sollte es auch so sein. Ich liebte Alex mehr als mein eigenes Leben und ich war bereit, unserem ungeborenen Kind, welches ich unter meinem Herzen trug, ebensoviel Liebe entgegen zu bringen.

Einige Tage später kamen dann meine Eltern aus Deutschland um mir bei der bevorstehenden Geburt beizustehen. Zwar hatten wir, nach wie vor, jeden Tag miteinander telefoniert, doch hatte ich sie seit der Hochzeitsfeier im Sommer und dem Kurzbesuch nach unserem Mallorca-Urlaub nicht mehr gesehen und freute mich sehr auf sie. Sie waren bis Edinburgh geflogen und hatten sich dann in den Zug nach Beauly gesetzt, wo Alex sie einsammelte und zu mir brachte.

Als sie endlich auf den Hof fuhren, erwarteten meine Trommel und ich sie an der Tür. Meine Mutter sprintete bereits heraus, noch ehe das Auto komplett gehalten hatte und rannte auf mich zu. „Meine Güte!", rief sie aus „Du ist ja noch kugelrunder!" und versuchte mich zu umarmen, bobby-bedingt gar nicht so einfach, doch sie kapitulierte nicht und drückte mir sogar über meinen dicken Bauch hinweg noch einen Kuss auf die Wange.

Mein Vater und Alex brachten die Koffer und erreichten uns wenige Augenblicke später, während Alex wieder losging um das Auto zu parken, scheiterte auch mein Vater beinahe an dem Versuch, seine Arme um mich zu legen. Wir gingen hinein und widmeten uns zunächst Kaffee und Kuchen, sowie dem neuesten Klatsch aus meinem Heimatdorf.

Just in dem Moment, als ich gedachte zu erzählen, wie gut es mir während der ganzen Schwangerschaft ergangen sei, wurde ich von einer leichten Wehe erfasst. Doc Doolittle nannte diese Wehen „Übungswehen" und hatte erklärt, dass sie ganz normal und wenn auch unangenehm, richtig und wichtig seien. Ich stellte mich aufrecht hin und atmete tief ein und aus, gleich geht's wieder sagte ich mir und so war es auch. Nach einem letzten empörten Tritt von Suse war ich dann wieder in der Lage mich hinzusetzen und meinen Kuchen zu genießen.

Meine Mutter quetsche mich über den Rand der Kaffeetasse aus und fragte mich Dinge, wie: „Hast du auch Wasser in den Beinen? Ach, wenn ich an meine Füße denke, die waren während des letzten Drittels der Schwangerschaft so dick wie Wassermelonen!" Ich erklärte ihr, dass ich meine Füße seit knapp zwei Monaten nicht mehr gesehen hatte und ihr in diesem Punkt leider keinerlei Auskunft geben konnte.

Nach dem Abendessen hatten sich die Männer in den Salon zurückgezogen und ich nahm meine Mutter mit in Alex' und meine Wohnung um ihr mein Schwangerschaftsalbum zu zeigen. Eigentlich hüteten Alex und ich dieses Buch wie unseren geheimen Schatz und bis auf Heather hatte bisher keiner die Bilder zu Gesicht bekommen. Gelegentlich hatten wir zwar das ein oder andere Foto gezeigt, doch die wirklich persönlichen hatten bisher nur wir drei gesehen.

Meine Mutter und mich verband jedoch nun einmal das, was man Mutter-Tochter-Syndrom nannte und was sich beispielsweise darin äußerte, dass ich an sie dachte und im nächsten Moment das Telefon klingelte und sie mich anrief, oder umgekehrt, und so hielt ich es für gut und billig ihr das Album zu präsentieren. Mit Tränen in den Augen blätterten wir es gemeinsam durch und am Ende drückte sie mich, so gut es ging, fest an sich und sagte: „Ich vermisse dich jeden Tag so sehr, doch wenn ich sehe, wie glücklich und zufrieden du hier bist und wie sehr dich dein Mann liebt und du ihn ebenso, dann habe ich ein richtig schlechtes Gewissen, so zu fühlen!" Ich erwiderte den Druck. „Oh Mama! Ich denke doch auch jeden Tag an euch, glaubst du nicht, dass auch ich euch vermisse? Ihr seid meine Eltern und ich liebe euch! Ich bin so froh, dass ihr jetzt bei mir seid!"

Wir lagen uns in den Armen und sagten lange Zeit nichts, bis sich mein kleiner Bobby wieder meldete. Spontan legte ich die Hand meiner Mutter auf den Bauch und mit dem fachmännischen Gefühl einer zweifachen Mutter meinte sie: „Es dauert nicht mehr lange, ich hoffe, du hast eine Notfalltasche bereits gepackt?"

Es waren ihre Worte, die in meinem Kopf hallten, als mir noch in derselben Nacht die Fruchtblase platzte. Ich erwachte, weil es plötzlich warm, sehr warm wurde zwischen meinen Beinen. Zunächst dachte ich mir nichts weiter dabei, möglicherweise eine Hitzewallung, doch als ich vorsichtig das Laken befühlte, bemerkte ich, dass es klitschenass war. „Oh Scheiße!", rief ich aus und stupste sogleich Alex an: „Alex, Alex, wach auf!". Noch ehe er reagieren konnte, wurde ich von einer heftigen Wehe erfasst und schrie auf. Plötzlich hellwach drehte er sich zu mir um. „Ginger? Bist du ok?" Ich biss die Zähne zusammen, zog die Decke zur Seite und deutete auf den nassen Fleck zwischen meinen Beinen. In Panik hüpfte Alex aus dem Bett und rief nur immer wieder: „Oh mein Gott, es geht los, was tu ich nur, was tu' ich nur!"

Der Schmerz war fürs erste vorbei und ich wies in an im Krankenhaus anzurufen und mich anzumelden, meine Tasche zu nehmen und den Wagen direkt vor dem Eingang zu parken, ich wollte mich noch etwas frisch machen. Alex nickte, schnappte sich sein Handy und spurtete los. Ich kam leider nicht bis ins Bad, sondern brach auf halber Strecke nach Luft jappend zusammen. „Oh Hölle!", entfuhr es mir, ich blieb einen Moment liegen und versuchte zu entspannen als Alex schon wieder die Treppen hochgerannt kam und beinahe über seine am Boden liegende Frau gestolpert wäre. Er bremste jedoch noch rechtzeitig und kam mit einem „Huch!" kurz vor mir zum stehen.

Vorsichtig hob er mich auf und bugsierte mich die Treppen hinunter Richtung Auto, er wollte mich schnellstmöglich im Krankenhaus und somit in sicheren Händen wissen. Auf dem Flur wurde ich von einer erneuten Woge erfasst und schrie so laut, dass mit Sicherheit das ganze Haus wach geworden war. Wir erreichten das Auto, ich schmiss mich auf den Beifahrersitz und wir brausten los in die Klinik von Inverness, welche den Namen „Craig Dunain" trug.

Hatte der Hexenhügel mit dem Steinkreis in meinen Highland Roman nicht „Craig Na'Dun" geheißen, dachte ich bei mir und fragte mich, ob dahinter nicht ein Anagramm steckte. Meine Überlegungen dauerten jedoch nicht lange, denn ich wurde erneut von einer Wehe heimgesucht und sämtliche Gedanken verschwammen.

Alex gab Vollgas und als wir den Craig Na'Dun - nein - die Klinik Craig Dunain erreichten, erwartete uns schon ein Team von Helfern mit Trage und sämtlichen Notfallutensilien. Ich wurde aus dem Auto gehievt und los ging's im Affenzahn Richtung Kreißsaal.

Diese grausamen Wehen kamen jetzt immer schneller hintereinander, ich schrie und verlangte nach Alex, der sogleich meine Hand griff. „Alex, versprich mir, dass du bei mir bleiben wirst! Lass mich nicht alleine, ich schaff's nicht ohne dich!", jammerte ich.

Im Kreißsaal wurde ich sogleich an alle möglichen Apparate angeschlossen und sämtliche Werte wurden genommen. Der Arzt trat zu mir und versicherte mir, dass alles in bester Ordnung sei und mein Kind auf dem besten Wege war, das Licht der Welt zu erblicken. „Könnten sie meinem Kind nicht sagen, dass es sich beeilen soll!", presste ich nach einer weiteren Wehe hervor, woraufhin ich gefragt wurde, ob ich ein Schmerzmittel möchte.

„Ja!", antwortete Alex für mich, und auch wenn der Gedanke an eine schmerzfreie Geburt sehr verlockend war, musste ich an Mary Lou und die Geburt von Gimli denken. Sie hatte auch kein Schmerzmittel bekommen und ich hatte sie und ihre Instinkte in dieser Nacht sehr bewundert. „Nein, kein Schmerzmittel!", bellte ich daher. Sowohl Alex als auch der Arzt sahen mich verdutzt an, doch beharrte ich auf meiner Entscheidung.

Ich spürte, wie sich in meinem Inneren etwas regte und hauchte Alex atemlos zu: „Oh mein Gott, ich glaube es kommt!" Der Arzt bestätigte dies und wies mich an zu pressen. Und so presste ich aus Leibeskräften, wurde zwischendurch immer und immer wieder von Schmerzen erfasst und erklärte lautstark, dass ich mit Sicherheit bald sterben würde.

Alex standen ebenfalls Schweißperlen auf der Stirn, er hielt schließlich seit mittlerweile zwei Stunden meine Hand und litt bei jeder Wehe und jedem vermeintlichen Tod mit mir. „Bitte Küss mich Alex!", flehte ich.

Er tat wie ihm geheißen und ich spürte, wie er mir seinen heißen Atem einhauchte. Ich flüsterte ihm zu: „Alex, du bist die Liebe meines Lebens, aber ich halte das nicht mehr länger aus! Versprichst du mir, gut auf unser Kind aufzupassen? Ich kann nicht mehr!"

Noch ehe Alex antworten oder reagieren konnte, wurde ich abermals von einer Wehe erfasst und presste mit einer kräftigen Bewegung das Kind aus meinem Körper. Dann wurde um mich herum alles schwarz.

Einen Moment schien die Zeit still zu stehen und kein Geräusch war zu hören, dann tat das Baby seinen ersten Schrei und zeitgleich ertönte das monotone „pieeeeeeeeeep" und der Herzfrequenzmesser zeige eine durchgehende Linie an.

Alex tobte und schrie, während man versuchte mich zu reanimieren und das Kind entfernte, damit es untersucht werden konnte. Er flehte: „Ich will meine Frau zurück!" Immer wieder schüttelte er meinen Körper und drückte mir Küsse auf Mund und Augen.

Schließlich packte ihn die Krankenschwester am Arm. „Sir, Sie müssen sich beruhigen!", doch er schnaubte nur weiter: „Ich werde mich erst wieder beruhigen, wenn sie wieder atmet! Tun Sie doch etwas, gottverdammt!"

Dann brachte die Hebamme das mittlerweile gewaschene und in Tücher gehüllte Kind und hielt es Alex unter die Nase. „Mr. Fraser, sie haben eine Tochter! Bitte, wir brauchen einen Namen!"

Er sah unser Kind an und in diesem Augenblick ging in seinem Gesicht die Sonne auf, vorsichtig glitt er mit seinem Zeigefinger über ihre kleine Nase. „Einen Namen?", murmelte er...

- Epilog -

Ich erwachte, weil mich ein vermeintlicher Sonnenstrahl in der Nase kitzelte. Als ich die Augen aufschlug, blickte ich in gleißendes Licht. Mein erster Gedanke war: „Scheiße, du bist tot!"

Als ich an mir heruntersah, befand ich jedoch, dass es weder im Himmel, noch in der Hölle üblich war, mit einem OP-Hemd bekleidet unter gelb-weiß-gestreifter Bettwäsche zu liegen und so ließ suchend meinen Blick durch den Raum schweifen.

Vor meinem Bett saß, oder besser: hing, Alex in einem Stuhl und schlief. Dann blickte ich nach rechts zum Fenster, durch das die Sonne so hell schien, wie ich es noch nie gesehen hatte und war abermals verwirrt - doch Himmel?

Als ich jedoch die neben dem Fenster stehende Baby-Wiege entdeckte, fiel mir alles wieder ein. Vorsichtig schlug ich die Bettdecke beiseite, setzte versuchsweise erst den einen, dann den anderen Fuß auf den kalten Linoleumfußboden und wankte langsam auf die Wiege zu.

Endlich angekommen wagte ich es nicht hineinzublicken, sondern schloss die Augen und zählte zunächst einmal bis drei. Als ich die Augen wieder öffnete erblickte ich ein kleines, perfektes Menschenkind - mein Kind!

Glücksgefühle durchströmten meinen Körper und ich drehte vorsichtig den Arm des kleinen Würmchens, um die Aufschrift auf dem zarten rosa-farbenen Bändchen lesen zu können. „Ginger Anne.", murmelte ich leise vor mich hin und während ich darüber nachsann, warum er ihr wohl diesen Namen gegeben haben könnte, spürte ich, wie sich zwei starke Arme um mich schlossen.

Unsicher begann er zu sprechen: „Ich, also weißt du, ich dachte du wärst - so wie meine Mutter - und dann, also naja.... Ich fand, dass es vielleicht ganz gut passen würde?" Ich drehte mich um und blickte meinen Ehemann mit tränenverschleierten Augen an. „Du weißt doch Alex, das Herz einer Löwin!", und fügte lächelnd hinzu: „Aye, aber der Name passt, denn auf Trab halten - uns „up-gingern" - wird sie mit Sicherheit!"

Dann wand ich mich wieder unserer gemeinsamen Tochter zu, strich ihr sanft über das Gesicht und sagte: „Ginger Anne Fraser, geboren am achtzehnten September, im Sternzeichen Jungfrau!" Einen zarten Kuss auf ihre Stirn hauchend flüsterte ich weiter: „Willkommen auf dieser Welt, kleine Prinzessin!"

Liebe Leserin, lieber Leser,

selbstverständlich existiert der Clan Fraser und Tatsachen, wie die Schlacht von Culloden im Jahre 1746 oder die Geschichte des Glenfinnan-Monumentes lassen sich ebenfalls nicht leugnen. Dennoch möchte ich anmerken, dass die Charaktere und Handlungen in meinem Buch frei erfunden und einzig und allein meiner Phantasie entsprungen sind. Etwaige Ähnlichkeiten mit real existierenden Personen sind unbeabsichtigt und rein zufällig ;-)

Schottland - one way ist mein erster Roman und an dieser Stelle möchte ich mich von Herzen bei meiner Freundin Julia bedanken.
Zum Einen dafür, dass sie es immer wieder geschafft hat mich aufzumuntern, vor allem, als ich nach der x-ten Verlags-Absage die ganze Geschichte buchstäblich in die Tonne kloppen wollte! Zum Anderen natürlich dafür, dass sie mein Manuskript bzw. Teile davon immer und immer wieder gelesen und geprüft hat. Danke Julia, ohne dich hätte ich's nie geschafft!

Dank und vor allem Entschädigung für die viele Zeit, dich ich nicht mit ihm, sondern dem Hannibal, Alex und Co. verbracht habe, gebührt meinem Mann - you're wonderful!

Für's "Stillschweigen" vielen Dank an meine ehemalige Arbeitskollegin, neben den beiden vorgenannten Personen (sowie meinen Tätowierer und meiner ehemaligen Deutschlehrerin), die Einzige, die überhaupt von dem Projekt wusste.

Schlussendlich gebührt vor allem Ihnen mein Dank, liebe Leserin, lieber Leser.
Dank dafür, dass sie mein Buch gekauft und bis zum Ende gelesen haben - ich hoffe, es hat Ihnen gefallen!
Verzeihen Sie mir bitte die zum Teil etwas „wilden" Formulierungen sowie Fehler in Interpunktion, Grammatik und Rechtschreibung - all diese Dinge werden normalerweise seitens eines Lektors geprüft und korrigiert.
Aufgrund der oben erwähnten (äußerst schmerzvollen) Absagen verschiedener Verlage, habe ich das Projekt in Eigenregie verwirklicht - leider fehlten mir die finanziellen Mittel für die Beauftragung eines professionellen Lektorates! (Dies gilt leider ebenfalls für ein sogenanntes Korrektorat, der ein oder andere Tippfehler mag daher wohl noch gefunden werden!)

Liebe Eltern, Schwiegereltern, Verwandte und Freunde! Seid bitte nicht böse mit mir, manche Dinge müssen eben erst „reifen", bevor sie publik gemacht werden!

In diesem Sinne: liebe Grüße und alles Gute!

Ihre Freya vom Eramoere

www.freya-vom-eramoere.de